鷲見洋一

一八世紀
近代の臨界

ディドロとモーツァルト

ぷねうま舎

装幀＝菊地信義

はじめに

私にとってのヨーロッパ

どこまでも複雑な存在、どうやらそれが私たちらしい。

ふだん暮らしている自分を少し距離を置いて見つめてみると、私たちの生のありようはけっこう忙しい。心のなかにいくつかの層があって、それらのあいだをたえず往還しながら生きているというのが実感ではないだろうか。煙草を吸いたいと感じる身体の層、煙草をやめようと自粛する精神の層、肺癌で死んだあとの来世を思う霊の層などである。

個人だけではない。世界のどの国、どの地域の文化にも多層性はある。多層性必ずしも多様性ではない。おなじ一つの特徴や習俗が、いくつもの折り目を重ねて畳まれているのである。

問題は、すでに複雑な重層的存在である日本人が、異文化のヨーロッパについて考えたり論じたりする場合、こちら側の多層性と、ヨーロッパ側の多層性とをいちいち突きあわせなければならない面倒くささである。たとえば、ヨーロッパの芸術やEU問題などを論じる場合、その議論や主張が高等教育を受けて以来の、知的な教養や思考に培われた後発型のもの（精神の層）なのか、それとも生まれついての血肉化した感情や反射に根ざしたもの（身体の層）なのかどうかは、かなり大きなわかれ道にならないだろうか。

朝食一つとってみても、たとえば私の場合、育ちはかなり「欧風」である。朝食はずっとパンで、日本聖公会で幼児洗礼を受け、その後高校生あたりからはだらしのない無神論者と化しているのに、幼いころに教会で嗅いだ香の薫りとか、毎週耳にした賛美歌の幾節かは、いまだに心の奥にたゆたっていて無視できない、いわば魂の故郷みたいなところがある。こういう自分の「内なるヨーロッパ」を抜きにして、ただ知見や調査だけからヨーロッパを論じるわけにはいかないだろう。

とはいうものの、なにも幼児洗礼やパン食だけがいまの私を形成しているはずもない。そうした「古層」の上にいくつもの堆積や蓄積があって、いつしか複数の引きだしが心のなかに用意され、そのつどの判断や反応を決めているらしいことに気づくのだ。「複雑な存在」というのは、まさにその「引きだし」なのである。引きだしのいくつかを引っ張りだしてみようか。

「身体」の引きだし。教会での香の薫りや賛美歌の古層の上に、家庭環境から洋楽への強い愛着が加わり、さらに長じて滞欧経験を重ねるうちに身についた、ワインと肉食への嗜好がある。これらはすべて知性や教養では説明できない「身体」レヴェルのできごととしてとらえるとわかりやすい。私とヨーロッパとはもっぱらこの次元で緊密に結ばれているのだ。ではその結合は幸せなものであったかというと、実はそうでもない。

「芸術・文化」の引きだし。幼時から絵画、音楽などの修行や学習を重ねて、創作の分野でことごとく挫折するうちに、こうした領域から根源のところでは拒まれており（ようするに才能がないということだ）、憧れるしかないという諦念が目下の心の基層となっている。

「学問」の引きだし。若年時はヨーロッパの文化や芸術に身体で触れ、徐々にそこから離脱ないし逃避して、「ことば」で論じるようになってきたということ。当然の成りゆきとして、私は「身体」の層を脱し、相手側のヨーロッパの、どちらかというと「知性」や「精神」が活動する「引きだし」と付き合うことが多くなっている。読書や学会活動や論文執筆がそれだ。でも、どこかでそれが不満で、ヨーロッパ系の学問をつづけながら、なんとか学問を相対化したくてたまらなくなっている。

「感性」の引きだし。学問を相対化するのに一番手っ取り早い方法は、「職人」になることである。「質」ばかりもとめる高尚な手続き（どちらかというと「知性」の引きだし）を一切やめて、もっぱら愚直に「量」へのこだわりに徹するのだ。カードを何千枚もとるとか、百科事典を端から読んでいくなどという、ほとんど「身体」の層に属するともいえる鈍重な蓄積型の方法である。貧乏揺すりも数万回と重ねれば、いつしか貧乏揺すりの鉄人になれるように、反復や繰り返しのリズムが、それなりの「感覚」を育て、気がつかないうちにある種の「感性」が生まれている。感性を磨いてヨーロッパに向けてみると、「学問」や「知性」の層では重要な意味をもつらしい「フランス現代思想」などというまがまがしい幻は消え失せ、ヨーロッパ人のさまざまな生きかたや感じかた、考えかたの背後にあるなにかが、おぼろげながら透視できるようになってくるように思う。ヨーロッパの輻輳した思考や感性を生みだす根本の「素地」、「背景」、「場所」が見え始めるのだ。

「モデル発見」の引きだし。ヨーロッパの文化や思想にも究極の「素地」、すなわちモデルがある。

イメージでいうと、私にとっての「究極のヨーロッパ」とは建築空間であり、音楽の変奏曲である。造型芸術と時間芸術とで代表させる形になるが、ノートルダム寺院と《ゴールドベルク変奏曲》、これがヨーロッパの最終的な時空モデルなのだ。寺院建築を論じるのは至難の業である。絵や彫刻ならなんとでもなろうが、石で作られた堅牢な建築物となると、ヨーロッパ人の「究極の表象モデル」を体現しているから言葉にしにくいのであろう。ただ、この建築イメージという表象モデルを出発点として、ヨーロッパはこの世界を理解し、解釈し、最後は支配する幾多のシステムを編みだしたのである。たとえば、忘れてはならないヨーロッパの支配モデルの一つが、近代の進歩主義、直進する「時間」イデオロギーである。石で作られた堅牢な聖堂の空間構造が、いつしか自然や周囲の環境を踏み越え、征服する殺伐とした時間観念、歴史観に変貌するのだ。

かたや、音楽における変奏曲がある。これは不動・不抜の石のような主題（建築イメージ）と、主題の周囲であれこれ戯れてやむことのない変奏の遊び（建築イメージへの反措定）との、奇跡のような合一である。バッハの《ゴールドベルク》、ベートーヴェンの《ディアベルリ》などの名曲を聴くたびに、私はヨーロッパを呪い、かつまたヨーロッパも捨てたものではないと痛感するのである。

ディドロとモーツァルト

そうした私の「ヨーロッパ」体験のなかで、本書の副題にもなっているディドロとモーツァルトは、私にとって昔からなじみの思想家であり音楽家であった。しかしよく考えてみると、個人史のなかで、これほど私にたいして正反対の関係に位置づけられるヨーロッパ人も珍しい。モーツァルトは生まれてこのかた、しょっちゅう耳元で鳴っているか、場合によっては自分でも下手なピアノで弾いたりしていた、幼児体験の一部となっているような芸術家である。一方、ドニ・ディドロは、物心ついてから、正確には大学生のころから、翻訳を介して付き合い始めた、いわば後発型の研究対象である。そしてどこかで、幼いころからなじんでいたはずのモーツァルトが、ただ鑑賞するだけの音楽に後退し（つまりピアノを断念してレコードをもっぱら聴くだけの愛好家に転じたということ）、逆に最初はフランス語が難解でどうにも歯が立たなかったディドロの文章が、徐々にどうにか読めるようになってくると、卒業論文、修士論文、ついにはフランスで書いた博士論文で本格的に論じるべき相手に様変わりし、観念の世界における身内、ないし家族のようなかけがえのない相手に化けてしまったのである。

　不思議なことに、今から四〇年も前にディドロについて博士論文を書いて以来、私はこれといった形で正面切ってディドロを論じたことがない。紀要や雑誌に機会を与えられて発表したモノグラフは少なくないが、どこかでこのとらえどころのない啓蒙思想家をもてあまし、まともな対決や取り組みを忌避してきたようなところがある。家族や身内についていまさら論文など書けないように、ディドロを改めて論じてどうなるんだ、といったシニカルな照れ、ないしは羞恥のような機制が動いているらしいのだ。最近、その原因が少しずつわかってきた。ノートルダム寺院と《ゴールドベルク変奏曲》という最終的な時空モデルによって象徴されるヨーロッパ文化の流れのなかで、ディドロはどこか収まりが悪く、論じるのがためらわれたり、扱いに手を焼いたりするところがあるのだ。それはむろん、ディドロ自身の思想や哲学のなかにこちらをしてそうさせずにはおかない特質や傾向があるせいなのだが、それを明確に指摘し、言葉で言い表してくれたディドロ研究者がいるかというと、ごくわずかな例外をべつにして、ほとんどいないと断言できる。

たとえば、さきほど書いたヨーロッパ文化の支配的モデルの一つが、近代の進歩主義、直進する「時間」イデオロギーであるという発見がある。この近代ヨーロッパに特有な時間観念、歴史観は、すぐにそのままディドロに当てはめることができない類いのものである。ディドロは前に進まず、横にネットワークを張り、一見遠く離れたもの同士を結び合わせて、そこに新しい出会い、火花、衝突を期待する。ディドロにとってのメンタル・モデルは「異種混淆」である。この人物は「メタファー思考」の思想家なのだ。そのことをあまり気にしないで、ディドロの生涯を初期、中期、後期と手際よく分類して、そこに「進展」や「成長」や「成熟」があるかのような思いこみから編年体で論じたり、一九世紀以降の近・現代思想への貢献度だけで評価したり、またはある作品を取りだして成立過程やほかの作品との照応、類似、相違を検証したり、そうした他の思想家にとっては有効な方法が、ことディドロになるとことごとく通じないという事態にいったん気がつくと、もうどうしていいのかわからなくなってしまう。とりわけ、日本でも海外でも、「学術論文」というこの困った制度を支えている目に見えない「メンタル・モデル」は、ヨーロッパ文化を支配する「進歩主義」、「直進する時間」イデオロギーをモデルにして書かれるように強制してくるので、始末に負えない。さらに困るのは、わが国でそうした悩みを抱えているように見える一八世紀文学・思想研究者が私以外にあまり見つからないということもある。

そのような悩みを解決はしないまでも、ほかにもディドロについて考える方法はあると教えてくれたのが、何を隠そう、ほかならぬモーツァルトの音楽だった。私は音楽を専門に勉強したことはないし、もっぱら鑑賞して楽しむだけのいわゆる「メロマーヌ」の端くれに過ぎない。ところが、一九九一年のモーツァルト没後二〇〇年を機に、講座『モーツァルト』（岩波書店）の監修者をやることになり、そこで故柴田南雄、海老澤敏、佐々木健一という作曲家、モーツァルト学者、美学者と一緒に仕事をするという得がたい機会に恵まれたのをきっかけに、少しモーツァルト文献を読み漁り、モーツァルトの音楽を改めて真剣に聴くという羽目になった。その結果、日本と世界で展開している本格的なモーツァルト研究の実態に触れ、五線譜の透かし模様まで分析する音楽実証研究の凄さに改めて腰を抜かしたわけだが、同時にそのモーツァルトがわがディドロの同時代人であり、ディドロがいるパリを何度か訪れているという事実を知るに及んで、「ディドロとモーツァルト」という二つの名前が横に並ぶという、ありえないような事態に嬉しくも直面したのであった。両者はパリのどこか、たとえばドルバック男爵のサロンあたりで会っている可能性はあるが、目下明確な手がかりは一切ない。ただ、どんな既成の分類や枠組みにも収まりきらないこのザルツブルク生まれの天才児、すなわち「通時性」の概念規定を一切拒絶しているような神童が、さながら狂言回しのようにパリに滞在しているだけで、そこの状況に「モーツァルトのいる風景」とでも形容したくなるような不思議な化学反応、摩訶不思議な現象が生まれるのを発見したのである。

その結果として、講座『モーツァルト』全四巻に寄稿した三つの文章がほぼそのまま本書にも転載されているが、重要なことはディドロとモーツァルトがおなじ時期にパリにいて、それがどうのこうのといった挿話や出来事にまつわる事柄ではない。一七六〇年代から七〇年代に、モーツァルトがパリに滞在していたという歴史的事実は、そのままモーツァルトを証人にして、フランスの社会と文化を斜めから裁断する視点を与えてくれた、そのことが重要なのである。

一八世紀　近代の臨界 ❖ 目次

はじめに　001
私にとってのヨーロッパ　001
ディドロとモーツァルト　004

序章　「むすぶ」ことと「ほどく」こと　017
――我流の勉強論――
前置き　017
1　世界図絵をめぐる断章　018
2　寅さん映画をめぐる断章　021
3　勉強について　027
4　メンタル・モデル　032
5　ヨーロッパの自己中心主義　036
6　大学と学問の歴史　038
7　何をすべきか――若干の提案　042

I　ディドロ読み歩き

第一章　不在についての考察　——脅迫状、恋愛小説、そして恋文へ——　057

はじめに　脅迫状の美学　057

1　脅迫状としての文学　058

2　額縁型恋愛小説『マノン・レスコー』と死んでいるヒロイン　060

3　マノンの末裔——不在小説『椿姫』と『カルメン』　062

4　不在を前提とするラブレター——ディドロとソフィーの場合　064

5　「不在」を嘆くこと　067

6　克明な日録というアリバイの陰の妄想　069

7　三人世帯の神話　071

第二章　ソフィー・ヴォラン書翰を読む　——一七六二年の場合——　077

1　文学としての手紙　077

2　版本について　079

3　手紙の背景　080

4 資料体《コルピュス》 083
5 仲裁者 086
6 三人世帯の共時性 090
7 関係の逆転と変容 096
8 性愛のゲーム 100
9 観念の巨大な連鎖の環 106

第三章 ディドロの『ラ・カルリエール夫人』を読む 115

はじめに 115
1 確率と権威 116
2 天空から地上へ——知識の人間化 119
3 語りの戦略 123
4 存在と外観の齟齬 125
5 世論という怪物 129
6 証言のメカニスム 131
7 「自然」の声が語る思想へ 135

第四章　二つの国内旅行　141
――ディドロとメネトラの紀行文――
1　碑文の解読　141
2　ディドロの場合　145
3　メネトラの場合　151
まとめ　155
第五章　『ラモーの甥』の昔と今　157
――博論異聞――
1　留学生気質　157
2　ジャック・プルースト　159
3　『ラモーの甥』事始め　161
4　遊戯という視点　164
5　書評という事件　165
6　『ラモーの甥』今昔　169
第六章　『ラモーの甥』の末裔たち　173
1　『引き裂かれた自己』　173
2　『明暗』　175

3 『霊山』 180

第七章 モーツァルトからディドロまで
——即興論の視角から—— 185

1 一八世紀と即興 185
2 リチャードソンと読者 187
3 サミュエル・リチャードソンの作品について 196
4 「リチャードソン頌」の即興性 200
5 頓呼法と社交性 203
6 「立ち騒ぎ」の政治学——社交性 205
7 行為となった道徳 206
8 「立ち騒ぎ」の永遠化 208

補論 ディドロはいかに読まれてきたか 211

1 ディドロの著作をめぐる複雑な状況 211
2 ディドロの原稿と写稿の来歴 213
3 ディドロ作品の刊行史概括——生前から一九世紀まで 215
4 二〇世紀以後のディドロ研究 218

II　モーツァルトのいる風景

第一章　文学に見る一八世紀　231
はじめに　私の位置　231
1　《イ短調ピアノ・ソナタ》　232
2　一七七八年、パリ　234
3　語りえないモーツァルト　237
4　一八世紀人、モーツァルト　239
5　歴史の方法と一八世紀　241
6　モーツァルトとディドロ　248

第二章　怪物的神童とパリ　251
——一七六三—六四年の滞在——
はじめに　251
1　天才少年　252
2　教育論のなかのヴォルフガング　255
3　ヴェルサイユの王権　258
4　伏線としてのパリ——啓蒙と死　260

5　音楽——『ラモーの甥』を中心に　266

第三章　喪失と自由　——一七七八年、パリ——　275

はじめに　275
1　失意の滞在　279
2　フランスの概況——政治と文化　281
3　パリのオペラとコンサート　285
4　モーツァルトの居場所　288
5　究極のテクスト二つ　293

第四章　国王さまざま　——一七九一年の周辺——　299

はじめに　299
1　フランス革命と九一年憲法　301
2　《タラール》の二つの版　303
3　内省、告白、赦し　308

第五章　奇人と天才の話　315
――ヨーロッパ世紀末のモーツァルト――
1　光まばゆいピアノの陰画　315
2　ディドロ作『ラモーの甥』の登場　317
3　「個性」と「中庸の美」と　320
4　ラモーの甥とモーツァルト　323
5　近代人のさきがけとして　326
6　近代人とラモーの甥の悲劇　328
終　章　「いたみ」と「かなしみ」のトポス　331
注　353
あとがき　385

序　章　「むすぶ」ことと「ほどく」こと
——我流の勉強論——

前置き

いわゆる「人文科学の危機」について、なるべく身近な手がかりから論じてみようとする試みである。長年、人文科学に携わってきて、昨今の状況がようやく私のなかで明確にとらえられ始めたような気がするので、若干書き留めておきたいという程度の気持ちで筆を進めている。日頃の研究成果のようなものではまったくない。しかも、「人文科学」それ自体を対象として論じる以上、少なくとも前半では、日頃使い慣れている人文科学系の学術用語をなるべく援用しないで話を進めることにしたい。参考文献指示を最小限度に留め、翻訳以外の洋書をあまり援用していないのもそのためである。また、「研究」とか「学問」とか「真理」とか大仰にかまえず、あえて「勉強」という日用語を選んだのも、それなりの理由があるわけである。

1　世界図絵をめぐる断章

差しあたりのキーワードは、本章のタイトルにも入っている「むすぶ」と「ほどく」という二つの動詞である。このペアの動詞を思いつかせてくれた映画から話を起こしたい。私が「世界図絵」と呼んでいる広大無辺な風景で終わるラストシーンである。世界図絵というのは私の造語だが、事物同士、人間と事物、あるいは人間同士で結ばれては離れるドラマの果てに、大いなる「ほどき」の時が訪れることがある。それは涙だったり、悟りだったり、開けだったりするわけであるが、そういう「ほどき」の場面にふと現れる風景や眺めのことを指して「世界図絵」という。一番わかりやすいのは、映画のラストシーンであろう。

映像一　山田洋次監督映画『男はつらいよ　寅次郎ハイビスカスの花』（一九八〇年）からラストシーン

浅丘ルリ子演じるマドンナことリリーと大喧嘩をして別れた寅次郎が、信州の峠のバス停でリリーと再会するシーンである。屋根のついた小屋仕立てのバス停でベンチに座ったままうたた寝している寅さんの前を、一台のバスが通り過ぎる。リリーが歌手として参加している旅回りの楽団を運ぶバスなのだが、窓辺から寅の姿を見つけたリリーが、バスを止めさせて引き返してくる。どの映画でも振られっぱなしの寅さんだが、ここでは珍しくリリーとふたたび束の間「むすばれ」、最終画面は二人を乗せて走り去るバスをロングショットでとらえ、やがて遠景の山や空を映し、仮初め結ばれた二人の儚い関係を静かに「ほどく」かのように、私が「世界図絵」と呼ぶ広大な自然展望でエンディングマークを迎えるのである。

こうした「ほどき」の幕切れがこの作品だけの特別なラストではないことの証明に、おなじ年につづいて制作されたもう一編の寅さん映画のラストシーンを紹介しよう。

映像二　山田洋次監督映画『男はつらいよ　寅次郎かもめ歌』（一九八〇年）からラストシーン

キャンディーズの伊藤蘭演じるマドンナのすみれが函館で結婚している頃合いに、すみれに振られた寅次郎ははるか離れた四国の徳島にいる。映画のはじめのほうで、北海道奥尻島のスルメ工場に女工として働いていたマドンナすみれの同僚の女性が、女ばかりの社内旅行で遊びにきていた、その観光バスに拾われるラストである。まずは「むすばれる」、すなわち旧知の女性との再会、ついで「世界図絵」による「ほどき」がくる。広い空間、満ちあふれる光、透明な空気、そうした自然環境の大いなる「赦し」のなかに、すべての人間くさいドラマを解消させ、「ああ、終わりだな」と観客に教えてくれる定型である。とりわけここでは、女だけのバスに寅さんが迎えられて、大らかな庶民のエロティシズムに包まれるほのぼのしたシーンが、山や海や空を俯瞰した画面に溶けこんで終わる。

実は寅さんシリーズの映画四八本（厳密にはリメイクに似た一本があるので四九本）のラストは、すべてこの「世界図絵」で終わっているのである。このことを指摘した者はほとんどいない。そればかりではない。私たちが見ている内外の映画のほとんど四分の一は、このタイプの「世界図絵」で終わっている。チャプリンの名画『モダン・タイムス』のラストを見てみよう。チャプリンと連れ合いの少女が精も根も尽き果てて、道端で途方に暮れているシーンから、気を取り直したチャプリンが少女に無理にでも笑顔を作らせ、地平線までのびる道路を二人して腕を組んで歩み去っていくラストである。その遠景には山があり、空があり、ようするに「世界図絵」が広がっているのだ。

映像 三　チャーリー・チャプリン監督映画『モダン・タイムス』（一九三六年）からラストシーン

寅さん映画もそうだが、映画のラストに重要なのは、映像に加えて映画音楽である。チャプリン自身の作曲になる『モダン・タイムス』の終幕を感動的に盛り上げるメロディー、そして山本直純が寅さん映画につけた主題音楽がよい例であろう。当然、映像抜きの純粋な音楽芸術でも、終結部に世界図絵めいた展望や俯瞰が聴き取れる。たとえば、マーラーの《交響曲第三番》のラストなどが思い浮かぶ。大編成のオーケストラによる大音響の坩堝で、聴衆はほとんどカタルシスと呼べるような半狂乱状態に陥る。

映像 四 マーラー《交響曲第三番》ラスト（ワレリー・ゲルギエフ指揮、キーロフ歌劇場管弦楽団。二〇〇三年一一月三日、東京NHKホールでのライヴ）。

三〇分近くかかる最終楽章を締めくくる壮大なクライマックスである。誇大妄想、大言壮語のマーラーらしさがよく出たラストで、これまたそういう資質においてはマーラーに勝るとも劣らないカリスマ指揮者ゲルギエフの熱演である。終わった後の、興奮状態に陥った日本の聴衆の歓声と拍手もみものだ。

2 寅さん映画をめぐる断章

先般、衛星放送のWOWOWは、「男はつらいよ」の寅さんシリーズ全四八編をすべてハイヴィジョンで放映した。私はそれをブルーレイディスクに録画し、全編を観たのだが、私たち夫婦で完全にはまってしまい、病が高じて、ついに東京都葛飾区柴又に、寅さんの面影を求めて、VTRカメラ持参で出かけたのである。二〇一二年一月一四日のことだった。その日は土曜日で、午前中に近所の映画館に入って面白い映画を観てから、午後柴又に足をのばしたのである。

まず昼前に入った自宅近くの吉祥寺の映画館で、ある興味深い経験をした。私は久しぶりに映画館の「暗闇」を味わったのだ。上映直前に室内が暗くなっていくその瞬間に閃いたことがある。ここは「穴蔵」だ。自分は久しぶりに母親の膝に抱かれたように、いわば「母胎回帰」をしているのだ、という直観である。もう少し詳しくいうと、私を含めて、映画館の観客には「背後」があるということなのだ。なにか後ろに気配があって、その「なにか」が私を守ってくれているという安心感である。素朴実在論的には、その背後とは映写室であり、プロジェクターであり、映写技師がいるという気配なのだが、そうした現実の映画館設備のいちいちを超えて、観客はさながら母親に背中から抱かれて、母とおなじ方向で前方のスクリーンを眺めているという感覚に浸るのである。この幼時帰りのような体験は、似たような空間でも、コンサート会場などではありえないし、ましてや、自宅のリヴィングで照明をつけたまま、テレヴィ受像器で映画や番組を鑑賞している状態では絶対に起こりえないだろう。「暗い穴」に身を潜めて、幼児のような弛緩姿勢でスクリーンに向かいあう、これがそのとき私の感じた映画鑑賞の本質である。映画館の暗闇は、日頃のトラウマを忘れさせてくれ、観客を一個の幼子へと退行させてくれる得がたい環境だとはいえないだろうか。

寅さん映画の監督山田洋次が一九八六年に制作した『キネマの天地』は、寅さんシリーズ大人気の最中に生みだされた副産物のような作品である。劇中、田中小春という娘が抜擢され、松竹映画の主役の座を射止める。主演映画の一般公開の日に映画館に駆けつけたのが、渥美清演じる小春の父親と、寅さんシリーズでは妹のさくらを演じる、隣りの叔母さん役の倍賞千恵子である。画面で倍賞の隣りに座っている叔母さんの息子は、何と寅さん映画でさくらの息子を演じる吉岡秀隆で、名前もおなじ満男である。病持ちの父親渥美清は、映画の最中に、暗闇でこともあろうに息を引き取るのだが、あたかも「暗い穴」のなかで、先に亡くなった母親か妻に抱かれて死んだかのような風情である。

映像五 山田洋次監督映画『キネマの天地』(一九八六年)映画館に死す、渥美清。

そうしたとりとめもない思いを胸に、私は家内と連れだって、自宅のある吉祥寺から電車を乗り継いで、遠い柴又まで出かけたのである。京成電車の柴又駅からしばらく歩くと、帝釈天に通じる参道に出る。寅さんの心の故郷である団子屋の「とらや」は、参道を寺に向かってかなり進んだ右側にある。私たち夫婦は、映画の「とらや」が位置するとおぼしきあたりで、とある団子屋に入り、草団子を注文した。

団子屋で草団子を食べながら、私はふたたび妙な幻想にとらわれた。車寅次郎の伯父と伯母が経営し、妹のさくらが働く「とらや」の店内と表の参道にかかわる幻想である。寅さん映画とは、もしや「映画の映画」ではないか。私が午前中に吉祥寺の映画館で体験した奇妙な「母胎回帰」の感覚が、映画に映し出された限りでの、この「とらや」の店の構造にも生きているのではないか、と思ったのである。寅さん映画では、しょっちゅう人と人とが出会い、別れ、また再会する。寅さんの旅先の宿や海岸、とある街角や神社の境内。しかし、それらのなかで、寅の故郷である東京葛飾区柴又の「とらや」の店こそ、この離合集散の原点であり、中心なのだ。この店は、寅やマドンナと、車家の家族とが、むすばれたり、はたまたほどけたりする重要な場なのである。店のなかから表通りを眺める構図は、シリーズを通じておそらく何百回と繰り返されるシーンだが、店内にいる家族は、表通りを行き交う人々やそこで起こるさまざまな出来事を、さながら映画館の暗闇でスクリーンを見つめる観客のように眺めるのである。表の参道とは家庭という「母胎」から見られた「世間」であり「世界」であり、はたまた「夢」なのである。

映像六　山田洋次監督映画『男はつらいよ　寅次郎ハイビスカスの花』（一九八〇年）から、「とらや」の店内と行き倒れて運びこまれる寅さんの登場

ご覧のように、客が出入りする表通りに地続きの店内スペースに、たまたま伯父さんたちが屯して、寅の噂をしていると、沖縄から飲まず食わずで帰ってきて、行き倒れになった寅さんが担ぎこまれる。

どうやら寅さんは、折口信夫民俗学で重要視された「異人」を代表する存在ではあるまいか。赤坂憲雄によると、異人は特定の共同体を基準にした場合、以下の六つのカテゴリーに分類される(1)。一、一時的に交渉を持つ漂泊民（サンカ、遊牧民、漂流民）、二、定住民でありつつ一時的に集団を訪れる来訪者（行商人、旅人、巡礼、宣教師）、三、永続的な定着を志向する移住者（移民、亡命者、嫁、養子、転校生）、四、秩序の周縁部に位置づけられたマージナル・マン（狂人、犯罪者、売春婦、独身者）、五、外なる世界からの帰郷者（帰国子女、帰国する長期海外滞在者）、六、境外の民としてのバルバロス（未開人、山人、鬼、河童）。

寅はもともとは伯父さんの後を継いで「とらや」の経営者になり、柴又地域共同体の成員となるべき人物だが、ゆえあって二〇年間も放浪し、映画のなかでは五「帰郷者」になることを期待されながら、ついに一「漂泊民」でありつづけるしかない漂泊の主人公である。家族と「むすばれ」そうになっては、必ず喧嘩をし、「ほどけ」て立ち去っていくのである。

寅さん映画の最重要テーマである「恋」についても、おなじことがいえるだろう。さきほど「振られっぱなしの寅さん」と書いたが、これは正確ではない。四八編のシリーズのなかで、正確に数えたわけではないが、寅さんは意外にもてている。マドンナに一目惚れし、相手が別な男と結ばれると知って旅に出るというお定まりのパターンのなかに、意外やマドンナのほうがけっこうその気になっているのを、寅が気がつかないで振られたと思いこむか、あるいは気がついてそっと立ち去るというエピソードが多いのだ。それどころか、マドンナが本気になって迫ってくると、寅は青ざめて後ずさりする。寅は本質的に女性恐怖症なのだ。これを言い換えれば、寅は「愛」を知らず、いつも「恋」ばかりしているといえそうである。西洋風の「愛」は「……を思う、……愛する」と、助詞の「を」を使って表現され、中心はどこまでも自分である。相手の異性は文法的には直接目的語、いわゆる対象でしかない。翻って寅さんの「恋」は、折口民俗学では「……にこふ」と表現され、助詞は対象ではなく、原因を示す「に」である。折口はその膨大な著作のなかで、折りに触れこのことを強調して説くのだが、この場合の「こい」は「魂乞い」のことであり、外から寄りきたる魂を自分のほうへと迎え入れようとする受動的な営みを指している。(2)

寅にとって「こい」の絶対の条件とは、マドンナがつねに自分の手の届かない高みにいて、距離があることであり、その距離を埋めるために、寅はつねにおのれを開いた状態で漂泊していなければならない。対象が積極的に近づいてきて、二人の関係が西洋風の「愛」に似てくると、寅さんは本能的に身を引くのである。ご覧いただくのは、またまた『男はつらいよ　ハイビスカスの花』、山田洋次がもっとも好きな一編だが、ラストシーンの少し前、柴又の「とらや」のお茶の間で、浅丘ルリ子演じるリリーを中心に、寅、伯父さん、伯母さん、妹のさくら、その夫の博が卓袱台を囲んでいる。リリーと寅は少し前に沖縄で暮らした思い出を語り、リリーが沖縄の歌を歌う。その直後、寅さんはとんでもない台詞を口にするのである。

映像七　山田洋次監督映画『男はつらいよ　寅次郎ハイビスカスの花』（一九八〇年）から寅次郎告白のシーン。

「リリー、俺と世帯をもつか？」との言葉に、一同は一瞬凍りつく。リリーは作り笑いをして、「いやーだ、そんな冗談いって、みんな本気にするじゃない、ねえ、さくらさん」とやり返す。寅も我に返り、「夢を見たんだ」と誤魔化すシーンである。

普通にみれば、寅が言い寄って、リリーに振られた格好だが、真相はそれほど単純ではない。寅もリリーも漂泊者という点でおなじ穴のムジナである。どちらが先に仕掛けても、結果は目に見えている。どちらも相手の言い寄りをやんわりかわすしかない宿命なのだ。この場合、仕掛けたのは寅だが、結果は痛み分け。「夢」のひと言で片づけるしかない。

3 勉強について

えんえんと寅さん映画に沿いながら話を進めてきたが、そろそろ勉強論に移りたい。ここでも、寅さんに狂言回しを頼みたいところである。叩き売りを生業《なりわい》とする寅には、抜きがたいインテリ・コンプレックスがある。ところが、そんな寅を励ましてくれたお坊さんがいたのだ。第一六作『葛飾立志編』（一九七五年）のはじめのほうで、大滝秀治演じるお坊さんとの出会いがある。

映像八　山田洋次監督映画『男はつらいよ　葛飾立志編』（一九七五年）から、大滝秀治演じるお坊さんとの出会い。山形のとある墓地。かつて凍死しかけた寅を助けた「雪さん」という女性の墓に詣でた寅に、声をかけてきた住職がいた。そのお坊さんから「学問をしなさい」と勧められる。そして「おのれを知る」ことの大切さを説かれ、「朝に道を聞かば夕に死すとも可なり」（『論語』）の文言を教わる。寅はそこで「学問」をする気になる。

さて、それにしても、学問の根本目的である「おのれを知る」とはいったい現在なにを意味しているのだろうか。思いだしてほしい。本章のメインタイトルは、「『むすぶ』ことと『ほどくこと』」である。これを出発点にしよう。まず勉強とは、執拗な反復行為から成り立っているという事実から始めたい。読書に熱中して何百頁もの文字を辿る営み、フランス語やドイツ語の動詞変化を繰り返し覚えて暗記する営み、図書館でノートやカードやパソコンにおびただしい情報やメモやデータを書きこむ営み、これらすべては「反復」のなせる業である。ようするに、こつこつやるのだ。これは足し算の世界である。おなじような仕草を限りなく反復して、足していき、蓄積を待つ。ようするに「むすぶ」作業の果てしない連続である。この段階において、学習者は全精神をおのれの身体にゆだね、ほとんど機械に近いような存在として振る舞う。正確で、動作にブレがなく、反復性に富むことが特徴である。反復が習慣に転化するのがこの時だ。たゆまぬ努力の結果、努力しないで作業が遂行できるようになる。ぎこちない意識的行動が、なめらかで自動化された行動へと超え出るのである。転んでばかりいた自転車乗りがうまくいくようになる、あの瞬間である。

職業上の反復仕草にしろ、学問上のコツコツ型蓄積にしろ、この粘り強い持続なくして成果はありえない。勉強の場合は、おなじ仕草を何度も繰り返すという時間のかかる身体的営みは、知性の層や、ひいては心の層で成就されるべき望ましい事態、たとえば真理の発見だとか、ある問題の本質開示とか、閃く直観といった「一回限り」の本質的経験、すなわちさきほどからの言葉を使って言い換えれば、「ほどき」の段階、「世界図絵」発現を準備するために欠かせない手続きなのである。勉強はこの「むすび」と「ほどき」の間を往復する、奇妙な対話、干渉、響きあいといえないこともない。

さて、われわれが取り組む人文系の学問では、資料や書物を「よむ」という営みが重要である。少し、この「よみ」にこだわってみよう。ヨーロッパにおけるかつての学問は、聖職者が聖典を「よんで」、膨大な注釈をつけるという、気の遠くなるような作業だった。まさに反復と蓄積の足し算学問、結び合わせ作業である。現在、その形式は廃《すた》れ、私たちはほぼ例外なく、自分が書き連ねた本文に自分で勝手に注釈をつけ、引用文を適宜混ぜるという、かなり安易なルセットで論文を書いている。

日本でも近世初期に作られた太平記よみの種本では、「よみ」がたんなる朗読・暗誦に留まらず、素読みから始まって、語釈である「解」、秘話・裏話を語る「伝」、兵法・政道・人物などの評を展開する「評」、類話を披露する「通考」といった段階が設けられていたそうである。(3) 世の東西を問わず、「よむ」とは、聖職者のようなある非凡な人間が文字に内在する神の意を「ことあげ」する営みなのだ。膨大な注釈や調査は「むすぶ」営みの最たるものだが、それはどこかで「ほどく」こと、すなわち文字テクストのことあげを介して、「マレビト」や「カミ」を呼びこむ儀式なのであろう。寅さん得意の叩き売りの口上なども、古くは神意の「ことあげ」に通底する名人芸なのかもしれない。

映像九　山田洋次監督映画『男はつらいよ　旅と女と寅次郎』(一九八三年)から、若い女性たちを前にした新潟市のとある公園での寅の口上。「やけのやんぱち、日焼けのなすび、色は黒くて食いつきたいが、わたしゃ入れ歯で歯が立たないよ、ときた」。

執拗な反復は、また精神集中を生みだしもする。「時間の経つのも忘れて読みふける」とか、「気がついたら朝になっていた」などというのが、まさにそれであろう。じっと動かずに何かをしつづける。これこそ集中が発生する条件である。機械的に反復することで、自分をふだんとはちがう非日常的状態に置く。これが精神集中のコツである。ある種のおまじないだろうか。

集中のいいところは、自分を忘れられることである。普通は、「自我をしっかり確立せよ」とか、「独立心を養え」といった人生訓や忠告がよく聞かれる。それらの教えは、どちらかというと、対人関係や社会における振舞いを前提にした、いわば外向的な人格形成のための知恵ではないだろうか。だが、あまり「賢い自分」や「強い自分」にこだわっていると、学問上の集中は成就しない。なぜなら、勉強における集中とは、別世界に向けて、あえて自分を弱く無防備にして彷徨《さまよ》いだしていく、かなり投げやりな試みだからなのである。なぜ、投げやりがいいのか。世間の常識や通念から解き放たれた、「自分」からさえ自由な、心の安心を獲得できるからである。

その意味で読書は、寅さんの行住坐臥を支える基本の営みである「旅」と似ていなくもない。旅人とおなじで、読者は文字から文字へのさすらいの過程で、つねに二つの力の間を揺れ動く。漂泊の果てに、流動し解体しそうな自己を閉じて、「アイデンティティ」なるものの下に自己を制御しようとする力。もう一つは、流動・解体状態、開かれた状態、たとえば旅でいえば誰かと飲んでいるような場所、読書でいえば著者に感じいって一体化してしまうようなときに、とりとめのない自己を表出させ、相手に同化してしまおうとする力。相手がいる場合、相手の話を聞いてやり、おたがいに承認しあうことで、むすばれ、かつほどけるのである。不定形なものとしての自己に耐え、性急になんらかの形をあたえようとしないで、このとりとめのなさに無理をしても付き合うわけである。

映像一〇　山田洋次監督映画『男はつらいよ　旅と女と寅次郎』（一九八三年）から。新潟市でのリサイタルをドタキャンし、佐渡島に逃げてきた大演歌歌手京はるみ（都はるみが演じている）の身の上話を、旅籠で聞いてやる寅。

では、勉強する過程で、心が他者に全面同化すれば、すべては終わりだろうか。読んでいる書物の著者や、授業をやっている先生たちに、ただ賛成し、一体化するだけでことはすむのだろうか。それではあまりにも受動的で無責任ではないか。知性の層が介入するのはここである。知性は距離を置いて対象を観察し、場合によっては対象を批判する。書物や講義の場合、それらが必ず依拠しているモデルを発見すること、これが知性ある学習者の任務である。モデルなしに、言説や表明は成立しない。著者や先生が踏まえている立場や思想、それは極端な場合はたった一冊の名著だったり、道徳上の信念だったり、あるいは漠然とした思想や潮流だったりする。要は、各人が接する他者の背後に想定されるそうした「規範」や「モデル」を早く探り当て、相手の説明や主張をただ真に受けるのではなく、相手が前提としているモデルを踏まえて、その説明や主張が立っているのとおなじ基盤に、できれば身を置いて考えることである。これは書評をする人間、あるいはシンポジウムなどでコメンテイターと呼ばれる人間がやることだが、大変な知識や経験を必要とする仕事であろう。

4　メンタル・モデル

ところで、いま書いたばかりの事柄をひっくり返すようだが、われわれ人文系の研究というのは、おたがいに似たような時代や思想家やテーマについてやっていると、しまいにはけっこう似てくるものである。私たち人文系は例外なくある種の表象、すなわち「モデル」や「イメージ」を思い描き、メンタル・モデルに従って学問をしているのではないだろうか。メンタル・モデルには、時間とエネルギーを節約する手段としての便利さがある。面倒な手続きを肩代わりしてくれるからだ。したがって、私たちはほとんど無自覚に、モデルに頼って感じ、考え、理論構築をしてしまうのである。

私のかなり乱暴な作業仮説は、そうした「表象」ないし「モデル」が、「ヨーロッパ近代」に発するものであり、近代という時代と直結して、ある特徴を持つようになる契機なのである。フランス大革命以後、人間の精神活動、社会生活、政治活動において、「直接性」が通用しにくくなり、すべてが何かを媒介にして行われる「間接性」で定義され、定位されるようになった事情に通底しているのではないかという直観である。

そうした模倣仕草の根源モデルとして一番わかりやすい例は、一五世紀のトマス・ア・ケンピスによる『イエス・キリストのまねび』ではないだろうか。『マタイ福音書』にあるイエスの言葉「自分を捨て、自分の十字架を負うて、私に従ってきなさい」（一六章二四節）を引きつつ、著者はイエスを「モデル」とすることで、極端な場合にはおのれの身体に過酷な試練を課し、苦行に励むように諭すのである。(4)『イエス・キリストのまねび』の段階では、イエスの身体と信者の身体とは一瞬にして同化することで、修行は成就した。両者の関係は無媒介で直接的である。ところが、「近代人」の身体は、そうした古いモデルを徐々に離れ、医学や自然学の媒介なくしてはとらえにくくなってくる。アビラの聖テレサが、恍惚状態で直接神に捧げた身体から、「解剖され、観察される身体」へと変わるのである。(5)

この身体イメージを出発点にして、即席の「学際研究」を試みてみよう。とりあえず啓蒙時代にとって重要な政治の主題に、「絶対主義」がある。言い換えれば、「王権」のカリスマというテーマである。『イエス・キリストのまねび』は、政治の領域において、当然、国王の聖なる身体に転移する。ところで聖なる身体を具えた王の直接統治は、古くはイギリスのピューリタン革命、新しくはフランス革命以降、間接の代議制システムに替わる。代議制民主主義における「聖なる身体」とは、もはや君主ではなく人民の意志、ルソーのいう「一般意志」にほかならない。

この政治学の転換に並行する現象として見逃せないのが、通貨システムである。経済の領域で、貨幣経済から紙幣経済へ（「実質価値を具えた貴金属」から「紙という無価値で間接的な媒体」へ）、あるいは「物々交換」から「市場取引」へ。このプロセスは、かつて「イエスの身体」、「王の身体」と並んで巨大なカリスマを構成していた「貴金属」という物神表象が、「紙」という記号表象に取って代わられるプロセスなのである。

経済学から、今度は時間表象という問題に移行しよう。一般に共同体内部の時間の様態は、社会形態のちがいによって異なる。しかし、世界史を通覧して、ほとんどの場合、歴史とは円環構造をなす、回帰する時間である。ギリシアもローマもそうだった。ところが、近代市民社会では、「数量化された不可逆的時間」という表象が支配的となるのである。数量化された時間は、数字という抽象的媒介物によって表現される。このヨーロッパ近代の時間は、コンドルセの進歩思想を持ちだすまでもなく、前へ前へと直進する線的な歴史思想である。音楽の世界で、この直進性の代表選手はベートーヴェンだろう。《交響曲第二番》の第一楽章の前奏のあと、速くなるところを聴いてみよう。

映像一五　ベートーヴェン《交響曲第二番》第一楽章で、序奏が終わってからの部分（バーンスタイン指揮、ウィーンフィル）。

絵に描いたような「疾風怒濤期」の音楽で、どこまでも前進する意志と力の交響曲である。音楽史におけるベートーヴェンの天才は別にしても、この直進型の歴史観は、否応なく「因果律」ですべてを説明し、科学技術の進歩が万能で、後からきたのものは必ず前のものによって説明され、かつ前のものを乗り越えて進むという、私たちにはおなじみの「思想史」、「文学史」の表象、すなわち因果律によって保証されている。人文系の研究で、Xがあって、次にYがきて、Zで終わるという論文記述をすれば、それが古典主義からロマン主義へであれ、初期から晩年へであれ、モダンからポストモダンへであれ、否応なく私たちは因果論的な進歩史観をメンタル・モデルとし、刻一刻、悪しき近代主義に荷担していることになる。私自身を含め、誰にでも覚えがあるはずだろう。

ところが、少し考えてみればわかることだが、技術の進歩という概念は往々にして錯覚であることが多い。外見的に似ている新旧の技術を混同して比較し、新しいものが古いものよりも優れているとする誤謬がある。自転車とオートバイ、タイプライターとワープロを比較するのがそれである。形こそ似ているが、それぞれ両者はまったくちがうプロセスで製作されるものなのである。荷車と貨物列車とを比べる発想もおなじで、荷車は中国では太古の昔から使われていたが、ヨーロッパ社会に姿を現したのはせいぜい中世だった。自転車のほうがオートバイよりも、そしてオートバイのほうが自動車よりもはるかに有用な場合が多いのもご存じの通りである。

進歩思想というのは、人類の歴史でもきわめて特異な価値観であって、たとえばヨーロッパと地続きのはずのギリシア文明を律していたのは、円環し循環する歴史観だった。トゥキュディデス、ピュタゴラス、エンペドクレスがそうである(6)。また、それにつづくローマ時代でも、ポリュビオスの「政体循環論」などが円環的時間を踏まえた思想であった(7)。

そもそもヨーロッパの歴史で唯一「進歩」が貢献しているのは、法思想の世界であろう。旧約聖書を繙いても、「目には目を」といった初期のプリミティヴな同害刑法から、『申命記』の人道的な法、そして『イザヤ書』における国際法に近いような構想まで、明らかに進歩が認められる。現代世界で、今後、アンシアン・レジーム期に実施されていた、たとえば国王ルイ一五世を襲ったダミアンにたいして課された残酷な車裂きや証拠なしの裁判が国際的にまかり通るとは思えない。その程度にはヨーロッパ発の人権思想は、人類全体に根を張っていると思われる。

5 ヨーロッパの自己中心主義

私たちの精神を否応なく束縛し、考え方を遠隔操作しているヨーロッパの文物は、近代といわず、ギリシアの昔からその自己中心主義的な特徴を露わにしてきた。ヨーロッパ人はその最初期から、ある種の自己美化の「表象」モデルを売り物にしている。世界史の教科書が必ず記述するギリシア民主政は、[8]実際はわずか数パーセントに満たないエリートと、残り大部分の奴隷や下層民という不公平な構成をものともせず、ペルシアをはじめとする他民族を「野蛮人」(バルバロイ)として差別する形で、自己のアイデンティティを美しく、単一の「表象」にまとめて、自己形成した。ギリシア人にはまごうかたなき「メンタル・モデル」があったのである。[9]

ローマ帝国も同様で、東からきた無数の小さな部族集団を十把一絡げに「ゲルマン民族」というどこにも存在しない民族表象でくくることによって、自分たちのアイデンティティを確立した。[10]キリスト教は、その発生当初には実に多様な信仰形態の混淆物であったのが、コンスタンティヌス大帝以降のローマ帝国国教化の過程で邪魔者を切り落として異端とし、ローマ教皇を中心とした「普遍のカトリック」という表象を流通させた。

カール大帝の支配はどこから見ても時代錯誤の大帝国幻想の産物だったが、いまだに歴史の教科書の多くでは、そういう帝国が実在したかのように記述されている。東ローマ帝国ことビザンティンの場合は、戦争や征服を嫌う穏和で「モダン」な人たちが多かったため、歴史書ではかなり損をしている。[11] ただ、この人たちもみずからこそが「古代ローマ」の直系だと信じて、ローマ帝国の表象に捕まっていた。[12]

下って封建制の中世は騎士階級が主役のように思われているが、西暦一〇〇〇年ごろのヨーロッパを支えたのは三圃制に代表される革新的な農耕技術の発展であり、主役は誰がなんといおうと農民階層だった。

さらに下って、「一八世紀啓蒙」のメンタル・モデルは、偉大なるヨーロッパ人の反措定としての「善良なる未開人」という表象であり、さらに一九世紀には、諸技術の発展で地球が狭くなり、発見すべき未開人もそうそう見つからなくなると、ヨーロッパ人は西ヨーロッパのテリトリー内部に「愚昧なる大衆」というアンチ表象モデルを捏造した。[13]

二〇世紀に入って、危機感にあふれた一九二〇年代からナチス台頭を背景に、T・S・エリオットやクルティウスら詩人や学者たちの間で、「古きよきヨーロッパの伝統」への回帰を訴える議論が展開する。[14] 正直申して、私のように何十年もヨーロッパ文化に付き合ってきた人間にとって、これら偉大な教養人たちの理想やヒューマニズムは、今なお心の琴線に触れてくる力を持っている。しかしながら、二〇世紀後半から二一世紀にかけて、そうしたヨーロッパ中心主義への批判が台頭し、サイードによるオリエンタリズム論などが流行したことは周知の事実である。

6　大学と学問の歴史

　ここまでもっぱらヨーロッパの歴史を中心に、ヨーロッパ人の自己中心主義をあげつらってきたが、本章のテーマである「勉強」という営みを「学問」という制度に洗練させた元凶もヨーロッパ人である。それには「大学」の歴史をのぞいてみる必要があるだろう。ヨーロッパの歴史を見る限り、大学が大衆文化と区別されたハイカルチャーや技術革新と結びついているというのは、どこまでも幻想である。シェイクスピアの戯曲もモーツァルトの音楽もニーチェの哲学も、大学が生みだしたものなどではない。また現代の技術革新の原点ともいえる産業革命に、大学はほとんど何の貢献もしなかった。大学の本質はあくまで政治的なものだったのである。

　ヨーロッパの学問の歴史は古代アレクサンドリアにまで遡るが、そこで聖書の教えとギリシア哲学とが融合して、神学が生まれた。神学は体系的な法学の原型となり、一一世紀以降、西洋社会は法の学問的な理念によって組織され、ローマ法王の政策を法学で支えることが大学の使命になった。神学、法学、のちに医学の研究が大学の課題だったのである。とりわけ法の習得こそが大学生の至上の義務だった。ヨーロッパは学習するという人間の営みを、社会の継続的な共同事業にしたのである。これは東洋における徒弟方式中心の学習システムが逆立ちしても敵わない、偉大な達成だった。なかんずく大学は、法をそうした学習システムとすることで、都市や商業の発展に即応した社会の改革を容易にしたのである。

その後、大学は長い沈滞期を迎える。たとえば啓蒙主義哲学の時代、大学はろくな人間を生みださなかった。ヴォルテールも、モンテスキューも、ルソーも、ディドロも、ソルボンヌに籍を置いた者はいても、その後はむしろ対決することの多い、在野の知識人だったのである。(15)

大学を復活させたのはナポレオンである。ただし、この英雄は大学を国家の下僕として、教会に対抗するための道具にする。とりわけナポレオンは、初等中等の教育と高等教育とを、学年制や進級制によってベルトコンベア式につなげてしまい、大学は国家がトップダウンで教育を統制し、社会体制を維持するための管制塔と化したのだった。現代日本でも、それこそが大学の使命であると信じて疑わない人は多い。国民国家の一九世紀を通じ、ドイツのベルリン大学などを中心に、強固なナショナリズムによって、大学人は国威発揚に熱心になった。マックス・ウェーバーしかり、のちにナチスに協力したハイデガーしかりである。二〇世紀のアメリカが、ナポレオンの学制改革を完成させ、大学を企業社会に役立つ技術革新の一拠点になるように仕向ける。大学人は軍産複合体のための研究で経済の軍事化に奉仕することになったのである。

大学の歴史に並行して、学問、とりわけ人文・社会科学を中心とした学問の歴史も、やはり押さえておく必要がある。ヨーロッパでは長いこと、キリスト教という宗教的権威が真理への道を独占してきた。ところが、啓蒙時代に『百科全書』派を中心とする「人間」中心の思想が台頭すると、フィロゾフと呼ばれる哲学者たちは、人間知性のみで知を獲得できると主張し、さらにそのなかから自然科学者が派生して、哲学的考察（観念学）と宗教的権威（神学）とはいずれも絵空事であると批判した。科学者は現実の経験的分析を第一とすべきであると主張し、こうして実験物理学、化学、生物学などが発達する。この時点で科学者は哲学と科学とを分離しようとし、一九世紀に大学の哲学部が「諸科学」と「人文」（あるいは「学芸」、「教養」）の諸科目に振り分けられ、ここに二つの文化が対立するようになる。真善美のうち、科学は「真」を、人文学は「善」と「美」を探求するとされた。いわゆる文理の対立がここに始まったのである。

さて、ここで人々は現実社会の研究が不足していると気づき始める。そこから「社会科学」が誕生した。もっとも古い社会科学は「歴史学」である。一七世紀における古文書学こそが、諸学問の基礎であり、さらに下って一七九四年、フランス国民議会が文書館法を採択して、国の公文書資料が一般公開されるようになったことが大きい。ランケによって一九世紀に歴史記述の「革命」が成就する。ランケによる歴史学は文書館を重視し、ランケ以後の学者は公文書館を持っている五つの大国、すなわちフランス、イギリス、アメリカ合衆国、ドイツ、イタリアの歴史を研究した。

ところで、歴史学がどうあっても過去の研究のみに限定されがちなので、政治的指導者は「現在」についての情報をさらに求めるようになり、そこから経済学・政治学・社会学が現れる。一九世紀リベラリズムが近代性を市場、国家、市民社会へと分化させたからである。三つは別個の方法論によるべきであるとされ、市場研究は経済学によって、国家研究は政治学によって、市民社会研究は社会学によって担われることになった。

さて、以上の歴史学・経済学・政治学・社会学の四つの個別科学は、世界のなかできわめて限られた地域しか研究対象としていなかった。ところが、フランス、イギリス、アメリカ合衆国、ドイツ、イタリアの五カ国は、世界の他地域を植民地支配し、それ以外の国とも通商や交戦の関係を持っていた。それらの相手地域は「近代化」されていないと見なされ、そこに西洋志向の歴史学・経済学・政治学・社会学を一方的に適用するのは不適切であると判断され、新しく二つの個別科学が生まれることになる。それが未開人の研究である人類学と、「高等文明」を有する非ヨーロッパ人についての研究である東洋学である。

以上の学問分野が、一九世紀に定着し、各個別科学に属する学者は、大学外に縄張りを作り、学会誌、全国学会、国際学会などが生まれた。各個別科学に則した図書館分類システムの整備、標準化が行われる。私たちの現代の大学組織も、ほとんどこれと大差ないといえよう。

大きな変化が起きるのは一九四五年である。アメリカ合衆国の大学システムが強力な影響力を持ち、西洋世界のみに特化した歴史学・経済学・政治学・社会学、それからとりわけ非西洋世界を研究する人類学・東洋学は、アメリカ政府にとって有害無益であるとみなされる。そして、新しく「地域研究」なるものが生みだされる。「地域研究」とは本来は地理学の一分野として位置づけられていたが、軍事的・戦略的要請もあり、国際的視野にもとづく地域および国家に関する歴史、政治、経済、社会制度、文化などの具体的かつ専門的情報を求めるための研究が推進された。ミシガン大学の日本研究所をはじめとして多くの大学で地域研究組織が設立された。アメリカはこの方向で大学に巨大な投資をし、ソヴィエト連邦がすぐにそれに倣った。

地域研究と大学システムとが拡大すると、博士号を目指す人間が増えてくる。「オリジナル」であることを目指さなければならない要諦からして、若手は皆、学問的越境をしてまで、論文ネタを求め始める。各個別科学同士の境界が曖昧になり、「政治・社会学者」や「社会・史家」らが登場するようになる。非ヨーロッパ世界を研究する人々は、当該国から疑惑の目を向けられ、「東洋学」は消滅して歴史学に併合される。人類学も「未開」概念の消滅に伴い、里帰りして、汎ヨーロッパ世界を研究対象に含め始めた。歴史学・経済学・政治学・社会学では、世界の諸地域を専門として研究する学者を迎え入れるようになった。かくして「近代」と「非近代」の地域区分全体が溶解し始める。これが人文科学を中心とした世界の学問についての、かなり図式的な現状地図である。(16)

本章の最後に、私の側から、人文学への若干の提言を箇条書きのような形で書き記したい。たとえば、さきほど指摘したナポレオンを元凶とする、初中等教育と高等教育の一貫エレベーター化、アメリカ主導型の企業や国家に従属する大学という思想に対抗できる方法が、人文科学の側にあるだろうか。私は大学行政にほとんどかかわってこなかったので、安易にノウハウや処方箋を口にすべきではないと考えるが、初中等教育と高等教育の相互補完的な目標を認識し、初中等教育は正常な市民を育成するが、高等教育は社会の規範や通念に拘束されない、どこまでも自由で、場合によっては異常な研究を志向すべきであると主張したい気持ちはある。

7　何をすべきか――若干の提案

提案その一　メタファー

ここでは、現実的な目先の改革案ではなく、人文学の根幹にかかわる本質的な問題をいくつかまとめて説明してみたい。まず、強調したいのは、私たちが日頃、研究や授業で行っている「解読」

や「説明」や「分析」のやりかたについてである。

なにかの問題について、テクストについて説明・解読するとは、文字通り「解く」、すなわち絡まっているものをほぐす、開ける、見えるようにする営みである。翻って日常とは、問いが立てられない「平ら」な、plain な世界のことである。事件が起こると、その平らな世界にでこぼこができる。「説明」(explain) するとは、でこぼこを「平ら」(plain) にすること、すなわち「説明」はでこぼこの出来事をすでに知られている事柄のうちに位置づけることを意味する。[17] わからないことをすでにわかっていることに関連づける。したがって、説明によって知識はさして増加せず、ただの同義反復になる場合が多い。

では、どうしても説明できないものをどうするのか? ここでわれわれにとって重要なのが「比喩」、メタファーという道具である。メタファーは誤解され、たんなる言葉の綾、飾り物だと信じられているが、ひどい間違いである。ルソーは『言語起源論』で、「比喩的な語法が最初に生まれ、本来の意味は最後に見出された」とのべている。ようするに、言語は対象そのものではないのだから、つねに別な言葉に置き換え可能である。言葉はいかなる対象にも固定されない。ゆえにすべての言葉は隠喩なのだというわけだ。「光は粒子である」、「光は波動である」、「時間が足りない」といった紋切り型の専門用語や日常語は、よく考えればすでに比喩なのである。光を粒々や波のようなものと表現するのは、科学者がそのときだけ詩人になっているのである。「時間が足りない」と私たちがいうとき、私たちは時間を水か林檎のように量や数で測れる対象としてイメージしているのだ。

言葉が言葉として残るためには、それが隠喩であることが忘れられ、転義が本義として定着しなければならない。すなわち隠喩とは、感覚でなかなか把握できない抽象性を具えた物事を、具象化という手段によって理解しようとする認知の戦略なのである。

本章の最初に、私は映画館における暗闇体験を語り、次に話を柴又の団子屋に移した。このとき、なにが起きたのだろうか。私は「転義」、すなわちメタファーの武器を使って、なかなか説明しにくい、しかしながら根源的と思える現象について、なんとか表現しようとしたのだ。「むすぶ」と「ほどく」という言葉についても同様である。本章のほとんどが、映像の引用まで含めて、実はことごとく人文学研究者である私の「メタファー学」の実験だったわけである。この方法を会得すれば、研究者はやれここまでは歴史学だ、ここから先は思想史だ、あそこは文学だ、こっちは地理学だなどというせせこましいセクト主義から解放され、研究上のかなりの自由を獲得できるのではないだろうか。

提案その二　贈与

次の提案は「贈与」。私は人文学研究者に「贈与の思想」といえるモラルを培っていただきたいと思うものである。「贈与」とは他者に対する施しであり、善意の援助である。寅さんは旅の途上で、そうした恵みを見も知らぬ他人から受けた思い出を語っている。

映像一六　山田洋次監督映画『男はつらいよ　葛飾立志編』（一九七五年）から、寅が今は亡きお雪さんから受けた「贈与」を回想して語る。お雪さんは旅先で一文無しのまま飢え死にしかけた寅に、食事を無料で振る舞ってくれたのである。

こうした「贈与」は、意外なことに聖書に満載されている。天地創造の第六日、神は創りだしたばかりのアダムとイヴに食料をあたえ、またすべての生物に青草をあたえる。アブラハムは神からカナンの地をもらい、預言者たちは砂漠でマナと呼ばれる不思議な食べ物を恵まれる。とてもすべてを紹介しきれないし、新約聖書でも事情はおなじなのだが、こうした「贈与」の習慣は人間のあいだでも普及する。人類学でもっとも有名な贈与は、マリノフスキーやモースが分析したメラネシアのトロブリアンド諸島住民におけるクラと呼ばれる贈与や交換の習慣だろう(18)。だが、ここで強調しておきたいのは、「贈与」という概念は現在もっとも注目されるもので、いくらでも拡大解釈されてかまわないということである。たとえば、「命乞い」にたいしてあたえられる「許し」という一種の贈与について、動物行動学者のローレンツがきわめて意味深い考察を書き書きつけている。むろん、ローレンツのことだから、人間ではなく、オスのオオカミがつけている。年長者と年若の二頭のオオカミが戦って、年長者が相手を組み敷いてしまう。次の瞬間、驚くべきことが起こる。若いオオカミは、静脈が走る最大の急所である自分の首筋を無防備のまま、相手の牙の前に差しだして動かなくなるのである。敗者がこの姿勢をとった途端、勝者は嚙みつくことができなくなってしまう。本当は嚙みつきたくて武者震いしているのだが、なにかがそれを禁止して、嚙ませないのだ。ローレンツは似たような行動が人間にも見られるとして、ホメーロスを引き合いにだす。敗者が降伏して情けを乞うとき、あえて勝者が自分を殺しやすいようにする姿勢を選ぶのである。人間の場合、この方法はいつも成功するとは限らず、そのまま殺されることも多いという。[19]

ところで、大学について「贈与」の概念は適用されうるのだろうか。二〇年ほど前〔二〇〇九年〕、ある講演で経済地理学者の故高橋潤二郎さんはこうのべた。[20]「大学の授業料とは、教育という〈商品〉に対して、親が払う代価である、という考え方よりも、教育という〈ヴォランティア行為〉に対して、学生の親がする〈寄付行為〉である」。教師も給与生活者である以上、教育に「ヴォランティア」という無償行為は当てはまらないわけだが、実際に教室で教えている者の現場感覚では、かなり正鵠を射た指摘のように思われる。このヴォランティアという現場感覚なくして、少なくとも人文科学のある世代から次の世代への教育や伝授はありえない。

提案その三　共生

そこからおのずと導きだされるのが「共生」という思想である。生態学では共生を「シンビオーシス」といい、二種の生物が隣接した空間で暮らしていることを指すが、これには三種類あるそうである。「相利共生」（二種がともに利益を受けている）、「偏利共生」（一方のみが利益を得ている）、「寄生」（一方の利益が他方の被害になっている、「親のスネかじり」のような関係[21]）。むろん、私たちが真剣に考えなければならないのは、最初の「相利共生」であることはいうまでもない。一方、社会学や人文学一般では、共生は「コンヴィヴィアリティ」と呼ばれる。普通は「宴会気分」のことで、たとえば寅さん映画では、都はるみ演じる本人そっくりの演歌歌手京はるみが、佐渡島海岸の岩場で島の漁民たちと歌い交わす忘れがたい場面がある。

映像一七 山田洋次監督映画『男はつらいよ 旅と女と寅次郎』(一九八三年)から、佐渡島海岸の岩場における演歌歌手京はるみと島の漁民たちとの交歓風景。

だが、共生とはもう少し私たちに引き寄せて言い直すと、ただの無礼講ではなくて、「プラトンの饗宴」のイメージに近いものである。あらゆる人間にたいして開かれ、「異人」を拒まない。葛藤があっても宴会気分、しかし最低限の礼節やルールは守る、という催しなのだ。この開放性、許容の思想は、二〇世紀が囚われつづけた「殲滅の思想」を超える有効な武器になりうるだろう。民族絶滅や天然痘の撲滅などの「殲滅の思想」は、正義の旗印を掲げて実践されると恐ろしい暴虐を招きかねないからである。

しかし、だからといって、私たちはそうそう純真に、共生して研究する、つまり共同研究などという幻想に惑わされてはなるまい。領域横断とか学際については大きな誤解がある。異分野の専門家を集めて「共同研究」をすれば、そうした夢が成就すると考えることである。「共同研究」の現場では、ある領域の専門家が専門の立場から発言すると、門外漢の仲間は圧倒されて黙ってしまい、それまで以上に、自分のタコツボに閉じこもる。そうしない人は、よほど自信過剰か、たんに鈍いだけである。ではどうすればいいのか。方法は一つしかない。各人が自分のなかに、複数の異分野を開拓して、内部で孤独に自分一人の共同研究をするしかないのだ。それが自己複数性ということの内実にほかならない。その際、もっとも有効な武器が、さきほどのメタファー思考であることは間違いのないところだろう。

ちなみに、日本文化に固有の、たとえば「連句」のような「座」の思想、座の共同性は、仲間にあたえられる座席という水平の関係的構造にもとづきはするが、本来の源は、個の総和としての集団だけでは説明できない、人為を超えた力の到来、カミを迎えて、共同の所有へと転換する場所の性格を指している。オカルト抜きで、私たちはそうしたカミの到来を待望すべきではないだろうか。

提案その四　偶然性と自己組織化

次に提案したいのは、「偶然性」に注目することである。寅さん映画では、しょっちゅう意想外の出会いや再会や、それに類似のエピソードが相次ぐ。そうした出来事が「偶然」と認識されるのは、それが起きてしまってからだという特徴に着目しよう。

「私はいま偶然を生きている、明日これこれの偶然があるだろう」という現在形、未来形の偶然はありえない。偶然とはつねに既存形で語られる。私たちの研究で、たんなる表象モデルを丸写ししているだけの、どちらかというとだらしのない態度を打破できる契機の一つは偶然性ではないだろうか。論文の意図や計画があり、参考文献が揃う。もうそれだけで九〇パーセントは出来上がりである。先は見えており、出来映えはたいした成果に結びつかない。予定通りの凡庸な論文が一つ増えるだけのことである。

その閉鎖性をぶち破ってくれるのが、「意図」の外部にあって、予想だにしなかった思いがけなさである。偶然性とは、これまでになかった何事かが新たに創造され、世界図絵が垣間見えることなのである。言い換えれば、それは未知の他者と出会うことに似ている。他者は「既存形」として後から発見され、その他者からの恵みとして認知されるのだ。これこそが、さきほど私が「共生」の内面化、自己複数性という提案で主張したかったことなのである。

そもそも私たちが自分のなかに、ある種の思考を育むとき、予定や企図通りにことは運ばない。思考とは書かれたり、声に出して語られたりするままに、その場所において姿を現す何事かであるが、ある場面における事柄それ自体の特性ではなく、そうした振舞いや心的状態が位置する脈絡に依存していわれることなのである。ピカソが素描している現場を映した珍しい映画がある。絵画的思考の発生現場に、そこで私たちは立ち合うのだ。

映像一八　アンリ＝ジョルジュ・クルーゾー監督映画『ピカソ天才の秘密』（一九五六年）から、ピカソの即興デッサン。ピカソの友人だったクルーゾーが制作したこの名画は、最近フランス政府から「国宝」に指定されたという。ピカソは映画のなかで描いたかなりの数に上る作品を、撮影終了後すべて破棄してしまい、今となってはこの映画だけが貴重な証言となっているからである。制作中の画家の姿はほとんど画面に現れない。当時、開発されたばかりのマジックインクを使って、イーゼルに貼りつけた画用紙にピカソが素描すると、インクが紙の裏側に染みとおる。カメラはその裏面を撮影し、後で画像を反転させて映画にしたのである。

ピカソがなんの予習や準備もなく、驚くべき手腕で線を紡いでいく描写技術は、思考の原点、発生の現場にかかわるプロセスを明らかにしてくれるものである。私たち研究者も、いくつかの考察の断片を、ジグソーパズルのようにしてそのいくつかのピースを選びながら、全体の画に仕上げていくプロセスにも似て、むすびかつほどきながら仕上げていくのである。このプロセスには「モデル」らしきものはない。私たちはただ、「出来事」に立ち合うだけなのである。

このプロセスを、現代思想では自己組織化といっているようである。(22) 積乱雲やハリケーンがいかに形成されるかは、予測できない。また、交通の要衝に人が住み着いて居住地となり、いつしか経済活動の進行にともなって町ができていく過程も、なかなか統計や数値で予測したり、分析したりできない。そうした過程はそれ自体で形成されていくプロセスの集合としかいいようがない。形成途上の過程で規則そのものが形成されるからだ。そして、確率的に大勢を占める傾向に逆行する可能性が「揺らぎ」と呼ばれる。揺らぎを介して特定の傾向が増幅され、やがて新たな秩序が形成される過程が自己組織化である。自己組織系は初期条件を決められないのに、どこまでも進行してしまう系のことで、この非決定論は、今後人文系の学問の根幹をなすモチーフになるべきだろう。

提案その五　間違える権利

次は「間違える権利」ということを強調したい。われわれ人文系研究者をクリエイティヴにしてくれる重要な契機は間違いや誤謬である。またまた寅さんに例を求めよう。中学校中退で教養のない寅さんが、いかに間違えるか。さきほど紹介した大滝秀治の坊さんから教わった「師のたまわく」の文言を、寅は完全に誤解した。そして意気揚々と柴又に帰り、家族の前で得々と自己流の解釈を披露する。

映像一九　山田洋次監督映画『男はつらいよ　葛飾立志編』（一九七五年）から、「おのれを知る」についての珍解釈。「朝に道を聞かば夕に死すとも可なり」の一行を、寅は「明日訊こう訊こうとしてついさぼっていたら、夕方交通事故で死んじゃった」と解するのである。

間違いにも二種類ある。まず、意図の形成にかかわる間違い。ピアノを始めて一カ月で、カーネギーホールの予約を思い悩むとんでもない人がいたとしよう。結果はともかく、挫折の原因は明らかにされるから、これは合理的な間違いといえるだろう。寅の誤読は少しちがう。学問をしたいという意図の形成は正しいのに、実行段階で失敗しているのだ。よくあるケースでは、ど忘れ、言い間違い、うっかりミスなどがそうで、非合理的な間違いといえるだろう。寅の場合は教養がないので、文言を解釈しそこねたのである。翻って、私たち研究者もしょっちゅうこうした非合理的で滑稽な誤読や誤解をしていないだろうか。何の準備もせずに、素手でいきなりウェルギリウスや『古事記』を読み始めたら、何を言いだすかわかったものではない。門外漢である以上、専門の学習などしている暇はないし、そのつもりもない、だが読みたい。こうした形で私たちの教養は形成されていく。人文系の教養や知識で、こうした間違いや思いこみ、短絡、錯覚に彩られた混沌とした蓄積こそが、文化を創り、創造のエネルギーを湧出させる源なのである。

フロイトは一般に否定的に論じられる「錯誤」と、「機知」とが類似していることを指摘した[23]。ユーモアや機知は、錯誤とおなじで、それまでの枠組みを構成していた合理性からの逸脱だからである。

提案その六　ユーモアのすすめ

そこで最後にユーモアについて考えてみたい。フランス映画『リディキュル』では、一八世紀のヴェルサイユ宮廷で、英国帰りの貴族が英国式ヒューマーについて語る場面がある。

映像二〇　パトリス・ルコント監督映画『リディキュル』（一九九五年）より、あるフランス宮廷人による英国式ユーモアについての説明の事例。英国で、とある貴族が「愛人はさぞかしたくさんお持ちなのでしょうね」と尋ねたところ、プレイボーイという評判の相手貴族は平然として、「あなたのいわれる〈たくさん〉とは何人以上のことですか」と答えたというのである。

ユーモアは現実に対する批判的な態度の一つである。似て非なるものとして、諷刺とアイロニーがある。諷刺はかなり捨て身の態度で、現実を支える法や規範を直接攻撃するから、場合によっては危険度が高い。王様が肥満であることをあげつらって、そういう漫画を描いて貼りだしたら、時と場所によっては命にかかわるだろう。アイロニーは現実の原理と矛盾するようなべつの原理を持ちだして、やんわりと衝突させる。

ユーモアはそのどちらでもなく、いわば遵法闘争である。共同体や社会が定めた法をあくまでも遵守することによって、逆説的に生産効率を落とす戦術。生真面目さが度を越すことによって、法の無意味さを明らかにするとともに、その生真面目な行為は微笑を誘うという仕掛けである。(24) 英国人のように、にこりともしないで人を笑わせるのがユーモアである。「たくさんとは何人以上のことですか」とブリッコで聞きかえす態度は、生真面目で、相手を少しも攻撃しないが、効果は満点だ。これは私たち学者の生真面目さに通底するだろう。「おのれを知る」とは「ユーモアがいえる」こと、これを結論にして終わりにしたい。

I　ディドロ読み歩き

第一章　不在についての考察
――脅迫状、恋愛小説、そして恋文へ――

はじめに　脅迫状の美学

これまでに一度、脅迫状というものをもらったことがある。官製葉書に横書きでたった二行、「片輪になって／長生きしろ」と書かれてあった。

身に覚えがない、いや、ふとした無神経なひと言で誰かを傷つけてしまったのでは、などという穿鑿に走る前に、私はこのぶっきらぼうにして率直な文章の存在感、たたずまいといったものにひたすら圧倒され、その無言の気配を心底不気味で恐ろしいと感じたものだ。仮に誰かからおなじ台詞を面と向かって投げつけられても、相手に怒りを覚えこそすれど、不気味という印象は生じまい。では脅迫状の発散する不気味さは果たしてどこからくるのか。目の前にいない相手から匿名でメッセージを届けられたときに、そのメッセージの言葉が否応なく帯びてしまう常軌を逸した現前感のゆえではないだろうか。発信者が不在で不明であるようなメッセージの言葉にこそ、かえってその分だけ発信性が増し、存在感を強めるということなのだろうか。

そもそも、すべてのコミュニケーション行為は、メッセージの相手がその場にいるかいないかで一応は分類できよう。後者の場合、電話のような口頭による伝達行為はともかく、手紙、伝言、または最近流行の電子メールになると、まず文字言語の使用が大前提になる。言葉による伝達に文字を使うとは、発信と受信のあいだにある程度のタイムラグや心理的な距離を設けることを意味する。アメリカ映画によくあるパソコン同士の筆談ともいうべきリアルタイムの「チャット」にしても事情は変わらない。こう見てくると、脅迫状というコミュニケーション行為は、不在の相手に対して自らの存在を隠蔽し、時間差を利用して物騒なメッセージを伝えようとする行為であるといえるだろう。だから、脅迫状の書き手はメッセージ文の表現にはことのほか神経を使うはずである。メッセージはどこにも姿の見えないある怨念が仕掛ける、特定の読み手だけを対象にした、静かで目立たない暴力行為のようなものにならなければいけないからだ。

1　脅迫状としての文学

考えてみれば、あらゆる文学のテクストも一種の脅迫状であるといえるのではないだろうか。作者名が予めわかっていて、自分の意志や願望でわざわざ小説を買い求める人でも、買った小説が上質の作品であればあるほど、その息もつかせぬ読書体験は脅迫状に固唾をのんで目を走らせる被害者の心理に限りなく近づいているはずである。メッセージの主はいつの間にか行間に姿を消し、読み手はメッセージそれ自体が発する牽引や魔力の虜になってしまう。場合にもよるが、文学作品が与える想像を絶した緊張や興奮のスリルは、ほとんど脅迫状のそれと同質なのである。詩や小説の書き手と脅迫状の書き手は、こちら側に姿が見えず、それだけ読み手に与えるインパクトが増幅されるという関係の力学において共通している。考えてみれば、読書が近代的な意味での「黙読」として成立しかけていたフランス一八世紀初頭に、狼男の本を読んで本当に狼男になってしまう単純素朴な読者の身を案じるあまり、政府や教会がある種の読書を禁止したり、小説それ自体を御法度にした事情が何となくわかるではないか。

　読書というものがミサで司祭の朗読や説教を聞くという営みだった時代には、メッセージの発信者は司祭しかありえず、それゆえ会衆は安んじて司祭の唱える祈禱の言葉を機械的に復唱することができた。教会は告解室のような特別な場所を除けば、つねに複数の信徒が顔を合わせる共同の寄り合い所である。説教への傾聴も祈禱の唱和も、開かれた場所で一斉に行われる古いタイプの「読書」に他ならなかった。一方、「黙読」なる習慣が導き入れた孤独な体験は、発信者の顔がまったく見えない真っ暗な状況に読者を閉じこめる。今読んでいるテクストは誰かがすでにどこかで書き記したものであるにちがいないのだが、自分にはその人の顔や姿が見えない。しかも自分以外に読書体験の共有者はいない。こうした隔絶感はそれ自体がすでに一個の文学的体験である。かくして、発信者が不在であっても、いや不在であるからこそ、相手を動かすことのできる言葉が成立しうるのだ。

2　額縁型恋愛小説『マノン・レスコー』と死んでいるヒロイン

読書が音読から黙読へと移行しつつあった時代に、政府当局が読者への影響をもっとも懸念したジャンルこそが、いうまでもなく恋愛小説であった。なかでも、一八世紀フランス文学の代表的傑作、そして世界文学でも指折りの大恋愛小説として評判が高いアベ・プレヴォーの『マノン・レスコー』が、刊行されるとたちまち発禁になった事実はよく知られている。よく読んでみると、『マノン・レスコー』はまことによくできた、しかも危ない小説だと改めて思う。稀代の悪女マノンに翻弄される純情な青年の破滅を描いたこの作品を、政府が危険視したのもむべなるかなであるが、それ以上にここで注目したいのは、この恋愛小説がまとっている意匠を凝らした形式なのである。そもそも、このころの小説は総じて構成が複雑にして冗長であり、現在のわれわれが普通に小説と考えているものとはかなり隔たっている場合が多い。とりわけアベ・プレヴォーが『マノン』で採用している形式は、この時代の文学によくある額縁小説のそれであった。

額縁小説とは、小説の語り手自身が小説のなかに登場し、誰かに向かって身の上を語る、その語りそのものが小説の中核部分をなしている場合である。芝居でいえば「劇中劇」に付き合わされる格好である。『マノン・レスコー』ではこれがさらに複雑になっていて、小説一編は『隠棲した貴族の回想と冒険』と題する連作形式の巨大な回想録の第七巻にあたり、まず全巻を通して、「私」という一人称体で思い出を綴る、社交界を引退した老貴族が、読者にとっては差しあたっての語り手である。

次に、第七巻『マノン・レスコー』になると、その「私」がさらにもう一人の「私」であるデ・グリューから身の上話を聞くという展開になる。読者の側からすれば、劇中劇のなかにもう一つ劇中劇が仕込まれている、あるいは額縁の内側にもう一つ額縁が嵌めこまれているという印象を持つだろう。語り手の老貴族は、旅先で出会ったデ・グリューなる若者から、マノンという今はすでにこの世にいない美女との悲恋物語を旅籠の一室で聞かされる。タイトル・ロールのヒロインが実はもう死んでいるという設定が、この小説の大きな特徴なのだ。デ・グリューとマノンが北フランスのアミアンで一目惚れしあうエピソードから始まって、数々のスキャンダルの果てにアメリカ大陸のニューオリンズにある植民疎開地に流され、さらに砂漠にさまよい出てマノンが死ぬまでの長い物語のなかで、ヒロインのマノンは語り手のデ・グリューにとってすでに死んだ女でしかないから、デ・グリューは恋人に対して生き生きとしたリアルな表現をついにあたえられない。恋は幻であり、恋の対象である女性は男の果てしない思い出話のなかに浮かんでは消える、はかない記憶の断片にすぎない、とでもいうかのようである。一重、二重の額縁は、肝心のヒロインを読者の目から無限遠点に遠ざけこそすれ、間近に引き寄せてじっくりその存在や気配を味わわせてくれることなどないのである。

ヨーロッパにはフランス中世を中心に発達した「宮廷風恋愛」の強い伝統がある。騎士がいて、貴婦人がいる。騎士はこの奥方に一方的な情熱的恋愛感情を抱くが、奥方はこれを一顧だにしない。貴婦人は騎士にとってはほとんど「不在」の形象化ともいえる遠い存在であり、愛は一方的な思い詰め、相手に気にいられんがための途方もない試練や自己犠牲をみずからに課す恐ろしい妄執となる。今は亡きマノンの記憶を追って果てしのない思い出話に耽るデ・グリューの姿には、この騎士の面影が宿っている。そして全編を通じて、この恋愛小説は老貴族という聞き手がいなければ成立しない作品となっている点も見逃せない。愛に敗れた情熱的な恋愛の「騎士」を慰めるカウンセラーの役どころである。より穿った見方をすれば、マノンとの愛を彼女の生前に成就できなかったデ・グリューは、自分とマノンの幻影と老貴族とで作り上げる三人世帯という架空の現実のなかで、はじめておのれを取り戻しているのだろう。ここでは聞き手もまたヒーローの人生に参加して、その満たされぬ思いを癒すという、無視できない役割を担わされている。

3　マノンの末裔——不在小説『椿姫』と『カルメン』

近代恋愛小説のバイブルともいえる『マノン・レスコー』がそうした「欠如」や「不在」を蒙るネガティヴな作品である事情は、後世の文学に少なからぬ影響を及ぼすことになる。ヒロインをできる限りぼかすこと。女をほとんど幽霊のようなはかない存在にして、男を追憶の地獄に閉じこめ、ますます女の不在感を募らせること。そして男の話に根気よく耳を傾けてやる聞き手を介在させて、そこに「癒し」の三人世帯を作り上げること。

この自虐的ともいえる状況設定は、たとえば、一九世紀を代表する恋愛小説『椿姫』と『カルメン』という二大傑作のヒロインが、物語のはじめですでに死んでいるという、あの意表を突いた演出にも認められる。デュマ・フィス作『椿姫』の場合は、ヒロインのマルグリット・ゴーチエが死んだ後に開かれた家財道具売り立ての場に赴いた「私」なる語り手が、マルグリットの愛蔵していた、何とそれも『マノン・レスコー』の版本一冊を法外な値で競り落とし、その書物の贈り主であったマルグリットのかつての愛人アルマンが、「私」を訪れて遺品の返却を請い、やがて「私」を聞き手にアルマンの身の上話が始まるという趣向である。一方、メリメの中編小説『カルメン』は、フランス人の考古学者である「私」がスペインのアンダルシア地方における調査旅行のあいだに、ふとした偶然から山賊のドン・ホセと知り合うところから始まる。しばらくしてセヴィリアで再会したとき、ホセはすでにカルメンを殺しており、死刑を待つ牢獄で「私」相手にカルメンとの思い出話を語り始める。

いずれの小説の場合も、下敷きにしている『マノン・レスコー』同様、われわれ読者の耳に聞こえてくるのは自分の過去を一方的に物語る男の声だけであり、男にとってすでに幻の存在でしかないヒロインのイメージが生彩をもって活写されることはついにない。「恋」は不在の女性をめぐって男が紡ぎだす、切実であればあるほど一方的で手前勝手な言葉を通してしか姿を現すことはないのである。つまるところ、恋や愛、さらには女主人公の存在や肉体までもが理念化され、希薄なエーテルまがいの仮象と成り果てて、その過激な現実味を奪われてしまう。そして私たち読者の前に最後まで残るのは、死んでしまったヒロインでも、ヒロインの面影を追いつづけてその生命力を消耗させるヒーローですらなく、二人の恋物語を聞き届けてわれわれに伝える訳知りで親切でお節介な証人の「聞き手」なのだ。

4　不在を前提とするラブレター——ディドロとソフィーの場合

恋愛小説についていえることは、あらゆるラブレターにも当てはまる。ラブレターがラブレターであるゆえんは、とにかく恋する相手の「不在」が前提になっていることである。恋人がいない寂しさもその一つであろうが、この両者を隔てる「距離」こそが、恋文成立の絶対条件なのである。これはとりあえず手紙の書き手の側の事情であるが、ラブレターの受け取り手も、さきほど触れた脅迫状や恋愛小説一般を読む読者とほぼ似たような立場にいると考えることができるだろう。すなわち、差出人が知り合いかどうかにかかわりなく、ラブレターをもらった人が文面に目を走らせているその時間は、およそ現実の書き手とはなんの関係もない、すぐれて内的かつ濃密な持続なのであって、たとえ両者が相思相愛の間柄であっても、書き手が文章に託したとおぼしきあれこれの思いや感情の内容などは問題にならず、書き手の意図などとはほとんど無関係に、手紙それ自体が読み手の心のなかに作りだしてしまう愛や愛する人間についての虚像や虚報が重要なのである。

ラブレターが恋愛小説と異なるのは、『マノン』に登場するような物わかりのいい「聞き手」の介入がないということだろう。愛は二人の当事者だけの内密の営みであり、恋文が当事者以外の人間の目に触れることは原則としてありえない。ありうるのは、これから紹介するような文学者や哲学者の「作品」として後世に聖化されてしまった書翰の場合である。

私がここで取り上げたいと思うのは、一八世紀フランスの哲学者ディドロが愛人に宛ててしたためた膨大な手紙群である。時代は思い切って古く、『マノン・レスコー』から数十年と経過していない、アンシアン・レジーム期の社会での話だ。

ディドロには若いときに父親の反対を押し切って結婚した妻がおり、妻とのあいだに娘が一人いたが、それ以外に生涯で何人か愛人を持ったことが知られている。ディドロとディドロ夫人とのあいだにはその教養や知性において大きな落差があり、けっして家庭は幸せではなかった。哲学者が家庭の外に捌け口を求めて愛人を作ったのは、その熱っぽい体質を考えれば当然の成り行きであるが、なかでもソフィーとの恋愛は、残された書翰の多さや中身の濃い内容からしても、ほとんど唯一のまっとうな異性関係だったと断定できるだろう。

ディドロが愛人に宛てて書いたラブレターの総数は五五三通、うち三六七通が失われ、現存するのは三分の一の一八六通にすぎない。さらに面白いのは、愛人のソフィーからディドロに宛てて送られた手紙は一通も残されていないことで、ディドロの死後、原稿や写稿を整理した遺族の手で破棄されたと見るのが正しいだろう。これは何を意味するか。私たちはディドロが書いた一八六通の手紙を、まったくの一方通行の独り言のようにして読み、ソフィーからの音信をディドロの文章の行間に推察する以外に、二人の秘めたる対話を追いかけるすべはない、ということである。

二人はどのようにして出会ったのか。時期は一七五五年ごろと推定されているが、詳しいことはこれまた何一つわからない。二人が住んでいたパリのどこかであることは間違いなかろう。ディドロが四二歳、ソフィーが三九歳の恋である。現存するソフィー書翰の最初の手紙は一七五九年五月一〇日付けのもので、初対面からこの時点までに書かれた一三四通の手紙はすべて失われたことがわかっている。なりそめで熱々のころだから、猥褻な部分があったのだろうという憶測も可能だが、これとて断定はできない。

ディドロと知り合ったとき、ソフィーはすでに父親と兄を亡くしており、母親のヴォラン夫人とパリのヴィユー・ゾーギュスタン街に住んでいた。ほかに他家へ嫁いだ姉サリニャック夫人と、妹のル・ジャンドル夫人がいた。ディドロは当時の習慣に倣って、ヴォラン家の女性たちに仇名をつけ、愛人のルイーズ＝アンリエットをソフィー（ギリシア語で知恵を表す「ソフィア」に由来し、ルイーズがディドロ夫人とちがって知性や教養において哲学者に負けない優れた女性であったことが窺い知れる）と呼び、妹のル・ジャンドル夫人をユラニー、母親をモルフィーズと呼び慣わしていた。なかでも妹のユラニーを可愛がり、ある時期からはソフィーとユラニーの二人に宛てて手紙をしたためるようにさえなる。

ヴォラン家の三姉妹中、なぜ次女のソフィーだけが生涯独身を通したのかが、これまたわからない。ディドロとの出会いの歳がすでに四〇近くだから、愛人への忠節という解釈は成り立たないし、母親が手放さなかったとか、若いときに過ちを犯しているせいだとか、同性愛者だったなどという憶測にもほとんど根拠がない。

ソフィー書翰のごく初期のもの（すなわち一七五九年ごろ）を読んですぐわかるのは、このころから母親ヴォラン夫人のディドロに対する嫌がらせが募り、夏がくると娘を連れてマルヌ河沿いの別荘に長いときは二、三カ月も逗留したまま、パリに帰らないことである。家庭内不和に苦しみ、愛人に会えないディドロは、早速長文の手紙をしたためるのが重要な日課になる。さらにディドロの側も、年若の友人で富裕な哲学者のドルバックがグランヴァルという郊外の土地に持っている別宅にたびたび一人で長滞在する習わしがあったから、この二種類の「別離」が後世のわれわれにとってはまことにありがたい傑作書翰文学を生みだす機縁となってくれたことになる。

5 「不在」を嘆くこと

一八六通のラブレターを通読してみると、およそ恋愛文には必ず共通していると思われる、少なくとも二つの特徴が認められる。まずは、恋人の「不在」を嘆き、嘆くうちにいつしかその嘆き節が高度な修辞に昇華していくプロセスである。なるほど、ディドロは度を越えた寂しがりやとして、恋愛書翰に姿を現す。ソフィーがパリにいない、会いたいが会えないという断絶感や孤独感が、さまざまな言葉の意匠をまとって筆の先からほとばしり出る。私の知る限りでも、フランス文学の決して短いとはいえない歴史を通じて、ディドロのソフィー書翰ほど「不在」のテーマを執拗に追求したテクストはない。他の作品はともかく、ことソフィー書翰では、ディドロは自国の文学的伝統に従って、正真正銘の宮廷風恋愛を生きる騎士である。これを真に受けて、ディドロが本当に寂しがっていたと解釈するのもいいだろう。だが、少し意地の悪い見方をすれば、恋人に向かって「寂しい」と大声で訴える行為そのものが、ディドロにとっては精神の刺激剤、栄養源だったのではないかと思える節もある。以下に引用するのは、パリのソフィー宅を突然訪れたディドロが、相手が留守と知って書き残した手紙の全文である。本人によれば、この文章はすべてソフィー家の玄関口の暗闇で書かれた手探り文ということになる。

見ないで書いています。あなたの手にキスして、すぐに帰るつもりでした。でもそのご褒美にはありつけないままで帰ることになりそうです。でも、私があなたをどれぐらい愛しているかを示せれば、それだけで十分な報いではないでしょうか。今九時です。私はあなたを愛していると書いている。少なくともそう書きたいと思っている。でもペンが気持をちゃんとなぞってくれているかどうかがわからないのです。きてくれませんか、私が気持を伝えて、それから逃げだせるように。

さよなら、ソフィー。私がここにいると虫が知らせないでしょうか。暗闇で書くのはこれがはじめてです。この状況ならいろいろ甘い思いが湧いてくるところですね。今感じている思いはたった一つ、ここを出られないということです。ちょっとでも会えたらという期待に引き留められて、ちゃんと字を綴っているのかもわからずに、あなたにお喋りをつづけています。この紙で何も書かれてないところがあったら、どこでも私があなたを愛していると読んでください。

暗闇のなかでの走り書きという設定が本当か嘘かはついにわからない。自筆手稿を校訂した編者の注によれば、どうやら嘘らしい。行間がふだんより少し広めだという点を除けば、ディドロはけっこう読みやすい字体で、しかも便箋一枚にちゃんとおさまるように書いているそうだ。だが嘘にしても、なかなか気の利いた嘘ではある。「嘘からでた真」こそが恋愛文の要諦なのだから。

6　克明な日録というアリバイの陰の妄想

だが、不在を嘆いてばかりのラブレターではマンネリに陥ってしまう。ここでディドロがやるのは、ほとんどの恋文の書き手がやることと変わらない。すなわち相手の不在を口実に、こちら側の詳細な日録や報告を提出しようとする、一見まめで誠実な態度である。単身赴任の連れ合いに女性が書く手紙のほとんどは、このパターンが当てはまるだろう。これがディドロのソフィー宛て書翰の第二の特徴である。私たち後世の研究者にとっては、この部分がまたとない貴重な研究資料ということになるのはいうまでもない。

一七六二年の夏、ディドロは突然「日録」という言葉をソフィーに向かって口にする。それまでの手紙でも、身辺雑記や社交界の噂話や仕事の進捗状況などは、ソフィー書翰の重要な部分を占める話題であった。ディドロでなくとも、普通手紙を書くに際してそうしたトピックスを禁じられたら、まずほとんど書くことはなくなってしまうはずである。それなのに、こと改めてディドロが「生活のかなり忠実な記録」と呼ぶものを愛人にしたためたいと宣言したについては、それなりの理由があるのだ。

この手紙（一七六二年七月一四日付け）をよく読んでみると、ディドロがやろうとしているのは身の回りのくさぐさ（そのなかには妻の病気や娘のあどけない仕草の話なども含まれる）を対象とした克明な記録であるばかりでなく、何よりも自分自身の心や感情の動きの忠実な記述なのである。

「あなたの前ですべてを語る」とか、「私自身をさらけだす」といった言い回しは、もともとソフィーに対する物言いのなかでも際立ってくどく、しつこく繰り返されてきたものだ。今頃になってそれをまた蒸し返す動機は一つしかない。ディドロの側も愛人におなじことをしろと要求しているのである。ソフィーに心の秘密を打ち明けろと迫っているのだ。この「告白」という営みは、当時ディドロとすでに絶交状態に入っていたあのジャン＝ジャック・ルソーが、いずれ長大な自叙伝のなかで実行する前代未聞の企てであるが、早くもこの年のディドロの手紙のなかに、おたがいの、ということは読者とのあいだの透明な魂の交流を求めるかのような作家の言葉が認められるのも偶然ではあるまい。

ディドロはソフィーに何を吐かせようとしているのか。この書翰文の回りくどい表現を順に追いかけてみよう。天文学者は片目を望遠鏡の端に押しつけたまま、天体の運行を観察しつづけて一生を過ごす。だが、自分の心の動きをおなじように忠実に追い、記録しようとする人間はほとんど見あたらない。自分の本当の気持ちを自分に認めさせるには勇気が要るからだ。ソフィー、そしてユラニーよ、あなたがたは本当のことがいえますか。ある日ローマの公衆浴場で、類い稀な美少年を見かけた者がいる。そばにいって声をかけたくてたまらなかった。この気持ちを後になって自分に認めさせるぐらいなら、皇帝を殺して帝位を簒奪したくなったことがあると告白するほうがまだよほど楽である、云々。

おわかりいただけただろうか。ディドロはずばり、ソフィーと妹のユラニーが同性愛の関係にあるのではないかと疑って、二人に謎をかけているのだ。このころ、ソフィーがディドロからの手紙を妹によく読ませていたことを知った上でのことである。ローマ云々は、話題にふさわしい古代の意匠で、しかもジェンダーを逆転させただけの、かなりあからさまな仄めかしである。同性愛は当時のキリスト教社会では火炙りにされかねない重罪だから、たとえ愛人に宛てた書翰でも言葉には神経を使う必要がある。ここのくだりを読んだときのソフィーの動転ぶりが目に見えるようである。

少し先で、今度はディドロの親友グリムが登場する。この夏、グリムは目を患い、ほとんど失明の危機にある。久しぶりに出会った二人は抱き合い、ディドロは「いつも私がソフィーにしているように」、グリムの「美しい両の目」に接吻する。なにごとも過剰で感受性過多気味だった当時の習俗で、男同士の抱擁や接吻は日常茶飯事であった。だが、それにしてもなおここのくだりには、恋人に同性愛趣味を邪推し、嫉妬に苦しむディドロの精一杯のスタンドプレーが見え隠れしていないだろうか。ここでもまた、ディドロが口にする忠実な自己告白なる建前がいかに虚勢にすぎないかが露呈する。

7　三人世帯の神話

むろん、ソフィーの同性愛趣味をめぐるディドロの危惧は、根も葉もない妄想、邪推であったことが今では定説になっている。虚実のほどはさておくとして、相手の徹底的「不在」状況を踏まえて成立した書翰文学の、これは大きな山場を形成しているといえよう。無法ないいがかりをつけられたソフィー側の気持ちも、この際忖度しておく必要があるだろう。ソフィーの立場はまぎれもなく、脅迫状を受け取って怯えながら読み進む被害者の心理に近いものだったのではないかと推測される。

一七六二年夏は、ソフィー母子が別荘に長逗留してなかなかパリに帰らない数カ月に、ディドロがもっとも苦しんだ時期の一つである。それに加えてこの時期、ディドロの頭を悩ましていたもう一つのトラブルがあった。ディドロ本人が出入りするドルバックのサロンで起きた他愛のないもめごとである。ことの次第を詳しくのべる余裕はないが、当時のディドロが無二の親友と考えていたグリムの愛人デピネー夫人が、グリムとドルバック夫人とのあけすけに親密な態度に焼き餅を焼く。これに密告だの中傷だのが絡んで大きな騒ぎに発展し、ドルバック夫妻と常連のグリムおよびデピネーのカップルとのあいだが険悪になり、断絶とか絶交という言葉も囁かれ始める。ディドロはあいだに立って調停に苦労し、次第に友人たちへの信頼感を失ってゆく。ドルバック邸のサロンの様子を、彼はソフィーに向かってこう書く。

二週間前、当家にはえもいわれぬ調和がみなぎっていました。みんなは笑い、冗談をいい、抱きあい、愛撫しあい、出任せでどんなことでも口にしあうのでした。男たちは女たちの膝もとにいて、恋人はそれを笑い、亭主もべつに気にとめません。目指す女性とのあいだの肘掛けに恋人か亭主が座っていると、「身をかがめて」というのです。相手が身をかがめると、その女房か恋人にキスします。たまたまキスの音がして相手が「何の音だ」と尋ねると、こう答えます。「奥様にキスしましたよ」。すると相手は答えて、「もう一度やってくれ、馴れとかなくちゃ」。で、もう一度やるのでした。

今日はみんな真面目です。おたがいに身を離しています。入ったり、そばを通ったり、出たりするときはお辞儀や挨拶をかわします。相手の話を聞くばかりで、話しあおうとしません。話しあうことがないか、知っていることを話しあう勇気がないからです。何にでももったいをつけるのは、みんな後ろめたいからです。私はそれを見て、退屈で死にそうです。


啓蒙哲学者の拠点の一つとまでいわれたドルバック男爵のサロンに、突然白けきった空気が瀰漫する模様が手に取るようにわかる記述である。ディドロの困惑ぶりが目に見えるようだ。引用文は二部構成になっており、前半部に見られる和やかな男女の交歓風景では、ディドロの社交性哲学が見事に図案化されている。とりわけディドロは愛が一夫一婦制を超え、さらには一対の恋人関係をも突き抜けて、三人世帯（夫と妻と愛人、場合によっては第三者）のなかで成就しうるという、一見他愛のない社交の遊び、罪のない無礼講にひどく執着している。引用の後半は、このユートピア崩壊の地獄絵にほかならない。

ところで、実はこの三人世帯という、あまりにも一八世紀風で前近代的な、不可能かつ稚拙きわまりない思想こそ、ドルバックのサロンにおいてのみならず、常日頃恋人のたびたびの「不在」をもてあましたディドロが、当時秘かに心の奥深く、ソフィーとグリムと自分の三名だけで紡ぎだそうと思いめぐらしていた可愛らしい夢物語に他ならなかったのである。ソフィーへの手紙のなかで、ディドロはたびたび「小さなお城《プティ・シャトー》」について語り、そこに住むことが許される存在の人選について、あれこれ子供じみた議論を展開する。そして最後に決まって残るのが、ソフィーとグリムと自分であり、ドルバックやユラニーや、ましてやディドロの妻などは金輪際仲間に入れてもらえない。ソフィーとその妹との同性愛は、ディドロのこのシナリオを一挙に台無しにする予定外の不如意な突発事であった。

そうしたディドロの思惑を反映してかどうかは断定しにくいが、たとえばこの一七六二年七月一四日に書かれた手紙文が、表向きは書き手の身辺雑事をなぞりながら、実はもっと奥深いところで書き手が恋人について考えたり感じたりしていること、さらには恋人を超えて、書き手が人間や世界についてもっとも素朴な形で、ということはもっとも深刻に、そしてわが儘勝手に思いめぐらしているある思念や妄想を象ってしまうといういきさつが読みとれるのである。というのも、ディドロに限らず、一八世紀フランス人一般が温めていることの多いこの三人世帯なる夢は、あらゆる伝達行為が生みだす対人関係上の齟齬や孤独や断絶を無化してくれるやもしれない希望を一杯に孕んでいるからだ。中世文学のトリスタンとイズーとマルク王の三角関係以来、あらゆる西洋風恋愛の原点は、差し向かいの二人しての愛を禁じられた閉塞状況の悲劇である。そのがんじがらめの悲惨から二人を救えるのは、ほとんど不可能な第三番目の証人、ないしは愛人の登場であり、その余計者との架空の共存ないし同棲であろう。脅迫状がくれば、その発信者を巻き込んで愛する者と三人で暮らせばいい。恋人が不在がちで会う機会がないのなら、グリムと一緒に幻の「小さなお城」に閉じ込めてしまえ。いや、それよりも、ソフィーとユラニーの仲を半ば認めて、三人の世帯でうまくやっていく道はないものか。

事実、この夏を期に、ディドロのソフィーに対する態度に微妙な変化が兆し始める。姉妹のあいだを疑う暗い妄想は姿を消し、ディドロは二人を同時に読み手とするような友愛と洞察に満ちた温かい手紙を書き始めるようになる。熱烈な恋に代わって、ソフィーを無二の親友として扱うような、新しいスタンスが確立されるのだ。西洋風の「不在」を前提とする逃げ場のない恋愛関係のしがらみのなかで、三人世帯の夢想はほとんど唯一の解毒剤として有効な戦略であるのかもしれない。

第二章　ソフィー・ヴォラン書翰を読む

——一七六二年の場合——

1　文学としての手紙

ディドロが愛人のソフィー・ヴォランに宛ててしたためた厖大な量にのぼる手紙は、最近とみに評判がよろしい。知略と韜晦の哲学者がここでは珍しく胸襟を開いておのれを語るとか、啓蒙時代きっての唯物論者の手になる唯一の純愛の書とか、ディドロの私生活や作品形成の楽屋裏を窺う絶好の資料であるとか、はたまた一八世紀の思想・風俗研究に不可欠の文献とか、褒め言葉はいろいろである。

ただそれにしてもなお、近年のソフィー・ヴォラン書翰の評価には、一般に文学者や思想家の作品のなかで手紙が果たす役割についての、いたずらに狭い了見が支配しているように思われる。むろんここにいう役割とは、手紙の書き手がみずからの意志で（あるいは時と場合によっては無意識のうちに）文通なる営みにあたえている役割のことではなくて、後世の読み手や研究者が自分たちの価値基準や概念規範にもとづいて、書翰というジャンルに押しつけている役割を意味している。

　ましてや、ディドロが手紙を綴る行為のなかで自分でも知らず知らずに実現してしまっている事柄（たとえば、おなじ手紙のなかで語られる、一見おたがいに縁もゆかりもない話題のあいだに認められる意外な類似性）に着目し、そこから出発してディドロの思想に顕著な論理の飛躍、あるいは文章の融通無礙な歩みに及び、つまりは手紙をとりあえずは書き手の生活世界から切り離し、一個の文学作品として扱う方法ということになると、これは哲学史家や思想史家はもとより、文学研究者のあいだでも本格的に試みられた例はほとんどないと断定してかまわないだろう(1)。

　私が以下に素描したいと思うのは、厖大な分量に達するソフィー書翰の資料体《コルピュス》のなかから特定の期間にまとまって執筆された手紙群を選びだし、あれやこれやの角度から読みこむという作業のいわばプロセスそれ自体なのである。もとより言葉で表現された限りにおいてのテクストを読む行為が純粋にして無垢であるなどということはありえない。ソフィー書翰を手にする私という読み手には、テクストを読み始める前からすでにディドロの私生活や作品、そしてその時代についての雑多な情報・知識の貯えがあり、さらにまたソフィー宛てのしかじかの手紙に接する実際の読解行為のなかで、手紙に書きつけられた語や表現からさまざまに刺激・挑発をうけとり、私自身の内部に無数の観念連合のたわむれを生じさせる。『ラモーの甥』のプロローグ風にいえば、「私は精神を放蕩させる」のだ。ソフィー書翰の読み手である私の側には、したがって当のディドロのあずかり知らないべつのテクストが形成されていく次第なのであって、ソフィー書翰について何事かを論じるためにはこの第二のテクストを打ち捨ててすますわけにはいかない。私がディドロの手紙を読むあいだ、ディドロのテクストもまたこの私の側の第二テクストを読むのである。この二重の相互読解は、たまたま説明の便宜上べつべつの営みであるかのように論じ分けているにすぎず、本来はわかちがたく一つにまとまった複雑な作用・反作用の集合体としてとらえるべきものなのだ。

2　版本について

手はじめに、本章が扱うテクストの版本について略述しておきたい。ディドロがソフィー・ヴォランに宛てた書翰の全体が、自筆手稿をもとに公刊されたのは今世紀に入ってからのことである。一九世紀の人々は不完全な写本にもとづく欠落の多いポーラン版とアセザ＝トゥルヌーによる全集版に甘んじるしかなかった。

現在までのところ、ソフィー書翰についての完全な刊本は三種類ある。アンドレ・バブロン版[2]、ジョルジュ・ロト＝ジャン・ヴァルロ版[3]、イヴ・フロレンヌ版[4]。

以上三版が典拠とするディドロの自筆手稿は、現在パリ国立図書館所蔵の「ヴァンドゥル手稿群」に収蔵される。同手稿群にはいま一つソフィー書翰の写稿があり、ディドロの娘婿ヴァンドゥルの手で加筆・削除・訂正が加えられている。さらに同写稿には自筆手稿に見られない通し番号と日付けの書きこみがあり、それによって私たちはディドロが愛人に宛ててしたためた手紙の総数は五五三通、うち三六七通が欠落、現存するのは一八六通、わずか全体の三分の一にすぎないことを知るのである。

一方、ソフィー・ヴォランがディドロに宛てて書き送った手紙は、現在までのところ一通も残されていない。ディドロの側からの約三分の二の行方とともに、このどうしようもない欠落はディドロの私生活をめぐる七不思議の一つであり、さまざまな臆測・推理が試みられているが、ディドロの遺族の手で破棄されたと考えるのが妥当なところだろう。

本章では前述の三種の刊本のうち、ロト＝ヴァルロ版書簡全集第四巻（一九五八年刊、ジョルジュ・ロトの単独校訂）を使用する。

なお、ジャン・ヴァルロは新しいソフィー書翰集を刊行している。(5) 二人の恋人の「愛しの姿を浮き彫りにする」目的で編まれた、ややもすれば感傷的にすぎる撰文集であり、四〇〇頁の小冊子だが、自筆手稿をすべて読み直しての校訂作業を通じて新たな解釈上の問題を提起している（序文、注など）。

3　手紙の背景

ディドロがソフィー・ヴォランと最初に出会ったのは、一七五五年のことと推定されている。推定の根拠はきわめて薄弱で、一七五九年一〇月一四日付けの手紙に「四年前……」とあるためなのだが、ディドロは（私たちとおなじように）、こうした時間観念がかなりでたらめな人間だから、あくまでも臆測の域を出るものではない。

一方、現存するソフィー書翰の最初のものは一七五九年五月一〇日付け（通し番号で一三五信）であり、最初の出会いからこの時点までに書かれた一三四通の手紙はすべて失われている。この欠漏は重大である。二人の交際がどのようにして始まり、いかなる性質のものであったのか、後世は知る由もないからだ。すでに妻子のあったディドロの隠密行動とか、手紙に猥褻な部分があるとか、これまた臆測の域を出ない。

ソフィーの父ジャン＝ロベール・ヴォランは徴税請負監督官で、パリのヴィユー・ゾーギュスタン街（ヴィクトワール広場の脇にあり、現在はエロルド街になっている）に居を構え、妻のエリザベット＝フランソワーズとのあいだに一男三女をもうけた。ディドロがソフィーと知りあったとき、父親と長男のジャン＝ニコラはすでにこの世の人ではなく、ヴィユー・ゾーギュスタン街にはヴォラン夫人と独身のソフィー（一七一六年生まれで、実名はルイーズ＝アンリエット）がおり、姉（一七一五年生まれ）のマリー＝ジャンヌ＝エリザベットは結婚してサリニャック夫人となり、妹（一七二六年生まれ）のマリー・シャルロットはル・ジャンドル家に嫁いでいた。

ディドロは当時の社交界のひそみにならってヴォラン家の女性に仇名をつけ、恋人をソフィー、妹のル・ジャンドル夫人をユラニー、母親のヴォラン夫人をモルフィーズと呼び慣わしていた。(6)

ヴォラン家の三姉妹のうちで、なぜ次女のソフィーだけが独身を通したのか、その理由がこれまた不明である。専横的な母親の犠牲とか、同性愛への傾斜とか、いずれの解釈もソフィー書翰全体からあちこちひろいだした手がかりを踏まえて主張されているが、いま一つ説得性に欠けることは、すでに前章にも記したとおりである。ディドロとの出会いの年齢がすでに四〇歳に近いことを思えば、愛人への貞節という考えもあまり現実性はない。

謎の闇につつまれた交際初期のことはさておくとして、ディドロの生涯で愛人の姿が明白な形で私たちの前に姿を現してくるのは一七五九年のことである。すでにのべたように、現存するディドロからの第一信は同年五月一〇日付けになっているが、その直前に親友グリムにあてた五月一日付けの手紙で、ディドロはなんとも意味深長なエピソードを語る。[7] ソフィー会いたさにヴィユー・ゾーギュスタン街におもむいた彼は、「小階段」をのぼって恋人の部屋に入った。一時間後、ドアをノックする者がいる。母親だった。母は整理机を開いて紙をとりだすと出ていった……。

この一件以後、ヴォラン夫人の二人に対する態度・方針には大きな変化が生じる。夫人には亡夫から使用収益権を譲られたイル＝スュル＝マルヌの別荘があった。娘をあつかましい哲学者から引き離すため、夫人はソフィーを伴ってたびたびこの館に滞在するようになり、ときには数カ月におよぶ長逗留も辞さない。ディドロはこの別離をひどく悲しみ、ソフィーに長大な手紙をしたためる。不在は恋文の絶対条件である、とは時代と国をえらばぬ真実だが、そもそもが「他者」の観念を媒介にして思考し創作するタイプの文学者ディドロの場合、恋人の不在という現実の事態は、いわばソフィーなる読者を念頭においての、ありとあらゆる文学・思想上の実験と冒険を書面に託すまたとない機会だったはずである。だが、それが感情生活の面でどれほどの代価を支払ってのことであったか、そのあたりの消息はあまたの文学史家がこれまでときにかなりせきこみがちな口調でよく強調してきたところだ。

一七六〇年から六二年にかけてディドロを見舞った感情生活上の危機[8]のうちで、おそらく最大のものの一つは、ソフィーと妹ユラニーとのあいだに同性愛関係を邪推し、嫉妬に苦しんだことだろう。本章ではこの時期に執筆されたソフィー書翰に、嫉妬の感情の「痕跡」や、ディドロをそこまで追いこんだ生活上・芸術上の苦悩の「反映」（『百科全書』への弾圧、演劇上の失敗、父の死、など）を、いわゆる「人と作品」風の文学観によって読みとるつもりはまったくない。この種の読解の特徴は、テクストを構成するもろもろの要素をすべて外部の「源泉」や「要因」に還元することにだけ異様な努力が集中する点にあるので、読み手の心的エネルギーは還元作業が終了した瞬間に枯渇してしまい、読解行為そのものもその時点でもっともらしく完了する。

それはともかく、嫉妬の発作は本章が取り上げる一七六二年の夏を最後に、少なくとも書翰資料から窺える限りでは姿を消し、ディドロの生涯に二度と姿を見せない。

4　資料体《コルピュス》

一八六通にのぼる現存のソフィー書翰のうちから、なぜ一七六二年の数十通を選ぶのか。理由はいろいろある。まず、私には「一七六二年の共時的記述」とでも呼べる著作の計画があり、ディドロの書翰はその著作で扱われる資料体《コルピュス》のもっとも魅力あるテクストになりうるからだ。

歴史をただの事件史と見なす人たちにとってすら、この年はたしかに刺激性に富む話題を提供してくれる。カラス事件とヴォルテールの介入、終結間近い七年戦争、イエズス会解散と公教育論議、『エミール』の私教育論とルソーの国外逃亡、ロシアにおけるエカテリーナの即位……。むろん、これらジャーナリズムを賑わした出来事の反響をこの年のソフィー書翰に探しだすのはたやすいことである。

しかしながら、これでは一七六二年に書かれた手紙がなぜほかの時期のものと区別されなければならないのか、その肝心の理由は説明されない。あらゆるテクストは時代の産物・反映である、ということを証明するためなら、年にどれを選ぼうが結果はそれほど変わらないはずだからだ。ここにおいても害毒を流しているのは、またもや書翰をめぐる昔ながらの通念、すなわち二次的な資料の貯蔵庫としか書翰を考えようとしない便宜主義である。ディドロにおける恋文執筆と時代とのかかわりは、恋文のテクストのより深い部分にもとめられなければならない。そして、一七六二年の場合、一つの共通テーマが手紙と時代の双方を、それぞれの構造体の深層で底流していると思われる。このテーマなるものについてはいずれ触れたいと思う。

次に、書翰の資料体《コルピュス》を一定時期に限定したについては、手紙の配列構造自体にそれをうながす一つの必然があるという理由は、やはりあげておきたい。一七六二年を通じ、ディドロはソフィーに宛てて四八通の便りを出している。通し番号で二八〇信から三二七信まで。うち現存するものは三四通。日付けを追って順に見ると、最初の二八〇信は四月二〇日付けで、前年の一〇月二五日（二六八信）以後一一通分の欠落をはさんでの再登場である。この秋から春にかけての時期、ソフィーはパリに帰っているから、一一通の失われた手紙とは、タランヌ街（サン゠ジェルマン・デ・プレ教会の斜め向かいにあった）の自宅をぶらりと出たディドロがセーヌを渡ってパレ・ロワイヤル地区を散策し、ついでに立ち寄ったヴィユー・ゾーギュスタン街にたまたま愛人の姿が見あたらないと、必ず書き残す習慣のあった短い走り書きであるにちがいない。

さて、四月二〇日付け二八〇信はやはりパリにいる相手に宛てたもので、ランデヴーのキャンセルが主たる用向きであり、その後は七月一四日の二八九信まで八通が欠落する。この八通がいずれも長文で、パリからイル＝スュル＝マルヌに宛てたものであることは、七月一四日付け書信の冒頭でディドロが本信を含めて九通と数えている一行から推察できる。(9) ディドロは避暑地のソフィーに出す便りにはまとめて通し番号をつける癖があり、パリでの簡略な書き置き文と長大な恋文とを峻別しようという気配りがこの際重要である。イル＝スュル＝マルヌへの定期便は週二回がほぼ決まりだから、七月一四日から八通分を逆算すれば、ソフィーの出立は六月半ばごろとほぼ推定できるだろう。

それ以後、夏から秋にかけて現存のソフィー書翰はことごとくイル＝スュル＝マルヌに宛てて送られる。七月一四日（二八九信）より一一月二五日（三二七信）まで計三九通。そのうち一〇月に三通、一一月に三通、あわせて六通の欠落があるから、差し引き三三通の現存テクストが差しあたって本章の対象とする分析材料ということになる。

一一月二五日付け三二七信のあと、一七六五年二月二三日までじつに二年と三カ月におよぶ欠落がくる。したがって現存書翰の配列を一七六二年について吟味すると、七月から一一月までの三三通がわずかな空隙を含みつつもほぼまとまった単位を構成し、あつらえ向きにできすぎてはいるが、やはりこちらの読みを誘う。三三通のまとまりの前後に広がる欠落の意味については、手がかりとなる資料・証言のない今はいかなる解釈もむなしい。むしろ現存資料の三三通を見据えて興を誘われるままに読みほどき、まとまりをまとまりたらしめる内的機縁について一考することが私に残された道である。

5　仲裁者

何よりもまず、恋文を介しての書き手の自己演出の趣向がある。相手からよく思われたい、自分を美化したい――この願望はあらゆる恋文の言語を虚実皮膜のあいだに置く。ことはディドロに限った話ではないし、ソフィー書翰全体でことさら一七六二年の手紙にその傾向が強いという気配もない。

だが、私が「まとまり」と呼ぶ三三通の第一信から、ディドロの巧妙な自己美化の手口は早くも読み手を魅惑する。このひと夏を通じてディドロがソフィーに語り伝える種々雑多な話題で最大のものは、イエズス会の解散でもカラス事件でもなく、ドルバックのサロンの善男善女のなんとも他愛のない右往左往ぶりである。この騒ぎの外にディドロはぽつねんと立ち、孤独の思案顔を愛人のほうにふり向ける。

ことの起こりは、ドルバック夫人とグリムのなさぬ仲を云々するドルバック男爵宛ての匿名の手紙である。七月一四日付けはスキャンダル・レポートの第一回で（この手紙が三三通の第一通目である符合もまた面白い）、この中傷が「百科全書派」の仲間うちに巻き起こした波紋の広がりをよくとらえている（44－47＝書翰全集第四巻の頁数）。ドルバックは妻の潔白を確信するが、グリムの愛人エピネー夫人の嫉妬のあまりの軽挙妄動を許せず、絶交を決意し、グリムは両者の板挟みになる。

七月一八日付けで事態はますます紛糾する。サロン仲間のスュアールとル・ロワがべつべつにドルバック夫人に惚れこんでしまい、さらにドルバックへの新しい密告がある（50-54）。ディドロの調停・仲裁の努力は効を奏さず、ディドロは次第に友人への幻滅をおぼえ始める（七月二二日付け、60-61）。

その先、この狂奏曲は紆余曲折をへて夏のヴァカンスの出入りにまぎれ、ドルバック夫人とエピネー夫人との形だけの和解という小休止（九月二二日付け、148）のあと、グリムの大旅行への出発などでいつの間にやら水に流れた格好になり、一一月初旬にエピネー夫人の母が死去したことで夫人は周囲の同情・憐憫から一切を許される身となってしまい、ドルバック夫人がエピネー夫人をブリーシュの館に見舞う約束でめでたしの大団円となる（一一月七日付け、213-214）。

一連のエピソードはたしかに風俗活写としても面白い。[10] しかしながら、ディドロがみずからの役割を「仲裁者《パシフィカトゥール》」と規定し（65）、頑迷強情な男女のあいだを東奔西走する姿（というよりは、そういう姿をソフィーに彷彿させるべく手紙づくりを工夫する手つき）には、極言すればすぐれて道徳的・政治的な企ての機微が感じられる。密告だの不和だの、中傷だの、生々しいものをディドロは眼前に見届けながら、なおその向こうに広い期待の地平を哲学者《フィロゾフ》として遠望しているのだ。ドルバック邸のトラブル初期に、ディドロは美しい文章を書いている。前章で引用済みの箇所ではあるが、あえてもう一度訳出する。

二週間前、当家にはえもいわれぬ調和がみなぎっていました。みんなは笑い、冗談《オン》をいい、抱きあい、愛撫しあい、出まかせでどんなことでも口にしあうのでした。男たちは女たちの膝もとにいて、恋人はそれを笑い、亭主もべつに気にとめません。目指す女性とのあいだの肘掛に恋人か亭主が座っていると、「身をかがめて」というのです。相手が身をかがめると、その女房か恋人にキスします。たまたまキスの音がして相手が「何の音だ」と尋ねると、こう答えます。「奥様にキスしましたよ」。すると相手は答えて、「もう一度やってくれ、馴れとかなくちゃ」。でもう一度やるのでした。
今日はみんな真面目です。おたがいに身を離しています。入ったり、そばを通ったり、出たりするときはお辞儀や挨拶をかわします。相手の話を聞くばかりで、話しあおうとしません。話しあうことがないか、知っていることを話しあう勇気がないからです。何にでももったいをつけるのは、みんな後めたいからです。私はそれを見て、退屈で死にそうです。（67–68）

訳文にはほとんど現れないが、ディドロは「オン」（on）という代名詞に格別な愛着を抱いていた。明暗二色に塗り分けたドルバック邸の人模様で、「オン」は友愛と至福の劇に興じる無邪気な天使にも、断絶と絶望に凍えた悪魔にもなる。「オン」のたたみかけるような反復は、このくだりを何気ないさまでじつは一幅の寓意画に変貌させるのだ。

前半部に見られる和やかな男女交歓図はディドロの社交性哲学《ソシアビリテ》を図案化したものと読める。愛は孤独のなかで純化せず、人と人とのあいだにある、とディドロはいいた気である。とりわけディドロは愛が一夫一婦制を超え、さらには一対の恋人関係をも突きぬけて、三人世帯（夫と妻と愛人）

で成就しうるという事実にいたく興を動かされている。[11] 引用の後半はこのユートピア崩壊の地獄絵にほかならない。

　だが、ここでことの順序をとりちがえてはいけない。まずソフィー書翰に他愛のないサロンの近況報告が書きとめられ、次にこの私がその報告文にディドロの友愛哲学をあてはめた、という手順は間違っている。ディドロのユートピアは眼前の現実を超える強度の倫理規範として、自分自身の感情生活の深みに根を下ろし、ディドロはいわばその規範の眼鏡でサロンの人間関係というテクストを読んでいる。いや、読むばかりではなく、みずから作中の一人物としておのれの美徳哲学の劇を生きようとする。だから虚実はさかさまなのだ。ディドロの「三人世帯」の理想がいかに荒唐無稽でも、それは本人にとってはてこでも動かぬ現実であり、ドルバック邸の生ぐさい人模様がいかほど浮世の手垢にまみれたものであれ、それはいくらでも脚本の手直しがきく虚構の世界なのである。

「仲裁者《パシフィカトゥール》」ディドロの努力は、それゆえ引用後半の地獄絵を前半部の楽園図へ描き替える「手続き」に集中する。手続きとは「美徳」を聖書がわりとする良心教導僧にも似た友情ある説得である。ドルバックは感きわまって涙さえ流すのだ(63)。この啓蒙哲学道徳の権化とも見える粉骨砕身ぶりは、むろん読み手のソフィーを意識した自己演出の趣が強い。

　このごたごたのなかで私一人が罪もなく安閑としているのです。　(54)

その点に気がつくと、連想は道徳思想からおのずと政治思想に伸びる。「仲裁者」とは「媒介者」であり、ディドロがドルバック邸の騒動で演じる役まわりには、一般意志（グリム、エピネー夫人）のために君主（ドルバック）への諫言を辞さぬ哲学者の風貌さえ感じられる。従来の神権国家説による三位一体「神意―司祭―君主」に対置される新しい三位一体「一般意志―哲学者―君主」の関係が、そのまま日常生活の文脈に転移され、ディドロは新しいタイプの良心教導僧＝哲学者として一般意志と君主とのあいだの疎通をはかるのである。

「媒介」の思想はソフィー書翰で語られるいわゆる政治論議に通底する。もっとも代表的な一例は七月二五日付けのデンマーク王のエピソードだろう（66－67）。民衆の歓呼に応えて自分の帽子をほうり投げ、人々のなかに分け入って、「私の民万歳、私の臣下万歳、私の友万歳、私の子供万歳」と叫んだ王の話に、ディドロは涙を流して感動するが、このエピソードがさきほどの引用文の直前に語られている取りあわせの妙もさることながら、ディドロがくだんの「帽子」に異常に執着し、帽子をたまたまひろった果報者の愉びに自己同化する熱狂ぶりをやはり見咎めないわけにはゆかぬだろう。いうまでもなく、帽子は「一般意志」と「君主」とを結ぶ「媒介」の形象化したもので、ディドロにとっての「哲学」をそのもっとも高度な社会的役割において象徴しているのである。

6　三人世帯の共時性

ドルバック邸のごたごたやデンマーク王のエピソードを絡める糸目を、誠実な哲学者という、書き手がおのれにあたえんとするイメージに読みとるのはさほどむずかしい業ではない。ラブレターにならいくらでもありそうな工夫で、とりたてての狡知がこめられているとも思えない。

　読みにてこずるのは、書き手のディドロの眼に読み手のソフィーが確たる映像を結んでいない場合である。両者をつなぐ「媒介」が見えず、それこそ前項の引用をむしかえせば、「話しあうことがないか、知っていることを話しあう勇気がない」状況に、ディドロ自身が追いこまれる。三三通の資料体のトップを切る七月一四日付けの長信がその好例である。

　これは三三通中、書き手の思いがいちばん欝屈している便りであり、ソフィーへの謎かけとディドロ自身の決意・覚悟があれやこれやの社交記事にまぎれて散見され、読み解きにくいテクストになっている。

　謎かけと決意とはおなじ一つのテーマを母胎にして、書翰冒頭にどさりと投げだされている（39）。まず、話したいことはいろいろあると前置きしてから、「私の手紙は生活のかなり忠実な記録《イストワール》です」と文通行為の新たな定義づけがなされる。そして天文学者が天体観測に一生を費やすように、なぜ人間も精密な自己観測にもとづく日録を試みないのか、と問いかけ、いわばソフィー書翰をそのような「自伝記述」の場としてとらえ直す決意がほの見える[12]。ほの見えるのだから、この決意はとりあえず表向きのものである。そして「自己観測」というおなじ母胎の今度は裏側から、ソフィーへ向けての謎かけが発せられるのだ。

　謎かけのほうは「記録」よりも「告白」に重きを置く。自己を冷徹に見つめての観測結果をすべて隠さず認めるのは勇気のいることだ。王様殺しを思うことより、公衆浴場で美少年に心を動かすことのほうが、みずから認めて反省しにくいものである。ソフィーよ、あなたならすべてをいうだろうか。ユラニーにもおなじことをちょっと尋ねてごらん。「誠実たらんとする企て」も、怖じけるぐらいなら絶対やめるべきなのだから……。

以上のくだりは、数年来ディドロを苦しめてきた愛人と妹ユラニーとの同性愛的心情に対する嫉妬の発作の、おそらく最後のものである。このあまりにも見え透いた言いくるめでディドロが何を伝えようとしているのか、正直のところ私にはよくわからない。ともあれ屈折したほのめかし（公衆浴場のくだりで当事者の性をすりかえるなど）をソフィーが読みとれないはずもなく、いわば「知っていることを話しあう勇気がない」ディドロの側の余意余情は伝わったものと思われる。「自己観測」に終始するプロローグの表と裏は一体であり、忠実な日録書翰の実践企画はあながちソフィーから「告白」を引きだすための口実・手管だけともとれない節がある。が、日録書翰云々はいずれ触れることとしたい。ここでは裏の謎かけが七月一四日付け書信の先々の頁にまで微妙な余韻を響かせている、そのあたりの消息を見届けておこう。

この手紙が伝える雑多な話題で最大のものは、なんといっても前項に取り上げたドルバック家の騒動で、全体の三分の一の分量を占める（44－46）。ここの記述の本義を、前項のようにディドロの道徳・政治思想発現の場に限定せず、書翰の書きだしのテーマとの関連で、いわばテクスト内部の照応関係の文脈のなかから吟味し直してみると、果たせるかな面白いものが見えてくる。騒動話は時間構成上、Ａ（現在）、Ｂ（過去）、Ｃ（現在）の体裁をとる。ＡとＣは手紙の執筆時点、つまり七月一四日の出来事を叙し、親友グリムとの久方ぶりの再会の模様が語られ、真ん中のＢで数日前の近過去を回顧しながら、ドルバックからスキャンダルのいきさつを聞いて心を傷める話がサンドウィッチされる。すなわち騒動譚という過去Bをディドロ＝グリムの現在ACが振り返る趣向である。Aでのグリムは眼を病んで失明寸前であり、加うるにスキャンダルの当事者としての悩みもある。ディドロはそんなグリムを抱いて両眼に接吻する。

両眼にキスしました。妬かないで。そう、まるであなたの眼にするみたいに、何度も何度もキスしたのです。かつては空のように澄みきっていたのに、光の消えかけているあの美しい眼に。(44)

三人世帯（ディドロ＝ソフィー＝グリム）のユートピアが顔をのぞかせている。ところがこの至福のトリオは、Bのもめごとをへて C に辿りつくと変質をきたすのだ。Cのはじめの部分で、ディドロはグリムがドルバック夫人と親密すぎたのもいざこざの一因であると、親友を諫めるが、グリムは笑ってとりあわない。その冷静ぶりにディドロは腹を立て、この男がユラニーと知りあったら二人してわれわれを馬鹿にするだろうから、とても紹介などできない、と結ぶ。Aの三人世帯（ディドロ＝ソフィー＝グリム）の調和が、Cではべつの三人世帯（ディドロ＝ユラニー＝グリム）の不調和に席を譲るのだ。AからCへの不如意な移行のなかに、実はサロンの内紛などよりもはるかに痛切な危機の様相が読みとれる。この読みの位相では、手紙が伝えるドルバック邸の騒動はテクストの表層を彩る一見派手なエピソードの一つでしかない。本当の危機はユートピアの崩壊という形でテクストの奥深い領域に潜伏している。

　こうした、口に出せない事柄を隠蔽し、テクストに一種の自己検閲機構を仕掛ける手口について、ディドロはどこまで自覚していたのか。「人と作品」風の実証主義を適用するなら、まずこの前後のディドロの著作（『修道女』における語りの屈折した意識、『ラモーの甥』の面従腹背の道化ぶり、さらには『出版の自由に関するおぼえ書き』など）や生活（遡ればヴァンセンヌの入獄体験から、近くは『百科全書』への弾圧）を探るのが筋ということになろう。だが、本人によって本人を説明する方法は、つまるところ同義反復のそしりを免れないのではあるまいか。私見によれば、ソフィー書翰（とりわけ七月一四日付けのように憂苦の色濃い便）のテクスト深層にみられる抑圧された真実とユートピア願望との表裏一体の関係は、そのまま一足跳びに一七六二年のフランス文化の構造そのものであって、双方に底流するこの共通テーマの穿鑿こそが重要なのだ。

　書翰資料体《コルピュス》を離れて他の文献に思いを寄せるのは本章執筆の際の禁じ手であるから、エスキス程度のもので概括しておくと、まずこの年の主要な文化状況を七年戦争末期という大状況の下に据え、「検閲」というテーマでくくることは可能である。一七五七年一月、国王ルイ一五世を襲ったダミアンの犯行直後に発布された法令（四月一六日付け）は、「宗教を攻撃し、人心を動揺させ、国家の秩序と安寧を乱す傾向のある書物」の印刷業者、出版業者、行商人に対して、一六二六年以来はじめて死刑を復活し、多くの著述家をパニック状態におとしいれた。『百科全書』、エルヴェシウスの『精神論』をはじめ検閲の対象となった書物は枚挙にいとまがないが、一七六二年に入ってもルソーの『エミール』焚書事件があり、同事件のあおりを喰ってソーヴィニーの波乱含みの戯曲『ソクラテスの死』までがコメディ・フランセーズで上演禁止となり、さらにジャンセニストの機関紙『聖職者新報』の執拗なイエズス会攻撃と同会の鳴物入りの解散、マラグリーダ神父[13]の受難に応えるかのようにしてモルレが仏訳したニコラス・エメリの『異端審問官の手引』刊行、そして新教徒カラスの処刑、という風にみてくると、ディドロのような作家が当局側の検閲に見あう「自己検閲」装置をおのれのテクストに仕掛け、表層と深層の二重構造を設けての「謎かけ」で心の真実を伝えようとする機微はよく理解できる。

一方、「三人世帯」のユートピア願望もディドロの独創とはいえない。「恋愛」と「友情」を同居させ、牧歌的自然の懐で不可能を成就しようとする詩の試みは、何よりもこの年最大のベストセラーというべきサロモン・ゲスナーの仏訳『牧歌《イディル》』の世界にその十全の展開を見せる（とりわけ第四話「ダフニス」および第一一話「ダフニスとクロエ」）。そしてゲスナーの詩的ユートピアを受容する文学上の感受性はすでに前年刊行のルソー『新エロイーズ』（とりわけクララン農園での「三人世帯」）で準備され、さらに遡って一七六〇年のジェイムズ・マクファーソン『オシアンの詩[14]』あたりにまで流行の淵源をもとめることができそうだ。

以上、雑駁な走り書きだが、こうした明と暗、抒情と屈折が交錯する時代の気分は、ディドロの恋文に的確にうけとめられている。とりわけ七月一四日付けはあくまで日常書翰文の枠をはみだすことなく、しかも読みのおもむくところ、ごく自然にそこまで想像と調査を誘う手紙である。

7 関係の逆転と変容

前項で宿題になっている自伝記述の企てに話を戻したい。七月一四日付け手紙の冒頭に告げられる自己観測の記録の実践は、ソフィーから「告白」を誘いだす修辞上の罠としても機能するが、一方でディドロにしてみれば自分の側の誠実を、ソフィーへの定期便に盛りこむ身辺消息記事の正確さと真実によって証明してみせようとする決意の表明でもあったにちがいない。ディドロは改めて手紙の発信日を日曜と木曜に決め（102）、七月一四日付けを含むはじめの一二通（八月一九日まで）では「生活のかなり忠実な記録」の執筆を心がけて、ドルバック邸のいざこざを中心とするパリ生活情景の報告に精をだす。

八月二二日付け書信が一つの転機を形づくる。イル＝スュル＝マルヌのヴォラン家の別荘でぼやを出し、愛人やその母親の身を気づかうディドロの筆は公約の「日録《ジュルナル》」を完全放棄せざるをえなくなるのだ。本人もそれを気にして弁解がましい言葉を口にする。「日録の続きを始める気になれません。そちらからのお指図を待つことにします」（114）。「お宅の不幸で日録が中断したおかげで、材料の貯えは豊富です」（124）。「日録を再開する前に……」（125）。

最後の引用が示すように、九月初旬ごろ日録復活の兆しがみえるのも束の間、ヴォラン家の火事の後始末[15]やディドロ夫人の重病で立ち消えになる。「またまた日録は中断です。いつ再開できるかもうわからないし、その気になったとしても、申し上げたいことの一つでも覚えているかどうか、ますますもってわかりません」(147)。

どうやら本人自身にも公約履行の気はないらしい。第一、「すべてを口にする」企てとはただの身辺消息記事の作成に帰してしまうものであろうか。九月五日付けで、ディドロは本音を吐く。

私はあなたの眼の前で生きるのが好きなのです。だからあなたに書き伝えようと思うときのことしか覚えていません。それ以外のことはすべて忘れてしまいます。(133)

ここでも虚実の逆転が生じている。「すべてを語る」といっても、身辺の生活事象の一切を報告するのではなく、あらかじめ取捨選択された事柄の「すべて」を、とディドロはいいた気である。その際の選択基準はソフィーの「眼の前で生きる」というディドロの対他意識のなかにある。それゆえ、「誠実たらんとする企て」の本意は、事実への従属ではなく感情への忠実に存する。

あなたは一日の刻一刻に私の注意を向けさせてくれます。自分の考えたこと、なしたこと、し忘れたことを教導僧に報告しなければならない信者でも、これ以上細心におのれを見張りはしますまい。(87-88)

この、ソフィーあるがゆえの自己観察から紡ぎだされた書翰の言葉は、書き手の「感じやすい魂」の位相で読まれなければならない。

どんなことをお話しするのでも、私の魂はあふれだし、いつでも私の愛情がどこかに潜んでいるのがお眼にとまるでしょう。（44）

とりあえずはここで、前項で触れた自伝記述と謎かけという二つの事柄が一つになり、「愛の証しとしての日録書翰」という、身辺雑記風の手紙がソフィーへの誠実さを証明できるような企てに結晶する。事実の確認よりも情の見きわめを相手にもとめる趣向である。

こうした虚（情）を実に見替える工夫のなかに、ディドロはユラニーに対する嫉妬心をきれいさっぱり洗い流してしまった。この夏、ユラニーは少し遅れて八月半ばごろにイル＝スュル＝マルヌの母と姉に合流する。その少し前、七月二二日付けの便りはユラニーからの手紙が「期待に反して純粋な愉びをあたえてくれた」嬉しさを記し、「だからあの人が、あなたに愛しているというのを許しましょう」とまでつけ加えている（64）。ここにもまたソフィーへの愛とユラニーへの友情を栄養源とする「三人世帯」の夢が生まれかけている。

事実、ユラニーが別荘に到着した後は、ディドロは二人の姉妹に宛てて手紙を書くようになる。嫉妬は消え、愛人と友人とはまったくおなじ資格でディドロの愛情の対象となる（140）。書き手と読み手二人とのあいだには魂の透明な交流があり、たえずおたがいの役割交換が行われる。ディドロに代わってユラニーの額に接吻するのはソフィーであり（95）、ソフィーに代わってディドロの腕に抱かれるのはユラニーであり（206）、ディドロに代わってソフィーの誕生日に花を贈るのはユラニーである(115)。しまいにはディドロは二人のどちらを愛しているのかさえわからなくなる(109)。三者の融合は身体接触のレヴェルでも頻繁に行われる。「私はあなたがた二人の手をとってキスします。内側のほうがあなたの手。外側のが愛しい妹さんの手」(142)。

事実上の名宛て人が二人になったことで、ディドロの筆の運びはなめらかになる(124)。そこから次のような表白が聞かれる。

あなたがたは、私の考えること、なすことの目標です。何か善行の機会があると、私はそれをしてからこういいます。あの人たちが知れば、この私をさらに高く評価してくれるだろう。もっと恬淡としていなければいけないのでしょうが、あなたがたの賞讃は快くて、なしではすまされないのです。(197)

後年ディドロがファルコネとの論争書翰で表明することになる「後世」への信仰が、ここでは小さなスケールにまとめられて芽吹いている。芸術上、哲学上の思想を支える理念の面影が、日常書翰の筆の捌きに移っている。私たち現代の人間の価値観とはべつに、ディドロは哲学の重みと手紙の軽みとを一体と見て、どちらにおいてもおなじ感情の真実を追求するのだ。そしてこの際重要なことは、「三人世帯」の夢がとにもかくにも書翰という虚構を介して実現するためには、ソフィーが「恋人」の位置からわずかに移動してユラニーの占める「友人」の座に近づきかけている、という事実である。一七六二年を境に、ディドロとソフィーとのあいだで何かが変わる。愛情の冷却とか、片方の心離れとかでは説明のつかぬ微妙な変化である。だがこの問題を追求するには、ソフィー書翰全体を対象とした、いわゆる伝記批評風の読みが必要になってくる。(16)

8　性愛のゲーム

ソフィー書翰の基本テーマの一つに生理学とエロティスムがある。のちの『生理学原理』へ向けての心身相関領域にたいするディドロの強い関心を示すものとして、この書翰集にまさる資料はあるまい。

しかしながら、手紙を文献と見ずに、ソフィー（そしてユラニー）という「目標」へ向けて構成されたテクストと解すれば、「身体」、「病気」、「性」、「結婚」、「子供」といった一連の主題群は、不在の恋人を言葉の喚起力で眼前に呼びだすのにもっとも適した意味場をつくりだすものといえる。

蒲柳の質のヴォラン姉妹の健康を気づかう筆（37、54–55、72、86）は月並みな挨拶言葉の域をはるかに超えているし、別荘の火事見舞いの手紙では姉妹の火事現場での狂乱ぶりをみてきたような迫真の描写で再現し、とりわけ二人の身体部位の疲労や異常が舐めるような筆致で書きとめられる（116–117）。

他方、七月末ごろから始まったディドロ夫人の病気についても、詳細をきわめたカルテが毎回記される。看病疲れでディドロ自身の憔悴がひどくても、カルテの精密さは変わらない（とりわけ182）。ソフィーであれ、ユラニーであれ、はたまた妻であれ、相手かまわず身体の異常について書きとめる行為そのものが、自分の満たされぬ欲望の空間を補塡するとでもいいた気である。いわゆる性愛に関する直接の言及もある。ソフィーが「ときどき」はディドロを欲しがると知って、ディドロは喜んでいるが(188)、ディドロの側もアンドレ・バブロン版までは削除されていた一節で憚らず次のようなことを書いているのだ。

昨夜は何という夜だったでしょう。あんな悦び、苦しみは久しぶりです。でも奇妙なことではありませんか。夢が私の想像にあたえてくれるものは、官能に必要な狭い空間といつもきまっているのですから。周りには何もなし。肉でできた容器が一つ。それだけです。(93)

しかしながら、このくだりのほかにもう一箇所、ディドロがいわゆる「若気の過ち」を回顧しておもしろおかしく語っている二つのエピソード(76－78)を除くと、性愛をめぐる露骨な一節は三三通の恋文にまずほとんど見当たらない。ここでもまた、書翰テクストに設けられた自己検閲装置を考えるべきなのだろうか。これは、それほど大袈裟なものではあるまい。むしろ、欲望の自動濾過装置というべきだろう。ディドロ側の生《なま》な欲情・情動は手紙の執筆過程で水に薄められ、ソフィー(またはユラニー)への挑発や暗示の働きをもつ大小の形象《フィギュール》となってテクストのなかに再生する。そうした形象《フィギュール》の多くは論理や道徳で武装した、一見しかつめらしい表情をしている。論文の脚注を書翰からの引用で埋めたがる研究者にはまさにあつらえむきの素材なのだ。一一月七日付けで、読書や思索の不健全を難じる「動物の状態《コンディシオン・アニマル》」の効用を説くくだりなどがその好例で、ここの巧まざるユーモア効果を等閑視してディドロの唯物論学説へと直行すれば、独り合点の見当外れになる。ディドロは修道院教育のため、多少とも偽善への傾きのあるユラニーを牽制しながら、ソフィーへの欲望を遠まわしに語っているのだ。

書翰をことさらに色っぽく温める一連の主題系（愛→夫婦→妊娠→子供）もそうした視点から吟味されるべきである。仮にこれを「愛の主題系」と呼んでおくと、この主題系の最たるものにディドロがソフィー（とユラニー）にたいしてつきつけた二つの「良心の問題」（cas de conscience）がある。

一つ目のものは七月一八日付け書信が初出で、「まじめに考えてから答えてくれ、というのもこれはよくある面白半分の想像上の良心問題ではなく、実話なのだから。ユラニーも参加してくれればなお結構」と前置きがある（57）。肝心の問題とは以下のような内容をもつ。三二、三歳で結婚の意志のまったくない独身女性が子供を欲しくなった。そこで四〇歳の、妻子があって恋人を熱愛している男に白羽の矢をたて、人柄も容貌も自分にふさわしい人と見きわめた上で話をもちかける。自分はあなたにひとかけらの「愛」も抱くものではない。その点で誤解のないように。だが、あなたの子供が欲しい。この件で誰かに相談の必要があるなら、私の名前を出してくれてかまわない。あなたが子供の父親であることを知られたくないなら、私のほうは固い沈黙を名誉にかけてお約束する……（57‐59）。

さらにディドロはつづけて、断っておくが自分はこの女性を知ってはいるけれど、相手の男は自分ではない、と結ぶ（59）。

七月二八日付けで、「四〇歳の男」はしばらくの猶予をもとめた、と新しい情報が加えられる(78)。ソフィーの解答らしきものが話題になるのは八月二九日付け書翰である。どうやらソフィーの反応はネガティヴで、くだんの女を「おかしなことを考えつく女《ひと》」と評し、女と相手の男とのあいだに愛が芽生える可能性を危惧するとともに、生まれた子供を立派に育てられると思いこむなどうぬぼれもはなはだしい、と批判したらしい(122)。ディドロは女を弁護し、女が男に向かってのべた言葉をさらに長々と引用する。長台詞の前半は結婚や妊娠にかかわる社会の法の恣意・独善に対する批判であり、「この私を不妊につくらなかった以上、私が子供を産むようにと欲している自然の法」を強く主張する(122－123)。後半は男の愛する恋人のありうべき反応を論じる。この女性はいう――もしあなたの恋人が私の意向に反対するなら、私は自分を恋人よりも高く評価するし、彼女はあなたを高く評価していないのだと思う。あなたの恋人はあなたと私が寝ることで、恋人を失いはしまいかと心配しているのだから……(123)。

この「良心の問題」が事実にもとづくかどうかの穿鑿は今となっては叶わないが、ディドロのソフィーに対する挑発の意図は見え透いている。九月一二日付けと同二三日付けで、ディドロは自分が問題の男ではないといい張り、そう思いたがっているらしいソフィーに釘をさす(150)。

九月一六日付けの手紙では冒頭からディドロ自身の反論が開陳される。ソフィーはどうやら子供が嫡出子ではないことを問題にしているらしく、ディドロはダランベールを例にとって私生児の擁護にまわる(150－151)。私たち(嫡出子)は皆、「情念、瞬間、偶然、秘跡、闇、夜」の申し子である。ところが、「誠実、良識、理性、男女の義務、自然、感性」が子供をつくろうとしているのに、あなたは反対した。残念なことだ。生まれてくるのは偉人、もしくは善行の人かもしれなかったのに……(151)。

ディドロの拘泥ぶりにはどこか常軌を逸したところがある。前引のくだりも、よく読むと、ディドロがいいたいのは「良心の問題」の当事者二人の男女のことか、それともディドロとソフィーのあいだのことか、どちらともとれるような工夫が凝らしてある。かつてディドロは恋人にそのような申し出をして断られた思い出があるのかもしれない(17)。さらに九月二三日付けでは挑発がより露骨さを増し、相手の男がディドロその人だったらなぜあなたは困るのか、と矛先を向ける。そうしてこういう申し出を受けた場合、男としては愛する女《ひと》に同意をもとめなかったら、それこそ信義にもとるではないか、と具体とも抽象ともつかぬ言を弄してソフィーを煙に巻く(167)。

七月一八日から九月二三日までの手紙で連綿と論じられた第一の「良心の問題」の間隙をぬうようにして、第二の問題が提示される。七月一八日付けの書翰がそれで、第一の問題より手を焼くとディドロは断っている。結婚して六人の子持ちのうえ、愛人が一人いる女性が、夫を要職につけてくれるよう願い出た。相手の男は一夜の同衾を条件に承知した(84)。ディドロはこの記述につづいてすぐに自分の注釈を加える。正しい行為と、「液体数滴の心地よい喪失」とのあいだに何の関係があるのだろう。自然は善にも悪にもかまけない。自然の目的は二つ、個の保存と種の繁殖である、と(84-85)。

八月一五日付けで、ソフィーが第一の問題に先がけて第二の「良心の問題」にやや否定の解答を出したことがわかる。ディドロは反論して、女が自分の情念のためにさんざんやってきたこと（つまり愛人をつくったこと）を、なぜ夫や子供のためにできないのか、と問い返す(103)。

八月二九日付けは第二問題のいわば総集編で、今度は矛先がユラニーに向けられる。どうやらユラニーは第一問題の独身女性には好意的らしいが、第二問題の人妻には「厳しい」判断を下したものと思われる。ディドロの論法はここでも八月一五日付けとおなじで、情念でやったこと（女の愛人関係）を理性（夫のため、子供のため）でやってなぜ悪い、というものである(120)。ユラニーは人間の「無垢《イノサンス》」にこだわるが、もうそんなものはどこにもない。女がやろうとしているのは、「あらゆる法のなかでもっとも下らなくて奇妙な市民法の違反」であり、「二本の腸の束の間の摩擦」にすぎない(120)。男への身売りは、相手を侮蔑し、忌み嫌っての「理性ずくめの所業」なので、病気の際に「外科手術用具」をやむをえず使わせるのと選ぶところがないではないか……(121)。

以上が一七六二年夏にしたためられたソフィー書翰最大の話題ともいうべき二つの良心問題のあらましである。目のつけどころとしては、まずソフィーとユラニー相手の文通で、おそらく第一問題の狙いは独身の姉であり、第二問題の人妻はすでに結婚して子供もある妹のユラニーと重ね合わせて読める、という筋があるだろう。案の定、狙いはあたって、ソフィーは第一問題を扱いにくそうにして二カ月もてあましたし、ユラニーの第二問題への解答は迅速ではあったが、ディドロが独自の自然道徳論を展開する絶好の口火となっている。論争の知的レヴェルでは、ディドロは二人の姉妹の性愛をめぐる保守的なイデオロギーを崩しにかかり、他方、二つの問題はあくまでも実話であると微妙な含みのある謎かけで、姉妹からみれば虚とも実ともとれる意地の悪いゲームを愉しんでいる。

二様の「良心の問題」でディドロが主張したい思想の根幹は、性行為の本義を社会体制の基底をつきぬけたところにある自然にもとめる方向（「二本の腸の束の間の摩擦」）と、その自然主義へのカウンター・バランスとして俗世間の通念や市民社会の法規範を超えて性行為を律する理性（「理性づくめの所業」）の道徳である。一見相反するこの二つの方向は、「問題」の当事者である二人の女性に血肉化して一個の批判的思想となる。第一問題の独身女性は自然法と理性道徳を盾に社会体制への加入を拒み、第二問題の人妻のほうは体制内部での違反行為によって体制そのものを相対化するからである。

9　観念の巨大な連鎖の環

最終項目に辿り着いたところで、手紙の名宛て人であるソフィーやユラニーの気配を一切消し去ることのできる位相、すなわち書翰それ自体のつくられかた、書かれかた——つまりは広義の文体という位相からすべてを眺め直してみたいと思う。

手紙に限らず、ディドロにはいろいろな著作で自分の筆の融通無礙、奔放自在な運びをことさらに強調する癖がある。『自然の解釈について』の冒頭などがその代表的な例である。

自然について書こうと思う。対象が私の思索に現れてきた順序どおり、いろいろな考えが筆先に次々と現れるにまかせよう。そのほうが私の精神の動きと歩みを、思考がよく表してくれるだろうから。[18]

こういう自注をどう解したものか。とりあえずはこの数行を、ソフィー書翰三三通の第一信（七月一四日）冒頭に記された例の「自己観測」企画の一節に重ね合わせよう。

自分の精神のあらゆる考え、自分の心のあらゆる動き、あらゆる苦しみや喜びを正確に記録する勇気のある者など、誰もいないだろう。　　(39)

誰もいないが、しかし自分にはできるとディドロはいいた気である。事実、その少し先で、書きつつある手紙についての自注の言葉が聞かれる。「私はあなたに向かって、秩序もなく、反省もなく、脈絡もなく話しています……」(43)。まるで筆の運びが支離滅裂で論理の整合を破るほど、テクストは書き手の内面の真実を伝えるとでもいうかのようである。

手紙の書法が自由であるとは、また選ばれる話題も多岐にわたることを意味する。「いろいろ申し上げたいことはあります。愉しいこと、悲しいこと……」(39)。しかもディドロは雑多な論議・挿話・珍談のあいだにつとめて価値の序列を設けないようにする。『ラモーの甥』でもおなじみのカフェ・ド・ラ・レジャンスで目撃したチェスをめぐる些細ないざこざについて叙したあと、「くだらない話で本当にすみません。でも、取るに足らぬことというのは必ず何かしっかりした考えをあたえてくれますからね」(205) という弁解がつくのだ。

このあたりの消息をディドロ自身のやや改まっての解説にもとめようとすれば、私の知る限り最良の自注はファルコネ宛ての手紙（一七六六年三月一七日付け）である。

よろしければ、雄弁家と哲学者の三段論法のちがいというところに少し足を停めさせてくださ い。哲学者の三段論法は無味乾燥で飾りも何もない三つの命題だけでできており、そのうちの一命題の脈絡や真実を、哲学者はこれまた無味乾燥で飾りも何もない三段論法によって証明しようとする、といった具合に論証のあいだずっとつづくのです。雄弁家は、その反対に、三段論法の命題のそれぞれを、支えとなる無数の付随観念で覆い、飾り、美化し、強化し、生気をあたえ、活気づける。哲学者の論証は骸骨にすぎないが、雄弁家の論証は生きた動物、ヒドラみたいなものです。分割すればたくさんの動物が生まれてきます。一〇〇もの頭をもったヒドラです。頭の一つを切っても、他の頭は動き、生きて脅かしつづけるでしょう。恐ろしい動物は傷ついても、死にはしない。お気をつけなさい。(19)

ここでディドロがいう「雄弁家《オラトゥール》」は「詩人」と読み替えてよい。詩人の「論証」は三段論法の三命題に宿る主要観念《イデ・プランシパル》のみならず、主要観念が次々に喚起する付随観念《イデ・アクセソワール》によってなされるとする考えは、「私の思想は私の娼婦だ」と断言して憚らぬ『ラモーの甥』のあの有名なプロローグを引き合いにだすまでもなく、観念の世界の放蕩詩人ともいうべきディドロにこそまことにふさわしい。(20)付随観念を縦横無尽に操作して、「秩序もなく、反省もなく、脈絡もなく」連続・継起する話題（＝

主要観念）の隙間や背後にさまざまな読みの余地を残すこと——これは牽強付会を恐れずあえて断定すれば、ディドロが二つの「良心の問題」で熱心に擁護した女性たちの自由な性道徳をエクリチュールの次元に引き移して文学的に実践すること、すなわちエクリチュールを制度として支配する「三段論法」なる「婚姻制」に逆らって、文学上の自由恋愛を謳歌する所業にひとしいのである。

以下、手紙の実例にそくして付随観念の無視できない働きをいくつか吟味しよう。たとえば、すでに分析ずみの七月一四日付け書翰がある。まずテクストの表層でドルバック邸でのごたごた話が叙述され、一連の主要観念を形づくる。だが表層に残されたわずかな手がかり（たとえば、時間の重層構造）や主要観念そのものに宿る意味（愛情の危機、友情の崩壊）が呼び水となって、読み手は知らず知らずテクストの深みに誘われ、ユートピアの危急存亡という意外な事態に立ち合わされる。ここに見られる付随観念の機能は、テクストの二重構造を踏まえてのもので、表面の一見無造作な手紙づくりの裏側に、書き手の本当の顔を焙りだしてみせ、それとなく素性をさぐらせる。いわばこちらの読む行為に一つの中心点、目標点をあたえて誘導する、まことに人間中心主義《ユマニスム》的な機能である。

一〇月一四日付けの長信にはさらに多彩な付随観念のたわむれが認められる。大きなトピックスとしては、ディドロの日課紹介、ソフィーの義兄サリニャックの破産・失踪事件の余波、シャトー・ド・メゾンの見学記の三つが主要観念としてあり、それぞれ第一義レヴェルの情報を構成するが、その情報を攪乱するかのようにして付随観念の生じるところがこの手紙を読みごたえあるものにしている。

第一の話題では、このところ厄介な問題に頭を悩ませていて、他のことが何も手につかない、何かをやってもその問題にすぐ頭を占領されてしまう、とディドロはぼやく。(21)そしてぼやきながら、家での日課をのべ始めたところで、突然……。

忘れてました、あのいまいましい問題の奴のおかげでひっきりなしに恐慌《スルール》をきたすのです。(192)

この唐突な話題転換が生む付随観念とは、つまるところテクストの急転回そのものがディドロのいう恐慌《スルール》を見事に模倣しているという事態である。ラモーの甥がおべっか使いについて説明しながらパントマイムを演じるように、書翰の文章も言表《エノンセ》の内容をおのれの肉体を使って真似してみせるのだ。しかも、この「スルール」はフランス語でもあまり耳慣れない語であって、それをあえて書きとめることの効果（語がソフィーにあたえる異化効果）についてディドロは十分自覚があるらしく、前段につづけてスルールという言葉の注釈をやっている(192)。

つづくサリニャック事件の後始末のくだりでは、事件の性質上、ロト版一頁半にもわたってパリの動静（単身、帰還したヴォラン夫人を含めて）が一見淡々と語り継がれるが、最後に付加されたたった二行で、それまでの主要観念に亀裂が生じる。

以上から何を結論します。母上はこの間ずっとあなたをイルに独り置くつもりでしょうか。そ

れともパリに呼び戻すつもりでしょうか……。（194）

ここでも七月一四日付け書信とおなじことが起きている。末尾の二行を手がかりに、私たちはこの一頁半全体の底意がサリニャック家への同情・危惧などではなくて、ソフィーのパリ帰還の有無である、という付随観念を手に入れ、それによって読んだばかりの章句について新しい解釈の視点に立つのである。

三番目の話題で、ディドロはパリ北西部の郊外にあるシャトー・ド・メゾン[22]を訪れた印象を綴る。予想とちがい、城は細部にいたるまで高等法院長官の地位にあった居住者にふさわしい、まさに過不足のない釣合《コンヴナンス》で統一されていた（194－195）。この人間と建築物との釣合いという観念から、道徳と趣味との原理・原則の確立という夢想が生まれる（196）。人類がいつかは実現しなければならないこの二つの作品。「これ以上重要なものはありません。そこには善と美の法規があらゆる細部《デタイユ》にいたるまで盛りこまれるでしょう」（196）。

すでにここの記述に見られる運び自体が、シャトー見学を出発点とする数々の付随観念の連鎖を示してあますところないが、ディドロは結局のところ「あらゆる細部《デタイユ》」を統一し方向づける「法規」の立場に立つことで、もし読み替えを許されるなら、あらゆる付随観念を統一し方向づける三段論法の規範性に身を寄せているとも見える。もしそれだけのことで終わるなら、ディドロはまっとうな古典主義美学者である。ソフィー書翰に読みの興が起こるのは、じつはその先なのである。シャトーを見てまわるディドロは、「善と美の法規」で統御しきれない「細部《デタイユ》」に逢着する。毒蛇に咬まれて死ぬクレオパトラの彫像である。出来は悪いが、「着想《イデ》がいい」という評が予想させる通り(195)、ディドロは断末魔の女王から想をえて、官能と恐怖のないまぜられた「崇高《シュブリーム》」の感動と戦慄を語り始め、「法規」を超えた非日常性の世界をさまよう。

　どこまでも常軌を逸した形で私たちのなかに忍び入るのが崇高の特性です。(196)

すなわちこの唐突さの意味するところは、さきほどの「恐慌《スルール》」なる語の挿入効果とおなじで、シャトーの截然としたたたずまい、その均斉美に感動する文章の流れに突如頭を出した岩礁のごとき印象をあたえる。結局、ディドロはこの気になる寄り道をたんなる道草以上のものとしては位置づけることができない。だが、「崇高」のくだりが生みだす恐ろしい付随観念の数々は、その異様さによって手紙の本筋である古典主義美学の整合性を脅かす。ここに私たちはまことにディドロらしいヒドラ的文体の一例、すなわち主要観念に反論する付随観念の機能を見るのである。

　べつの方向を検討するとしよう。ディドロのように長い恋文を書く人間が嫌でも意識せざるをえない書翰作法の一つに、主題の配列がある。何から始めて、どこを迂回し、どんな風に終わるか。「秩序もなく、反省もなく、脈絡もなく」書き進むのを唯一の方法と心得ても、主題の配列だけはいわば無方法の方法として最後に残る構成上の枠組みなのである。その場合、付随観念はいわばつなぎの役目を果たして、同一書翰のなかのエピソードやコントをときとして思わぬ角度で結びつける。それはいってみれば『百科全書』中の各項目が参照項目指示によって結ばれ、人間知識という巨大な連鎖の環の一つを形づくるのとおなじなのである。

さて、一〇月三一日付けの手紙だが、これは冒頭に主要観念「強大な情念」を主題として提示し(81)、以下あらゆる話題が冒頭の主題となんらかの付随観念を介して結ばれ、全体として「情念」をテーマとする変奏曲の形でまとまっている。「情念」から「天才」、そして『ラモーの甥』でもおなじみの「邪悪な天才ラシーヌ」へと話はめぐる(81)。つづいて、「変わり者《オリジナリテ》」のドルバック夫人(81–82)、それから「誘惑され、妊娠し、死にかけて捨てられた」哀れな女の話(82–83)に移るが、どちらの場合も冒頭主題の余韻は十分に響いている。その先のパラグラフではディドロの「妊娠している女」一般に対する深い同情・関心が語られ(83)、それが呼び水になって最前の第二の「良心の問題」(夫の昇進のために身売りする女)が引きだされ(83)、さらに家族、愛、子供と類似テーマを誘発する。

かかる話題連鎖はむろん意図してできるものではない。ディドロがある気分に浸り、その気分のうながしによって筆が自然に走ったというあたりが真相だろう。だが、「人と作品」風の読みを転じて、自動記述に近い観念連合の魔術がディドロを「情念」の主題系へとひたすら追いこんで、一つの「気分」が成就したと見るのがより真相に近い気もする。

主題の連環という観点からすればまとまりはないが、ある執拗な文体上のリズムを響かせて、その反復効果から生まれる付随観念が全体を支配しているのが、九月二六日付け書信である。まず重体の妻と頼りにならぬ医者の話(169)。そこで消耗しきったディドロの悲観的人生観が、六つの不定詞を機械的に反復するパラグラフで披瀝される(169)。このあえぐようなリズムはいわば人生の単調さを付随観念として伝え、その後も手紙の末尾まで消えることがない。しかも、言表《エノンセ》の位相では明るい話題を語りながら、その語り口に単調な律動が伴うという場合すらある。矛盾は承知したうえでの、これは手紙書きである。案の定、末尾まできてディドロは失敗を自認し、「イスラム教徒の哲学者の祈り」の言葉を引いてお茶をにごすのだ。このヨーロッパ文明圏の外側からやってきた異国の言葉で、ようやく不吉なリズムの呪縛は解ける。付随観念のお祓いをする、べつの付随観念があるのだ(172)。

どのような形で読まれるにせよ、ソフィー書翰もまた多種多様な付随観念の働きを介して私たちの精神の形や想像の動きを読むのである。この表裏の呼吸が、がぜんディドロを、とりわけディドロの恋文を面白くしている。

第三章　ディドロの『ラ・カルリエール夫人』を読む

はじめに

ディドロが一七七〇年代のはじめに書いた三つの作品、すなわち『これは作り話ではない』（*Ceci n'est pas un conte*）、『ラ・カルリエール夫人』（*Madame de la Carlière*）、および『ブーガンヴィル航海記補遺』（*Supplément au voyage de Bougainville*）が、形式・内容ともに分かちがたく結びついた三部作をなしているという事実は、今では定説と化し、刊行に際しては三者を切り離すことなく抱き合わせの形で編集するのが望ましいとされている(1)。

『作り話』と『夫人』で取り上げられた男女の性愛と結婚、さらにそれをめぐる社会道徳や制度や宗教といったテーマが、『ブーガンヴィル』にいたってより包括的で巨視的な文明論の観点から論じられる、といった具合である。何よりもディドロ自身が三作相互の連関を強く意図しており、たとえば『夫人』末尾で星空の下を帰途につく二人の対話者が、翌日ふたたび出会うところから『ブーガンヴィル』が始まることからしても、どちらかといえば最近になって認知された感のあるこの解釈の正しさは明らかであろう。

それにもかかわらず、私が本章で第二作の『ラ・カルリエール夫人』のみを取り上げ、独立した短編として論じるのは、三部作という統一体のなかで『夫人』が占める位置を測定するために、まず内容と形式の両方からこの作品を作品たらしめている独自な姿を見届けておきたいと考えるからである。

1　確率と権威

ディドロの著作に多少なりとも親しんでいる読み手にとって、『ラ・カルリエール夫人』は比較的論じやすいテクストに見える。ラ・カルリエール夫人とデロッシュとの恋愛・結婚・破局、および二人の生き方の是非をめぐって沸騰する世論――これがテクストの最低限度の物語性を保証している内容である。物語の素材（たとえば、男女の性愛）はディドロにおなじみの主題であり、それについて言及している研究書にも事欠かない(2)。物語の枠組みとなる形式のほうは対話体ということで、二人の人物の一方が他方にラ・カルリエール夫人の悲劇を語り聞かせる体裁をとる。ディドロの愛用した対話形式となれば、これまた幾多の批評家がつとにその重要性を指摘してきたところである。内容と形式のいずれから考えても、『ラ・カルリエール夫人』は三部作の残り二作のみならず、ディドロの全作品に顕著に認められる、いわば「ディドロらしさ」なるものの識別要素にいとも容易に還元され、本来具えているはずの個性や特徴が見失われてしまう危険を孕んでいるといえる。

このような危険を回避し、どこまでも『夫人』をして『夫人』を語らしめるために、私は一つの仮説を援用したいと思う。そして、その仮説を構成している主要概念のモデルを、あらゆる点で『夫人』という短編小説とは隔絶した次元に属する『百科全書』の項目に求めてみたい。啓蒙主義のすべての著作とおなじように、ディドロのどれほど小振りな文学作品といえども、特定の読者を対象にしたあるメッセージを秘めている。そのメッセージは、たとえば『ラ・カルリエール夫人』の場合、「対話体」という容器に盛られた「男女の性愛をめぐる論議」である、と片づけてしまえるほど単純なものではない。メッセージは一見複雑をきわめたテクストの構成を隠れ蓑にして、読み手のすぐ眼の前にありながら、容易に解読を許さない。私が『百科全書』を使って一つの仮説を立てるのも、このメッセージの抽出作業にあたり、『夫人』という短編をめぐってこれまで倦むことなく反復されてきた読みの定型から自由になりたいという気持ちが強いからなのである。

『ラ・カルリエール夫人』とは、伝達行為の信憑性という問題を徹底して追求した文学作品である――これがひとまず私の提出したい仮説である。あるメッセージを秘めた作品が、みずからメッセージの真偽を問うている。この、蛇がおのれの尾を噛むような、自縛と円環の構造が『夫人』一編の本質的特徴であるといえる。ところで、『百科全書』の項目中、伝達行為の信憑性をまともに取り上げたものは二つある。「確率」（PROBABILITÉ）と「話における権威」（AUTORITÉ DANS LES DISCOURS）である。(3)

項目「確率」は八頁にわたる長大なものであり、その大半はベルヌーイやドパルシゥーの確率論に依拠した純然たる数学的記述だが、確率計算が対象とする人事一般のいわゆる「蓋然性」をめぐって、「証言の価値」なるものを問題にする。ある事件なり事象なりについて宣べ伝える証言は、いかなる基準にもとづいてその真偽の度合を確定しうるか、というのである。項目「確率」が挙げている基準は「数」および「信用」の二つである。「数」は証言それ自体の多寡にかかわるもので、同一の内容をもつ証言が多いだけ、その信憑性は増すことになる。一方、「信用」は証言する人間にかかわり、当人の「能力」（知識や判断に誤りがないかどうか）と「廉直」（嘘をついていないかどうか）とが過去の実績に照らして問われなければならない。

項目「話における権威」はディドロ自身の手になるものといわれている。[4] ディドロは項目「確率」で提出されている証言（＝話）の判定基準のうち、「数」のほうには重きをおかず、もっぱら証言者に対する「信用」をしきりと強調する。「話における権威とは、発言内容を信じてもらえる権利というほどの意味である。だから話を信じてもらえる権利があればあるほど、権威があることになる。この権利は話し手に認められる知識〔＝能力〕と誠意〔＝廉直〕の度合にもとづくものである。知識は間違いを防ぎ、無知から生じる誤謬を退ける。誠意は他人を騙すことを防ぎ、悪意で信じこませようとする嘘を抑止する。それゆえ知識と誠実こそが、話における権威の本当の尺度となるのである」。

さらにディドロは聖アウグスティヌスを引用しながら、知識と誠意とは語り手の「真価」にかかわるものであるが、その人が特定の団体に属していたり、党派の支持を受けているような場合は、その人の評判だけから真価を判断してはならない、とのべている。話の主題をなす内容それ自体とその人の話とを正しく比較することだけを、試金石となすべきなのである。

以上、『百科全書』の二項目を通覧して驚かされるのは、証言や談話の真偽の測定をめぐって提出されている基準――とりわけ話し手の「信用」を左右する「知識」と「誠実」とが、通常「フィロゾフ」と呼び慣わされている啓蒙哲学者たちがおのれに課している条件と完全に符合していることである。『百科全書』の項目「哲学者」（PHILOSOPHE）が挙げているフィロゾフの特徴三つのうち、「観察力」と「判断力」とはディドロのいう「知識」に当てはまり、三つ目の「社交性」はむしろ哲学者の道徳的資質として「誠意」と重なりあう。(5) 話すこと自体において、人はすでにフィロゾフを成立せしめる根本基準によって判定されるのだ。では以上の事情は、『ラ・カルリエール夫人』という作品のなかで、どのような形の展開を見せるのだろうか。

2　天空から地上へ――知識の人間化

『ラ・カルリエール夫人』を含むディドロの三部作は、いずれも対話体の作品である。そのうちで、何組もの対話者を登場させているのは『ブーガンヴィル航海記補遺』であるが、全体の運びの狂言回しをつとめるAおよびBという人物が、他の二作では匿名で対話しているカップルに相当すると思われる。『これは作り話ではない』と『ラ・カルリエール夫人』の場合、対話者は匿名とはいえ、一応の役割分担ができていて、『ブーガンヴィル』でBに当たる人物が語り手をつとめ、Aが聞き手の役に甘んじる。本章では記述の便宜上、『ブーガンヴィル』に倣って二人をAおよびBという名で呼ぶことにするが、実をいえば作中人物が匿名であるというこの奇異な設定こそ、『夫人』（とそして『作り話』という作品の読み手をまず最初に驚かす特徴である。

——帰ろうか。
——まだ早いよ。
——あの雲が見えるだろう。
——心配無用。ひとりでに消えるよ、風なんかそよとも吹かずにね。(6)

こうして『ラ・カルリエール夫人』は天気をめぐっての一見他愛のないおしゃべりから始められる。前置きもなしに、正体不明で匿名の人物の会話を聞かされる読み手は、果たしてどのような位相に置かれるのだろうか。いうまでもなく、自分が手にしている作品（＝話）の真偽について蓋然性をまったく確定しえない宙吊りの位相である。読み手は不安を感じ、本を閉じようとする。とそのとき、読み手は自分が感じたばかりの不安が、そっくりそのまま、対話者の一人のセリフとなってテクストのなかに写しとられていることに気づく。「帰ろうか……あの雲が見えるだろう」。この頼りない人物をAと名づけよう。Aはディドロがテクストのなかに誘いこんだ読者その人であり、この作品が発信するメッセージの信憑性について、飽くまで作品のなかで吟味し、判断を下す存在にほかならない。対話者Bの話に耳を傾け、つねに受け手の役割に甘んじているのがその証拠である。

ところで、Aが黒雲を仰ぎ見て雨を心配し、帰宅を急ごうとするプロローグは、短編小説の冒頭によく見受けられる自然描写の一種とは考えられない。BはAを引き留め、黒雲は間もなく姿を消して晴れ間が見えるようになるから、すぐ帰るには及ばないという。BがAを説得するために援用する論理は、すでにそれ自体が見事な哲学者の推論である。『百科全書』による「フィロゾフ」の定義をむしかえせば、事象の正確な「観察」があり（「ぼくは夏の暑い時によくそれを観察したことがある」）、ついで適切な「判断」がくる（大気が雲の水分を吸収した結果、空は澄明になる）。言い換えれば、話し手Bの「証言」には、聞き手Aの「信用」をかちえるだけの「能力」（＝「知識」）が認められるのである。ことは人事でなく自然にかかわるものであり、しかも当事者の眼前で生起する現象であるから（「いや本当だ、君がしゃべっているあいだ、見ていたら、まるで君が命令したみたいな現象が起きたぜ」）、Bの証言にことさらに「廉直」や「誠意」を求める必要はない。項目「話における権威」でディドロがいうところの「知識」の条件をBが満たしていれば、Bは「話を信じてもらえる権利」、すなわち「権威」を有することになる。

明らかにディドロはこの二頁にわたるプロローグの部分で、識者Bによる愚者Aの教導という形を借りて、『ラ・カルリエール夫人』一編の正しい読み方とでもいうべきものを読者に暗示しているのである。(7) 周知のように、天候に関する話は作品の末尾でも繰り返され、プロローグでBが予想した通りの星空の下を二人は家路につくという締めくくりになっている。つまり、プロローグとエピローグは作品にたいしていわば額縁の役割を果たしている。『ラ・カルリエール夫人』の読み手はまずこの額縁を眺め、そこに彫りこまれている二人の絵姿のうちで愚者Aに同化することによって、識者Bから自然現象の正しい読み方を手ほどきされ、額縁が囲んでいる絵の本体、すなわちラ・カルリエール夫人物語の鑑賞方法について示唆をえるのである。識者Bの指導と教育ぶりはいかにも啓蒙哲学者にふさわしいもので、黒い雲を見上げて晴れた空を予告するときの言葉選びからして、百科全書派の面目躍如たるものがあるといえよう。

青い点は数を増して広がってくる。じきに、君を脅かしていた黒いヴェールがどうなっちまったのかもわからなくなり、澄明な大気、晴れ渡った空、美しい陽光に目を奪われるだろうよ。(8)

暗闇から光明へ――これはダランベールが『百科全書序論』で、無知な野蛮状態から新しい啓蒙時代への移行を宣言する際に用いた基本的イメージなのである。(9)

哲学者Bがプロローグの部分で友人Aに与えた教育とは、もっぱら水蒸気や雲の発生に関する気象学の基礎知識であり、(10)この基礎知識を活用して自然現象についての「権威」ある「証言」を作成する方法であった。その際、Bはよき教育者として、広大無辺な天空の事象も、つきつめれば化学者のささやかな実験と選ぶところがないのだ、と言い添える（「実験室でやっていることが、ぼくたちの頭上で規模を大きくして行われているだけなんだよ」）。(11)一方、Aのほうもこれまたよき生徒として、Bの説明を応用・敷衍し、雲の浮かぶ天空から人間の住まう地上へと話を下降させる。ようするに、大気による水の溶解原理は、冷水を入れたコップの表面にできる水滴や、コーヒー茶碗の底に溶け残った砂糖を説明する場合でも有効なのである。(12)Aは学習の過程で身につけた知識を、身辺のくさぐさに適用し、いわば人間化する。『百科全書』が哲学者の特質として挙げている「社交性」の美徳から、Aはほど遠くない場所にいる。そして同時に、Aはこの知識の人間化を学んだことで、『ラ・カルリエール夫人』の本体をなす、あのまことに下世話で人間臭い物語をBの口から聞かされるに際しての、いわば証言聴取への心の支度を整えたのである。

3　語りの戦略

語り手Bはどのような場所で、ラ・カルリエール夫人の身の上話をAに向かって語り聞かせるのだろうか。この点について、テクストは驚くほど寡黙である。空や雲の話からして、二人が戸外を散策しているらしいことは明白だが、「ここ」という副詞で誰か知人のサロンとおぼしき場所を示している以上は、館の庭園を歩きまわっていると見るのが妥当だろう[13]。庭園は自然と人工とのいわば緩衝地帯であって、空模様を眺めながら人事を論じあい、浮世と隣接しながら精神を自由に働かせることのできる、格好の場所だからである[14]。

さて、話の口火を切るのはAのほうである。

散歩をつづけるんだったら、一つ教えてくれないか。君はここにくる連中を皆、知ってるんだから。あのひょろっと痩せこけた憂い顔の男は誰だい、座ったきり口も利かず、他の者が散ってしまった後もサロンに一人取り残されていたね[15]。

　今しがた見かけた気がかりな人物について、Aはここでもまた哲学者Bの「権威」に縋《すが》ろうとする。ただプロローグとちがい、AがBに求めている「証言」は、Bが哲学者として身につけている『百科全書』流の「社交性」にもとづくものである（「君はここにくる連中を皆、知ってるんだから」）。Bは自然科学者として雲にまつわるAの疑念を晴らしてやったように、今度は社交人士としての豊富な経験に物をいわせて正確な証言をしなければならない。Aがしきりと気にしているサロンの余計者は、いうならば人間化した雨雲である。過飽和状態の社交界から沈澱物として締めだされた「憂い顔」の水滴であり、砂糖である。語り手Bに課された役目は、この人物がいかにして社交界の無知と臆断から人間社会の「雨雲」に仕立て上げられたかを説明し、確実で明白な情報をもとにこの除け物にまつわる伝聞の嘘を暴いて、世論に追従する聞き手Aを真実の認識へと再教育してやることである。

　識者Bによる愚者Aの教育過程そのものが『ラ・カルリエール夫人』の物語を構成していることはいうまでもない。正しい証言と聴受の指南が行われる場は、曇り空が星空へと移行しつつある黄昏時の庭園であり、社交人士の笑いさざめくサロンの明かりがおそらくは二人の目と鼻の先で瞬《また》いているはずである。筋書はいたって単純ながら、物語の構成は複雑をきわめていて、ディドロのいわゆる「語りの戦略(16)」なるものがどれほど巧妙に仕組まれた言葉の魔術であるかが痛感される。主人公の男女の身の上を語りながら水平方向に進行する筋の展開は、実のところ私たち読み手の期待を最小限度満たすための仮初めの物語であるにすぎない。つぶさに吟味すると、エピソードの一つ一つに関して、さまざまな伝聞や解釈を塗りこめた垂直方向の分厚い言葉の柱が次々と立ち並び、読み手が受信するメッセージの「権威」をそのつど打ちこわして、物語それ自体の存立を危ういものにしているのである。本章ではそうした多重性をもつテクストを三つの層に大別し、それぞれに含まれる「証言」の信憑性、すなわちディドロがいうところの「知識」と「誠意」の度合を測定したいと思う。三つの層とはすなわち、男女二人の作中人物の層、ついで二人を論評する伝聞と世論の層、最後に以上の二層を相対化する対話者AとBの層である。

4　存在と外観の齟齬

作品の冒頭でサロンの客が仲間外れにしている男、シュヴァリエ・デロッシュと、その妻ラ・カルリエール夫人には、意外な共通性が認められる。二人は旧体制下のフランス社会で「権威」として機能している組織や制度とかかわり、往々にしてその犠牲となっている。たとえば家族について見ると、デロッシュは「吝嗇な父親[17]」をもち、「次男坊[18]」の境遇に甘んじて聖職者になるが、やがて教会から法曹界へ転じたため一家眷族の顰蹙を買う[19]。ラ・カルリエール夫人は、強欲な両親の強制で老人と結婚させられ[20]、夫の死後はその遺族と訴訟に入る[21]。教会を捨てて裁判所に入ったデロッシュと同様、夫人も結婚に際しては神の前での誓約よりも、縁者・知人で構成された「法廷」での契りを重視する[22]。二人はいかにもディドロ好みの、一見風変わりな、規格を外れた、型破りの人間なのである。デロッシュは、ディドロが微妙な牽引と反発を覚えつづけた「リベルタン」の特質を有する男であるし[23]、ラ・カルリエール夫人は長編小説『宿命論者ジャック』に登場する、あの美しくて残酷なラ・ポムレー夫人の面影を宿している。

しかしながら、もとよりこの短編作品の狙いはそうした強烈な人物像を読者にアピールすることにはない。二人が世人の口の端にのぼり、あれこれ取り沙汰されるにふさわしいだけの話題を提供するような人間であることが必要なのである。(24)

今少し仔細に二人の作中人物を検討してみよう。世人の好奇の眼に晒される以前に、二人はすでに「証言」、「判断」、「風評」といった一連の主題系に深くかかわる人間として描きだされている。その点でデロッシュの高等法院時代のエピソードは注目に価する。刑事交替法廷で報告官に任ぜられたデロッシュは、書類吟味の上、被告に死刑の判決を下す。死刑執行直前に、囚人はデロッシュに向かい、自分の有罪を認めながらも（「神よ、汝の裁きは正しい」）、デロッシュの推論がまったく不当なものであることを理路整然と証明する。「証拠に確実さもなく、判決に公正さもない……」(25)。『百科全書』の項目「話における権威」でのディドロに従えば、死刑囚のいう「確実さ」とは話の信憑性を保証する二つの条件のうちの「知識」に相当し、「公正さ」のほうは二つめの条件である「誠意」に当てはまる。すなわち報告官デロッシュは、被告について何の「権威」もない「話」を作成したことになる。

このエピソードは一種の伏線となって、のちにデロッシュがやむをえぬ浮気を妻に見つけられて、公衆の面前で有罪の判決を受ける場面に裏返しの形で復活する。杜撰な判決を下した当人が、今度は「世論」というこれまたいい加減な法廷で被告席に立たされるのだ。いや、評定官の時期ばかりではない。ラ・カルリエール夫人との結婚生活においても、デロッシュは妻の心の動きを読みとることのできない呑気な亭主として描かれている。昔の愛人との密通を夫人に見破られている事実に気がつかないばかりか、傷ついた妻が時折見せる失意や絶望の兆候を気鬱症で片づけて済ませてしまう。[26]評定官としてのみならず、デロッシュは夫としても判断に「権威」がないのである。

ラ・カルリエール夫人のほうはどうか。夫人もまた物事の外見に欺かれやすい弱味を露呈する。最初の夫との結婚に対する稚拙な幻想がそうだし、[27]親戚・知人の面前でデロッシュに貞節を誓わせ、自分の美辞麗句の効果を信じて疑わない慢心ぶりがそうである。[28]だが、ひとたび夫に裏切られたと知った瞬間から、夫人はおのれを存在と外観とに分裂させ、他人を欺く女性、すなわち隠すべきものを隠し、示すべきものを示して、自分に関する「権威」ある「証言」を他人に強要するような存在へと変身する。

夫人が公衆に向けて提示する資料は否定しようのない、明々白々な証拠ばかりである。衆人環視のなかで夫の不貞を告発する際は、伝聞ではなくて歴とした手紙が回覧される。[29]デロッシュとの別居を宣言してのち、ラ・カルリエール夫人は財産のほとんどを夫に残し、[30]いわば身一つで子供を連れ、母の家に移り住む。以後、夫人の夫に対する復讐の武器は、財産のみならず、世間や他人に提出する資料を極度に切りつめ、いわばあらゆる自己主張を無化しておのれの属性を剝奪し、最後に残された「肉体」という、誰の眼から見ても夫人の意識や邪心が介入しえないはずの絶対の証拠を盾にする方法であった。

こうして夫人は、三人の身内を次々と道連れにしながら、[31]おのれの肉体を消耗させ、[32]おそらくは自分自身でも気づかぬうちに、[33]「死」という最強にして最後の切り札たる証拠物件を手に入れる。

結婚に際しての永遠の貞節を神の前ではなく、[34]俗衆の前でデロッシュと誓いあったカルリエール夫人が、死に場所として神の家である教会を選んだのは興味深い事実である。この唐突な悲劇を目のあたりにした信徒たちは、こともあろうに司祭に唆《そそのか》されて激昂し、デロッシュをリンチにかけようとする。[35]夫人が終始神と教会すらをも手玉にとって利用し、自分についての証言に「権威」の重味を加えようとしていたことは明らかである。その意味でラ・カルリエール夫人は、本人の自覚の有無を問わず、『危険な関係』のメルトゥイユ侯爵夫人からほど遠からぬところにいる。[36]

視点を変えて、夫人とデロッシュとの関係に別な光を当ててみよう。二人の結婚生活はなぜ破綻したのだろうか。デロッシュとは独身時代から派手な女性遍歴と世人の意表をつく職業がえのため、「移り気」の化身のような存在として描かれ、[37]ラ・カルリエール夫人も彼の「無貞操という評判」[38]が心配でなかなか結婚を承諾しない。夫人はデロッシュとの「数年間にわたる親交」[39]にもかかわらず、前夫との辛い生活が身に沁みているせいか、自分自身の眼と判断よりも世論の「証言」に信を置いているような節さえある。ところが見方を変えると、デロッシュの「移り気」は飽くまで表面のもので、実はそれなりに一貫性があるという考え方も成り立つ。女遊びは「官能への嗜好が強い」[40]という自然の体質がなせる業だろうし、二度にわたる転職にも語り手Bが「気骨」[41]と称えた立派な理由がある。ただデロッシュの体質やモラルは必ずしも一般社会の規範に一致するものではないから、その「一貫性」は世間の「証言」に説得性のある資料を提供しないということなのだ。

ラ・カルリエール夫人はデロッシュに関するそうした「証言」を信じ、結婚の条件として永遠の貞節を相手に約束させる。この瞬間からデロッシュは「存在」（自然体で生きるデロッシュ）と「外観」（誓いが要求するデロッシュ）とに分裂し、世論はデロッシュが存在を外観にどこまで合致させるかで、彼についての評価を決定するようになる。ところで『百科全書』の項目「約束する」（PROMETTRE）にも明示されているように、約束によっては安請け合いもありうるし、それを無視した過度の要求はむしろ要求する側の精神の弱さを示す以外の何物でもない[42]。ラ・カルリエール夫人の要求はたしかに常軌を逸した異常なものである。夫人はこの異常性を正当化し、それについての認知をえるために身内や知人を利用する。自分に好意的な気運を醸成し、永遠の忠誠という神話を発生させる場として、夫人は大規模な芝居仕掛けを工夫し、伝染性をもった熱狂の渦に観客を巻きこんで、一同の「証言」に「感動」という否定しようのない「権威」の箔をつけるのである[43]。

デロッシュの「不貞」は、夫人と世論とから期待されている地平――「誓約」の地平――とは異なった次元に姿を現した二つの現実問題に端を発している。一つはデロッシュの「自然」であり（夫人が子供の離乳まで夫との交接を拒んだための欲求不満[44]）、いま一つは例の「気骨」である（友人を窮状から救うために昔の愛人と縒りをもどした）。これはむしろディドロ好みの「良心の問題」として検討されるべきケースなので[45]、存在と外観との喰違いに悩むデロッシュと、両者を飽くまで同一化しようとするラ・カルリエール夫人とのあいだには、越えようのない溝が横たわっている。

5　世論という怪物

『百科全書』の項目「意見」（OPINION）によると、意見とは「一瞥しただけでは真実と思えないような命題に精神が与える同意」である。[46]むろん、この同意はある程度の判断や推論を経てはいるが、つねに一抹の逡巡を伴うものであることはいうまでもない。ましてやある「意見」が人々の口から口へと伝達され、波及の圏域を拡大して形成する「世論」（opinion publique）において、「話における権威」が弱まっていくのは必定である。『ラ・カルリエール夫人』のテクストを構成する第二の層では、二人の男女の生活や行動をかまびすしく論評する俗衆のさまざまな声が聞かれ、それらが流布・伝播していく過程でいつしか巨大な「世論」の斉唱となって響き渡る有様が描かれている。[47]

まず、事件の場に居合わせた人々（たとえば、結婚前日のラ・カルリエール夫人の長口舌を直接聞いた身内や知人）による「証言」の作成がある。彼らはいずれも「感動」という抗いようのない情緒的「権威」に追従し、一体感の幸福に酔い痴れて満場一致の「意見」を採択するのである。[48]次の段階で「意見」は「情報」に変質する。ここではおのれの見解や思想を持たぬ俗衆が、他人の意見を無批判に受容し、かつ模倣・反復する。デロッシュが聖職を捨てて高等法院入りをしたとき、家族の非難の声に唱和した公衆、[49]失意のラ・カルリエール夫人に面会謝絶を喰った「お偉方」の尻馬に乗って夫人を中傷した人々、[50]夫人の遺体の前でデロッシュを告発した司祭に唆されて暴徒と化した信者たち[51]――こうした手合いはそれぞれ「家庭」、「名士」、「教会」といった社会的権威に追随する形で情報を判断し、いわゆる「風評」を作りあげる。風評はさらに伝播して、たとえばAのような遠隔の地にいる人間の耳にまで達するのだ。[52]

もっとも、『ラ・カルリエール夫人』でディドロが追求している「意見」の伝達経路はけっして誤解が誤解を生むだけの単線的なものばかりではない。夫人によるデロッシュの糾弾の直後、人々の反応は曖昧であり、少なくとも現場の証人たちは是と非のあいだを揺れ動きながら、判断を保留していた節がある。(53) デロッシュと別居してからの頑迷な態度で夫人の人気は下降するが、(54) たちまちそれとバランスをとるような形で夫人弁護の声が湧き上がり、(55) やがて夫人が子供、弟、母親と三人の身内を相次いで失うに及んでデロッシュ断罪の世論が大勢を占めるのである。(56) よく読めば明らかなように、ディドロには世論の無定見を一方的に論難するような短絡思考はない。むしろ、付和雷同組と懐疑論者、そして良識派をほどよく組み合わせ、それらの確執や拮抗のなかから「世論」という怪物が立ち現れるところに、現実社会のメカニスムを見定めていると思われる。

6　証言のメカニスム

第三の層、すなわち対話者AおよびBの声が聞こえる層は、伝達行為の信憑性という観点からして、誇張なしにこの作品それ自体の死命を制する重要な役割を担っている。というのも、作品全体が一分の隙もなく、二人の会話の言葉で塗り固められている以上、(57) 会話の主導権を握っている語り手Bの「知識」や「誠意」が少しでも疑われるようなことがあれば、Bの口から伝えられる情報のすべて（すなわち第一層と第二層に関する証言）は、一挙にその「権威」を失うことになりかねないからなのである。Bの話はどこまで「信用」できるのだろうか。

私たち読者の立場をいわば代弁しているAは、プロローグ以来、Bという友人に人間的信頼を抱いていることは確かである。「君がぼくに言うんだから、信じるよ」[58]。BはBで、自分の話が作り話ではないことを証明するために、ラ・カルリエール夫人との親しい間柄をほのめかしたりする[59]。だが、Bはデロッシュ弾劾の肝心の場には居合わせず、夫人の母のところで彼女の到着を待っている[60]。したがって、デロッシュを糾弾する夫人の演説は正しい記憶によって再現されず、不正確な伝聞の形をとる。「そのとき、ラ・カルリエール夫人は立ち上がって一同に向かい、次のようなこと、もしくはほぼ次のようなことをいった[61]」。ところが、Bの話は言伝てに聞いた情報にしては細かい描写や記述が豊富に盛りこまれすぎており、明らかに間接情報に編集の手を加えていることが見てとれる。『百科全書』の項目「確率」によれば、そうした「編集」作業、すなわち証人の「明晰かつ詳細に語る」能力も証言の信憑性を決定する要因の一つであると考えられている[62]。ただし、この項目の執筆者が「証言」という言葉で理解しているのは、ある事件の直接の目撃者が語り伝える話のことなのであって、Bの場合のように人伝てに聞いた情報をさらに加工するとなると、これはむしろBがしきりと論難する俗衆の流言浮説と選ぶところがなくなってしまう。

『ラ・カルリエール夫人』のテクストが抱えこむ最大の問題がここにはある。語り手Bは果たしてフィクションの援用を許されるのか、という問題である。この場合「フィクション」とは、根も葉もないことを語って嘘をつく意味ではなく、いくつかの手がかり（観察や伝聞）をもとにして状況の全体を正しく復原するために必要な手段を指している。プロローグでBがAに開陳した雲の発生と消滅に関する科学理論は、二人が現に仰ぎ見ている空で生起する現象を踏まえての、いわば明証的事実に関する理論であった。そこでのBはすぐれた哲学者として推論し、Aを啓蒙したのである。だが、テクストの本体をなすラ・カルリエール夫人事件について報告するBは、記憶と伝聞にもとづく蓋然的事実に関する推論を行っている。Bは聞き手のAを納得させるために、哲学者として語る（流言飛語のメカニズムを、例証を挙げて正しく解明する）と同時に、詩人としての想像力を駆使して事件全体の正しい再現（事件があった通りにではなく、あったであろう筈の形に再構成する）を行わなければならない道理である。ディドロはこうした「哲学者」と「詩人」とのちがいを『劇作論』で明確に定義し、両者の営みが「自然」を媒介にして基本的には深い類縁関係で結ばれていることを強調している。

イマージュが自然のなかに継起する通りの、必然の連なりを思い浮かべること、これは事実によって推論することである。しかじかの現象が与えられれば、イマージュが自然のなかに必然的に継起するであろうような連なりを思い浮かべること、これは仮説によって推論すること、ないしは仮想することである。つまり定める目的次第で、哲学者にも詩人にもなるのである。ところで、仮想する詩人と推論する哲学者とは、どちらもおなじ意味において、首尾一貫していたり、いなかったりする。というのも、首尾一貫していることと、現象の必然的連鎖の経験をもつということとは、おなじことだからである(63)。

語り手Bは、事実の忠実な再現ではなく、「現象の必然的連鎖」の詩的表現を目指すことになる。当然のことながら、Bの努力はその語り口の文体上の工夫となって現れる。Bが物語の重要な結節点で「時」を表す接続詞 lorsque、副詞 alors を多用しているのは、そうした工夫の一つであろう。「デロッシュと同僚が暖炉の前に座っていると、その時受刑者の到着が告げられた」[64]。これはデロッシュが高等法院評定官辞任を決意した決定的なエピソードの開始を告げる一文である。以下、この定型はラ・カルリエール夫人の大演説[65]、デロッシュ告発の日の到来[66]、デロッシュの書斎への夫人の入室[67]、夫人の告発開始[68]といった具合に畳みかけるようなリズムで間隔を次第に狭めながら反復され、物語全体をいくつかのエピソードの連鎖として構成する役割を果たしている。

　また直接話法の頻出（ラ・カルリエール夫人の二度にわたる長広舌や社交人士たちの噂話など）は、Bの話に「証言」というよりは事件現場からの実況中継といった趣を与え、言葉を発語されたままの形で、発語者についての反省的・分析的情報なしにAの耳に受信させるから、Aは事件について又聞きではなく、あたかも現場の証人のような確信をもつのである。こうして、聞き手を生《なま》な言葉そのものの発生の現場に立ち合わせようとする「語りの戦略」は、当然のことながらテクストのなかから可能な限り固有名詞を消し去ることになる。『ラ・カルリエール夫人』のなかで、名前をもっている人物は主人公の男女二人だけである。二人の身内はただ「父」であり「母」であり、「弟」や「子供」であるにすぎない。それ以外の人々は、せいぜいよくて「同僚」や「お偉方」であり、「司祭」と呼ばれるのが関の山で、ほとんどの場合は不定代名詞の on でくくられ、夫人とデロッシュを囲んで無責任な風説を流しつづける匿名の声の集団として扱われている。声の主が特定されると、声が運ぶ証言内容についての判断が、それがために制約されてしまう危険が生じてくるのである。

聞き手のAは、Bの物語る事件の前後に外国にいたという事情も手伝い、無知と臆断の格好の見本として登場する。もとよりAにとって二人の主人公は未知の人物ではないし、二人の事件そのものも巷間の噂で知らない訳ではない。だが少なくとも作品の前半において、Aは俗衆と少しも変わらず、判断において自主性がなく（「実は白状するが、ぼくはデロッシュのことを皆とおなじように判断していたよ」[69]）、また推論において凡庸である（デロッシュの浮気について、いかにも社交人らしいつまらぬ想像をめぐらせる）[70]。つまりAは、「世論」や「常識」という「権威」に追従するだけの人間なのである。

Bによる Aの「教育」は会話のやりとりを通じて如実にその効果を現し始める。Bの話に気の利いた格言風の注釈を差し挟むのがその徴候で、これはつまりAが事件の全体を一つの物差しで計ることができるようになったことを意味している[71]。AはBの先を越して話の筋を見事に予測してみせるし[72]、Bと二人で一つの命題をリレー式に陳述できるようにまでなり[73]、ついには独力で一つの仮定を立て、ラ・カルリエール夫人が今少しまともな女性であった場合の円満な解決法まで示唆してみせるのだ[74]。知者Bが愚者Aに与えるこの啓発と感化が、プロローグでの空を仰ぎ見ながらの「事物教育」をモデルにしていることはいうまでもない。

7　「自然」の声が語る思想へ

第三層のAおよびBによる対話を通じて主張されているのは、つまるところどのような思想だろうか。Bの「証言」は往々にして主観性の強いもので、無節操・無定見な世論への感情的な攻撃の言葉が次々と飛びだしてくるばかりか、対話者Aにまで八つ当たりをする。[75] ラ・カルリエール夫人が華麗な弁舌で一座に「感動」の「権威」を押しつけたように、Bは「感情」の「権威」を誇示してAの理屈抜きの信用を獲得する。作品の末尾のほうで、ついに俗衆の偏見を「無数の邪悪な頭とおなじだけの舌をもった卑しい獣」と決めつけた語り手Bは、それではこの作品の核をなすデロッシュの浮気という行為をどう考えているのか。Bは浮気そのものと、浮気がその後引き起こしたさまざまな波紋とを厳密に区別する。デロッシュが昔の愛人と縒りを戻したのは、友人のためにひと肌ぬごうという殊勝な気持ちからである以上、「友情、誠実、善行」[76] といったデロッシュの善意が浮気の要因として強調される。考えてみれば、デロッシュは結婚前にもラ・カルリエール夫人への「友情」から夫人の訴訟に介入し、評定官という過去の職業を利用して根回しにつとめている。問題の浮気はそのパターンの繰り返しであって、「過去の職業」が「過去の女性」にすり替わっただけのことである。だがそうした側面からの弁護の声はかしましい世論のなかから一度も聞こえない。

Bによるデロッシュ擁護のもう一つの主張は、浮気以後のデロッシュの不幸がすべて「偶然」、「運命の気紛れ」によるものだという説明である。浮気それ自体からしてなんら自主的なものではなく、夫人と同衾できない欲求不満のデロッシュに造化の神が仕掛けた悪戯であるが、それ以上に浮気の発覚にしても（召使いが手紙の箱を落とした）、夫人の身内が次々と三人も死んだことにしても、夫人の遺体運搬の現場にデロッシュが通り合わせたことにしても、すべてが悪意ある世論という「卑しい獣」にとっては格好の餌となるような不測の事態だったのである。その意味で、デロッシュは「運命の気紛れと人間の無分別な判断との何とも気の毒な犠牲者の一人」[77]なのだ。この物語の内容に則したレヴェルでのBの結論は意外なほど平凡である。「浮気な亭主の肩をもつ訳ではないが、〔貞節という〕あの珍しい美点をあれほど後生大事にする妻を、ぼくはたいして評価しないね」[78]。

この主張は良識と経験に支えられたまろやかな世間知の声であって、そのまま受け取れば旧体制下の貴族社会に流通していた放縦是認の風潮に迎合する、身勝手な表白とも読まれかねない。Bの主張が秘めている思想の正しさを保証してくれるものは、これ以上テクストのなかを探しても見つからないのである。これはディドロが語り手Bに託している思想が、社交界という限られた場で、しかもラ・カルリエール夫人とデロッシュなる想像上の人物をめぐって展開する架空の物語の枠内に押しこめられてしまっているがゆえの、いわば「フィクション」に固有な限界であると考えられる。Bが聞き手のAを説得しようとして語り口に工夫を凝らし、「語りの戦略」をいくら精緻に磨き上げても、それによってAが合点するものはどこまでも事件を構成する「現象の必然的連鎖」の実体と、事件に対するBの判断の妥当性とであるに留まり、Aはそうした「連鎖」や「判断」について世俗を超えた次元から展望し、観想する視点をついにもちえない。語り手Bがそのような展望についての「証言」を発語しようとすれば、Bは自分が設定した「フィクション」の枠を打ち破って、自分の物語の外へ飛びだしてゆかざるをえない。作品末尾で、この「超出」は二つの方向に試みられている。その一つは飽くまでテクスト内に留まるものではあるが、Bの「証言」が過去の事件を対象にすることを止めて、未来を予測するところに認められる。「いずれ、こいつ〔世論という化物」にも常識が戻って、未来の談話が現在の饒舌を訂正するだろうよ」[79]。ディドロ好みの「後世」の観念がこうして姿を現し、Bの「証言」は未来に仮設された「談話」のなかにみずからの「権威」の保証をもつことになる。

二番目の超出は、文字通りこの『ラ・カルリエール夫人』のテクストそのものの乗り越えである。Bは作品の結末でこんなことを突然言いだす。

ぼくはある種の行為について自分なりの考えがあるんだ。たぶん正しいとは思ってるんだが、他人には間違いなく奇妙なものに思えるだろうね。その行為は人間の悪徳というよりは、不合理な法律が生みだした結果であると思うんだ。この不合理な法律って奴はね、法律に劣らず不合理な風習を作りだし、人間のせいとしか言いようがない堕落を生じさせる。これだけじゃあ何のことかわかってもらえないだろうが、別の機会にはっきりさせるよ[80]。

この部分の言明は、あまりにも唐突で、しかもそれまでBの「証言」に影も形もなかった社会制度に対する批判の思想が兆しているという点で、私たち読み手を驚かす。テクストの第三層に鳴り響いていた哲学者の声（すなわち、あの『百科全書』流の「知識」と「社交性」とがほどよく調和した穏健な啓蒙哲学者の声）を突き破るようにして、より荒々しくも剣呑な第二の声が語りだすからである。B自身はおのれの裡に眼を覚ましたこの新しい声に対して責任をとりきれない。当然のことながら、Bは自己検閲の手段に訴えて（「これだけじゃあ何のことかわかってもらえないだろうが」）、発語のスウィッチを切り、テクストに他の作品へと通底する穴を穿って作品そのものを相対化してしまう（「別の機会にはっきりさせるよ」）。

語り手Bがついに「はっきりさせる」ことの叶わなかった危険な思想とは、デロッシュの不貞もラ・カルリエール夫人の悲劇も、二人をめぐる社交界の風評も、つまりは人間社会の一切の事象と事象に関する証言とを無に帰してしまうような「自然」の声が語る思想である。いうまでもなく、Bがいう「別な機会」とは、ディドロの三部作を締めくくる『ブーガンヴィル航海記補遺』のことであり、対話者AとBは新しい対話の場をえて、『ラ・カルリエール夫人』の第三の層が行き詰まった地点から、今度はタヒチという「フィクション」を媒介にした「自然」思想を語り始めるのである。

第四章　二つの国内旅行
――ディドロとメネトラの紀行文――

1　碑文の解読

ディドロは『ブルボンヌ紀行』のなかで、郷里ラングルに近い温泉地ブルボンヌにある古城で見つけたラテン語碑文の解読を試みている。碑文を刻んだ石が温泉の蒸気にさらされていちじるしく風化しているため、テクストは左右両端に文字の欠落がいくつかある。ディドロが読みとったラテン文字は以下の通りである。

ORVONI. T
MONÆ. C. IA
TINIVS. RO
MANVS. IN

G. PRO. SALV
E. COCILLÆ
FIL. EX. VOTO[1]

娘 Cocilla の病気治癒を念じるこの祈願文は、ディドロの解釈によると「ガリア在住のローマ人 Caius Jatinius」によるもので、温泉神 Orvon（低ブルトン語およびケルト語で「沸騰」を意味する）と Tomona（「熱い泉」を意味する）に捧げられている。

ところで、アンドレ・ガルニエは、その後発見された同種の碑文をいくつも参照し、欠落文字を含めて祈願文のテクストを次のように復原した。

[B]ORVONI. [E]T. [DA]MONAE. C(AIVS). LATINIVS. ROMANVS. [L]ING(ONVS). PRO. SALV[T]E. COCILLAE.FIL(IAE). EX. VOTO[2]

碑文が捧げられている神は Borvo と Damona であり、祈願者の名前は Caius Latinius Romanus と当時の習慣通り三連式に読まれる。Romanus は名前であって、「ローマ市民」という意味ではない。ING は従来 In Gallia（ガリアにて）の略と考えられてきたが、ガリアの人間が自分をガリアにいると記すはずもなく、他の碑文からの類推で Lingonus（ラングルの市民）と特定される。

手がかりとなる比較資料なしでラテン碑文に挑んだディドロは、結局解読に失敗したわけだが、アンドレ・ガルニエはディドロがその解釈において示した知見は当代一流のものであるとのべている。碑文解読のエピソードは『ブルボンヌ紀行』のなかで、たしかに著者の並々ならぬ教養を披瀝する見せ場を構成しているといえよう。だが、ラテン語祈願文の読解は一七七〇年夏のディドロにとって、古典学や言語学のたんなる知識誇示に留まるものではなかった。「誤読」も含めてその解釈作業には、短いラテン文に自分のブルボンヌ滞在をなんらかの形で意味づける象徴性をもたせ、ひいては『ブルボンヌ紀行』という作品全体を解く鍵言葉の役割をあたえているように思われる。「象徴」ないし「鍵」となりうるテーマは以下の三つである。

1　「沸騰」「熱」といった自然エネルギーへのこだわり。

2　「娘」のための祈願を介した「父性」の問題。

3　古代ローマという記憶の復原。

本章で私がディドロの紀行文と比較したいと考えているテクストは、パリのガラス職人メネトラの『わが生涯の記録』である。この長大な自伝作品の前半部分は、若いメネトラが親方見習いとしてフランス各地を遍歴して歩いた七年間におよぶ修業の旅の記述にあてられている。そしてここでもまた、私たちはディドロの場合とよく似た碑文解読のエピソードにぶつかるのである。

丘の麓にある古い城に着いた　小説で描かれているような城　城門の上にこう書かれた碑文があった　「神と勇敢なるカリヨンの腕を恐れるがいい(3)」

南仏アヴィニヨン近郊のカリヨン城へ仕事に赴いた時の思い出である。句読点の一切ないこのフランス語を綴っているのは一介のガラス職人であることを思い起こそう。城まで足を運んだ職人たちのうちで、読み書きができたのはおそらくメネトラ一人だったにちがいない。古城を「小説で描かれるような」と形容するメネトラは、少なくともルソーの『新エロイーズ』ぐらいは読んでいたらしいし、(4) なによりも城門に掲げられたフランス語の碑文を読み、その意味するところを仲間に得々と解説している若いインテリ職人の姿が目に浮かぶ。

哲学者ディドロにとってラテン語がそうであったように、ガラス職人メネトラのフランス語碑文解読は、数々の冒険や逸話に彩られた『わが生涯の記録』のなかでもひときわ目立つエピソードであり、自叙伝の書き手の知的優越を読み手に強く印象づける重要な役割を果たしている。メネトラが解読した碑名はカリヨン城主のアピールである以上に、メネトラが執筆している自伝を飾るべき標語なのである。ここにおいても、書き手による碑文のテクストへの同一化は明らかである。メネトラは軍人貴族のカリヨン城主に平民のおのれを重ね合わせることで、碑文解読のエピソードに『わが生涯の記録』全体を貫くモチーフを凝縮させようとしているからである。そのモチーフは、ディドロにおけるのと同様、以下のように要約できるだろう。

1　おのれの強さ（le bras）、エネルギーの誇示。『わが生涯の記録』の他の箇所ではもっぱら性的エネルギーの発散を示すきわどい逸話の形をとる。

2　強い神（＝父）との関係。

3　古城（＝過去）という記憶の復原。

同時代の知識人と職人とが旅行をし、旅先で目にした碑文を解読するという行為のなかに、期せずして「エネルギー」、「父」、「過去」というテーマが出揃っている。二人の旅人（というよりもむしろ、二人の紀行文作者）にとってこの三つのテーマがどういう意味をもっていたかを解明するのが、この小論の目的である。

2　ディドロの場合

『ブルボンヌ紀行』執筆前後の状況を、ディドロの私生活、とりわけ家族関係や人間関係から説明するのはさほどむずかしいことではない。一七七〇年八月二日にディドロがパリを発って郷里ラングルに向かったのは、表向きには一人娘アンジェリックの嫁ぎ先となるカロワイヨン家への挨拶、および絶交状態にある弟ディディエとの和解という二つの動機で説明される。この二つの動機はラテン語碑文の二番目のテーマ、すなわち「娘の安全を願う父親」のテーマと響き合うが、当時ディドロはこの主題を拡大し、自分を「父」（対アンジェリック）および「兄」（対ディディエ、および妹のドニーズ）と位置づけるばかりか、亡き両親、とりわけ父に対する「子」としての意識を強め、「家族」という大きなテーマ系の中心に身を置いていたはずである。

たしかに『ブルボンヌ紀行』には、久しぶりの里帰りで一挙にあふれだしたかのように、ディドロの身内にたいする熱い心情が語られ、なかでもブルボンヌに二度も湯治にきた父親の思い出が切々と綴られている。このくだりはいかにも本論を中断しての脱線であるかのように記されはするが、逆にそうであるからこそ、むしろ書き手の真情が吐露されていると読まれることを、ディドロは狙っていると思われる。だが、ただそれだけのことであれば、『ブルボンヌ紀行』一編は五〇代の半ばを越えた哲学者のたんなる感傷旅行の記録にすぎない。ディドロがラングルへの帰郷ついでにブルボンヌに逗留し、パリに帰ってから紀行文をしたためた背景には、もっと別な理由が隠されている。

『ブルボンヌ紀行』冒頭で、著者は「なぜブルボンヌについて書くのか」、「なぜブルボンヌに滞在したのか」という二つの予想される問いにあらかじめ答えを用意している。それによると、紀行文を執筆するのはいずれ湯治を必要とする病人の役に立つ資料を提供するためであり、温泉にきたのはモー夫人とプリュヌヴォー夫人への友情からなのである。

執筆動機はともかく、ブルボンヌ来訪の動機が二人の女性に対する「友情」のためという説明は納得できない。プリュヌヴォー夫人が産後の不調から母のモー夫人に伴われて温泉場に赴き、友人のディドロが二人を見舞ったのはたしかに事実である。だが同時に私たちは諸種の資料から、ディドロが前年の一七六九年からモー夫人に急接近し、長年の愛人ソフィー・ヴォランをさしおいて夫人に熱をあげていたことを知っている。(5) 『ブルボンヌ紀行』で隠蔽されているのは、ディドロがラングル滞在の日程をブルボンヌにおけるモー夫人との逢い引きの都合にあわせて調整した節が見られることに加えて、なによりもブルボンヌ滞在のあと、別の男と睦じくしているモー夫人を見てひどく傷つき、女性の心変わりという永遠のテーマにおそらくは生まれてはじめて心を悩ませながら、この紀行文を執筆しているという事情である。

このようにも下世話な話をあえて持ちだすのは、ディドロの場合、実生活での失恋といったネガティヴな体験がそのまま作品のテーマや雰囲気に直接反映するでもなく、さりとて作品が生みの親を離れて現実とは隔絶した美を獲得するでもない、いわば両者の中間的状態に成立していることを強調しておきたいからなのである。私見では、『ブルボンヌ紀行』は核の部分にモー夫人との不幸な性愛の体験によって生じた空白を秘め、全編をもっていわばその空白を埋めようとするかのように、ディドロによるアイデンティティ回復の仕掛けがほどこされた作品である。旅を記述するという虚構作業を通じて、ディドロはモー夫人という存在の欠落を補塡しようとしているのだ。

それまでほとんどパリを離れたことのないディドロにとって、一七七〇年の帰郷はまったく新しい外界との接触を意味していた。その新しい外界とは、ソフィーならぬモー夫人であり、パリの社交仲間ならぬブルボンヌの湯治客であり、妻や娘ならぬ妹や弟、さらには亡き父の面影であり、書斎の書物ならぬ温泉の湯煙りであり、パリの街並みならぬ古代ローマやガリアの遺跡であった。その限りで、『ブルボンヌ紀行』はディドロが〈パリ〉という一個の巨大な文化装置から束の間逃避することで、おのれの哲学者としての存在を解体し、改めて構築し直そうとした試みとして読むこともできるだろう。

冒頭でディドロは、友人のルーやドルバックが今回の旅についてうるさく問い質すであろうと、パリの哲学者仲間への揶揄気味の一瞥から筆を起こしているが、紀行文末尾はブルボンヌの湯治社交場で、自分が友情からとはいえ危うく哲学者としての信用を失墜させかねない勇み足をやらかしてしまった経緯が語られて、締めくくりとなっている。モー夫人への怨念を秘めた紀行文は、フィロゾフたるおのれの自己確認にサンドウィッチされた形で綴られているのだ。ディドロがアイデンティティ回復の最終段階と考えているのは、やはり哲学者の道徳なのである。

ラテン語碑文からディドロが抽出しえたであろう三つのテーマ、すなわち「エネルギー」、「父」、「過去」は、この哲学者の道徳という最終テーマに包摂される形で、一見とりとめなく書き散らしたような『ブルボンヌ紀行』全体のなかに分散している。以下に、この鍵テーマにそくして『ブルボンヌ紀行』のテクストを整理し直してみよう。

a　記憶によるアイデンティティ探求

テーマ1　〈父〉――テクスト冒頭の〈脱線〉部分。追憶に溺れてみせる演出のなかで、亡き父と自分とを比較し、妹や弟への愛情を語り、最後に自分の〈優しさ〉を涙とともに確認する。この《優しさ》はアンジェリックの父たるディドロの自己確認でもある。

テーマ2　〈古代のローマおよびガリアという過去〉――テクスト末尾近くにある碑文解読の試み、さらにブルボンヌ周辺の考古資料をめぐる記述、地質学的考察を通じて、自分を悠遠の昔と結びつけ、歴史的存在としての位置を確認する。むろん、ここにおいては、自分を古代の哲学者になぞらえようとするフィロゾフ一流の想像力が働いている。

↓　以上の二テーマで〈家族〉および〈歴史〉という二つとの関係におけるディドロの紐帯が回復される。

b　自然エネルギーによる宇宙論の探求

aのテーマ系が自己を一点に定位する働きをもつのに対し、この自然エネルギー論は、自己を含む世界のすべてを流動、解体、変化の相でとらえ、究極の〈全体〉のなかに相対化しようとする。温泉水の医療効果や成分に関する記述が、いつしか〈人工温泉〉の夢想に転化、さらに中間部で想像力はブルボンヌの上空と地下に広がる巨大な空間をとらえ、地球から太陽系へと話は大きくなり、最後は諸惑星が太陽の炎に呑みこまれるヴィジョンにまでエスカレートする。

……偉大な全体のすべての部分は近づきあおうと努力し、……ある瞬間、まるごと一体の塊だけになる。(6)

こうした宇宙の巨大な一体像は、地上の微細な出来事の意味を一挙に無化してくれる治癒効果を発揮し、〈自然〉との紐帯を回復させる。

c　究極のモラルを目指す哲学者のアイデンティティ探求

〈記憶〉の魔術と〈自然〉の物質的想像力とによっておのれを取り戻した（それはちょうど彼自身が詳細に分析している温泉の効果とよく似ている）ディドロは、未知の土地ブルボンヌで見聞する人間模様のいちいちを、〈哲学者〉のモラルという物差で分析・分類しようとする。

テーマ1〈他者への判断〉——温泉成分の分析を政府から依頼されながら、支給がとだえると研究を放棄して道楽に走った科学者ヴネルは、〈同胞愛〉と〈後世〉を知らない不幸な人間である。近隣の貧農にたいするエルヴェシウスの噂に聞く態度も哲学者として思いやりに欠けている。一方、ブルボンヌの住民にさりげなく麦をほどこしたルイエ地方長官夫人は善行の鑑のような女性である。

テーマ2〈他者へのかかわり〉——ルイエ夫人の美徳に涙する自分。湯治客の一人、ブド師のやつれ果てた姿にやはり涙する自分。夫を亡くしたプロピアック夫人を慰めるという善行。さらに、徴税官であった故プロピアック氏の後釜に友人ドヴェーヌを推薦しようとした友情。(7)

温泉地ブルボンヌでの滞在を描くにあたり、結局ディドロは住民や湯治客との交流にきわめて倫理臭の強い枠組みを当てがうことで、自己の徳性強化につとめている。

以上見てきたように、『ブルボンヌ紀行』の一見乱雑な構成にはそれなりの文法が働いており、自己を固定する〈記憶〉と自己および世界を流動させる〈自然〉という、対立する二つのテーマを抱え、統合する主体として〈哲学者〉の像が確立される。『紀行』が隠蔽する不幸な性愛の傷は、〈家族〉への逃避で癒されると同時に、宇宙の全物質の流動と変転という〈自然〉のヴィジョンのなかに解消されてしまう。このヴィジョンを通して見る限り、女の心変わりなるものも刻々姿を変えるこの森羅万象のほんの小さなエピソードにすぎない。(8)

一七七〇年夏のラングル－ブルボンヌ旅行を挟んで、ディドロの生活と著作とのあいだにそれまでついぞ見られない、〈家族〉と〈自然〉とをめぐるひそかな対話が交わされているのはまことに興味深い。ディドロの自然哲学の到達点ともいえる『ダランベールの夢』三部作完成は、モー夫人との接近とほぼ同時期の一七六九年である。『夢』の壮大なコスモロジーは、翌七〇年の『ブルボンヌ紀行』で〈家族〉のテーマ系と交叉し、性愛をめぐる新しい認識をえて、七二年に『女性について』、さらに同年秋からの『これは作り話ではない』、『ド・ラ・カルリエール夫人』、そして『ブーガンヴィル航海記補遺』の三部作へと発展する。この作品系列はディドロの生涯でおそらくはじめて姿を現した男女の性愛に関する考察をテーマにしている。一方、久しぶりの里帰りと娘の結婚話に触発された〈家族〉のテーマ系は、コメディ・フランセーズにおける『一家の父』再演（一七六九年八月）あたりに端を発し、『ブルボンヌ紀行』を経由して、七一年春に発表された『父親と子供たちとの対話』で全面開花し、さらに七二年（これはアンジェリックの結婚の年でもある）から始まる〈性愛〉ものへと流れこんでいく。『ブルボンヌ紀行』はこうした二系列を温泉地という特殊な空間で交流させ、哲学者の道徳枠にとりこもうとしたディドロの試みの一端なのである。

3　メネトラの場合

ディドロの紀行文に、どこまでも対照的な作品を対置してみよう。ジャック＝ルイ・メネトラの自伝『わが生涯の記録』は、その前半部分がパリのガラス職人である作者の七年間におよぶフランス遍歴の模様を記した旅日記にあてられている。ディドロとメネトラの数少ない共通点の一つは、父親がともに職人だということである。ディドロの父はラングルの人望あつい刃物職人の親方だった。その父親をはじめとする〈家族〉との離別という犠牲の上に築いたおのれの精神の〈放蕩〉、すなわち哲学と、それに見あう生活上の〈放蕩〉、すなわちモー夫人との関係(9)、そうしたものをしみじみと眺め返し、超越的な自然のたたずまいに思いを馳せるという場所に、『ブルボンヌ紀行』を綴るディドロは立っている。一方、親方見習い（compagnon）としてフランス各地を旅する若い自分の姿を、パリに定住したメネトラはどのような場所から描いているのだろうか。

パリの父親のもとで四年間の徒弟修業を終えたメネトラは、親方（maître）になるために必要な見習い期間を国内遍歴で過ごす。旅先では自分が属する仲間組合（compagnonage）の扶助を受け、注文に応じて仕事をし、職業団内部の慣習や規律に従って暮らすのである。メネトラの『記録』はその旅の模様を語るなかで、ディドロの『紀行』を律しているのとおなじ文法、すなわち三つの主題をなぞっているように思われる。

a　記憶によるアイデンティティ探求

テーマ1　〈父〉——亡き父への追憶に涙するディドロと反対に、メネトラはパリでガラス職人の親方として働く父ジャックの歩んだ道を辿っている。幼年期から父との確執が絶えなかった彼にとって、旅は父を目指す成長の道程であると同時に、父の支配から解放されて自由を謳歌できる特権的体験であった(10)。言い換えるなら、フランス遍歴は職業人としてのメネトラを、消し去ることのできない記憶の絆で父と結びつけているが、同時に放浪の息子たる彼は、強い父親の記憶を束の間抹消して気儘に生きるのである。

テーマ2 〈神話的過去〉――古代ローマやガリアとの紐帯を確認するディドロと同様、ガラス職人メネトラは仲間組合との一体感のなかで、組合がテンプル騎士団長ジャックを祖とする職人秘密結社の伝統につながっていることを確認する(11)。

〈父〉および〈神話的過去〉を媒介にしてえられるアイデンティティは、ガラス職人のそれである。だが、メネトラは職業レヴェルの自己確認に飽き足らず、新しいテーマ系をもとめる。

b　自然エネルギーの発散

aのテーマ系がメネトラを職業の世界につなぎとめる役割を果たしているのに対し、性愛の営みは彼をあらゆる束縛から解放する。メネトラは、若い自分が七年間の旅で経験した色事を、無限反復する欲望の覚醒と充足というリズムの下に描きだした。仲間組合の掟も性愛の掟には及ばない。こと女性に関してメネトラは〈自然〉そのものである。というよりも、〈自然〉そのものであるように描かれている。モー夫人との性愛を隠蔽しなければならないディドロとちがい、メネトラの筆は何も隠さない。ニームでねんごろになったプロテスタントの女性との約束と裏切りのエピソード(12)が、なによりも雄弁に、〈変化〉し〈流動〉する〈自然〉であるメネトラの姿を伝えている。ただし、メネトラの〈自然〉さが、回想録の執筆時点で幾多の不純物を払い落としたある種の洗練を獲得していることは注目されてよい。若い遍歴職人の性生活に登場する相手は、つねに女性であるとは限らない。同性愛や獣姦が日常茶飯事であったはずの生活実態について、しかしながらメネトラはなに一つ語ろうとしないのである。

〈自然〉はつねにある事象や価値を超越する規範として語られる。ディドロはモー夫人との挫折体験を自然エネルギー説に〈転移〉したが、メネトラは清濁あわせ呑むがごとき性体験を女性との色事という洗練された様式の枠に〈純化〉して報告したのである。

c　究極のモラルを目指す職人のアイデンティティ探求

ディドロの紀行文にあっては、〈家族〉と〈自然〉との対立を止揚する〈哲学〉が究極の参照枠になっているように、メネトラの旅日記でも、〈父〉や〈結社〉といった共同性の強い絆と〈性愛〉とを統合する〈道徳〉がいたるところで語られている。哲学者ディドロの指針となりえたのは、古代の先人ソクラテスやセネカといった偉人たちとの連続の意識（それはラテン語碑文の解読行為にもつながっている）であった。職人メネトラが規範とすべき道徳もまた、偉大な伝統を誇る仲間組合との一体性をおいてほかにない。メネトラが各地で宿泊する職人旅籠の規律と連帯、友愛や供応の慣習、儀式化された祭や乱闘、これらはすべて時間をかけて緻密に練り上げられた厳格な道徳律にもとづくものなのである。(13) 時と場合によっては、女性に対する職人の暴行行為ですら、旅籠のなかでは儀式の様相をおびてくる。(14) その意味で、メネトラが読みとったカリヨン城の碑文は、結社に属する者の矜恃と傲岸の意識を若いガラス職人に目覚めさせる働きがあったと思われる。

ディドロが『ブルボンヌ紀行』で回復しようとしたアイデンティティは、〈哲学者〉という観念上の共同体との一体感のなかで保証される。メネトラが究極の道徳枠としている〈仲間組合〉の連帯は、一六世紀以来の教会と国家による禁止にもかかわらず根強く生きのびつづけ、やがて産業革命の波に呑みこまれる、これまたはかない共同体意識なのである。

まとめ

二つの紀行文にはそれぞれ〈秘密〉の部分がある。ディドロは『ブルボンヌ紀行』をおそらくは旅の直後に執筆したが、テクストはいかにも混乱の様相を呈し、〈家族〉〈自然〉のテーマ系を〈哲学〉は最終的に総括しえないまま、またしても開かれた状態で作品全体が終わってしまう。その謎めいた表情、言い換えればこちらの期待をはぐらかすしぐさが、ディドロの作品にいわくあり気な雰囲気を作りだしている。それは、あらゆる旅人を解読へと誘う古城の碑銘が発散する、あのいわくあり気な雰囲気そのものなのである。そして、読み手に誘いをかけるテクストの構成上の混乱（脱線や連想や介入など）は、秘密を守ると同時に、秘密の所在をある選ばれた人にだけ伝えようとしている、これまた秘密の符牒なのだ。ブルボンヌの碑文が旅人に高度の知識を要求するように、『ブルボンヌ紀行』も書き手と読み手とのあいだに秘密結社の掟のようなある種の黙契と、さながら身内同士のような狎れ合いを要求している作品なのである。読み手が秘密の符牒（重層構造、テーマ系、そして隠蔽されているモチーフなど）を解いたとき、はじめて〈哲学〉が秘密の奥に隠れた第二の秘密として姿を現す。そのとき、読み手はフィロゾフと同一化している。

メネトラの『記録』を読む者に、そのような哲学者の結社への参入といった印象はまったくあたえられない。稚拙なフランス語が時として意味不明である以外、『記録』にはなんらこちらの解釈を誘うような秘密めかした仕掛けが見当たらないのである。紀行文全編を通じて、メネトラはほどよく父に反抗的で、充分に好色であり、また規範的な職人である。すなわち〈父〉や〈性〉はなんら矛盾することなく、〈職業道徳〉のテーマに包摂されており、どのテーマにも隠蔽すべき傷や秘密などありそうにない。それにもかかわらず、私が『わが生涯の記録』にある種いわく言いがたい〈謎〉の印象を抱くのは、もともと長大な文章を綴る習慣のない職人階層の人間が、なぜこのような自伝執筆を思い立ったのかを、どうしても理解することができないからである。メネトラの〈秘密〉とは、いってみればその著作の秘密のなさである。秘密をもたない人間はふつう文章を書かないものだ、というのが私たちの常識である。『わが生涯の記録』はそのような常識を超えた地点に成立している数少ない作品であるといえる。

第五章 『ラモーの甥』の昔と今

――博論異聞――

1 留学生気質

私が、フランスに留学したのは五〇年前に遡る。フランス政府給費留学生試験を受けて、南フランスのモンペリエ市にあるポール・ヴァレリー大学（現在のモンペリエ大学文学部）大学院に籍を置いた。一九六七年のことである。多くの学生がパリに憧れ、なんとしてもパリに留学したがっていた当時、なぜ地方大学を第一志望にしたのか、いぶかしく思う向きもあろう。

南仏を選んだ理由はほかでもない、そこにジャック・プルーストがいたからである。学部時代から啓蒙思想家ドニ・ディドロを研究テーマに選んだ私は、大学院に入ってそろそろフランス留学を視野に入れ始めたころ、ジャック・プルーストの博士論文『ディドロと百科全書』(1)の存在を知った。原書を取り寄せて目を通したところ、その博引旁証、有無をいわせない説得力と構築性に圧倒され、パリどころではなくなった。プルーストこそわが師と思い定めて怖々《こわごわ》手紙を書いたのだった。在籍していた慶應義塾大学では、一九六〇年代、パリを中心に一世を風靡していた新批評や構造主義を取りこんだ授業が行われ、私もかなりの洗礼を浴びていた。そんな私の眼に、ソルボンヌ風実証主義を土台に据えた堅固な調査と分析を駆使するジャック・プルーストの学風が、ひどく新鮮なものに映ったのである。当時、地方大学を第一志望にし、パリを第二志望にまわすという破天荒な受験生は私一人だったらしく、教授の了承は簡単にえられ、留学先をモンペリエにという希望は問題なく叶えられた。

当時の日本におけるフランス文学受容は、近代文学の流れに棹さした伝統を墨守する傾向が強かった。その伝統とは、いうなれば「偽悪者」の流れである。おおまかな事情はこうである。一九世紀末、文明開化の日本はヨーロッパ列強との付き合い方をあれこれ模索していた。昔から仏文と聞けば「軟弱」、「色好み」、「遊び人」という連想は、当時フランスが普仏戦争でプロイセンに敗北した史実に発する。明治政府は先進技術（軍学と医術）を戦勝国ドイツに学び、敗戦国フランスは反体制、ダンディスム、ファッションの温床という虚像が生まれた。この虚像はいまなお健在である。ドイツ文学や英文学を学ぶ日本人には、どちらかというと自分を美しく真面目で立派に見せかけようとする「偽善者」志向が強いのだが、この伝統はヨーロッパの歴史では一八世紀までのフランスを含む強固な古典主義文化に根ざしている。モリエールが諷刺した一七世紀「オネットム」のモラルと美学などが典型的なものであろう。大革命後、フランスにはその「偽善」を嫌って、自分を実際以上の「悪者」に見せかけようとする「偽悪者」が激増する。ボードレールなどがその嚆矢といえようか。詩人といえば、酒と麻薬に溺れた反社会的存在という通念は、一九世紀のほんのわずかな事例にしか通用しない偏見で、たとえばロマン主義詩人の多くが国会議員だったりした理想主義は「偽悪者」説からはなかなか説明できない。

当時、国立大学を中心とした日本の仏文学研究の世界では、ボードレール風の「偽悪」への嗜好が強く、教え子に「フランスにいってこい。だが博論を書いて、博士になって帰ってくるなどというのは愚の骨頂だ。フランスで女とワインを覚え、いい芸術や文学を鑑賞して帰ってこい」といった指導をする先生も少なくなかったと仄聞する。小林秀雄流である。かたや慶應で私の恩師だった佐藤朔教授の指導は正反対だった。「フランスで博士号を取得してこい」だった。この指導にはいかにも朔先生らしい、先見の明があったように思う。私は先生のアドヴァイスを真に受けて、留学先で一所懸命博論の準備をしたものである。したがって、私の博士号取得（一九七二年）は、当時の日本の一八世紀研究者としては飛び抜けて早く、留学生たちが帰国後の就職のために必死に博士論文と取り組み始めるかなり前のことだった。「帰国すれば、なんとかなるさ」、これが当時私および私の周辺にいた留学生の平均的な意識だったように思う。円はまだ弱かったが、暢気な時代だったのである。

2　ジャック・プルースト

ジャック・プルースト先生とはじめて面会したときの記憶はいまだに鮮明である。地味でゴチゴチの実証主義者を予想していたら、とんでもない、パリの高等師範学校でミシェル・フーコーとほぼ同期であり、若手の助手だったアルチュセールに私淑していたらしい。根っからの「現代思想」系に連なる氏素性なのである。おそらくはアルチュセールの影響だろう、早くから共産党に入党し、モンペリエでも同輩の歴史家エマニュエル・ル・ロワ・ラデュリーなどと一緒に細胞活動を行っていた。また、プロテスタントの信仰に篤い裁判官の家庭で育ち、生まれてから一度もトランプで遊んだことがないという「お堅い」人物でもあった。毎日曜日、教会にも通っていたようである。南仏はルイ一四世によるナントの勅令廃止で、新教徒が大量に国外流出した後、残留組がさながら隠れキリシタンのような非合法生活を「砂漠の教会」で送った重要拠点であり、モンペリエ大学はパリ大学やストラスブール大学と並んで、フランスでプロテスタント神学部を置いている数少ない大学だった。ジャック・プルーストはコミュニストとプロテスタントとが同居する複雑な人格の持ち主で、学問的にもソルボンヌ式の実証主義からバルトやフーコーといった最先端の批評にいたるまで広い関心を寄せ、その多様な知見をセミナーでの指導にも果敢に取りこんでいた。

そうした奥行きの深い人格の大物教授に指導を受けるプレッシャーは並大抵のものではなかったが、徐々にわかってきたのは、ジャック・プルーストのきわめて特徴ある立ち位置だった。プルーストの居場所は、本人が誰を、そして何を敵視しているかという関係性によって簡単に推論できた。「敵」はまず、パリのソルボンヌ大学を中心とした思想的・学問的な保守・反動勢力であり、より一般的にはフランスおよびヨーロッパを世界の中心に置いて物事を考えようとする自己中心主義である。のちに「脱中心化」と呼ばれるようになるそうした態度を、プルースト教授はかなり早くから身につけていたといえるだろう。セミナーにも少なからぬ外国人、とりわけ東欧圏の若者がいたし、年に数名呼ばれる外来講師の半数は、ポーランド、東ドイツ、ロシアからの人々だった。数名いた日本人留学生への関心・興味も、そうした脱中心化のおかげであろう。

ここでは詳述できないが、ジャック・プルーストは都合六回も来日してすっかり日本贔屓になった。退職後はパリの高等師範学校に開設されていた日本史の講義に出るなどして研鑽を積み、ついに都合三冊の日本に関する書物を刊行した。最初の論文が浩瀚な *L'Europe au prisme du Japon, XVIe-XVIIIe siècle. Entre humanisme, Contre-Réforme et Lumières*, Albin Michel, 1997 で、これは邦訳がある。[2] フランス側からかなり好意的、場合によっては熱狂的といってもいい高い評価を受けた書物だが、日本では残念ながらほとんど知られていない。仏文学者のなかでもこの本を読むどころか、存在すら知らない人がほとんどではないだろうか。ほかの二冊は翻訳である。まずは、宣教師で棄教者フェレイラによる『顕疑録』英訳からの批判的仏訳。[3] もう一冊はオランダに亡命したフランス人ユグノーで、東インド会社で活躍し、のちに長崎商館長をつとめたフランソワ・カロンのオランダ語による著作の仏訳である。[4] 翻訳に関しては夫人のマリアンヌが協力し、夫婦の「共訳」という扱いになっている。

3 『ラモーの甥』事始め

恩師の話が長くなった。博論に戻ろう。私はかなり前からディドロの『ラモーの甥』に強い愛着を覚え、修士論文でもこの作品を論じ、モンペリエに留学してからも「『ラモーの甥』の著者における人間関係の諸問題について」という、わかったような、わからないような論題で博士論文を登録していた。なにしろこの対話作品はディドロの生前に刊行されず、ドイツのゲーテがロシアから流れてきた写稿をドイツ語に訳したのが最初で、さらにはその翻訳を重訳して、ディドロのオリジナル稿と偽わって出版するフランス人の詐欺師が現れたり、一九世紀を通じてもっとも波乱に富んだ運命を辿った、いわくつきの傑作である。ちなみに『ラモーの甥』という表題はいわば俗称であって、本当のタイトルは『諷刺第二』である。

一九六〇年代の『ラモーの甥』解釈は、折りからの国際情勢、とりわけ東西の冷戦構造を反映するかのように、対話者の「彼」と「私」との対決、差し向かいこそが、作品解釈の鍵であるという大前提ですべての読みが規定されていた。身を持ち崩した、しがない音楽家と、啓蒙思想の代弁者のような哲学者と、いったいどちらをとるかで、読み手の立場は分かれていた。マルクス主義系の研究者は「彼」のような不良っぽい人物がどちらかというと大の苦手で、作中の論争では明らかに分が悪そうな「私」の肩を持ち、なんとか「啓蒙思想」を代弁する哲学者の勝利を結論づけようとしていた。啓蒙主義者である「私」の前に、手強い「他者」である「彼」が立ち塞がって、ある種「他流試合」が行われているのだという読みである。たまに、「彼」の味方をする健気なマルクス主義者がいても、それはこのルンペン・プロレタリアートをきたるべき「大革命」への導火線として無理矢理に称揚するという戦略が見え透いていて、私をげんなりさせた。一方、私が「内面主義者」と名づけた一連の非マルクス主義系の研究者がいた。この人たちは、「彼」と「私」との対立を、作者ディドロの内面の分裂の反映ととらえ、ディドロが自分の複雑で矛盾に満ちた思想を、対話形式を借りて密かに検証しているのだと説明した。ようするに「彼」も「私」もディドロの一部であるというのである。正直なところ、私には「他流試合」も「内面の分裂」も、いかにも見え見えの俗論に思えて、どうしても納得できなかった。それにしても驚いたのは、これほど対立する読みや解釈が、おなじ一つのテクストから導きだせてしまうという事態であった。一つには、研究者たちが、もともと自分が探している情報しか『ラモーの甥』の文章のなかから見つけていないという困った事情もあるだろうが、それ以上に、この作品にはどんな読み方も許容してくれて、それを正当化する論拠や証拠まで惜しげもなく提供してくれているという、気前の良さがあって、それが不思議で仕方なかった。私たちは皆、ディドロにからかわれているのだろうか。

私のアプローチは、なんとしても『諷刺第二』の読み手を否応なく呪縛する「二元論」(「彼」か「私」か)を克服して、なるべくテクストにそくした忠実な読みを提示する方向で行われた。その際、ジャック・プルーストがセミナーで読ませてくれた新しい論文や批評書が役に立った。とりわけ言語学者のエミール・バンヴェニストが『一般言語学の諸問題』(5)で鮮やかに説明している人称代名詞の構造に触発されるところが大きかった。この書物に収録されている人称問題を扱った論文数点は、刊行直後から文学研究者の注目を浴び、そこからいわゆる「ナラトロジー」(説話論)と呼ばれる方法論が生まれて、幾多の小説作品に適用され始めたことは知られている。

『ラモーの甥』を相手取る私にとって、決定的ともいえる確認は、この対話体の作品が必ずしも「彼」と「私」という二つの人称代名詞だけでできているわけではなく、そこに「語り手」の存在が認められ、テクスト全体は「対話体」という二元構造を内包した上で、さらに上位の次元を取りこんだ立体構成になっているという事実であった。具体的には、作品冒頭の数頁は対話形式で書かれておらず、一人称で語る人物がラモーの甥という変人について説明・描写するモノローグであり、そこの箇所を対話部分と同一視することはできないはずなのである。また、対話が始まってからも、この人物は時折介入して話を中断し、感想や注釈を差し挟むのだ。従来型の二元論を墨守する解釈者は、この語り手の「私」と対話者の一人である「私」とを完全に混同し、まったくおなじ人物として扱うので、操作手順は簡略化されるが、説話論的には完全に誤りであるということになる。

4　遊戯という視点

こうして私の博論は、対話形式を特権化することなく、とりわけ語り手の「私」に光を当てた読みから、『ラモーの甥』全体が「遊戯」(le jeu) という基本イメージをめぐって構築された作品であることを立証しようとする方向に進められた。第一章は一九世紀の文学者、とりわけボードレルやルイ・メナールたちが『ラモーの甥』に触発されて創作したある種のパスティッシュから、『ラモーの甥』の新しい読み方を探ろうとするもの。第二章は「プロローグ」と名づけた冒頭数頁の分析を通じて、語り手の「私」の立ち位置を明確にし、あわせてプロローグがいわば作品全体の目次のような役割を果たしており、それは大きく三つの次元、すなわち「生物学」、「社会学」、「美学」の重層的な構造をなしていることを突きとめた。つづく、三つの章ではそれぞれの次元について、「遊戯」(le jeu) というイメージの多層性を利用しながら読解を進めた。第三章では「遊戯」に固有の偶然性、個体性、流動性などの概念を使って『ラモーの甥』に底流する唯物論的自然観を論じ、第四章では「遊戯」を演技、韜晦、偽善といった社会的文脈でとらえ直して「道化」のラモーを描き、最終の第五章では「演奏」、「表現」としての「遊戯」という観点から、ラモーの芸術家としての挫折と執念を問題にした。全体の表題は『ラモーの甥――遊戯の気紛れと論理』である。

論文審査は一九七二年三月末に行われ、三時間絞られてようやくパスすることができた。翌四月の新学期から母校の慶應義塾大学文学部で非常勤講師として教えることが決まっていたから、綱渡りのようなヒヤヒヤものの日程である。帰国の翌年、助手に採用され、忙しい教員生活が始まったが、周囲に勧められて博士論文を日本で出版することになった。幸い大学と文部省〔当時〕から出版助成金がもらえたので、株式会社フランス図書から一九七五年に刊行することができた(6)。ジャック・プルーストの感動的な序文つきである。

5 書評という事件

また、プルースト教授はこういう業績を日本で眠らせておくよりも、欧米の図書館、大学、雑誌社、出版社、それに主立った一八世紀研究者に献呈しなさいと、かなりの数に上るアドレスを送ってくれた。そのすべてに、五〇〇頁を超える重い拙著を航空便で送付するのは大変な経済的負担だったが、これは後で考えると無理をしておいてよかったのである。早速、海外のいくつかの研究誌が書評に取り上げてくれたのだ。*La Revue d'histoire littéraire de la France* という、フランスでもっとも古く、権威ある仏文学研究誌にも書評が掲載されるという噂を聞いて、大いに期待していた。ところが、である。ある日、知人から便りがきて、雑誌編集長のルネ・ポモー教授が私の博論についての書評を却下したというのである。その知人はモンペリエのジャック・プルースト系の若い研究者だったが、まるで一九六八年の懐かしい五月革命時代を思わせるような悲憤慷慨と弾劾の調子で、ポモー教授の「暴挙」を攻撃していた。

書評を執筆したのは、エリック・ヴァルテールという私とほぼ同年配の研究者で、私も若干の論文を通じて名前だけは知っていた。エリックはジャック・プルーストの覚えもよく、プルーストからも時々名前を聞いていた若手である。一方、ルネ・ポモーは泣く子も黙るヴォルテール研究の権威で、ソルボンヌの代名詞のような大御所であり、五月革命以来フランスが新旧、左右に分断されている状況で、誰しもが「保守反動」の牙城の領主と認める大物だった。いうまでもなく、ジャック・プルーストとは天敵同士である。当時はアカデミスムの世界にまで、「冷戦」や「政治」がかなりあけすけに浸透していたのだ。重要なのは、のちに私の無二の親友になるエリック・ヴァルテールが、かなり先鋭的な左翼思想の信奉者だったことである。ルネ・ポモーにとっては、南仏で独自の活動を展開する不倶戴天の敵ジャック・プルーストの息のかかった左翼系若手研究者が、そのプルーストの指導で執筆された外国人学生の博士論文を、こともあろうに自分が主幹をつとめる権威ある雑誌で書評するという事態は、もっとも望ましくない取り合わせだったのだろう。

編集長の権限による「却下」は当然大きな波紋を呼んだ。フランス共和国の屋台骨を揺るがせた六八年の騒擾からまだ一〇年は経過していない状況で、そうした振舞いはある意味で墓穴を掘るに等しかったのだ。今とちがい、一九六〇年代から七〇年代にかけてのフランス一八世紀研究者は、その八割以上が左翼ないし反体制派だった。「言論弾圧」への抗議の声は、やがて若手を中心とした署名運動にまでエスカレートし、私の許にも封書が何通か届いた。私はジャック・プルースト門下生とはいえ、政治音痴でいわゆる「ノンポリ」であり、博士論文にしても、マルクスや革命への言及などまったくない、どこまでも「非政治的」論文であると確信していたから、一切こうした動きにはかかわらず、静観を決めこむことにした。面白いことに、モンペリエのジャック・プルーストからも、そうしていなさいという手紙がきた。指導教授も南仏の片隅で静かにことの成り行きを見守っていたのである。

半年が経過した。ある日のこと、東京のわが家に私の論文についての書評を掲載した雑誌二点が送られてきた。一つは、エリック・ヴァルテールによる書評で、*Littérature* というどちらかといえば「進歩派」の雑誌に載っていた。却下された原稿を回収し、より気心の知れた編集者に回したものと見える。いま一つは、話題の *La Revue d'histoire littéraire de la France* 最新号で、その書評欄ではなんと編集主幹のルネ・ポモー教授みずからが私の博士論文を批評しているではないか。読んでみると、それぞれの書評子が目から鱗のような「読み」を示していて、なるほど、自分が拙いフランス語で書いたテクストでも、こういう風に解釈されるのだということを思い知らされた。

まず、エリックによる書評だが、驚いたことに、東洋からきた若者の論文が「新しい唯物論」構築のための重要な礎石を用意しているという指摘である。私はたしかに『ラモーの甥』における生物学的イメージの重要性を強調し、もっぱらラモーがパントマイムで示す身体表現の新規さに着目してあれこれ文言を重ねてはいたが、それがマルクス主義の「史的唯物論」とどこかで通底するなどという発想はつゆほどもなかったのである。また、エリックは私が使ったバンヴェニストの言語学を当時流行の構造主義と絡めて、私の読みをソルボンヌを中心とした旧批評に対する「新批評」と位置づけ、昔懐かしい「バルト＝ピカール」の新旧論争の文脈でとらえ返して見せた。これではポモーが怒るのも無理はない。果たして、編集主幹みずからの手になる書評は、エリックを徹底して意識したかなり論争的なものであった。ただしそこは大物先生だけあって、どこまでも冷静に私の稚拙なフランス語の誤りから、思想史、文学史への目配りの不足や、構成の破綻など、それこそ痒いところに手が届くような、懇切丁寧な指摘や読解をしてくれたのだ。しかも、酷評どころか、褒めるところはちゃんと褒めてくれてもいるのである。これはもう、形を変えた論文審査であって、書評ではない。書評子と書物の著者との「格差」がかくも大きな事例は、*La Revue d'histoire littéraire de la France* 誌の歴史でも類例を見ないのではないだろうか。

だが、やはり私は読みながら、「ああ、これはポモー教授が天敵ジャック・プルーストに仕掛けた〈新旧論争〉なのだ」と確信した。プルーストの弟子の仕事を批評することで、プルーストの論文指導と、プルーストのいま一人の弟子が書いた〈見当ちがいな〉書評とを、同時に切り捨てているのである。それともう一つ、このたかが書評程度で大の大人がホットになる状況は、思えばディドロが一七五〇年代に編集・刊行中の『百科全書』をめぐって四面楚歌になり、コメディ・フランセーズで上演されたディドロの芝居すら政治的批判にさらされた時と似ていなくはないと感じた。啓蒙期の文化や思想を理解するのに、背景となる宗教や政治の生々しい状況を踏まえずしては何も始まらないというのはこのことだったのである。一九六〇年代から七〇年代にかけてのフランスには、その意味では歴史が繰り返したとも形容できそうな雰囲気があった。

6 『ラモーの甥』今昔

それから四〇年が経過した。ジャック・プルーストもルネ・ポモーももはやこの世の人ではなく、親友のエリック・ヴァルテールは不治の病に仆れ、二〇一七年、南仏の施設で亡くなった。かくいう私も大学を定年で退職し、ついに後期高齢者になった。私の関心はいつしかディドロから『百科全書』に移り、『諷刺第二』について大きな論文を改めて書くこともなくなった。フランスでの付き合い相手も大きく変わり、今はもっぱら『百科全書』研究者のグループと交流するようになっている。大学でいうと、パリの第七大学（別名ディドロ大学）と第一〇大学（ナンテール大学）に知り合いが多く、昔の経緯ゆえではないが、パリ゠ソルボンヌ大学（第四大学）は依然として遠い存在だった。

二〇一六年の秋、あるシンポジウムに呼ばれてパリに滞在した折り、『百科全書』共同研究の仲間の一人が自宅の食事に招いてくれた。そこに演劇を専門にしているピエール・フランツという教授が居合わせた。ピエールとは数年前の来日の折りに向島百花園を案内したりした仲だったので、すでに tu で呼び合う親しい関係である。実はこのピエール・フランツがソルボンヌ仏文科の教授だったのである。話題は自然と、翌年（すなわち二〇一七年）のアグレガシオン（中・高等教育教授資格試験）に及び、なんとわが『ラモーの甥』が久しぶりに一八世紀部門の課題作品として指定されたというめぐり合わせに話が弾んだ。ピエールは職務上、この一年間、ソルボンヌにおけるアグレガシオンの授業で『ラモーの甥』を講じ、受験対策を教えなければならないという。日本で四〇年も前に刊行された私の博論は、質はともかく、その頁数からすると、ここ四〇年で刊行された『ラモーの甥』に関する研究書のなかでも最大規模のものなので、いやでも人目を惹く。ところが、読んでみようとしてもとうの昔に絶版であり、フランス人でも所有している人は物故者か高齢者で、ほとんどの現役研究者は読めないのだという。本が絶版なら仕方ない、著者のお前がきて喋ってくれ、とワインの酔いも手伝って話はエスカレートし、一月にソルボンヌ大学で講演することを約束させられてしまった。

一二月に入ると、ソルボンヌ大学から正式の招請状がメールで届いた。仏文科の教授ジャン＝クリストフ・アブラモヴィチの名前で、二〇一七年一月一四日に、『ラモーの甥』をめぐるシンポジウムを開催するので、最後に登壇して講演をお願いしたいという。アブラモヴィチはサドとディドロを専門にしているおそらく五〇歳前後の気鋭の研究者であり、ポモーやプルーストと実際に面識のあろうはずもない。考えれば四〇年前と今とでは、ソルボンヌもすっかり様変わりしたのである。もはや、左翼系教員がパリ第七大学（ディドロ大学）に集い、体制墨守派がソルボンヌにといった昔懐かしい対立構図は陳腐化し、私のような年寄りの頭のなかにしか存在しない幻なのであろう。

アブラモヴィチ教授に快諾の返信を送ると、早速講演準備にとりかかった。先方の注文はかつての博論についてわかりやすく内容要旨をのべてくれというものだったが、どだい四〇年前の若書き論文をそのまま蒸し返すのはなんとも芸がない。そこで要旨は最初の二〇分程度にして、残りの時間でその後の新しいアプローチを披瀝することにした。演題は「『ラモーの甥』——昔と今」。「昔」の部分は一九六〇年代に支配的だったラモー解釈の「定型」(「彼」か「私」かの二元論)と拙論とを絡めて紹介し、残り三分の二を「今」に充てる。その「今」は、必ずしもディドロの『ラモーの甥』解釈史の最新版などではない。『諷刺第二』はディドロの死後刊行された作品なので、同時代の人間からまったく知られないままに、もっぱら一九世紀以後に好んで読まれた珍しいテクストである。私の狙いはフランス以外の地域で、一九世紀以降に刊行されたさまざまな著作に、『ラモーの甥』との意外な類似性や共鳴点を見つけだそうというものだった。他文化との「比較」という方法でこそ、ディドロの傑作のもつある種の普遍性が見えてくるのではないかと考えたからである。

二〇一七年の一月一四日に、私はソルボンヌでそういう方向の、『諷刺第二』、通称『ラモーの甥』をめぐる徘徊と出会いの旅を、約一時間にわたって語った。当然、聴衆はフランスにかかわる前半部はともかく、ドイツや日本や中国の思想・文学を論じた後半部については、どこまで理解してくれたかわからない。司会のアブラモヴィチが巧みに引き継いで謝辞を述べ、前列一列目に陣取る六八年世代のかつての戦友ピエール・シャルティエと少しレトロな言葉を交わして、私の仕事は無事完了した。その夜、パンテオン近くのレストランで、アブラモヴィチと仕掛け人のピエール・フランツとがご馳走してくれた魚料理はすこぶる美味であった。

第六章 『ラモーの甥』の末裔たち

ディドロの『ラモーの甥』、正しくは『諷刺第二』は、作者ディドロの生前に刊行されず、同時代人がまったく知らないままに一九世紀になって日の目を見た。当然、さまざまな読み手によって解釈され、論じられ、二〇世紀には舞台化されたりもした。だが、私にとってもっとも興味深い問題は、『ラモーの甥』という作品が、刊行年代とは無関係な次元で、後世において、それもフランス以外の国で、個性的な「甥」や「孫」や「身内」を生みだしているという、一種の共鳴現象であった。前章末尾で触れたソルボンヌ大学での講演で、私はその系列に連なる外国の著作について語った。

1 『引き裂かれた自己』

私が選んだテクストは三点である。最初は英国の精神科医ロナルド・D・レイン（一九二七―八九年）が『引き裂かれた自己』（一九六〇年）のなかで紹介している事例である。二番目は、夏目漱石の遺作『明暗』（一九一七年）。最後は中国語で書かれた高行健《ガオシンジェン》『霊山』（一九八九年）である。一見、おたがいに何の脈絡もない組み合わせではあるが、ディドロの『ラモーの甥』をあいだに置いてみると、不思議な糸で結ばれている図柄が透けて見えてくる。いずれも作中の人称代名詞の用法に工夫や違和があり、ラモーがたびたび口にする不可解な台詞と似た「疎外感」を漂わせているのだ。

まず、レインの『引き裂かれた自己』。この初期の代表作のとある章で、レインは一九世紀末ドイツで活躍した精神科医のエミール・クレペリン（一八五六―一九二六年）の臨床記録を組板に乗せる。記録で報告されている「緊張病の興奮状態にある」若い男の患者は、医学部の階段教室を埋めて自分を凝視する医学生たちと、その学生の前で自分に名前などを訊いてくるクレペリン教授に対して、まともに返事をしようとせず、人称代名詞を逆転使用して煙に巻く。患者はクレペリンが自分を公衆の面前で晒し者にしている処遇に深く傷つき、怒りを露わにしているのだ。ただ、怒りはストレートに表出されず、クレペリンを「私」、自分を「彼」、「お前」という風に、人称関係の逆転を介して、一見コミカルに伝達されている。

注目、彼はちゃんと見ない。ほら、しっかり見ろ！　それは何だ？　どうしたんだ？　注目、彼は注目しない。そこで私は、それは何だと言う。なぜ答えないのか。また生意気になったな。どうしてお前はそんなに生意気になれる？[1]。

レインが問題にするのは、クレペリンが本当の事情をまったく理解せず、患者をただのモルモットとしてしか認識していない無神経さである。当然、クレペリンの診断には「了解不能」といった言葉が頻出する。

ディドロの対話でも、ラモーはこのドイツ人の患者にそっくりの振舞いをする。自分が出入りする徴税請負人ベルタンの屋敷で、主人の愛人で凡庸な役者のユス嬢を「われわれ」と呼んだり、「彼女」といったりしながら、寄食者の自分がいかにユスに取りいり、おべっかを使うかを演じて見せて、対話者の哲学者を困らせるのである。クレペリン博士と同様に、ラモーの対話者の「私」も「君のいっていることはわからない」と白状するのだ。どちらの場合も、屈辱的な状況で他人や世界から「疎外」されたと感じている人間が、せめて言葉の次元でその屈辱感や疎外感を「人称関係の逆立ち」という方法で表現しているところがポイントである。私たち人間がいまなおそうした疎外や孤立に苦しむ症状を呈することがあるのなら、『ラモーの甥』のもつ驚くべき「現代性」は疑いようがないのではないだろうか。

2 『明暗』

私がディドロの対話作品と比較する二番目のテクストは、夏目漱石の『明暗』である。この作品は『朝日新聞』に連載中、漱石の死（一九一六年）によって中断された未完の小説である。私の主たる関心は二つだった。まず、言語上の強固な人称体系（私―汝―彼）に絡め取られているヨーロッパ人ラモーに代表される葛藤や自己分裂が、二〇世紀初頭の日本、それも漱石晩年の小説世界にある程度、反映されているのではないかという直観であり、それから漱石の遺作『明暗』に登場する小林という副主人公が、その屈折した心理や抑圧された怨念、時折激発する攻撃性からして、どことなくラモーを思わせなくはないという印象である。

小池清治は漱石の作品における三人称代名詞の使用を男女別に丹念に調べ、面白い結果を報告している。(2)女性を表すそれまでの「女」という表現が、『明暗』では一六〇回であるのにたいし、「彼女」が八九六回に増えているのである。これは『明暗』において、男性主人公の津田をめぐり、少なくとも四名の印象的な女性、すなわち妻のお延、妹のお秀、上司の妻吉川夫人、元恋人清子が登場して、それまでの漱石作品と比べても女性登場人物の役割がかなり重要になっていることと無関係ではないだろう。この小説を日本で最初の「フェミニスム小説」と評価する研究者もいるほどである。一方、「男性」を指すのに、漱石はそれまで「男」という言葉をあたかも人称代名詞のように用いていたのが、『それから』(一九〇九年)以後、人称代名詞の「彼」が「男」を頻度数で上回るようになり、『明暗』では「男」一三三回にたいして「彼」は一三四一回という比率になっている。

私は長いこと、ヨーロッパ語における人称体系(私―汝―彼)の三分法がかなり非人間的な本質を秘めているという印象を否定できずにきた。たとえば、前述のバンヴェニストの図式でも、「私」と「汝」とは表裏一体の伝達回路を形成するのにたいして、三人称の「彼」、「彼女」は、その言葉が発語された瞬間に、一人称と二人称とで作られるコミュニケーションの「場」から追放、放逐されるという指摘に、たんなる言語上の機能や仕組みを超えた、非情で酷薄なものを感じていた。(3)日本語が本来もっている融通無碍な人称システムに比べて、まるで別世界なのである。牽強付会の誹りを覚悟でいえば、漱石が最晩年の『明暗』で描きだした凄惨な夫婦関係や男女関係の図柄は、ヨーロッパから輸入されたばかりのこのインド＝ヨーロッパ語に内在する人称構造なくしては表現できなかったのではないかと思うのである。

もう一つ、『明暗』には忘れることのできない男性登場人物がいる。主人公津田の同窓生小林である。ヨーロッパ近代小説が開拓した新しい人物像として、まっとうな主人公を脅かす反社会的な拗《す》ね者という系譜がある。古典時代の作物ではほとんどお目にかかれない人間だ。日本文学では「無頼」と呼ばれるが、ヨーロッパ文学のなかでバルザック、ゾラ、ドストエフスキーなどの小説作品を思い浮かべるとき、必ず思いだされるのが、ときに主人公を喰ってしまいかねない、たとえばバルザックでおなじみのヴォートランのごとき無頼の徒である。こういう剣呑な人物群像の淵源に、わがラモーの甥をもとめたくなるのは当然である。「無頼の徒」の最大の魅力は、ときとしてそこにいない誰かではなく、まさしく目の前の話相手を直《じか》に俎板に乗せる、その厚顔ぶりである。「いま・ここ」こそが無頼漢の真骨頂なのだ。日本近代の文学者におなじみの「酒席で相手を罵倒し絡む」という偽悪的な態度が、小説の作中人物にまで影響しているのである。小林は津田の留守中にお延を訪れ、居座ったあげく、結婚前に津田が付き合っていた女性がいることを仄めかしてお延を追いつめ、さんざんいたぶって帰る。お延はこの迷惑な客が消えると、途端にわっと泣き崩れるのである。

ところで「いま・ここ」の感覚にかけてはディドロも漱石に負けない。アンシアン・レジーム期の対話作品のほとんどが、ある主題をめぐるいかにもまともで観念的な意見の交換会といった様相を呈しているのにたいし、(4)『諷刺第二』では議論の合間に、対話者は眼前の相手の存在それ自体を問題にするような言葉を口にする。この種の発語は、実をいうと私以外の『ラモーの甥』研究者がほとんど言及しないテーマなのだが、昔から気になるセリフ群で、作品解釈に重要な意味をもっていると確信する。人物が「何かについて語る」ことをやめて、おたがいに「いま・ここにいる相手について語る」ことを意識し始めている兆候が明白だからである。この兆しは歴史的に見れば一八世紀的理性それ自身の自己反省であろうが、『百科全書』を含め同時代に制作された作品で、そうした着眼がこれほどの迫真性をもって記述されたためしは一度もなかったのである。

アメリカの心理療法家カール・R・ロジャーズによると、カウンセリングには「指示的」と「非指示的」の二種類の技術があって、「指示的」方法ではカウンセラーがクライエントに「話して聞かせる」という一方的な方向性、指導性が特徴であるが、ロジャーズが主張する「非指示的」方法の場合、カウンセラーは、「言語的な応答に先んじて、間接的に感情や態度に表明されたものを認知するような方法で応答する」。一例として、「それで、あなたはすっかりふさぎこんでいるわけですね」という発言を挙げている。[5] まさしく、「何かについて語る」のではなく、「いま・ここにいる相手について語る」のである。『ラモーの甥』にはそのような「非指示的」発言（対話者同士、双方向でなされるが、とりわけラモーから「私」に向けての発言が多い）が頻出する。

かれ――あんたはこの俺にいつだってなにがしか関心を抱いてくれましたね。というのも、俺という男のことを、本当は軽蔑してるけれど、面白がってもいるんだからね。

わたし――ほんとうだね。[6]

かれはわたしのなかで起きている葛藤に気がつき、「どうしました」といった。
わたし――なんでもないよ。
かれ――動揺しておいでのようにみえますが。
わたし――実際そうなんだよ。(7)
かれ――でも、あんたは俺のことをからかっているね。哲学者先生、あんたは誰を相手にしているかわかってないよ。(8)
かれ――あんたがたは大層奇妙な存在だね。
わたし――君たちは大層哀れむべき存在だよ。(9)
わたしはわれにもなく暗くなった。かれは気がついていった。
かれ――どうしました。気分が悪いんですか。
わたし――少しね。でも直に治るよ。(10)
こうした「いま・ここ」、「眼前の他者」への異常ともいえる強いこだわりにこそ、『ラモーの甥』という作品の「現存性」がある。この現存性は必ずしもそこでのべられている意見や見解の「思想内容」だけでは説明されえない。思想が差しだされている「現場」や「関係」のドラマを介してみて、はじめて起きていることの重要性が納得されるのである。

3　『霊山』

『ラモーの甥』との比較対象として私が最後に選んだ作品は、中国生まれの亡命作家高行健《ガオシンジェン》の小説である。高行健は二〇〇〇年にノーベル文学賞を受賞したマルチタレントの作家だが、一九九八年以来、フランス国籍を取得してフランスに住んでいる。高をして祖国中国を捨てさせるにいたった経緯は省略するが、文化大革命前後のリベラリスムにたいする厳しい抑圧と検閲の雰囲気は、代表作『霊山』（一九九〇年）という長編小説にも詳しく描きこまれている。中国語の読めない私は、この作品を日本語とフランス語の翻訳で読んだ。[11] その二つの翻訳のあまりのちがいに仰天した話を書き始めたら、それはそれで一編のエッセイになりそうなのだが、もっぱら和訳を中心に話を進めたい。どう考えても日本語の訳文には中国語原文で使われている漢字の少なくとも半分以上が残っているはずで、それだけ原文に近いことは明瞭だからである。

私がこの型破りな小説に惹かれた理由の一つは、二つの声が交互に聞こえてくる作りになっていたからだった。この多層性はどこか『ラモーの甥』を思わせる。偶数章では語るのは「私」である。「私はそのときはじめて、自分自身を実感した」[12]。この一人称体の人物は中央政府から認知されている公式の作家だが、文革時代に粛清にあったらしい暗い過去を隠しており、幻の「霊山」を求めて地方を徘徊しているのである。もう一人、「おまえ」という二人称の声も聞こえてくる。「おまえ」は奇数章の主人公である。「おまえが乗ったのは長距離バスだった」(13)。「おまえ」は旅の連れ合いに謎めいた若い女性を従えており、なにかにつけて女に向かって教訓めいた話をする。女も「おまえ」に身の上話をする。こうして全体の三分の二、すなわち第五二章あたりまで、二つの人称が交替する形で話は進む。この不思議な語り口が読み手に及ぼす影響は馬鹿にできない。自分が読んでいる人物の像が、いたるところで焦点を結ばず、ある種精神のハレーションとでもいうべき現象に見舞われて、狼狽するのである。さらに先に進むと、この交替のリズムは破調を帯び、「私」と「おまえ」が同時に出現したりして、読み手の理性を惑わせる。物語の展開は映画でいえば、「ロード・ムービー」であり、文化大革命を終えた一九八〇年代の中国、とりわけ地方都市、村落、山岳地帯や、そこでの民間習俗、宗教行事、食事、性愛、雑談などが入り乱れて目も眩むようである。『ラモーの甥』に盛りこまれた話題の豊富さ、多様さも、『霊山』の迫力には及ばない。その微に入り細を穿った描写には圧倒される。問題の「霊山」は到達不可能な目的地としてたびたび口の端にのぼるが、最後まで姿を現すことはない。

小説の隠れたテーマに「自分探し」というのがある。それも、バンヴェニストとはひと味ちがう、人称代名詞についての独自な呟きの形で行われるのだ。第五二章には、三つの人称代名詞がいかに誕生したかについての、卓抜な語りがある。

おまえは知っている。私は独りごとを言って自分の孤独を慰めているにすぎない。おまえは知っている。私の孤独につける薬はない。誰も私を救えない。私は自分自身を話し相手にするしかないのだ。

おまえは私の長々しい独白の聞き手、私の言葉に耳を傾ける私自身だ。おまえは私の影にすぎない。

私自身であるおまえの言葉に耳を傾けるとき、私はおまえに「彼女」を作りださせた。何故なら、おまえも私同様、孤独に耐えられず、話し相手を求めていたから。

そこで、おまえは彼女を相手に語った。ちょうど、私がおまえを相手に語ったように。[14]

さて、ここでふと思うのだが、われらが『ラモーの甥』の冒頭も、おなじような人称関係の発生を巧みに語ってはいなかっただろうか。冒頭のあまりにも有名な段落を改めて思いだしてみよう。

照ろうが降ろうが、夕方五時ごろパレ・ロワイヤルに散歩に行くのが習慣なのだ。ダルジャンソンのベンチで、いつも一人で夢想しているのがこの私。政治、恋愛、趣味、哲学について自分と話を交わすのである。精神を勝手な放蕩にふけらせておくのだ。なんでもいい、心に浮かぶ最初の思念を、まともであろうと、馬鹿げていようと、精神に追いかけさせておく、ちょうどフォワの並木道で見受けるように、若い遊び人たちが、浮いた様子で笑い顔、生き生きした目、反り返った鼻の娼婦のあとをつけて、こっちを離れてはあっちに移り、みんなを構って、結局どれにも執着しないようなもの。私の思索とは私の娼婦なのだ。[15]

語り手である「私」の独り言で始まる作品だが、ベンチで夢想にふける自分の孤独な習慣を語りながら、そのじつ、語られている内容は自分自身との「対話」であるからして賑やかである。しかも、そのようにして心のなかに営まれる、対話の形を借りた精神の放蕩なるものが、たちまちメタファーの魔法で、周囲の情景とある種の擬態関係に入り、精神が放蕩者を、思念が娼婦を真似し始めるのだ。「私」、「おまえ」、「彼女」の誕生が見事になぞられているではないか。ここでもまた、時代や文化のちがいを超えて、東と西の目に見えない対話があり、不思議な共鳴現象を引き起こすのが面白いのである。

第七章　モーツァルトからディドロまで
——即興論の視角から[1]——

1　一八世紀と即興

モーツァルトの即興に関しては、たとえば一七八一年のクリスマス・イヴに、ヨーゼフ二世の宮殿で、イタリア人ムーツィオ・クレメンティとピアノ・フォルテによる即興の腕を競う手合わせをした逸話が残されている。翌年一月一二日と一六日付けの父親宛ての手紙が、その間の事情を詳細に伝えてくれる。所要時間は不明だが、二人の音楽家はおたがいに秘術を尽くして皇帝を喜ばせたらしい。モーツァルトのほうはイタリア人のライバルにたいしてどちらかといえば辛口だが、クレメンティは回想録でモーツァルトを褒めちぎっていた。とりわけ、皇帝が選んだ主題をもとに、二人はおたがいに伴奏し合いながら変奏曲を即興したらしいが、「才知豊かで典雅な演奏」とクレメンティは評している[2]。

モーツァルトの時代は、音楽に限らず、芸術における自発的な表現が大きな意味をもった時代である。音楽でフーガや自由な幻想曲が好まれ始めたのに並行して、美術の分野ではエスキスや未完のスケッチのような、形の整っていない作品が重要視されるし、文学でも、あたかも「喋るように書く」、ざっくばらんな文体が幅をきかせる。(3)

とりわけ、ディドロは「話体」の作家として、飛び抜けた存在だった。喋るように書くばかりか、対話体を多用し、本来であれば論文体が要求されるようなところにも、呼びかけ、独語、詠嘆といった話し言葉特有の表現を用いた。ようするに、即興性が強い物書きだったのである。

即興それ自体については、フランスの音楽学者ジャン゠ジャック・ナティエが提案する図式を出発点としたい。ナティエは、芸術（＝音楽）というものを〈1　poïétique（制作者）→2　neutre（作品）→3　esthésique（享受者）〉という三項で説明している。(4) すなわち、1　制作レヴェル（作者に焦点を当てる）、2　中立レヴェル（楽譜の状態であれ、録音されたものであれ、出来上がった作品を中立的にとらえ、考察する）、3　享受レヴェル（受け手がどのように感じ、とらえるか）の研究という展開になる。これを即興演奏という営みに当てはめると、即興に際しては、1の制作レヴェルと2の中立レヴェルが、通常の芸術作品とちがってきわめて希薄になり（特定の誰かがある意図や理念をもって特定の作品を創出するという通念が揺らぐ）、逆に3の享受レヴェルが分厚くなるということだろう。即興というのは、その営みを支える「場」や「聴衆」や「受け手」への依存度がきわめて大きい活動なのだ。

即興演奏をする音楽家は、「場」の空気を読み、とりわけ複数の仲間とする演奏では、おたがい同士が「享受者」や「受け手」になって、呼吸を合わせたり、相手の出方を窺ったりする当意即妙な対処や反応が重要になる。ナティエはもっぱら音楽ジャンルにことよせて論を展開するのだが、本章で取り上げるディドロや、ディドロが論じている英国の小説家リチャードソンが手がけるような小説や散文の執筆に際しても、このモデルは有効である。言語を用いて制作された作品、たとえば小説などの場合、ナティエのいう「聴衆」や「受け手」は、当然のことながら「読者」をおいてほかにない。

2　リチャードソンと読者

やや遠回りになるが、まずはイギリスの大小説家サミュエル・リチャードソン（一六八九―一七六一年）の書きっぷりについて論じたい。ディドロはリチャードソンの死を悼んで弔辞まがいの賞讃文「リチャードソン頌」をものし、とりわけ大長編『クラリッサ・ハーロー』を絶賛しているのだが、リチャードソンによる『クラリッサ』の準備過程は、一風変わったものであった(5)。

リチャードソンは、『クラリッサ』執筆に際し、知人にアドヴァイスを求め、自分の周囲に張りめぐらされた仮想読者のネットワークとの絶えざる交歓や共振の意識のなかで、『クラリッサ』を練り上げていったとおぼしい形跡がある。友人では、エドワード・ヤングやアーロン・ヒルが協力したことがわかっている。リチャードソンの創作方法は、さきほどのナティエの理論で第三項目の「享受レヴェル」に大幅に依存していることがわかる。仮想読者（仮想とはいっても、啓蒙時代のサロン文芸によく見られるように、その一人一人に顔と名前があったのだが）を相手に、時には仮想読者との共同で、小説を制作していったのである。

リチャードソンの知人の忠告や批評は、大きく二つの傾向に分かれた。作品の常軌を逸した長大さを指摘して、大幅な削減を求めるものと、人物設定でヒロインのクラリッサがあまりにも哀れであり、逆に誘惑者ラヴレイスの悪辣ぶりが度を越えているという意見である。

処女作『パミラ』でも明らかなように、当時のイギリスにおける小説読者層は、書物に娯楽以上のもの、道徳効果を期待し、人生訓を求めるようになっていた。『タトラー』、『スペクテイター』といった定期刊行物の人気がその証左である。宗教書の人気も根強いものがあった。リチャードソンの『パミラ』は、まさにそうした偽善的ともいえる時流に乗って人気を呼んだのであった。リチャードソンの狙いは、小間使いが主人の誘惑に逆らえば、その徳は必ずや報いられるという教訓であった。小説は道徳問題を扱う道具になったのである。

1　プレヴォーによるリチャードソンの仏訳⑹

「享受レヴェル」との共犯性を踏まえて制作された、すこぶる「即興性」の強い小説『クラリッサ』は、ひとたび国境を越えてフランスに渡ると、さらに興味深い変容を蒙ることになる。

フランスにおけるリチャードソンの受容は、英国通のフランス作家アベ・プレヴォーが、一七四二年に『パミラ』のフランス語訳を刊行したことで本格的に始まる。おなじプレヴォーによる『クラリッサ』仏訳（一七五一年）は、原作の全六巻、書翰五三七通のうち三八一通が訳された。分量にすると、約三分の一が削られたのである。とりわけ最後の二巻にカットが多く、第五巻からは五〇通が消えた。プレヴォーはそれを「フランス趣味のため」といって、自分ではむしろ嘆いている。第六巻では手紙の半分が消えたが、それは途方もない「長さ」や「退屈さ」や「反復」を避けたためだった。

プレヴォーによる削除は本人の意に反してのものであった。プレヴォーはもともと英国風の悲劇趣味を愛好しており、とりわけそれまでに刊行した彼の小説を読めば、『クラリッサ』風の、迫害される無垢や埋葬といったテーマに強い嗜好があることは明らかである。(7) 一七五一年の削除は、フランスの公衆の要求に応じただけのことであった。

『百科全書』派のジャーナリストであるグリムが刊行した『文芸通信』(一七五一年一月号)が示すように、フランスでの反響は毀誉褒貶相半ばし、賛嘆と批判(とりわけ抄訳ですら、度はずれな長さという悪評を買った)に割れていた。原作者リチャードソンを取り巻く「享受レヴェル」の重圧は、興味深いことに海を渡ったパリで、今度は翻訳書とその読者という形でふたたび蘇ったのである。

ところが六年後、面白いことにフランス人の好みが変わる。プレヴォーがリチャードソンの三作目『サー・チャールズ・グランディソン』の仏訳に寄せた序文で、二八巻を八巻に縮めると書いたところ、たちまちグリムに皮肉られたのがその証拠である。一七五八年八月、グリムはかつての態度を豹変させ、プレヴォーの翻訳を批判し始める。そして「一語も省けない」はずのかつての『クラリッサ』仏訳にまで、矛先を向けるのだった。グリムの仲間であるディドロがこうした経緯を知らないはずはない。そして、ここで取り上げるディドロの「リチャードソン頌」は、一七六二年一月に『ジュルナル・エトランジェ』誌に発表されるのである。

2　成立過程――シェリー・シャルルの論文紹介

長いこと、ディドロ研究者たちは「リチャードソン頌」の成り立ちと、リチャードソンのディドロにたいする影響について、間違った仮説と推測を重ねてきた歴史がある。ところが最近、シェリー・シャルルが専門研究誌に発表した論文によって、先行研究の通説が一掃されてしまったので、ここではシャルルの論旨に沿って、事実関係を確認しておきたいと思う(8)。

ディドロ研究者のあいだで定着してきた通説とは、こういうものである。「リチャードソン頌」に見られるような、ディドロのリチャードソンに対する熱狂ぶりは、ディドロがかなり後になって、すなわち一七六〇年代に入ってから、『クラリッサ』を英語で読んだ経験に根ざしている。ということは、リチャードソンは、初期ディドロの美学思想の形成には関与していないということになる。たとえば、いかにもリチャードソン風の戯曲『私生児』(一七五七年)関連のテクストには関係がないというのだ。

ところが、『百科全書』派のグリムが編集刊行していた『文芸通信』(9)誌上では、一七五三年六月に、早くもリチャードソンやその代表作『クラリッサ』のことが話題になっていた。「リチャードソン頌」のなかの一行、「君たちはリチャードソンの著作を優雅な仏訳で読んだだけで、わかったと思っているが、間違っている」(57＝書翰全集第四巻の頁数)はどう解釈すべきか。おなじ「リチャードソン頌」のなかに答えがあるのだ。「ぼくはある友人といったところで、クラリッサの埋葬と遺言の場面を渡された。仏訳者〔プレヴォー〕がなぜか削除した二つの部分だ」(63)。この二つの「場面」のテクストは、サロン仲間のエピネー夫人がディドロに貸しあたえたものだが、このテクストはリチャードソンの英語原文ではなく、皆が信じてきたようなプレヴォーによる仏訳でもなく、まったくべつの仏訳の断片だったのだ。一七六一年一〇月一九日付けのソフィー宛ての書翰に記述がある。[10]

ところで、シャルルの論文によると、この仏訳の断片は、ジャコブ・ヴェルヌが一七五九年末に刊行した『撰文集』の第一九巻と第二〇巻に収録されていたものらしい。長いこと、皆はディドロが「リチャードソン頌」で、プレヴォーによる「優雅な仏訳」にリチャードソンの英語原文を対置したと思いこんでいたが、じつはディドロがこのとき思い浮かべていたのは、英語原文ではなく、スイスでなされたいま一つの仏訳だったのである。仏訳者プレヴォーが省略した『クラリッサ』のヒロインの埋葬と遺言の場面という山場が、ジャコブ・ヴェルヌによる版では翻訳されており、このスイスでの仏訳テクストをディドロは愛人ソフィーにあたえ、また「ある友人」に読ませたのである。

シャルルによれば、この断片は一七六二年、リヨンのペリス社から『英国書翰への補遺』[11]と題されて刊行された。一部のディドロ研究者はこれを、プレヴォーないしプレヴォー訳の編者がうっかり省いてしまったのを、あとから補塡しようとして、プレヴォー自身が訳し加えたと見なしてきたが、一七六一年のジャコブ・ヴェルヌ版の登場でその通説が覆る。ヴェルヌ版刊行者は注のなかでこう書いているからだ。「この書翰[12]は、『クラリッサ』の手紙のなかでももっとも興味深いものであるが、まったく翻訳されなかったのである。小説を読んだ者には必ず喜ばれるだろう[13]」。

もう一つ、ディドロの「リチャードソン頌」には、スイスでの仏訳テクストにたいする間接的言及があるのだ。

君たちはラヴレイスを知らず、クレメンティーナを知らず、不幸なクラリッサを知らず、クラリッサの親しい、優しいミス・ハウを知らない。(57)

クレメンティーナはリチャードソンの三作目の小説、『サー・チャールズ・グランディソン』の登場人物であるが、この女性の名前は早くもディドロの『劇作論』(一七五八年)に見られるのだ。

取り乱したクレメンティーナの台詞。「母はよい母でした。でも行ってしまいました。行ったのは私のほうだったか。どちらか覚えていません(14)」。

これはディドロがリチャードソンに言及した最初の事例であるが、諸家はこの時点でディドロはまだリチャードソンの英語原文を読んでいないと考え、この引用をプレヴォー訳の『サー・チャールズ・グランディソン』(一七五五―五七年)からであると信じた。ところが、プレヴォー訳の文章と『劇作論』の引用文とではまるでちがう。シャルルの調査によると、ディドロの引用は英語原文からでもなく、プレヴォー訳からでもない、第三の典拠にもとづいている。プレヴォー自身が、一七五五年に刊行された『サー・チャールズ・グランディソン』の翻訳への序文で、ゲッティンゲンで刊行された『サー・チャールズ・グランディィソン』のべつの訳本に触れ、自分の訳業は削除が多いが、後者は完訳であることを認めているのだ。ディドロは『劇作論』でこのゲッティンゲン刊の翻訳をそのまま引き写して引用しているのである。

この完訳は、ジュネーヴ生まれのプロテスタントの牧師ガスパール＝ジョエル・モノによるもので、一七五五年から五六年初頭にかけて、ゲッティンゲンとライデンにおいて七巻本で出版された。グリムは一七五六年一月一五日号の『文芸通信』誌上で、プレヴォー訳による『サー・チャールズ・グランディィソン』の最初の巻を書評しつつ、プレヴォーによる序論に触れ、プレヴォーが英語原作を自由に省略して訳したことに批判的だが、さらに二年後（一七五八年八月）、プレヴォー訳による『サー・チャールズ・グランディィソン』の最終配本を報じつつ、あからさまにモノ訳の肩をもっている。とりわけプレヴォーが、比類なきクレメンティーナのエピソードを削除したのが許せないというのである。

このモノ訳『サー・チャールズ・グランディィソン』の発見によって、ディドロにおけるリチャードソン問題の年代設定は大幅に変わってくる。一七五五年末、プレヴォー訳の『サー・チャールズ・グランディィソン』第一部が出版された。第二部の刊行は一七五八年中葉である。ディドロが重要視している「クレメンティーナ」の挿話は第二部にある。もしディドロが『サー・チャールズ・グランディィソン』を読んだのが一七五八年後半ということなら、同年一一月に刊行された『劇作論』でクレメンティーナのくだりを引用したのは、たまたまのはずみに過ぎず、リチャードソン体験はディドロ演劇理論の形成に間にあわなかったということになるだろう。ところが、ディドロがモノ訳の『サー・チャールズ・グランディソン』を一七五五年末には読んでいたとなると、まったく新しい展望が拓けてくる。この時期、『パミラ』と『クラリッサ』をすでに読んでいたディドロにとって、『サー・チャールズ・グランディソン』は中心的な役割を果たすものだった。まず、注目すべきは、モノ訳の序文である。この文章はすでにそれ自体が一種の「リチャードソン頌」とも読めるもので、ディドロの「頌」とのあいだにいくつもの類似点が認められる、とシャルルはのべている。たとえば、それは次のような指摘――リチャードソンはモラリストに比肩される作家である、リチャードソンを読むことは現実経験に代わるものだ、現実世界に取材した小説である、読めば読者を善人にしてくれる、リチャードソンの小説は歴史と対比され、歴史を超えるものだ、「細部」が重要である、この作品をどう評価するかで読者の値打ちが決まる。これらの指摘は、じつはことごとくディドロが「リチャードソン頌」でそのまま借用しているのである。

いったい、リチャードソンの『サー・チャールズ・グランディソン』がディドロの作品に占める場所というのはどのようなものであろうか。俗説では『サー・チャールズ・グランディソン』は『クラリッサ』や『パミラ』第一部などに比べて劇的な要素に乏しいとされるが、仏訳者プレヴォーが省略した「クレメンティーナの場」は数巻にわたる長丁場を形成し、ただの挿話として片づけられるものではないし、またこの挿話はモノ訳では全文翻訳されているのである。

「リチャードソン頌」の最終パラグラフで、ディドロはこう書いている。「なにか書こうとすると、クレメンティーナの嘆き声が聞こえ、クラリッサの亡霊が現れる。目の前をグランディソンが歩くのが見える。ラヴレイスが心を乱す。そしてペンが指から落ちるのだ」(66)。注目すべきは、クレメンティーナという女性が、書翰体小説『サー・チャールズ・グランディソン』では一通の手紙も書いておらず、まったく声を奪われた存在であるのに、ディドロが彼女の声を聞いていることである。「リチャードソン頌」にはさらにディドロのこういう文章がある。「思いだすたびにぞっとするのだが、クレメンティーナが母親の寝室に入ってくる場面、青ざめ、目は血走り、片手に包帯を巻き、血が腕に沿って流れ、指の先から滴っている。そしてこの言葉、『ママ、ほら、あなたの血よ』。まさに断腸の思いがする」(65)。

英語の原作は、これとはかなりちがう。クレメンティーナの腕は少ししか出血していないし、「ママ、ほら、あなたの血よ」などというセリフもない。(15) ディドロはモノの完訳のほうを読んで、『サー・チャールズ・グランディソン』を自家薬籠中のものとし、まったく想像をめぐらすことなく、クレメンティーナの場面の悲劇性を体感しえたのだった。ディドロがプレヴォー訳の『クラリッサ』でリチャードソンを発見したというだけでは、ディドロの熱狂ぶりを説明するには不足である。もっと大きな刺激が必要だったはずで、それは一七六〇年の『クラリッサ』英語原文との出会いではなく、四年も前のモノ訳の『サー・チャールズ・グランディソン』との出会いだったのだ。この四年間に、ディドロの演劇と小説に関する思想が育まれたのだ。以上が、シェリー・シャルルの画期的論考の梗概である。

3　サミュエル・リチャードソンの作品について

リチャードソン（一六八九―一七六一年）は生涯に三つの小説を刊行している。以下、刊行年代順に概略を記す。

1　『パミラ、あるいは淑徳の報い』（一七四〇―四一年）

書翰と日記からなり、書き手は六名である。パミラは美しくて聡明な一五歳の娘だが、親切な雇い主のB夫人が亡くなり、B夫人の息子のB氏につきまとわれる。手紙が明かすのは、Bの誇り高い権力志向、パミラのBにたいする愛情と虚栄心、用心、打算などである。パミラはBによって、別荘のBホールに監禁され、ジェークス夫人という残酷な女性の監視下に置かれる。四〇日間の監禁生活で、パミラは詳細な日記をつける。自殺を考えたこともある。一方、Bはパミラの根強い抵抗に遭い、強姦とそれにつづく結婚を考える。やがて二人はおたがいの欠点を自覚し、また愛情が本物であると確信する。ついにパミラはBを信じる決心をし、申しこみを受けて結婚する。

書物は成功し、翌年第二部が刊行される。ヒロインは完璧な妻として理想化される。道徳的・家庭的、あるいは一般の主題で盛り沢山な作品である。また、多くの揶揄・諷刺の対象になったことも事実で、フィールディングの『シャメラ』（一七四一年）、『ジョゼフ・アンドリューズ』（一七四二年）などが有名である。

『パミラ』の日本語訳はこれまでに二種ある。海老池俊治訳（世界文学大系七六、筑摩書房、一九六六年）と、原田範行訳（研究社、二〇一一年）である。

2 『クラリッサ』（一七四七―四八年）

全八巻の書翰体小説で、おそらく一八世紀を通じて最大の規模を誇る作品である。全体の手紙の三分の一は、クラリッサとラヴレイスがアンナ・ハウとジョン・ベルフォードに宛てたものだが、ほかにも二〇名以上の書き手がいる。

クラリッサが生まれ落ちたハーロー家は、野心的で偏狭で裕福なブルジョワ家庭であり、そこでの関心はもっぱら財産の増大だった。クラリッサは兄のジェイムズや姉のアラベラ以上に、両親から貴族との結婚で家名を高めるという期待を寄せられ、またそれがために姉や兄の憎しみを買っていた。放蕩者として知られるラヴレイスは、はじめクラリッサの姉アラベラの求婚者だったが、直にクラリッサに心を移す。だが、家族はラヴレイスを婿としてふさわしいと判断せず、富裕だが醜いソームズに娘を娶らせることに決める。クラリッサが拒否すると、彼女は軟禁されて辱められる。唯一の救いは、友人のアンナ・ハウに手紙で心を打ち明けるぐらいであった。ラヴレイスはクラリッサを誘拐してロンドンに拉致し、曖昧宿に監禁する。度重なるラヴレイスの要求にクラリッサは応じず、しまいにはラヴレイスはその抵抗を楽しみ始める。クラリッサはやがて相手の魅力に惹かれ、混乱する。思いを募らせたラヴレイスはついにクラリッサを凌辱する。クラリッサは徐々に正気を失い、手紙を書かなくなる。ラヴレイスはそのクラリッサを征服しようとした目論見が失敗したことを悟る。クラリッサを助けだしたのはラヴレイスの友人ベルフォードだった。ベルフォードは手紙で、ヒロインの衰弱と死への準備を描きだす。クラリッサの死後、従兄弟のモーダン大佐は決闘でラヴレイスを殺す。

この超大作の主題はエロティシズムである。すでに一八世紀ヨーロッパ最大のポルノ小説であるジョン・クレランドの『ファニー・ヒル』（一七四八―四九年）がそうであるように、小説の勃興期を代表するイギリス作家は、セックスを重要な構成要素として利用した。フィールディングの『トム・ジョーンズ』（一七四九年）なども好例といえるだろう。だが、リチャードソンの場合、ほかのいずれの作家よりもセックスを切実な要素と見なしていた。『パミラ』や『クラリッサ』はセックスを中心とする男女の心理闘争を主題としている以上、猥褻性を帯びるのも当然である。

『クラリッサ』を現代批評理論の方法で過激なまでに裁断、分析した論考にテリー・イーグルトンの『クラリッサの凌辱――エクリチュール、セクシュアリティ、階級闘争』（大橋洋一訳、岩波書店、一九八七年）がある。マルクス主義者のイーグルトンは、史的唯物論、フェミニズムの立場からこの長編小説を読み、男性的言説の支配する公共圏のなかで起きたヒロインの悲劇の歴史性を徹底的に炙りだして見せた。

『クラリッサ』をフランス文学との関連で論じた論文としては、以下の二点が注目される。

Rita Goldberg, *Sex and Enlightenment : Women in Richardson and Diderot*, Cambridge University Press, 1984.

英語の論文で、前半はヨーロッパ文化における『クラリッサ』の位置づけから始め、英国の清教徒的な性への抑圧装置を論じ、クラリッサにたいする「魔女狩り」に似た世相とヒロインの性や死とを問題にする。そこからディドロによる「リチャードソン頌」に移り、フランスのフィロゾフにおける性と女性の問題を論じる。ディドロではとりわけ『修道女』に光を当て、この書簡体小説と『クラリッサ』との興味深い比較を試みている。

Colette Cazenobe, *Le Système du libertinage de Crébillon à Laclos : Studies on Voltaire and the Eighteenth Century* (282), Oxford, The Voltaire Foundation, 1991.

こちらはフランス語で書かれた論文であり、フランスのお家芸ともいうべき「リベルタン小説」の流れに、英国の『クラリッサ』を導入するという趣向で、普通に文学史で必ず言及されるディドロやルソーにたいするリチャードソンの影響といった問題には一切言及がない。時代的には、一八世紀前半期を代表するリベルタン作家がクレビヨン・フィスであり、中期がリチャードソン、そして世紀後半がラクロの『危険な関係』という運びになる。

その分量において、マルセル・プルースト『失われた時を求めて』を越えるといわれている『クラリッサ・ハーロー』の日本語訳は、現在のところ、渡辺洋訳だけである。しかも、この翻訳は冊子体ではなく、インターネット上に公開された形で誰でも読むことができる。http://yorific.cll.hokudai.ac.jp/

3　『サー・チャールズ・グランディソン』（一七五四年）

一七四九年ごろから、リチャードソンは、友人に勧められて「良き男」を主人公にした小説を考えていた。女性をヒロインとしてきた『パミラ』、『クラリッサ』の「女性化」戦略を、今度は男性主人公のなかに回収することで、男もまた貞淑で柔和で敬虔な「主体」たりうるということを証明しようとするのである。『サー・チャールズ・グランディソン』はこれまでの女性物とちがい、リチャードソンがよく知らない富裕な貴族社会を背景にしている。もっともヒーローのグランディソンは貴族階級で一番身分の低い准男爵なので、リチャードソンになじみの上層ブルジョワジーとは近接した位置関係にあるということもまた事実である。

英国一の美人と評判のハリエット・バイロンは、危難を救ってくれたチャールズ卿と恋に落ちる。だが、チャールズ卿には、イタリアにいるかつての恋人のクレメンティーナ・ポレッタと、宗旨のちがいから結婚できなかった過去があった。クレメンティーナは不幸になり、両親からチャールズ卿との結婚を勧められ、イギリスにまで現れるが、チャールズは万事をうまくとりまとめてめでたくハリエットと結婚する。

『サー・チャールズ・グランディソン』の日本語訳は存在しない。私が参照した英語原文は以下の版本である。*The Novels of Samuel Richardson*, volume 15, *Sir Charles Grandison*, AMS Press, 1970.

4　「リチャードソン頌」の即興性

ここで論じたいのは、まさにその「リチャードソン頌」というディドロの短い文章である。

ルソーとちがい、ディドロは若干の音楽関係の著作をものしているとはいえ、楽器を演奏できたとは思えないし、楽譜が読めたようにも見えない。(16) ただ、「リチャードソン頌」をはじめとするディドロの傑作といわれる作品を読んでいると、その融通無碍な文体が、面白いほどに音楽における即興演奏のスタイルに似ていることに気づかされる。

ディドロと即興についていえば、たとえば「リチャードソン頌」について、ディドロの親友グリムは、『文芸通信』誌の一七六二年一月号で次のように報じている。

いつかリチャードソンについてお話ししようと思っていた。リチャードソンは『パミラ』、『クラリッサ・ハーロー』、『グランディィソン』の不滅の作者である。だが、『ジュルナル・エトランジェ』誌一月号に掲載される予定の作品のおかげで、わが企画は実行しなくても済みそうだ。この作品は、楽しくお読みいただけると思うが、ディドロ氏が二四時間で書き上げたものである。リチャードソンはロンドンでその生涯を終えたばかりなのだ。(17)

ディドロの速筆は有名だが、短いとはいえ、(18) まとまった長さのエッセーをたったの二四時間で書き上げるという力業は、同時代のモーツァルトが残した、実作上の数々の逸話や奇跡にも匹敵すべき「即興」であろう。ディドロ自身、「リチャードソン頌」のなかで、「立ち騒ぐ心に触発されるがまま、脈絡も意図も秩序もなく書かれた」とのべているのだ。(19)

以下、「即興」という観点から、ディドロの「リチャードソン頌」を見ていこう。まず、幾多の即興芸術家とおなじように、ディドロの作品制作の最大の特徴は、「他者の言葉」(20)を出発点とすることである。翻訳、批評、書評、伝聞、論文のいずれをとっても、モーツァルトやクレメンティといった音楽家が何か主題をあたえられ、即興で変奏するのと変わらない。「リチャードソン頌」の場合、「他者の言葉」とはいうまでもなくリチャードソンの作品だった。そもそもディドロにとって、リチャードソンとは自分自身の身の上の写し絵のような存在であった。どちらも生きているあいだは自国で認められない。リチャードソンはフランスで敬われ、ディドロはドイツのレッシングやゲーテに評価されるが、母国では無視されている。

おお、リチャードソン。君は生前こそふさわしい名声を享受できなかったかもしれないが、今われわれがホメーロスを見ているのとおなじ距離で、子孫たちが君を見れば、子孫にとって、君はさぞかし偉大に見えるにちがいない。(65)

いわゆる「後世」(=子孫)の評価に現在のすべてを賭けるという思想は、ディドロが一七六〇年代に彫刻家ファルコネとの論争書翰で旗幟鮮明にした人生態度であった。リチャードソンはその人生態度の実践において、ディドロに一歩を先んずる偉人だったのである。敬愛するリチャードソンが死んだ。ディドロの心は乱れ、「立ち騒ぐ」。「リチャードソン頌」は、その「立ち騒ぐ心に触発されるがまま、脈絡も意図も秩序もなく書かれた」のである。

5 頓呼法と社交性

脈絡も意図も秩序もないとディドロはいうが、作品におのずと具わる基本の構図のようなものはある。二四時間の即興執筆に筆を走らせても、自然、筆が赴く方向、経路は、この作品を読めば見えてくる。いわば、ディドロの即興美学の論理といったものである。

まず、「立ち騒ぎの効果」とでも呼ぶべきものがあろう。この即興効果はディドロの文章のどういう特徴から生まれてくるのだろうか。誰の目にも明らかなのは、「頓呼法《とんこほう》」である。ディドロはほとんど毎頁、相手かまわず、執筆の瞬間瞬間における仮想の他者に向かって呼びかける。

呼びかけのレトリックが志向する相手は、まずリチャードソン（「ああ、リチャードソン。君の作品のなかでは、否応なくある役柄を演じざるをえなくなる」（51）、「ああ、リチャードソン、リチャードソン。ぼくの目には唯一無二の男だ」（54）、「おお、リチャードソン。あえていおう。どれほど真に迫った実話でも嘘に充ち満ちているのに、君の小説は真実で一杯なのだ」（59））、人間一般（「人間たちよ、人生のもろもろの不幸と和解するすべをリチャードソンから学びたまえ」（54））、同胞市民（「同胞の市民諸君よ、リチャードソンの小説が長すぎるというのなら、なんで縮めてしまわないんだね」（55））、芸術家（「画家よ、詩人よ、趣味ある人よ、善人よ、リチャードソンを読みたまえ、たえず読みつづけたまえ」（56））、友人（「友人たちよ、リチャードソンを読み直したまえ」（54））などである。

「頓呼法」はディドロのもっとも得意とするレトリックであった。とりわけ「リチャードソン頌」においては、呼びかける相手の多彩さで、作品全体にきわめて印象的な「ざわめき」の効果をあたえ、書き手が身を置いている強烈な感動体験の現場に、読み手を否応なく招き入れる磁力を発揮する。読んでいるこちらまでが、つい感動し、胸騒ぎを抑えられなくなるのである。この暴力的な技法は古典修辞学の破壊以外の何物でもない。

ディドロ式の過激な「頓呼法」がおのずと浮かび上がらせるのは、ある種の「社交性」に媒介された「幻の共同体」のイメージである。それも、ディドロの身の回りに常日頃から形成されている人間集団（ソフィー、ル・ジャンドル夫人などのヴォラン家の人々、グリム、エピネー夫人、ダミラヴィルといった一番親しい友人、ドルバックの別荘グランヴァルの客たちなど）から、テクストの匿名の読み手を経て、「同胞市民たち」、最後は「後世」にいたるまで、共同体の内実は驚くほど多種多様である。仮想読者の複数性は、書き手であるディドロの側の文体表現にも、複数性（バフチンがいうところの「ポリフォニー」効果）を誘発せずにはおかない。独語（「ぼくは数時間のあいだに、どれほど長い生涯の全期間をもってしても経験できないほどの、多くの境遇をかけめぐった」(52)）が会話を呼び（「ああ、リチャードソン、リチャードソン」(54)）、それがいつの間にか道徳的言説に展開し（「魂が美しければ、それだけ趣味も洗練されて純化し、自然を知り、真実を愛し、リチャードソンの作品を敬うようになるのだ」(55)）、気がつけば美学論になっている（「こうした無数の細かな事柄にこそ、イリュージョンは発するのだと心得たまえ」(56)）という変幻自在な書法である。

しかしながら、「リチャードソン頌」に見られる「社交性」は、美学の問題である以前に、政治学の領域でとらえ返される必要がある。なぜなら、ディドロが頓呼法その他の即興技法の限りを尽くして訴えようとしているのは、じつは驚くほど倫理的な主張であるからなのだ。

6　「立ち騒ぎ」の政治学――社交性

「頓呼法」につづいて「リチャードソン頌」の読み手に強烈な印象を植えつけるものは、その道徳癖、お説教趣味、ようするに「押しつけがましさ」である。

魂が美しければ、それだけ趣味も洗練されて純化し、自然を知り、真実を愛し、リチャードソンの作品を敬うようになるのだ。(55)

従来、ディドロは矛盾した存在としてとらえられる場合が多かった。一九世紀以来、ディドロにたいして向けられる非難の最たるものは、一方で「押しつけがましい道徳主義」を標榜しながら、片方で冷徹な唯物論哲学を主張するという二律背反である。ジャック・プルーストは、博士論文『ディドロと百科全書』で、この「矛盾」を見事に解いてみせる。プルーストはディドロを同時代の哲学者ラ・メトリーと比較し、この問題はディドロの政治哲学と関連させて考えなければならないとのべている。(21) 徹底した唯物論者であるラ・メトリーにとって、人間は信仰も掟もなく、おのれ自身にたいして自分が掟なのである。人間を性愛や食欲といった生物学的圏域に置いて考える限り、ディドロもまた、いかなる道徳をも否定するラ・メトリーと変わらない。ディドロにとって道徳や美徳の適用領域は、生物学的圏域を越えたところから始まるのだ。人間は社会で暮らしており、道徳はまさしく人間同士の関係を調節する役割を担う。ディドロの悪名高い唯物論的無道徳主義はそれゆえ、社会体と切り離された自然人だけにかかわるものだ。性や欲望などについて、ディドロは節制や貞操などという個人道徳を意識的に黙殺する。一方、ディドロがよく口にする「美徳」は、「社交性」の至高の表現であり、ようするに社会道徳なのである。

この社交性の政治哲学は、「リチャードソン頌」のなかで重要な役割を果たしている。ディドロにいわせれば、リチャードソンこそが小説という媒体を使って、読者に美徳を鼓吹した大先達なのである。

モンテーニュ、シャロン、ラ・ロシュフーコーやニコルが箴言にした事柄を、リチャードソンはことごとく行為で表現した。(51)

7　行為となった道徳

小説のなかで、いかにして道徳を行為として実現できるのか。美しい頁がそのまま美しい行為になる文学とは、そもそもが二律背反ではないのか。理詰めの制作では、この矛盾は乗り越えられない。ディドロがここで援用するのは、またしても即興の魔術、「一体化」のドラマである。

相手が動きまわる存在となると、人はその存在をまのあたりに見、相手の身になってかたわらに身を寄せたり、夢中になって肩をもったり、敵にまわったりする。相手が有徳の士であればその役柄に一体化し、不正な悪党なら、憤然と遠ざかる。……ああ、リチャードソン。君の作品のなかでは、否応なくある役柄を演じざるをえなくなる。会話に加わり、賛成し、非難し、賛嘆し、苛立ち、怒るのだ。(51)

小説の読み手が作品に入りこんで、人物と一体化し、「ありのまま」の現実表象を現実そのものと混同するようになるのは(「ぼくはハーロー家なら自分の家みたいに知っている。父の家だって、グランディソンの家ほど、ぼくにはなじみがない」(58))、読者の心に激しい情動や情緒の働きを駆動させる「虚構」の魔術である。「虚構」を「現実」と錯覚させたとき、読者と人物との一体化は成就し、ディドロにとってリチャードソンの小説は「歴史＝実話」以上に「真実」となる。ディドロ自身、ほぼおなじ時期に執筆していた小説『修道女』に、不覚にも感極まって落涙し、その現場を友人ダミラヴィルに見つかってしまうが、「リチャードソン頌」では、今度はそのダミラヴィルが『クラリッサ』のヒロイン埋葬場面を読んで、ディドロの前で号泣するエピソードが(その真偽のほどはべつにして)報告されている。

ぼくはある友人といたところで、クラリッサの埋葬と遺言の場面を渡された。仏訳者がなぜか削除した二つの部分だ。この友人はぼくの知る限りもっとも感じやすい人間の一人で、しかもリチャードソンの熱狂的賛美者だった。ぼくに勝るとも劣らないほどだ。友人はノートを奪うと、片隅に行って読み始めた。ぼくは様子を窺った。まず、涙を流し、まもなく読むのを中断してむせび泣いた。やおら立ち上がると、あてもなくうろつき、絶望した男のような叫びを発した。それから、ハーロー家の人々全員にこの上なく厳しい非難を浴びせかけた。(63)

8　「立ち騒ぎ」の永遠化

ディドロが「リチャードソン頌」で狙っていたものは何だろうか。二四時間という短時間に筆を走らせる、その速度や勢い、息づかい、迫力から期待できるもの、すなわち少なくとも見かけ上の「即興性」、「押しつけがましさ」、「社交性の政治哲学」がターゲットにしているのは、まったく新しい、小説の集合的な感動体験だった。

この体験は、現場の小説技法のレヴェルでは、「細部」の迫真性によって惹起される。リチャードソンは「われわれの生きている世界」を舞台にするので、「ドラマの内容は本物であり、人物たちは真に迫っている。性格は社会のまっただ中で取材され、出来事はあらゆる文明国に具わる習俗に発している」。凡庸な批評家はそうした細部をあげつらって、「ありふれた細部だ、毎日見かけているじゃないか」(55)という。

君たちは間違っている。毎日目の前で起きてはいても、まるで見えないのだ。……こうした無数の細かな事柄にこそ、イリュージョンは発するのだと心得たまえ。そういう事柄を想像するのはむずかしいいし、表現するのはさらにむずかしい。(56)

ここで、前述のダミラヴィルによって代表される、感性を具えた理想の読者が、なぜ『クラリッサ』の埋葬場面に涙できるかが明かされる。

ハーロー家の屋敷に風が伝え、あの石のような魂の持ち主たちのなかにまどろんでいた悔恨の念を呼び覚ます、教区の鐘の陰鬱な響きを、君たちは聴いていないのだ。ハーロー家の連中が、犠牲者の遺体を運ぶ柩車《きゅうしゃ》の轍の音に身震いするさまをみていないのだ。その時こそはじめて、連中のあいだにたちこめていた陰鬱な沈黙が、父親と母親の噎《むせ》び泣く声で破られ、これら邪悪な魂の本当の責め苦が始まり、蛇どもが連中の心の底で蠢き、心を引き裂くのだ。泣くことのできた者たちに幸いあれ。(57)

リチャードソンの小説には、いわば超時間的な「現存性」とも形容すべき演劇性があり、読者を、個人といわず、集団といわず巻きこんでしまう恐ろしい力を発揮する。ディドロが強調するのは、リチャードソンの作品が朗読会で読まれた後、「立ち騒ぐ心」をもてあました聴衆が交わす会話である。

会話に先立って行われ、話のきっかけを作った朗読会に居合わせなかった人は、一同の真に迫った、熱っぽい話し方からして、さだめしこれは隣人か身内か、友人か兄弟か姉妹のことでも話しているのだろうと思ったにちがいない。（57）

ここで問題になっているのは、集団化した読書を介して、人類がおのれの宗教的源泉を見出す瞬間である。無神論者のディドロがほとんど宗教者のように振る舞っている。「リチャードソン頌」が提唱する新しい「読書」、「批評」、「小説作法」は、「立ち騒ぐ心」を共有する経験からしか生まれえない、まことに啓蒙の時代にふさわしい即興体験の産物なのだ。

補　論　ディドロはいかに読まれてきたか(1)

1　ディドロの著作をめぐる複雑な状況

ある思想家や文学者の著作をめぐる研究や解釈や批評は、本人の没後に、本人自身がまったくあずかり知らない、いやそれどころか、研究者や読者の側ですら自覚していないような状況や歴史に左右されることがある。極端な場合には、個々の論文や書物が、歴史の転換点における、研究者とおなじ数だけの「証言」になるといった様相を呈するのだ。ある人が、ある時点で、ある作家や思想家をどう読み、どう評価するかが、否応なく深い歴史性を刻印されてしまうのである。その有為転変は、世紀を越えるような巨大なタイムスパンに跨ることもあるし、父親が愛した小説や映画を息子は知らないといった世代間の懸隔として、より近視眼的に論じられる場合もあろう。

私個人の記憶を掘り返してみても、この半世紀にずいぶんといろいろな変化があった。いまから五〇年前のオペラ演出というと、たとえばワーグナーなら、熊の毛皮をまとって太い槍をかざした巨大なヴォータンなどの姿が思いだされるが、バイロイトのパトリス・シェロー演出あたりから様子がおかしくなってくる。昨今の「読み直し」演出では、ヴォータンは往々にして背広を着込み、ネクタイを締めた、ハイカラで痩身の紳士だったりする。

ディドロをめぐる状況はさらにラディカルである。ディドロと同時代の教養人がディドロと聞いて思い浮かべたイメージと、現在のわれわれがディドロについて抱くイメージとのあいだには、まさに天地の隔たりがある。一八世紀人は、ディドロの名前でまずは『百科全書』を連想し、つぎに新しい「ブルジョワ劇」の作品と、それに付随する理論的著作の名前を一つか二つ挙げるだろう。それから少し考えて、この哲学者が若いころに反宗教的な哲学作品をものした廉《かど》で投獄されたことを思いだし、さらにニヤリと笑って、『お喋りな宝石』というかなりきわどい小説を刊行していたと付け加えるのが精一杯だろう。

実情はこうである。ディドロは『自然の解釈に関する断章』（一七五四年）までは、主として哲学的著作を刊行し、また五〇年代後半には演劇関係で『私生児』（一七五七年）、『一家の父』（一七五八年）を発表するが、その後の約二〇年間、若干の例外を別にして、読者の前から姿を消すのである。再登場は晩年の大作『セネカの生涯と著作に関する試論』（一七七八年）の匿名出版、さらに四年後の増補版『クラウディウスとネロの治世、ならびにセネカの性行と著作に関する試論』（一七八二年）の署名つき出版まで待たなければならない。

現在の私たちはまったくちがう状況にいる。少しでも啓蒙期のフランス思想・文学に通じた人であれば、ディドロと聞いて、まず思い浮かべる作品はそう少なくはないはずだ。『百科全書』にディドロが書いた項目までは読んでいなくとも、『ダランベールの夢』、『ラモーの甥』、『コント集』、

『宿命論者ジャック』、『サロン』、『ブーガンヴィル航海記補遺』、『ソフィー・ヴォラン書翰』ぐらいはやすやすと思いだせるはずである。ところで、ここが重要なのだが、以上に挙げたディドロの代表作といわれている傑作群を、ディドロの同時代人はまったく読むことができず、存在すら知らない場合がほとんどだったのである。これらの著作は、すべてディドロの死後に日の目を見た、後世の人間だけが読むことのできたテクスト群なのだ。

したがって、ディドロの作品とその刊行史、解釈史とは、けっして切り離すことができない表裏一体の関係にある。この事情は、同時代の作家、たとえばプレイヤッド版全集全五巻と書翰集さえあれば、おおかたその作品が読めてしまうルソーなどと比べてみてもまったく異質で、ほとんど異常ともいえる趣を呈している。ディドロ解釈史は、ディドロの死後、とりわけ一九世紀の末にまでおよぶ九〇年間で構築され、またそれに伴って、多数の未刊行作品が日の目を見た。研究の歴史と未完作品の刊行史とは不即不離の間柄なのだ。

2 ディドロの原稿と写稿の来歴(2)

ディドロの没後、そのテクストは自筆稿、写稿などの形でさまざまに分散したが、比較的まとまった形で構築された資料群を紹介すると、三つにまとめられる。一七九八年に師の著作集を刊行した弟子のネジョンが整理した原稿、写稿群。ディドロの没後、約束通りロシアのエカチェリーナ二世のもとに、蔵書とともに送られたレニングラード(現サンクト・ペテルブルク)写稿群。それからディドロの娘ヴァンドゥル夫人が整理した手稿群である。これに、ヨーロッパ各地に散在する『文芸通信』の写稿群（むろん、これは総合情報誌であるからして、ディドロの著作ばかりが掲載されていたわけではない）を加えてもいいだろう。むろん、これらのグループに含まれないディドロの真作もあるし、逆に含まれてはいても、ディドロの作品でないものもある。

ディドロの著作集や全集を刊行しようとする場合、上記の一系列だけを底本にすることができないのは当然で、可能であれば上記のすべてにあたって照合と校訂を行い、その上で作品の解釈に踏みこむことが要求される。現在なお未解決の部分を残している問題である。

現在〔二〇一三年〕までに刊行されたディドロ全集は以下の六種類である。

一　ネジョン編、ディドロ著作集、一七九八年、全一五巻
二　ブラン編、ディドロ全集、一八一八―一九年、全八巻
三　ブリエール編、ディドロ著作集、一八二一―二二年、全二〇巻
四　アセザ・トゥルヌー編、ディドロ全集、一八七五―七七年、全二〇巻
五　ルヴァンテール編、ディドロ全集、一九六九―七三年、全一五巻
六　ＤＰＶ編[3]、ディドロ全集、一九七五年―、全三五巻

上記のうち、二は一を踏襲し、三は二を踏襲している。一のネジョン版はネジョン自身が所有する資料を底本としており、レニングラード（現サンクト・ペテルブルク）写稿群、ヴァンドゥル手稿

群は照合されていない。四ははじめてネジョン資料とレニングラード写稿群とを照合しているが、肝心のヴァンドゥル原稿群は照合されていない。ヴァンドゥル原稿群は一九五一年、ハーバート・ディークマンが詳細な目録を刊行し(4)、ついで一九五四年に原稿群全体がパリのフランス国立図書館に移管されるにおよんで、ディドロ研究者の前にはじめてその全貌を現したのであった。

それを元に、第二次大戦後、かなりの数に上るディドロの作品の校訂版が日の目を見ることになるが、五は、六の準備過程で突発的に生まれた、いわば副産物ともいえる書物である。書簡集なども含む、それまでの新しい良質な版本をまとめて、一個人の研究者が年代順に編集したものである。そして六にいたって、五を超える国民的規模の権威ある全集本が誕生したわけであるが、諸種の事情からいまだに完成を見ないまま、二一世紀への変わり目を迎えて、現在にいたっている。すでに一九八〇年代に日の目を見た、ディドロが『百科全書』に寄稿した項目集などの編集は、それからの研究がいちじるしく進展して、資料としてはかなり古くなってしまった憾みがある。

3　ディドロ作品の刊行史概括——生前から一九世紀まで

冒頭にのべたように、ディドロの同時代人がディドロについて知っている著作は印刷出版されたものに限られ、ディドロの受容にはおのずと限界があった。ただ、刊行された著作については、たちまちドイツやペテルブルクで紹介・翻訳され、それなりの反響があった。読者には、たとえばヴァイマールのゲーテのように、手書きのフランス語写稿でやすやすとディドロを読む者もいたので

ある。(5)

ディドロの生前にディドロを読むというのは、啓蒙主義をめぐる思想闘争で賛成か反対かの立場を選ぶことに等しく、読者は今日では想像もできないほど党派性の強い状況に身を置かざるをえなかった。多くは新聞雑誌による書評の形を取ったが、政治的な意味合いが濃厚だった。『哲学断想』や『盲人書翰』がいい例である。ディドロの演劇関係の著作ですら、『百科全書』と同時期だったため、「哲学的作品」と見なされた。徹底した反百科全書派のフレロンによる、ディドロの演劇作品にたいする仮借のない批判がそうである。モレリーの『自然の法典』のようなディドロの作ではないテクストが、いつしかディドロの著作であると信じられ、ディドロ解釈史で、ネガティヴな無視できない役割を演じる場合すらある。一九世紀を通じて根強かった反ディドロの潮流は、ここに発していると断じてもよい。

大革命期と、それにつづく帝政時代初期に、ディドロの同時代人があずかり知らない著作が日の目を見た。一七九五年から九七年にかけては、新聞の隆盛期であり、『百科全書』派の理念寄りのプロパガンダがなされた。出版界でも事情はおなじで、その最たるものが一七九八年のネジョン版刊行である。ネジョンはディドロをジャコバン派の始祖としたがる反動派の中傷から、師を断固守りたいという信念に燃えていたが、また一方、それなりにディドロの作品に「検閲」の必要を感じていたことも確かである。右派の最たる存在が『リセ、古今の文学教程』におけるラ・アルプであった。ラ・アルプによるこの書物は、その後の一九世紀全体を通じて、ディドロにたいする悪意に満ちた反感や誹謗のバイブルとなる基本文献である。

ディドロ没後の出版事情を調べていくと、その時々の偶然や嗜好が大きな役割を果たしていることが見えてくる。世紀末から一九世紀初頭のドイツでも、反ディドロの論調は健在であったが、シラーとゲーテによるディドロの傑作小説（とりわけ『宿命論者ジャック』と『ラモーの甥』）の発掘、ゲーテによる『ラモーの甥』の翻訳、『絵画論』などの翻訳や紹介、ゲーテ訳を読んだヘーゲルによる『ラモーの甥』の解釈は、ディドロの思想のある一面が、フランスよりも当時のドイツで歓迎される要素を孕んでいたことの証しである。

一九世紀前半期のフランスがディドロを評価する気運は、ポラン版（一八三〇―三一年）に収録された作品群の魅力が大きい。ポランが一八三〇年に刊行した『ソフィー・ヴォラン書簡』は、「心情の発露」という、ロマン主義的世相を背景にした当節の流行に見合うものだった。ポラン版にはほかにもディドロの娘ヴァンドル夫人の回想録、ファルコネとの論争書翰、『ブルボンヌとラングルへの旅』、『ダランベールの夢』などが収録されていた。ディドロの美術展覧会批評『サロン』は、シャンフルリー、ネルヴァル、ボードレールら作家・詩人に好まれ、ボードレールにいたっては、みずから一九世紀版『サロン』を執筆するほどだった。

一方、一九世紀はディドロの許しがたい「罪」、すなわち「唯物論」をもてあまして苦労した時代でもあった。実証主義者たちはディドロに先駆者を認めつつも、その哲学思想を忌避し、唯物論抜きでディドロを何とか評価しようと苦労した。こともあろうに、ディドロ思想から唯物論を抜きにして論じるのは、かなりの知的アクロバットを要求される難題だったはずである。

いまなお使われているアセザ＝トゥルヌーの全集（一八七五―七七年）は、実証主義派の立てた記念碑ともいえる偉業である。全集はディドロに好意的であり、ディドロのどんな作品でも収録している。ただ、アセザもディドロの社会秩序を乱すような側面にたいしては留保をつけざるをえない。

4　二〇世紀以後のディドロ研究

1　評価の変遷

二〇世紀に入っても、ディドロについての評価が、過去の遺産を無意識に継承して、研究者に大きなプレッシャーをかけつづけている例はいくらでもある。体系を忌避し、談話体や断想形式を愛したディドロが、本物の「哲学者」といえるかどうかという問題はいまなお未決である。少なくとも西ヨーロッパにおいて、哲学の公式教育の現場では哲学者ディドロはほぼ完全に黙殺されている。ところが旧ソヴィエトでは、逆さまのイデオロギー上の理由から、「哲学者ディドロ」は高く評価されていた。

また一九世紀を通じて「雑駁な物書き」という評価が定着したディドロは、ソルボンヌや高等師範学校で「古典作家」の地位をあたえられなかった。せいぜいが「撰文集」の作家であった。それはディドロの代表作群が当時の文壇や学界の頑迷な「制度」によって峻拒されたからである。ところが、一九世紀末期から二〇世紀にかけて、ディドロ再評価の動きが生じ、出版社は競い合って古典叢書にディドロを入れ始める。二〇世紀から二一世紀にかけては、高等教育資格試験（アグレガシオン）の指定作品にディドロが選ばれるようにすらなっている。

二〇世紀後半になって、晩年のディドロの政治思想への関心が深まったのは、ロシア革命と第二次世界大戦という背景を抜きにしては考えられないだろう。一九六四年にようやく刊行された『ヘムステルホイス注釈』は、皆が固く信じていた、「老年にさしかかったディドロにおける唯物論の断念と無難なユマニスムへの退行」という通念を、根底から打ち砕くものだった。おおかたの研究者のほうが、自分たちの心に巣喰う通俗的「老人観」に、ディドロを強引に当てはめて読もうとしていただけなのである。

二〇世紀初頭に書かれたディドロに関する論文のなかで、ベルナール・グレトゥイゼンの「ディドロの思想」[6]は特記されるべき価値を持つ。上にのべたような前世紀に構築された否定的なディドロのイメージ（体系性の欠如、雑駁な書法など）を積極的に評価し、むしろそこにこそ、この独創的な思想家の真骨頂があることを、それも飛び抜けて早い時期に表明した記念碑的論考である。

2 文献学的実証主義とディークマンの貢献

一九世紀後半から、フランスとアングロ＝サクソン系の国々で、ドイツ文献学（ランケの偉大な史学など）を支えにした実証主義が生まれた。「文献学的実証主義」とでも呼べるものである。その結果、多数の良質なディドロの著作の校訂版が刊行された。きわめつけは、ハーバート・ディークマンによるヴァンドゥル手稿群の画期的な発見と整理であり[7]、ここからさらにレニングラード草稿や、手書き写稿の形でヨーロッパ各地に残っている『文芸通信』への関心が生じた。

ディークマンは文献学的な寄与のみならず、ディドロの思想や作品の解釈についても、現代のディドロ研究を主導するような基本姿勢を打ちだし、画期的な業績を生んだ。その一つが、コレージュ・ド・フランスで行った連続講義『ディドロに関する五つの講義』(8)（一九五九年刊行）である。この書物は現在なお有効な射程を持ち、後続の研究者に道を拓いた大きな功績がある。

ジャン・ファーブルは、ディークマンと同時代のフランス人研究者で、ソルボンヌで教鞭をとり、ディークマンと並んで長らく啓蒙研究の主導的地位にあった。なかでも『ラモーの甥』の校訂版(9)は最良の学術的貢献である。そのファーブルの代表的論文の一つが「ディドロと神智論者」である。ディドロが『百科全書』に執筆した代表的項目「神智論者」をめぐって、先行モデルのヤーコプ・ベーメ、ヨハン・ヤーコプ・ブルッカーなどとの関係を取り上げながら、ディドロ思想の根幹を論じている。当時としては、まったく斬新な視点で、ディドロと『百科全書』とのかかわりに注目した業績としても高く評価できる。

3　「ユマニスム」を基盤とする思想史、文学史

「文献学的実証主義」の傍らで、その成果を十全に取り入れつつ台頭してきた学問がある。いわゆる「思想史」や「文学史」の研究方法である。これは広い意味での歴史学であるから、研究者がどこまで自覚しているかどうかにかかわりなく、特定の歴史観、人間観、世界観を踏まえたものにならざるをえない。問題はそれが「特定の歴史観、人間観、世界観」でしかないにもかかわらず、つねに「絶対の客観性、唯一の真実性」の相貌で提出され、若い世代の心をとらえてきたという経

緯がある。現代日本のほとんどの文学史家、思想史家も、いまなおこの桎梏から自由ではない。

二〇世紀を席捲した「特定の」歴史観とは「ユマニスム」であった。われわれ人文系の研究というのは、おたがい似たような時代や作家やテーマについてやっていると、しまいにはけっこう似てくるものであるが、それは私たちが例外なくある種の表象、すなわち「モデル」や「イメージ」を思い描き、メンタル・モデルに従って学問をしているからではないだろうか。一八世紀研究の場合、そのモデルこそが「ユマニスム」なのであった。

ユマニスムの根源にあるものは、その特異な直進型の時間概念である。すでに「序章」の「時間表象」を論じたところでのべたから繰り返さないが、二〇世紀のディドロ研究もこの歴史思想から自由ではありえなかった。

ジャン・トマの『ディドロのユマニスム』[10]は、それまでの四〇年間におよぶヨーロッパの批評で形成された、ある種の脅迫的な「ユマニスム」思想を最良の形で集約した傑作であった。キーワードは三つ、サント＝ブーヴやランソン以来の批評の伝統であった、「意図」、「作者」、「作品」である。この三種の神器を踏まえて、以下のような主張が正当化される。批評は客観性を備えていなければならない。正しく調査し、研究すれば、ディドロの「真の人格」を明らかにできるはずだ。ディドロに矛盾があってはならない。時間とともに矛盾は解消するはずで、それはディドロが青春時代から老年に向けて漸次的に発展・成長していくという発展史観にも反映している。ところで唯物論だけは困る。ディドロから唯物論を消し去るには、「本能」、「動性」、「道徳性」、「芸術性」など、新しい概念を悪魔払いに援用すればいい。ディドロはどこまでも個人主義者であり、自己責任において幸福や義務を判断する。したがって、その時点で悪しき唯物論は克服されているのだ。

そうした解釈を一身に体現した巨匠が、ダニエル・モルネであった。長年ソルボンヌを支配した権威で、その学説はディドロ研究を中心に、一九二〇年代から六〇年代まで、フランスでは大きな力を持った。モルネのディドロ解釈の根幹は、その後欧米のディドロ研究者のあいだで一世を風靡した、ディドロにおける「唯物論」と「道徳」との葛藤なるもので、「悩むディドロ」、「誠実なディドロ」という、いかにも若者を魅惑する虚像を生みだしつづけた。

4　新しい批評のなかのディドロ

長いこと、ディドロを読むというのは、賛成するにしろ反対するにしろ、ある意図をもって作品の明白な内容について説明することだった。「ユマニスム」系の読み手が、唯物論を忌避して（なぜならディドロの唯物論を認めることは、当時の世界を二分していた冷戦体制の片方に荷担することを意味したから）、唯物論を骨抜きにしたディドロ解釈を模索したことがいい例である。

また、伝統的な文学史や思想史の研究者の特徴は、そもそも「テクスト」を「読まない」ことに尽きるように思われる。「読まない」というと語弊があるが、眼前のテクストに先行し、テクストの手前に想定される「作者」の内面のドラマや、外部の歴史的・概念史的潮流などが至上の価値をもつと信じられているので、論文執筆の過程で研究者が手にとって読む作品は、それ自体に独自の意味や構造を秘めた「テクスト」としては認知されず、どこまでも「作者の内面のドラマ」や「歴史的潮流」とやらを跡づけるための「手がかり」ないし「符丁」にすぎない。

ところが、ある時期から、「読む」という営みは変わってきた。作品の一貫性を、作者に内在する「体系」や「思想」、あるいは作品に外在的な「流派」や「潮流」とはちがうレヴェルに求め、作品固有の進展を見出そうとするようになった。

一九六〇年代を席捲した構造主義や新批評の主張の一つが、「テクストに帰れ」であった。ディドロ研究における斬新な兆候は、ディドロにマルセル・プルーストなど現代文学の先駆者を見ようとする者が現れ始めたことだろう。アングロ・サクソン系の研究者にめぼしい業績は多いが、フランスのジャン゠ジャック・マイユー「ディドロと近代文学の技法」あたりが嚆矢といえないこともない(11)。これらのやや新しい研究動向は、人々にディドロの「テクスト」が秘めていた意外な「近代性」、ひいては「現代性」に気づかせるもので、それまでの旧態依然たる思想史や文学史の方法を揺るがせるに足るものであった。

そうした新しい研究成果の代表ともいえる傑作論文が、レオ・シュピッツァー「ディドロの文体(12)」とジャン・スタロバンスキー「ディドロと他者の言葉(13)」である。シュピッツァーはアウエルバッハ、クルティウスと並んでドイツ系ロマニストの巨匠であり、とりわけ優れた文体論学者であった。「ディドロの文体」はシュピッツァーの代表的論文であり、『修道女』、『ラモーの甥』をはじめとするディドロの傑作から選びだした数カ所の表現について、画期的な分析と考察をほどこしている。

スタロバンスキー「ディドロと他者の言葉」も万人が評価する名論文である。最初期のシャフツベリの編訳から始まり、最晩年のセネカの注解と弁護に終わる、つねに「他者」を媒介として語りつづけたディドロの方法と思想を取り上げる。

いわゆるマルクス主義系の批評も、ユマニスムの観念論を揺さぶり、個人の自立性などというものを信じられなくした意味で重要である。また、言語学は、シニフィエからシニフィアンを切り離し、「形式」を「思想」の表現ないし容器とはみなさず、作者の意識的な企図と矛盾する場合もある独立した単位として扱うようになった。これはディドロのようなタイプの作家を論じる上で、きわめて示唆に富んだ方法論である。

5　昨今の啓蒙主義研究の展開とディドロ、『百科全書』研究

ある時期まで、ヨーロッパにおける啓蒙研究とは、どこまでも先人の業績を踏まえた個人による個人についての研究であり、また「啓蒙」という言葉に内包される空間概念も、せいぜいがイベリア半島からロシアまでをカバーする、地理的にも限定された狭小な地域にすぎなかった。「全世界の一八世紀」、あるいは「全世界の啓蒙」という発想はなく、西ヨーロッパを中心にしたごく一部の世界だけに「啓蒙」の守備範囲は限られたのである。むろんそこには、「理性」の正しい使用こそが地球上に普遍の正義と平和を保証するはずだという、ルネサンスこのかたの楽観的なヨーロッパ中心主義が働いていたことはいうまでもない。

ただ、二〇世紀に入り、世界がナチズムの洗礼を浴びて大きく変貌したことは否定できない。ディドロ研究にもその揺さぶりはかけられた。まず、一九四〇年代の終戦から復興にいたる混乱と低迷の時代に、学問研究は枯渇の危機に瀕する。伝統的実証主義や、勢いをつけたマルクス主義への

ささやかな抵抗はあっても、それらの影響からいかに脱却するかはなかなか見えてこなかった。

一九五〇年代は、若い世代の有能な研究者が、文学研究以外の領域で注目された成果から大きな刺激や影響を受けた時期だった。そして、そうした状況を背景に、一九六〇年代のフランスに、それぞれ五〇〇から一〇〇〇頁に近い浩瀚な博士論文を提出した世代、その後の三〇年間にわたる研究の地平を拓いた人々、すなわちロベール・モージ[14]、ジャック・ロジェ[15]、ジャック・プルースト[16]、ジャン・エラール[17]、そしてミシェル・フーコーたちが誕生したのである。この世代に共通の問題意識はテクストの尊重であり、ある時代の矛盾や失敗や固定観念などまでをも見逃すことなく、時代全体をその共時的な相のままにとらえようとしたことであろう。当時は社会史のアナル学派、ゴルドマンの社会学的分析、そしてドイツのカッシーラーの哲学、精神分析学、現象学、構造主義言語学などの先端的学問への関心が強く、さまざまな「読み直し」や「問題提起」が行われたことも記憶に新しい。とりわけ「エピステーメー」という概念を駆使して書かれたフーコーの『言葉と物』[18]（一九六六年）は、カッシーラーの方法をさらに抽象化と理論化の方向で徹底させた問題作であり、同世代の研究者へのインパクトを含め、その影響ははかり知れなかった。

それと同時に注目すべきは、「一八世紀研究者」という造語が一九六〇年代に出現したことである。この言葉はそれ自体で、研究者が一つの新しい観念共同体に帰属していることを表していた。こうした共同体の理想は、遠くルネサンスから一八世紀にかけて、ヨーロッパの知識人を魅惑した「文芸共和国」の夢にも一脈通じるものがあった。当時息を吹き返しつつあった社会主義に由来する「共同性」への夢でもある。フィロゾフたちによる共同制作の賜であった『百科全書』が、にわかに熱い注目を浴びることになったのもこの時期だった。カッシーラーやアザールの大著では、思想家個々人の作品や思想が優先的に扱われ、『百科全書』はやや敬遠され気味だったのに比べると、すでに隔世の感がある。この若い世代の共同幻想はほとんどユートピアともいえるもので、一九六八年の五月革命にも密接なかかわりをもっている。

その後、二〇世紀末から今世紀にかけて、ヨーロッパの啓蒙研究でもっとも顕著な変化は、六〇年代に活躍を始めた大教授たちが完全に現役を退くか、あるいは鬼籍に入り、各領域での研究成果がますます専門化と厳密化の度を加えてきた結果、個人単位の巨大な総合研究はもはや不可能に近くなり、有能なコーディネーターが主宰する、さらに強力で有効な共同研究の成果に大きな価値が認められるようになってきたことであろう。そうした集合的努力の結実として見落とせないのが、一九六〇年代から注目されていた、グルノーブル大学のジャン・スガールが主導するグループによるジャーナリズム研究である[19]。これは類例を見ない総合的な出版研究であり、啓蒙時代における定期刊行物調査の礎をなす記念碑といえるもので、二〇世紀の前半期には到底考えることすらかなわなかった快挙である。

共同研究が促進されることになった背景の一つに、一九六三年に創立された国際一八世紀学会の存在が大きい。この親学会を母胎として、各国に支部学会が誕生し、研究者間の風通しがよくなり、より頻繁な情報の交換がなされるようになった結果、研究者が共通して使用する研究ツールにたいしても、強い関心や要求が生まれるようになったという現実を見落とすことはできないだろう。

ほんのわずかな事例を挙げるに留めるが、たとえば二〇世紀半ばから刊行され始めた国際共同研究誌『ヴォルテールと一八世紀研究』（*Studies on Voltaire and the Eighteenth-Century*）は、すでに数百号にのぼる巨大な蓄積になっているし、フランス一八世紀学会の機関誌『一八世紀』（*Le Dix-huitième siècle*）が果たしている役割も大きい。ディドロ研究でも、現在はカナダで編集されている『ディドロ研究』（*Diderot Studies*）が古い歴史を誇る一方、フランスでも国際ディドロ学会刊行の『ディドロと『百科全書』研究』（*Recherches sur Diderot et sur l'Encyclopédie*）が、現在もっとも重要な研究拠点を形成している。

偉大な啓蒙研究が拠って立つ認識の基盤それ自体が音を立てて崩れ始めているという現実は、もはや誰の目にも明らかであろう。啓蒙研究に関しては、もはやヨーロッパ中心主義は終わったといってよい。啓蒙概念も、いま一度、地理的にも時代的にも、哲学的にも文化的にも、徹底した洗い直しを必要としているだろう。

6　『百科全書』研究

一九六〇年代から九〇年代にかけて、『百科全書』研究は決定的に新たな段階に入った。ジャック・プルースト[20]、ジョン・ラフ[21]、そしてリチャード・N・シュワッブ[22]、フランク＝A・カフカー[23]、ロバート・ダーントン[24]、マリ・レカ＝ツィオミス[25]たちによる欧米の大規模な基本研究が一斉に登場したからである。いずれも『百科全書』研究をその版本の問題から始め、詳細な資料調査にもとづくきわめて緻密で体系的な方法論を構築したことにその特徴がある。また、『百科全書』研究が、編集長であるディドロについての研究に影響を及ぼさないはずはなかった。

なかでも「『百科全書』から『ラモーの甥』へ――オブジェとテクスト」というジャック・プルーストの代表的な論文を紹介しておこう。(26)「動く対象の記述」という問題をめぐり、ディドロが『百科全書』に執筆した項目「靴下編み機」と、対話作品『ラモーの甥』とを比較し、前者が機械の運動の描写に失敗しているのにたいし、後者は人物のパントマイムの描出に成功しているという興味深い指摘を介して、ディドロが生涯をかけて専念した大事典編集の仕事と、ディドロ個人の創作活動とを見事に結び合わせ、実証研究と詩学研究との奇跡のような合一に成功したのである。

II

モーツァルトのいる風景

第一章　文学に見る一八世紀

はじめに　私の位置

本日、ここにお集まりの音楽学者、とりわけモーツァルト学者の方々を前に、私があえて話をするというのは、かなり勇気の要ることである。この勇気を、いったいどこからえたものだろうか。私は自分がアマデウスではないこと、すなわち「神に愛される人間」ではないことを承知している。神は私にそのような勇気をあたえてくれないし、ましてや奇跡を起こしてもくれない。やむをえず私は、あるがままの自分を受けいれ、その自分に認められる三つの特徴、三つの立場を出発点として、モーツァルトについていくばくかの話ができればと思う。日本語の諺にいう「背水の陣を敷く」、これが今の私の心境なのである。

三つの立場の一番目は、私がモーツァルトを好きな門外漢であるということ。世のモーツァルト好きのわずかな美点と多くの欠点を私はもちあわせている。モーツァルトについての思いこみや幻想もまたモーツァルト受容史にとって貴重な資料になりうるとするなら、私は皆さんにとってきわめて貴重な存在であることになる。

二つ目の立場は私が日本人であるということである。モーツァルトを生みだしたヨーロッパ文化圏にたいして、私は否応なく「他者」の視点に立っている。だが、近代日本の歩みを振り返っても、昨今の世界情勢に照らしても、この他者がヨーロッパにとってまったくのよそ者などでは少しもないこともまた明らかである。

三番目の立場は、一八世紀フランス文学研究者のそれである。モーツァルトが暮らしたドイツ語文化圏に隣接する国、若いモーツァルトが二度（厳密には三度）も訪れた国の文学や思想に、私は強い関心を抱いている。

1　《イ短調ピアノ・ソナタ》

以上の三つの立場、すなわち「門外漢」、「日本人」、「フランス文学研究者」という立場が、私のすべてである。いずれの場合も、モーツァルトという対象にたいする微妙なズレ、距離といったものが特徴となる。このズレの意識を大切にしながらお話ししていきたいと思う。

個人的なことで恐縮だが、昔、K三一〇の《イ短調ピアノ・ソナタ》に夢中になっていたことがある。ディヌ・リパッティ（Dinu Lipatti）の演奏だった。この曲とこの演奏にたいする熱中はかなり長くつづいた。それはほとんど偏愛と呼べるものだった。この偏愛にはいろいろな理由が考えられる。曲や演奏がすばらしいことももちろんだが、今の私に興味があるのは、自分の熱中ぶりにはっきりと認められる音楽外の心理的要因なのである。つまり、ピアニストのリパッティが夭折の天才であること、それからこのソナタが短調で書かれていることの二つである。リパッティは「若さ」、「死」、「天才」という三つの観念の連合を介してモーツァルトにつながっていた。この観念連合が一九世紀以後に形づくられたものであることは当然である。私の熱中や感動がある歴史的システムに動かされたものであることがわかる。

短調作品への思いいれについては、別なシステムが考えられる。このシステムは、もしかすると、日本人独特のものかもしれない。少なくとも私の世代までの音楽好きな日本人は、文芸評論家の小林秀雄が一九四六年に発表した『モオツアルト』というエッセーを読み、大きな影響を受けている。小林はこのエッセーのなかで、《交響曲第四〇番》K五五〇をはじめとするモーツァルトの短調作品にたいする強い感受性を示し、その後の日本におけるモーツァルト受容に決定的な指針をあたえた。小林秀雄のシステムと、モーツァルト＝リパッティのシステムは、相乗効果を発揮し、感動を倍増した訳なのである。

現在の私は、イ短調のソナタおよびリパッティの演奏にたいして、やや異なった位置にいる。年をとったということもあるだろうが、何よりもこの二つのシステムの呪縛から自由になっているといえよう。リパッティについてはともかく、モーツァルトの死は当時の社会ではさほど悲劇的な夭折ではないことを知っているからである。また、現代ピアノによるリパッティの演奏に親しんできた私の耳にとって、モーツァルトの時代の古楽器を使ったこのソナタの演奏は、ほとんど啓示といえるような衝撃をあたえてくれた。さらに忘れてならないのは、海老澤敏教授をはじめとする日本の音楽学者の方たちの精力的な活動のおかげで、必ずしも短調作品ばかりに偏らない、よりトータルなモーツァルト像が徐々に日本に定着し始めている、ということである。

もう一つ、私は一八世紀フランス文学を研究する過程で、このK三一〇のソナタと不思議な再会を果たしたのである。一九七八年、ルソー（Jean-Jacques Rousseau）とヴォルテール（François Marie Arouet, dit Voltaire）の没後二〇〇年を記念するある雑誌の特集号のために、私は一七七八年のパリに関する論文を準備していた。そしてこの年、モーツァルトがパリに滞在しており、母のマリーア・アンナ（Maria Anna Mozart）の死に前後してイ短調のソナタを作曲していることを知ったのだ。ニール・ザスロウ教授に教わった方法で計算してみると、K三一〇を二五で割って一〇を足せば、たしかにモーツァルトは二二歳、パリにいたことになる。

2　一七七八年、パリ

一七七八年のパリの話をもう少しさせていただきたい。モーツァルトの滞在をべつにしても、この年はヴォルテールとルソーが相次いで死んだというだけで、私にはきわめて重要な年に思えるのである。《イ短調ピアノ・ソナタ》を作曲した若いモーツァルトは、偶然とはいえ、パリで一八世紀の啓蒙思想を代表する二人の巨人の死という歴史的事件の現場に居合わせたことになる。

現在、私は一七七八年のパリに関する書物を準備している。ルードルフ・アンガーミュラー博士による、この年のパリでの音楽と演劇の催物すべてを網羅した詳細な研究書が、私にとってきわめて重要な文献であることはいうまでもない。私の書物では、ヴォルテールとルソーという二人の大思想家の死が、否応なく一つの偉大な時代の終焉を告げているという事実が出発点となるだろう。一七七八年のフランスで起きている多くの事柄、すなわちイタリア歌劇団の来訪を機にふたたび繰り広げられたグルック（Christoph Willibald Gluck）とピッチンニ（Nicolo Piccinni）のオペラ合戦、文学や演劇や思想の領域における世代交替、ジャーナリズムの異常ともいえる隆盛、そしてアメリカ独立戦争への介入……すべてが転換期に特有の兆候を示している。モーツァルトのK三一〇のソナタはこうした状況で作曲された。それゆえ、この作品について「死」を語るなら、夭折のピアニスト、リパッティと結びつけてロマンティックな神話を勝手に捏造するのではなく、むしろ作品が制作された時点でのさまざまな死、すなわちヴォルテールやルソー、そしてモーツァルト自身の母親の死を考える必要があるだろう。

ところで、このソナタをヴォルテールやルソーの死と結びつけ、啓蒙時代の終焉に際して一外国人作曲家の手で書かれた歴史的証言とみなす考えかたにはやはり強引な短絡がある。芸術作品は時代を直接に、忠実に反映するとは限らないし、第一、ヴォルテールやルソーにしても、後世の思想史家や文学史家のためにわざわざ時期を選んであつらえむきに死んだ訳ではないからである。モーツァルトはこの年、たまたまパリにいたのであり、また彼が常日頃からヴォルテールやルソーの熱心な読者であったとも思えない。私たちは未来について勝手なバラ色の幻想を抱くことができるが、過去にたいしても、「歴史的必然」という名の、実は恣意的な物差しを当てはめ、こうであったはずだという「回顧的ヴィジョン」（レトロスペクティヴ・ヴィジョン）を抱いてしまいがちである。

伝統的思想史がしばしばこの幻想の犠牲になったことは、皆様もよくご存じの通りである。

モーツァルトの母マリーア・アンナの不幸な客死は、ヴォルテールやルソーの死とはちがう。彼女の悲劇は思想史とは何のかかわりもない、小さな出来事にすぎない。だが、それだからこそ、K三一〇のソナタと母の死とを結びつける解釈は意味をもちうるといえるだろう。肉親を喪った悲しみが短調のソナタを生みだしたという、伝記的事実と創作行為とをつなぐ因果関係の糸がそこに見え隠れしているからである。モーツァルトが母の死に際してザルツブルクの父に書き送った何通かの手紙は、その意味で魅力的な資料である。彼の手紙にはソナタの正確な制作時期を確定できるような情報は含まれていないが、ソナタのあの異様に切迫した暗い世界に通じる要素はいくらでも見つけることができる。

しかしながら、ここでもまた、私はべつのシステム、すなわち「人と作品」というシステムに操られ、ソナタを作曲者の心の世界やその生活上の出来事にあまりにも単純に還元しすぎていないだろうか。モーツァルトについて調べ、彼が滞在したパリの歴史的状況をいくら分析しても、《イ短調ピアノ・ソナタ》の世界は私にとって、すぐそこにありながら、それについて語ることのできない、近いようであまりにも遠い対象でありつづけるのである。

私たちは経験や類推によって言葉を使う。ある芸術作品を歴史や様式、構造や伝記のカテゴリーで説明しようとする試みは、結局のところ、経験や類推を駆使した言語による対象の記述であるといえるだろう。ところが、モーツァルトの音楽には、今日私が問題にしているソナタに限らず、聴き手に言葉による記述を断念させるようなところがある。これは私のモーツァルト体験にとって非常に重要な問題である。

3　語りえないモーツァルト

ジェイムズ・ジョイス（James Joyce）に『フィネガンズ・ウェイク』（*Finnegan's Wake*）という難解な作品がある。柳瀬《やなせ》尚紀《なおき》による奇跡のような日本語訳が出たところである。原作は私の英語力ではとうてい歯が立たない。六十数カ国語を一つの「ジョイス語」に融かしこんだこの作品では、一つの単語にいくつかの語義があって、普通の意味での読解は不可能である。したがって、私たちは『フィネガンズ・ウェイク』を経験や類推によって説明することができない。サミュエル・ベケット（Samuel Beckett）はこういっている。「他の作品はみんな『なにか』について書いているが、この作品はその『なにか』そのものなのだ」。

モーツァルトの音楽にも、「なにか」そのもののような語りにくさがないだろうか。いや、そもそも音楽それ自体が一九世紀の文学者、とりわけ詩人たちにとっては、自分以外のものに翻訳不能な自立した芸術作品、という理想を実現した憧れの対象だった。モーツァルトはそうした理想のいわば極限に位置づけられる音楽家といえるだろう。

ロマン主義このかた、多くの文学者がモーツァルトの音楽に魅せられ、天才にたいする思慕や情熱を創作活動にまで持ちこんだ者も少なくない。だが、ロマン・ロラン（Romain Rolland）がベートーヴェンの人と音楽をモデルにして『ジャン・クリストフ』（*Jean Christophe*）を書いたように、モーツァルトを小説化することに成功した文学者はいない。一九世紀と二〇世紀に書かれた「ドン・ファン文学」は、ついにオペラ《ドン・ジョヴァンニ》K五二七に及ぶべくもないのである。スタンダール（Stendhal）や小林秀雄はそのことをよく知っていた。スタンダールの『パルムの僧院』（*La Chartreuse de Parme*）、小林の『モオツアルト』は、主題や内容でこの音楽家を扱う以前に、文章そのものがモーツァルトの音楽に限りなく近い調べをかなでているようなところがある。言葉で明示的にモーツァルトを語るのは不可能である。そこで言葉による「擬態」という方法に訴えざるをえないのだろう。

ところで、私はスタンダールのような小説家でもないし、小林秀雄のような批評家でもない。彼らが試みたような創造的な方法でモーツァルトを語ることはできない。今日、私が皆さんにお話ししたいのは、私の専門領域である一八世紀フランス文学についてであり、この領域で行われている最近の研究の動向や成果が、モーツァルトをめぐって何事かを語ろうとする者に励ましやヒントをあたえられるかどうか、といった問題についてなのである。さきほど私はモーツァルトのパリ滞在を例にとり、思想史や伝記研究の方法で彼のソナタを説明しようとすることの空しさを語った。それからジョイスを引いて、モーツァルトについて語るということそれ自体のむずかしさにも触れた。しかしながら人間というのはまた、愛する対象がある限り、その対象について語るのをけっしてやめることのできない動物である、ということも確かなようなのである。モーツァルトはなるほど語りにくい存在だ。だが、彼ほど語りつくされたという印象をあたえつづける芸術家もいない。皆がモーツァルトを口実に自分のことを語ろうとするからだろう。自分のことというのは、本人の言明である以上、つねに有無をいわせないものがあるからなのである。

4　一八世紀人、モーツァルト

ところで、私個人は、モーツァルトをめぐる、一九世紀以後の人たちによる、往々にして我田引水型のお喋りの厖大な集積にたいして、現在一八世紀の研究に従事している人たちがもっと積極的に語り始めるべきであると思う者である。あらゆる意味で、一八世紀は百科全書的な時代だった。モーツァルトその人も、何よりもまず、そうした時代の落とし子だった。当時の文学や思想や社会の意外な場所に、私たちはモーツァルトの響きを聴きとらないとも限らないのである。いまだに語られていないモーツァルトの側面は、彼が生きた時代そのもののなかに、まだいくらも隠れているような気がしてならない。

ケルビーノがよい例である。この魅力に満ちた両性具有的人物は、一九世紀以後の文学者を大いに誘惑した。キルケゴール（Søren Kierkegaard）、『あれか、これか』の誘惑者、スタンダール『パルムの僧院』のファブリス・デル・ドンゴ、ホーフマンスタール（Hugo von Hofmannsthal）、『ばらの騎士』のオクタヴィアン……。だが、ケルビーノと聞いて私がすぐに思い浮かべるのは、フランスの小説家カゾット（Jacques Cazotte）が一七七二年に出版した『悪魔の恋』である。主人公の青年の前に、悪魔が現れる。はじめは恐ろしい怪物の形をしているが、すぐ美しい小姓に変身して食事の給仕をつとめる。ところが、少したつと、小姓がいつの間にか若い女性になっている。その女性の姿をした悪魔が主人公に恋をするという話である。小説のはじめのほうだが、ケルビーノとおなじで、読者にえもいわれぬ魅惑、あえていえば、「快楽」をあたえてくれる、きわめて一八世紀風のエピソードではないだろうか。

K三一〇のソナタがかもしだすあの暗い感情の世界、ケルビーノやカゾットの悪魔の妖しい魅力、こうしたものは伝記研究や思想史、文学史の物差しではとうてい理解や説明のかなわない文化現象である。私がかかわっている一八世紀フランス文学研究の領域では、こうした文化現象を含む啓蒙時代の全体像について、実にさまざまな調査と解釈の方法が試みられてきた。そのいくばくかを整理して紹介したいと思う。

戦後一八世紀研究を根本的に変えた書物の一つに、ミシェル・フーコー（Michel Foucault）の『言葉と物』がある。毀誉褒貶の相半ばする書物だが、フーコーはこの仕事によって伝統的思想史を批判し、各時代の思考を規定する「エピステーメー」の発掘を目指す「知の考古学」を提唱した。フーコーのあまりにも抽象的な概念操作は多くの人を戸惑わせたが、誰の目にも見えない奥深いエピステーメーを人間の思考の規定要因としたことで、それまで通用していた、一見誰の目にも明らかな数々の規定要因が徐々に信憑性を失くし始めたことは確かである。

たとえば、一八世紀のフランスをルイ一四世（Louis XIV）の没年である一七一五年から大革命の一七八九年までとする、あの文学史でおなじみの時代区分はまったく意味がなくなってしまった。ある個人がべつの個人にあたえる「影響」や、複数の個人が集まって形成する「学派」や「流派」などにそれほど重きが置おかれなくなる。現実社会を動かしているかに見える政治体制、王朝の交替、さまざまな事件、そうした外的要因も、作品や思想を説明するにはあまりにも粗雑すぎる手がかりであるとみなされる。また、この時代に書かれたテクストに頻出する「自然」、「理性」、「心情」といった言葉を、そのままテクストを分析するための用語に転用できるものかどうかが問われ始めた。

ようするに、私たちが日頃一八世紀について考えたり、語ったりするときに用いる言葉や概念それ自体について、もう少し自覚的にならなければいけないということなのである。というのも、それらのなかには、モーツァルトやヴォルテールが実際に意識して使っていた言葉や概念（たとえば、「自然」）、彼ら一八世紀の人が無意識に依拠していた思考の枠組みや感性のシステム（たとえば、「感受性過多《センチメンタリズム》」）、それから一八世紀人がまったくあずかり知らない一九世紀以後の思考（たとえば、「マルクス」や「フロイト」）、そして現代の私たちに共通した好み（たとえば、日本人のロココ好き）、といった異質な要素がごちゃごちゃに混じりあっており、それにもかかわらず私たちはそうしたものを一つにまとめて、一八世紀に固有の特質であると速断してしまいがちだからである。

5　歴史の方法と一八世紀

フーコーによる思想史批判とならんで、伝記批評も俎上にのせられた。伝記批評のどこが悪いのか。たとえば、多くの学生が私に提出するレポートがよい例である。一〇頁の半分がある文学者の生涯の略述にあてられている。残りの半分で代表作が論じられる。前半と後半とのあいだには何ら論理的つながりも工夫されていない。異質な二つのものが並んでいるだけである。しかし水差しとりんごを並べて描けば一応セザンヌもどきの絵が出来上がるように、生涯と作品、人間と芸術という組み合わせにはどこか私たちを安心させてくれる精神安定剤のようなものが含まれていることも確かである。

伝記批評でもっとも槍玉にあげられたのが、この精神安定剤的役割である。すぐれた文学作品には何物にも還元されない固有の生命がある。未知の生物に出会った旅人が不安を覚えるように、すぐれた文学作品は読み手を不安にする。不安を解消する最良の方法は、未知のものを既知のものに置き換えることだろう。こうして、作品よりも作者について多くを語りながら、全体としては作品論の体をなした論文が書かれる。作品は「形式」と「内容」に分けられる。形式は内容の飾り程度のものとみなされ、内容のほうは作品それ自体から説明されるよりも、作者の思想、生活、その時代や社会といった外的要因に次々と置き換えられる。

しかし問題は、この外へと向かう遠心運動をどのあたりで止めるかである。研究者の能力には限界があるから、ふつうは作品から作品の成立過程、成立過程から作者の生活、生活から社会状況、社会状況から時代全体へと話を拡大するにつれて、徐々に既製の通念や解釈に頼らざるをえなくなる訳である。

時として不毛な結果に終わることの多かったこの遠心型の方法にたいする反発から、構造主義の求心型テクスト理論が生まれた。作品にとって外在的な要素を排除し、どこまでもテクストの真実に迫ろうとするこの方法は、しかしながらたちまち悪しき形式主義に堕落してしまい、最新式の方法論だけが独り歩きして肝心のテクストの息の根を止めてしまったのである。構造主義のエピゴーネンたちは方法論それ自体を偏愛するあまり、方法論のすばらしさを証明するためならどんなことでもテクストに語らせようとした。彼らはいつの間にか、作品を作品以外のものに置き換えるという、自分の敵たちとおなじ過ちを犯したのである。

以上、一九六〇年代以後の研究動向を、もっぱら批判的な側面からまとめてお話しした。古い方法にたいする批判を踏まえて、その後どのような展開が見られたか。思想史や伝記批評に代わる新しい方法として、文学研究者のあいだで圧倒的支持をえているのが社会史である。社会史は近代を対象とした民俗学といったところがあり、思想史や文学史の整理や分類、あるいは決定論や因果性にもとづく強引な解釈を嫌う。ところで、思想史や文学史をつくっている原則や原理の主要な部分を、私たちは一九世紀に負っている。だから社会史には、ヴォルテールやルソーと現代の私たちとのあいだに介在するさまざまな夾雑物を飛び越して、私たちを直接一八世紀の現実にトランスポートしてくれるという、得がたい魅力がある訳である。アナール派の歴史学の成果をふんだんに取りいれたこの社会史の方法は、フーコーが三〇年も前に提出したあまりにも観念的な問いに、期せずして肉づきのよい、現実に密着した答えを用意することになった。先入観やイデオロギーに左右されまいとするこの方法は、皆さんには突飛なアナロジーと聞こえるかもしれないが、一八世紀音楽のオリジナル楽器による演奏と軌を一にしている、と私は思う。

社会史は一八世紀フランス文学研究に何をもたらしたか。いくつか例をあげてみよう。長いこと、この時代についての文学史は啓蒙思想の歴史、言い換えれば偉大な「フィロゾフ」たちの歴史だった。しかしながら、当時フィロゾフとは現実の社会集団などでは少しもなく、観念的な共同幻想であり、敵対する思想（たとえば、キリスト教神学）との緊張関係のなかではじめて意味をもちうるイデオロギー上の名辞にすぎないことが、今では明らかになってきている。現実の社会集団ではないものに文化のすべてを担わせることはできない。フィロゾフたちがその共同の使命感で独自に生みだした文学のジャンルは三つしかない。ヴォルテールのコント、ディドロの対話、それにディドロが創始し、ボーマルシェ（Pierre Augustin Caron de Beaumarchais）が完成したブルジョワ劇である。それ以外のジャンルは、前衛的なフィロゾフのスターたちの陰に隠れた、多くの無名の物書きたちが支えていたのである。

文化を産出し、かつ消費するさまざまな現場についても調査が進んでいる。『百科全書』は、今やディドロやダランベール（d'Alembert）といった個人が主導する思想運動の集大成というよりも、巨大な出版企画として中国やペルシアの大事典と比較されるようになった。地方のアカデミー、教育機関、ジャーナリズム、サロン、カフェ、さまざまな結社――こうした諸制度の実態が明らかになるにつれて、私たちが一八世紀文学について抱くイメージも大きく変わってくる。現在、文学史が取り上げているいかにも文学らしい傑作は、同時代人よりも私たち現代人に強く訴えるものをもった作品ばかりである。ルソーの『告白』が代表例だろう。同時代人がもっとも接することの多かった文学は、ジャーナリズム、サロン、アカデミーで流通していた諷刺詩、パンフレット、演説文や論文、書翰や回想録の類いであり、劇場にかかっては消える名もない芝居だった。一九世紀以後に確立された文学概念を媒介としない、偏見のない一八世紀文学史の出現が望まれるゆえんである。

現在、もっとも注目されるべき研究分野は書物の社会史だろう。文学研究が直接に対象とするのは紙に書かれ、また印刷された文字であり、その文字が喚起する言語表現の世界、すなわち「テクスト」と呼ばれるものである。しかし、このテクストはそれを囲んでいる無数の関係の網の目との作用・反作用を考慮せずに理解することはできない。まず国家権力や宗教権力との関係がある。テクストにたいする国家や宗教の抑圧装置は出版検閲である。さらにより間接的な干渉手段として、アカデミー・フランセーズ、劇場、出版・印刷業の同業組合といった組織の存在も忘れてはならない。

次に作者の社会的地位がある。物書きが職業として自立しえず、著作権もない時代に書かれたテクストは、書き手がどういう立場で、どういうメッセージを、誰に向かって伝えようとしたか、あるいは伝えられなかったか、あるいは伝えようとして別のことを表現してしまったか、を厳密に確定する作業が必要である。むろん、この作業はテクストそのものの精細な分析も要求する。

さらに同時代による書物の受容という問題。出版は特許をもらってか、それとも無許可か。作者名や刊行地は本物か偽物か。発行部数や価格は。読者はどういう階層、職業の人々か。その教養やイデオロギーは。読者はこの書物を買って読んだのか、それとも貸本屋や図書館から借りだしたのか。彼の読書はどんな風になされたのか。黙読か、誰かに読んでもらったのか。

以上三つのレヴェル、作者と作品と読者のレヴェルのあいだに矛盾が生じることもある。徳高い商人を主人公にして、ブルジョワジーの美質を謳いあげたブルジョワ劇は、貴族の観客を深く感動させたが、そのおなじ貴族たちは商人階層の人間を断固としてアカデミーに入れようとはしなかった。大貴族のコンティ公（Conti）が絶対王政を批判する論拠として、ルソーの『社会契約論』を利用したことは有名である。ルソーは自分の意図及び作品そのものの自立した意味と、それにたいする読者の作品への予想外の反応とのあいだのズレや喰違いに、一生悩まされた人だった。今後、新しい一八世紀文学史、思想史が書かれるとすれば、作者と作品と読者という三つのカテゴリーを峻別し、安易に同一視しない配慮が必要だろう。ある作品が傑作として後世に残るには、それが何世代もの読者によって誤読され曲解され、作者が予想だにしていなかった意味を付与されることが必須の条件だからである。

一八世紀フランス文学を啓蒙思想だけで割りきったり、従来のお手軽な作家論や作品論に甘んじることはほとんど不可能である、という現状がおわかりいただけたと思う。現在、研究者の関心はますます広がり、パリのひと握りの知識人が生産・消費する「中央の文化」だけでは満足しえなくなっている。ヴェルサイユの王権とその権力装置としての文化に光があてられるようになった。一方で「青表紙本」と呼ばれる、行商人が農村に運びこんだ書物の研究も進んでいる。さらに性や犯罪といった周辺の領域にも勇気ある探査が試みられるようになった。日本ではモーツァルトとベーズレ（Maria Anna Thekla Mozart (Bäsle)）との関係についてさまざまな臆測があるが、ベーズレ書翰は全ヨーロッパ規模の性愛の社会史を背景にしてはじめて論じられるべきものであると思う。

今、私はヨーロッパ規模といった。間近に迫ったヨーロッパ統合〔一九九三年〕と足並みを揃える訳ではないだろうが、近年、一八世紀研究は国境を越えて、いわゆる「大きなヨーロッパ」、すなわちモーツァルトが旅をして回った地理的広がりを視野におさめようとしている。数年前にフランスで開かれた『百科全書』に関する国際会議は、その「大きなヨーロッパ」をすら越えて、中近東、アフリカ、アジアにまで対象を広げた。現在、刊行中の『17・18世紀大旅行記叢書』(第I期、岩波書店、一九九〇—九四年)もまたおなじ方向を目指す企画である。

こうした趨勢が共同研究を必須の前提としていることは当然だろう。個人の研究者にできることには限りがある。一八世紀は学際的な時代である。「文学」(リテラチャー)という狭い概念はまだ存在せず、「文芸」(レターズ)が広い領域をカバーしていた。ディドロとダランベールの『百科全書』第一巻の冒頭に掲げられた「人間知識の体系詳述」には、現代のものとはまったく異なる「知」の分類基準が適用されているが、この異質で広大な知の領域を一人の研究者が究め尽くすことは不可能である。

共同研究と並んで今後注目されるのは、コンピュータによるテクスト・データベースの利用である。フランスの INALF と呼ばれる国立国語研究所が開発した FRANTEXT システムは、近代フランス文学のテクスト約二〇〇〇点のデータベースを、電話回線で世界中の大学や研究所に提供し始めた。たとえば、一九世紀後半の詩に使われた「蝶」という単語のコンコーダンスを、日本人研究者は日本にいながら入手できるようになった。

私個人は機械が苦手であるし、コンピュータが文学研究にもたらしうる貢献を過大評価する気にはなれない。ただ、一八世紀文学のテクストには、それ以後の文学に見られない特徴がある。事情は音楽や絵画でもおなじだと思うが、ひと言で申せば「間テクスト性」が強いということ、すなわちそれは類型、模倣、反復で成り立つ世界である。こうした特徴の抽出に、コンピュータの量的分析法は圧倒的強味を発揮してくれるだろう。ルソーの筆癖と信じられていた言い回しが、おなじ世代の文学者に共通な紋切型であることが判明する、などという発見も夢ではない。

6　モーツァルトとディドロ

私は、長々と一八世紀フランス文学研究の一般的動向について話してきた。モーツァルトのことを忘れた訳ではない。私にとってモーツァルトとは、一八世紀の代名詞、「大きなヨーロッパ」の代表のような存在である。したがって、『百科全書』について語り、出版検閲の話をしていても、私はつねにモーツァルトを身近に感じていた。

最後に、私にとってモーツァルトの音楽とおなじぐらい大切な意味をもつ、ある文学作品について話をさせて欲しい。その作品とは、ディドロの対話小説『ラモーの甥』である。甥は音楽家であり、対話のかなりの部分が音楽談義で占められている。これは文学史上でも珍しい音楽小説なのである。その上、この作品はディドロの生前に刊行されず、制作の動機や過程についても一切手がかりがない。当時の現実との絆を遮断されているという、これまた珍しい境遇が、『ラモーの甥』をただの文学よりも、音楽作品に近いような自己完結型の芸術に仕立てている。

ところで、テクストのなかに含まれている情報から、この小説は一七六〇年代はじめ、すなわち少年モーツァルトがはじめてパリを訪れた時より少し前に書き起こされていることがわかっている。一七六三年から六四年にかけて、モーツァルト一家が滞在したパリの社会や文化について、私たちは『ラモーの甥』から驚くほど豊富な情報を手に入れることができる。だが、文学作品は同時代の姿を映すだけの鏡ではない。ここでは私は『ラモーの甥』を自立したテクストとみなし、その限りでモーツァルトと比べてみたいのである。

モーツァルトの音楽が私にあたえてくれる大きな自由感というものがある。たとえば、K三一〇のソナタを聴くたびに、私は誰かべつの人間になる。あるいは逆に、誰かであることをやめるといったほうが正確かもしれない。私は日本人であったり、男であったりすることをやめるのである。とりわけ自分が男でなくなる感覚は、非常に深いもので、私の精神を慰撫してくれるような治癒効果を発揮する。むろん私は、モーツァルトの音楽が女性的であるとか、ソナタを聴いている私が突然フェミニストになるなどといっているのではない。うまく表現できないが、モーツァルトの音楽は人間のもっとも奥深いところに眠っている両性具有性のようなものに直接働きかけ、その人の真のアイデンティティ、本物の個性を目覚めさせるようなところがないだろうか。

この体験が私個人のものか、現代人に固有のものか、あるいはより普遍的なものか、私に断定する能力はない。ただ、ディドロの『ラモーの甥』という小説が、そうしたアイデンティティの喪失と回復をテーマにしている事実に注目したいと思う。プロローグで、語り手は甥を紹介し、このような人物が一人会合に現れると、周囲の人間にその「生まれつきの個性」をいくらか取り戻させるという。ラモー（Rameau）は周囲の人間に、さながらモーツァルトの音楽のような力を及ぼしているといいえるだろう。

ところで、この「個性」という単語を、ディドロは全作品を通じてあと一回しか使っていない。

そして『ラモーの甥』におけるこの用例は、フランス文学の歴史で最初のものである。この単語は新造語であり、ディドロ以前ではシャルル・ボネ（Charles Bonnet）の生物学に関する論文とブディエ・ド・ヴィルメール（Boudier de Villemert）の心理学に関する書物とにそれぞれ一回用例が見つかっているにすぎない。この単語と、それをはじめて使った小説自体が、当時の文学のなかで一つの「個性」だったといえるだろう。おなじころ、パリに姿を現した少年モーツァルトが、グリム（Friedrich Melchior von Grimm）の言葉を借りれば、「並外れた現象」だったように。

ラモーは周囲の人間に個性を取り戻させるばかりでなく、本人自身も十分に個性的な人間、一種の奇人である。彼は突飛で非常識な発言で対話相手の哲学者を大いに悩ませるが、喋る以上に数々のパントマイムを演じて個性を発散させるのである。とりわけ有名なオペラのパントマイムにおいては、ラモーはラモーであることをやめ、自分が演じる幻のオペラに完全に同一化してしまう。ラモーは近代文学で最初の、音楽に魂を奪われた人間、音楽のなかにおのれを消し去り、それによって本物の個性を発見する人間といえるだろう。

しかしながら、重要なのは、ラモーのパントマイムがあくまで模倣であり、幻のなかにしか存在しないことである。偉大な伯父への嫉妬にさいなまれ、自分の無能を知り尽くしている甥は、音楽を演奏する自分をさらに模倣することによってしか、自由を見出すことができない。ここに彼の悲劇がある。この悲劇を、一八世紀文学はついに共有できなかった。この小説が作者の生前に出版されなかったことは象徴的である。というのも、ラモーの悲劇はより近代的な人間をとらえる心の病であり、そのような病を癒すものとしてモーツァルトの音楽があるからなのである。

第二章　怪物的神童とパリ
——一七六三—六四年の滞在——

はじめに

モーツァルト一家がはじめてパリの土地を踏んだのは、一七六三年一一月一八日である。宿はフランス駐在バイエルン大使ヴァン・アイク伯爵邸で、一行は二週間ほどのヴェルサイユ滞在を挟み、翌年四月一〇日にロンドンに向かうまでの五カ月弱のあいだ、この館を根城に紹介状を頼りの訪問や演奏の毎日を過ごすことになる。この時期のヴォルフガングについては、本人のわずかな作品(1)を除けば、もっぱら父レーオポルトがザルツブルクの家主ハーゲナウアーに宛てた手紙(2)がほとんど唯一の記録といえるもので、フランス側の資料はほぼなきに等しい。未知の雑誌記事や回想録でも発掘されない限り、パリに関してモーツァルトの伝記に今後新しい情報が付け加わる可能性はまずないと思われる。

もとより本章はいわゆる伝記研究ではない。とりわけこの第一回目のパリ滞在については、ヴォルフガングは手紙すら書けぬ年端のいかない少年なのであるから、むしろ新しい試みとして、同時期のパリで刊行されていた新聞・雑誌記事を中心とするフランス側の情報世界のなかにこの物言わぬ神童をあえて誘いこみ、直接の言及や因果関係を超えた照応とか違和の領域に、改めて啓蒙時代の申し子ヴォルフガングの姿を探る方法が考えられる。それは、いってみれば、幼いヴォルフガングを狂言回しにして、一七六〇年代のフランス社会、とりわけその生活と環境に新しい光をあてる試みでもある。以下、「天才少年」、「教育論のなかのヴォルフガング」、「ヴェルサイユの王権」、「後に展開するモーツァルトおよびフランス社会の動向の伏線としてのパリ」、「音楽」の五点について、そうした観点から検討してみることにする。

1　天才少年

七歳の子供としてパリに登場したヴォルフガングは、当時のフランス人にとって何よりもまず「天才」であり、「神童」だった。このことは心性史の上で何を意味しているのだろうか。[3] かつてのキーシン、レーピン、五島みどり、現在ならば中国の牛牛《ニュウニュウ》といった神童たちと、一七六三年のモーツァルトとを隔てるものは何か。まずはそのあたりの消息を探ってみるとしよう。

当時のフランス官報ともいうべき『ガゼット・ド・フランス』紙をひもとくと、あたかも驚異の神童の出現に呼応するかのように、新彗星の発見が報じられている。[4]

一八世紀の人間にとって、彗星は自然界の異常であった。一七五一年に刊行された『百科全書』

第一巻冒頭を飾る有名な図表「人間知識の体系詳述」によると、この異常は大項目「歴史」のなかの「自然史」に含まれる。すなわち、「自然史」は「自然の一定不変性」、「自然の変異」、「自然の利用」に三区分されているのである。(5) そしてこの図に付された「人間知識体系の詳説」を読むと、「自然の一定不変性」が恒常的状態を扱うのは当然として、残りの二つを恒常からの「逸脱」としてまとめているのが注目される。「自然の変異」とは、たとえば彗星のような「怪物」がそうであるように「逸脱」として定義されるのだ。

怪物的自然もおなじ分類に従う。自然は天空でも大気の圏域でも大地の表面でも、その深部でも、大海の底など、なにかにつけ、いたるところで奇跡を行うのだ。(6)

一方、「自然の利用」は、たとえば技芸のように、人間が自然に働きかけて何かを作りだす「加工」という営みを指している。

怪物を扱う自然史が何の役に立つのかと尋ねられたら、こう答えよう——自然の逸脱の奇跡から技芸の驚異へと移行するためだ、と。(7)

一八世紀半ばの知的構図のなかで、「彗星」と「芸術」(＝技芸)とは意外に近い位置を占めていることがわかるのである。こうした観点からモーツァルト一家滞在期間中のパリの定期刊行物をのぞいてみると、天然自然の異常現象にたいする強い不安と好奇心に驚かされる。『ガゼット・ド・フランス』紙が宮廷行事の報道につづけて、時折奇型児誕生を記事にすることは昔からの習わしだが、レーオポルトが手紙で触れている四月一日の日蝕をめぐるパリ住民の右往左往ぶりも格好の新聞種になっている。(8)また『ぴあ』や『シティロード』の一八世紀版ともいえる『通知・掲示・雑報』紙の三面記事欄はそうした情報の宝庫ともいえるものであって、「眼に時計の文字盤が刻みこまれている女性」の話をはじめとして、科学と魔法、現実と非現実のあわいを彷徨するかのごとき思いに読み手を誘いこむような事件や発見が次々に報じられている。(9)百科全書派のドイツ人ジャーナリスト、グリムが『文芸通信』誌上でモーツァルト姉弟をはじめて紹介した有名な文章は、こうした一八世紀人の集合的心性という色眼鏡を通して読む必要があるだろう。(10)

ほんとうの奇跡というものはたいへん珍しいものなので、それに出会う機会をもったならば、お話しする必要がありましょう。……今度の二月には七歳になりますが、あまりにも並はずれた現象なので、誰も自分の目で見、耳で聴いたことを信じるのが困難なほどです。……私がこの子をもっとひんぱんに聴けば、きっとこの子に夢中になってしまうでしょう。奇跡を見て狂気に陥らないように身を守るのはむずかしいことを思わせてくれます。聖パオロさまが、その不思議な見神のあとで、気がふれたようになったことを私はもう奇妙とは思いません。モーツァルト氏の子供たちは、彼らを見た人たちすべての驚嘆の念を惹き起こしました。(11)

グリムは哲学的素養のある、しかもかなりの皮肉屋であるから、右に抜粋した文章に散見される「怪物」的自然観をそのまま鵜呑みにしていたとはとうてい思えない。ただグリムは同時代人の心性をよく知っており、モーツァルトのクラヴサン演奏（＝技芸の驚異）を超常現象（＝自然の奇跡）に重ね合わせて論じることで、読み手の好奇心をいやが上にも煽ったものと考えられる。

2　教育論のなかのヴォルフガング

西方大旅行が、幼いモーツァルト姉弟の見聞を広める一種のグランド・ツアーであったことは疑う余地がない。教育熱心なレーオポルトは二月一日付けの手紙で、フランスの里子の習慣に言及し、この悪弊が生みだす悲惨な現実を批判しているが、レーオポルトの立場はルソーが一七六二年に刊行した教育論『エミール』にきわめて近いといえる。ルソーも産衣による拘束や里子制度を告発し、母乳授乳を主張しているからである。ザルツブルクのカトリック教徒であるモーツァルト家と、『エミール』のなかに、「サヴォアの助任司祭の信仰告白」を書き記したジュネーヴ生まれのルソーとを安易に比較することは慎しむべきだが、一世を風靡したルソーの教育論の思想に照らしてパリ滞在期のヴォルフガングをとらえ直してみることは許されるだろう。

ヴォルフガングは一七五六年一月二七日の生まれだから、一七六四年はじめにパリで八歳の誕生日を迎えたことになる。公教育を受けてはいないが、四歳のころから父レーオポルトを師に《ナンネルの楽譜帳》を使ったクラヴィーアの稽古に励み、同時に文学や数学などをおさらいしていたはずである。子供の成長過程をなぞる手順で執筆されている『エミール』では、幼少期から一二歳までの時期を扱った第二編が当時のヴォルフガングと重なることになる。

いうまでもなく『エミール』は家庭教師論であるが、教師はこの年ごろの子供に「消極教育」を施さなければならない。すなわち、ことさらに美徳や真理を教えず、心を不徳から、精神を誤謬から守ってやることを心がける。とりわけ書物を読ませてはならない。どこまでも自然の事物教育に徹し、感覚の訓練にひたすら励むこと。

ルソーの自然教育思想と、子供たちに大都市めぐりの芸人生活を強いているレーオポルトの子育てとのあいだには、まさに千里の径庭がある。レーオポルトは、息子が文字通り「神に愛でられし」（アマデウス）子供であり、不世出の天才として成長することを信じて西方大旅行に出たのであったが、『エミール』の著者にはそもそも神童を特別な存在として例外視する意識がない。第二編の末尾近く、大道芸において成人の芸人にまさるとも劣らぬ肉体の敏捷さを示す少年少女がいる例をあげながら、ルソーはそれがさほど驚くべきことではなく、訓練次第では可能であるとのべ、そこで音楽に話題を移す。

一〇歳でクラヴサンで奇跡をおこした英国人の少女のことを、パリ中の人間はまだ覚えている。(12)

ルソーは所持していた『エミール』初版本のこの一節に注をつけ、「その後、七歳の少年がもっと驚くべき奇跡をおこした」と記している。[13] この少年がモーツァルトである可能性は大いにありうるが、面白いのはルソーが音楽の神童をサーカスの曲乗りやパントマイムと同一視し、すべてを肉体の鍛錬の問題に還元していることである。その意味で、布に覆われた鍵盤を楽々と弾きこなすヴォルフガングの軽業を強調するグリムと、そのグリムをはじめとする百科全書派と絶縁したばかりのルソーとは、まったくおなじ「奇跡」観を共有しているといえよう。

一七六二年に刊行された『エミール』の波紋は、モーツァルト一家のパリ滞在中にも依然として大きかったはずだが、この時期はルソーの私教育論にたいする公教育論も盛んに行われていたことを忘れてはならない。一方、『エミール』刊行とほとんど同時にフランスではイエズス会が解散させられ、同会の経営になるコレージュが閉鎖の憂き目を見る。イエズス会のコレージュに代わる公教育施設の必要が叫ばれるなかで、『エミール』に対抗する公教育論ブームが一七六三年から六四年にかけて、フランス出版界を席捲していた。グリムの『文芸通信』誌が書評している『公教育論』はその代表的なものである。[14] ディドロの作ともいわれた匿名の書物では、知育と体育とを併せ説いている。学校を知らないヴォルフガングの精神と肉体をこの『公教育論』の思想のなかに置いてみるのは、少し酷薄な気もするし、それに趣味も悪い。六六年にモーツァルト一家がパリを再訪した折り、ふたたび『文芸通信』誌に紹介の筆をとったグリムの、ヴォルフガングにたいする寸評を引用するに留めよう。

この子は背が伸びていないが、音楽の進歩はすばらしい。[15]

3　ヴェルサイユの王権

当時のヨーロッパで、フランス国王は特権的な威信を身につけていた。それはマルク・ブロックが描きだしてみせた「瘰癧《るいれき》」を治す「魔術師《トマテュルジュ》」として[16]、国民の「よき父」（ボン・パパ）として、正義の裁き手として、精力絶倫の「牡《マール》」として、臣民の畏怖と情愛を一身に集める超絶的存在であった。わがモーツァルト少年を、ルイ一五世の君臨するヴェルサイユ宮廷の一角に立たせてみよう。それはとりもなおさず、音楽史上最大の「驚異」がフランスの最高権力者の「カリスマ」とどう出会ったかという、興味深い構図を描くはずである。

モーツァルト一家がヴェルサイユに滞在したのは、一七六三年一二月二四日から翌年一月八日までであった。この期間の消息を知る手がかりの一つはレーオポルトの書翰である。レーオポルトは二月一日付けのハーゲナウアー夫人宛て手紙で、一家四名が王家の人々からいかに歓待されたか、とりわけ元旦の夜の宴会で国王のテーブルに席をしつらえてもらい、ヴォルフガングが王妃とドイツ語で親しく言葉を交わしたことなどを誇らし気に報告している[17]。

ところで、ここに当夜の模様を伝えるもう一つの資料がある。いわずと知れた『ガゼット・ド・フランス』紙である。同紙は一月六日号で、元旦の朝から夜までの宮廷儀礼作法にのっとった行事のすべてを、もっぱらそれらに参列した高位貴族の名を列挙する形で記し留めている。だが、晩の夜会に関しては、たった一行あるのみである。

同日夜は大晩餐会が開かれ、その間、宮廷楽団が何曲かシンフォニアを演奏した(18)。

この簡潔さはどうであろうか。「大晩餐会《グラン・クヴェール》」も元旦ともなれば陪席者があまりにも多く、官報はいちいち名前を記さない。もちろん、レーオポルトが家主の妻に強調してやまない四人の外国人への特別待遇のことはひと言も触れられていない。完全な黙殺である。おそらくはこの席で、モーツァルト姉弟はグリムを幻惑したあの妙技の披露にも及んだはずであるが、官報は宮廷楽団の奏楽について無愛想に言及するだけである。ノルベルト・エリアスが『宮廷社会』で精細に分析した(19)、ヴェルサイユ宮廷で整然と機能する権力と綱紀のメカニズムは、元旦の夜にたまたま国王や王妃の心をとらえた異国の神童の存在などまるで歯牙にもかけない。国王を中心として強固不抜な儀礼の体系をつくりあげているヴェルサイユ宮廷は、『百科全書』の表現に従うならば「恒常的自然」の不動の姿を象徴するかのごとくである。モーツァルト少年は、そこにまぎれこんだ「異常」、「逸脱」、「驚異」にほかならなかった。そしてザルツブルクの芸人一家が王族の食卓に陪席を許されるという、これまた異常な儀礼からの逸脱状態は、当然ながらヴェルサイユ官報たる『ガゼット・ド・フランス』紙の報道記事からは完全に抹殺されるしかなかったのだ。

フランス国民の「父」であるルイ一五世と、そこに招かれたモーツァルト一家との、この一方的な関係は、翻って考えてみれば、一家の父レーオポルトと息子ヴォルフガングとのあいだにも当てはまるといえるだろう。私たちにとって、この時期のヴォルフガングに関する情報はすべて父親の綴る手紙を介する形でしか手に入れようがない。少年モーツァルトはまだエクリチュールの使用を禁じられ、父の一方的支配の下に絶対の沈黙を余儀なくされている。

4　伏線としてのパリ――啓蒙と死

こう見てくると、一切口をきかない神童を天才論だの教育思想だの、果ては王権のカリスマなどという視角からとらえようとすること自体が無理ではないかという気がしてくる。あるいはモーツァルトとフランスとはそもそも相性が悪いのだろうか。多くの論者が指摘する両者の軋轢や背馳は、最後の滞在になる一七七八年のパリ来訪について語られる場合がほとんどであるが、この初滞在の本当の意義をもとめる手立てはどこに見つけたらよいものか。

一つ考えられるのは「伏線」という工夫である。当時のフランス社会は正直なところこの天才少年をもてあまし気味だった。「奇跡」や「驚異」の自然観では、この神童の本当の凄みは抜け落ちてしまう。といってこの少年は私教育論や公教育論の枠組みにもおさまりきらない。もとよりフランス国王にとってザルツブルクの芸人一家などは存在しないにも等しい。だがこの天才少年も時代の子であることに変わりはない。ヴォルフガングがその旺盛な好奇心と向学心で時代の空気を吸い、さまざまな養分を糧として、やがて「啓蒙時代の権化そのもの」(20)を体現するような音楽家に成長することが確実であるなら、当時のパリが、直接の影響や[illegible]といった次元を超えたところで、そうしたヴォルフガングの思想や芸術の開花にとって「伏線」となるべきさまざまな材料や環境を用意していたことも、これまた確実である。

まず、ヴェルサイユによって象徴される王権や国家権力にたいして、パリでは啓蒙主義を中心とする広汎な思想運動が隆盛期を迎えていたという事情がある。一七六三年から六四年にかけて、モーツァルト一家はグリムを案内役に、そうした時代の趨勢を直接肌で感じとっていたはずだ。

一家のパリ到着に間に合わせるとでもいいたいかのように、フランス啓蒙主義は一七六二、六三年のあいだにそのもっとも重要な著作を生みだしている。ルソーの『エミール』と『社会契約論』（一七六二年）、ディドロの『ラモーの甥』（一七六二年、書き起こしで未刊）、『百科全書』図版第一巻（一七六二年）、同本文の後半の巻が印刷準備中、ヴォルテール『寛容論』（一七六三年）、ディドロ『出版業に関する書翰』（一七六三年）……。

思いだすままに並べたこれらの書物は、安易に「啓蒙」のレッテルで捌きおおせるような単純な代物ではないのだが、芸術家モーツァルトの生活と思想にそくしてやや強引に光をあててみると、二つのテーマが「伏線」として浮かび上がってくる。一つは刑罰と寛容、いま一つは出版検閲と言論の自由というテーマである。

レーオポルトは三月四日付け書翰の末尾に付した三月九日付けの追伸で、パリ市役所前のグレーヴ広場における公開処刑の模様を記しているが、その淡白な語り口がかえって行間に封じた感情の質を実感させてくれる。フランス司法の刑罰装置は、ルイ一五世を殺しそこねたあのダミアンにたいする残酷無比な拷問と処刑[21]以来、つとに前近代的であるとの非難を近隣諸国から浴びてきたが、一七六二年のカラス事件[22]とヴォルテールの介入、そして六三年の『寛容論』は、翌六四年にイタリアでベッカリーアが公刊する『犯罪と刑罰』を頂点とした、大規模な「礼節の政治学[23]」のキャンペーンを担う重要な実践活動であった。

寛容はモーツァルトの生涯と、そして何よりも音楽を貫く、おそらくもっとも重要な思想の一つである。思想といっても、まずそれは何よりも音楽そのものに肉化した表現として私たちの耳をとらえるという事情は、次章「喪失と自由」でのべる予定である。むろん、オペラ《後宮からの誘拐》や《フィガロの結婚》の結末については贅言を要しない。そして最晩年のオペラ《皇帝ティートの慈悲》において、この思想はやや様式化されたセーリアの型を媒介としながらも十全の開花を見せることになる。ところで、このオペラはボヘミア王を兼ねる新オーストリア皇帝レーオポルト二世の戴冠式のための委嘱作品であるが、この新王がベッカリーアに学んだ寛容主義者で、かつてトスカーナ公国から死刑や拷問を一掃した啓蒙君主であることはあまり知られていない[24]。

目を転じて、モーツァルト一家が滞在中のパリにおける出版検閲の状況を吟味してみよう。当時フランスは英国相手の七年戦争で敗北を喫した直後であった[25]。戦時下のパリは思想統制が厳しく、一七五〇年代末から六〇年代はじめにかけては、あのダミアン事件などを格好の口実にした一連の抑圧措置が話題をよんだ。エルヴェシウス『精神論』、『百科全書』本文などにつづき、モーツァルトの到着前年には『エミール』と『社会契約論』も発禁処分を受け、逮捕状の出たルソーはフランスを逃げだす羽目になる。七年戦争そのものは六三年二月一〇日のパリ和約で終結を見るが、それで検閲がいちじるしく緩和されるということはなく、六三年から六四年にかけてもいくつかの思想弾圧が定期刊行物の紙面を賑わすのである。

たとえば一二月八日には、エリ・フレロンが『文芸年鑑』誌三四号に掲載したショワズル公宛て公開書翰の件で公の逆鱗に触れ、七日間投獄されている。[26]またコメディ・フランセーズで上演を予定されていたブレの新作喜劇『裏切られた信頼』は、徴税請負人を諷刺した廉で上演禁止となった。[27]さらに三月末には金融問題に関する一切の出版を禁じる王令が発布され、バショーモンはこれを「専制に向かう狭量でこせついた精神のしるし」であると批判している。[28]こうした状況を踏まえて、ディドロは六三年一〇月に、マルゼルブに代わって出版統制局長官に就任したサルティーヌ宛てに『出版業に関する書翰』を執筆する……。

以上に紹介した事例はモーツァルト一家と直接にはかかわりのない、フランス側のいわばお家の内情であるにすぎないかに見える。だが、世紀中葉のフランス社会が直面していた言論や表現の自由とその抑圧という問題は、やがて成人したヴォルフガングをあらゆる場所で悩まし、苦しめつづけることになるだろう。おそらくその最初の機縁は、一七七七年八月一日にザルツブルク大司教に宛てて書かれた辞職請願書であろうが、この手紙の本当の書き手がヴォルフガングではなく、父レーオポルトであることは明らかであり、ヴォルフガングにとって本物の試練は、同年九月二三日朝より始められた母と二人連れのマンハイム＝パリ旅行以後と考えてよさそうである。すなわちそれは、次章「喪失と自由」で論じる一七七八年のパリ再訪につながるテーマとなる。

ところで、少年モーツァルトのパリ初滞在には、いま一つの大きな「伏線」が無気味な通奏低音を鳴り響かせている。いわずと知れた「死」のテーマである。死はモーツァルトの生涯を貫く主要テーマであると同時に、一八世紀人全体にとっても、生活のあらゆる場所や機会に、手で触れられそうなほど顕在化した観念であった。レーオポルトの手紙は、その意味で、現在のフランス歴史学が「死」をめぐって好んで取り上げる素材のいわば集大成といった趣がある。(29) これらの素材はごく日常的な不安や気がかりのくさぐさであって、私たち現代人が期待しがちな絶望や瞑想へと沈みこむ性質のものではない。だがモーツァルトの平穏無事なディヴェルティメントが、ヴァーグナーやマーラーの悲痛な咆哮と比べて陰翳にとぼしいなどとは誰にもいえないように、レーオポルトの文面やそれと同時期の定期刊行物に、いわば物質化されて書き留められている死の気配を、私たちはけっして過小評価してはならないのである。

最初の気配とは食事と水である。レーオポルトは三月四日付けで妻がフランスの食事を嫌うといって嘆いているが、これは期せずして七八年に当地でマリーア゠アンナを襲う悲劇の予兆となっている。(30) セーヌ川の不潔な水を飲んだために皆一度は下痢をおこすことは一二月八日付けに報告され、(31) そしてレーオポルトと諜《しめ》しあわせるかのように『通知・掲示・雑報』紙もセーヌの汚染を深刻な社会問題として受けとめている。(32)

次にくるのは病気と治療の問題である。西方大旅行は一家四人にとって、目に見えぬ死の恐怖に怯えながらの病との絶えざる戦いを意味したが、パリ滞在では幼い姉弟がカタルにかかり、父親は持参の散薬を投与している。(33) 当時の新聞の雑報欄は種々の怪し気な民間療法や特効薬の広告を満載しており、(34) ここでもまた、モーツァルト家の人間とフランス社会とを結ぶ深い心性の絆が見てとれる。世紀を通じてヨーロッパ全域を賑わした種痘の問題にもレーオポルトは触れているが、ジェンナーによる防疫法発見は一七九八年のことであり、レーオポルトを不安がらせているのは牛痘ウィルスによらない、人痘の直接接種だった[35]。

一家がパリで死そのものと直面したのは、宿泊先のヴァン・アイク伯爵夫人が二月六日に急逝した折りである[36]。本書のモーツァルトをめぐる三編がそれぞれ記述する三つの年は、三名の人間の相次ぐ死という黒い糸でしっかりと結ばれている。ヴォルフガングがことのほかなついていたという伯爵夫人につづいて、一七七八年は母のマリーア＝アンナ（本書第Ⅱ部第三章「喪失と自由」）、そして九一年にはモーツァルト本人が死んでいる（本書第Ⅱ部第四章「国王さまざま」）。「死はわが友」という後年のモーツァルトの言葉は、彼の人生や芸術の悲劇性を強調するためにやや誇張されすぎてきたきらいはあるものの、こうした符合にはなにか偶然を超えた宿命のようなものが感じられてならない。レーオポルトは三月四日付けでヴァン・アイク伯爵の悲嘆と憔悴ぶりに触れ、死の想念から逃れようとして「フランスの殿方たち」が快楽に溺れる愚をいましめているが、このくだりは一八世紀のフランス貴族の実存というものを探りあてて見事であるばかりか、のちにヴォルフガングがおなじパリで母の死に出会う際の、心の支えとなる信仰のありどころを暗示してもいる[37]。

「瀉血《しゃけつ》」というテーマも見落とせない。死はこの前近代的治療法を介して、レーオポルトの、そして一八世紀人の心に、期待と恐怖とが相半ばするような、奇妙な明暗の綾を織りなしている。伯爵夫人を極度に衰弱させたのが度重なる瀉血であることは疑いないが、レーオポルトも、そしてのちのヴォルフガングも、少なくともその手紙で瀉血にこだわりつづけることにより、死を物質化し、そうすることで死との予断不能の関係を現実のなかにしっかり見据えようという努力を惜しまない[38]。

5　音楽――『ラモーの甥』を中心に

そして最後に音楽が残る。この時期、すぐれた教師である父親の指導の下に、ヴォルフガングはわずかながら作曲に手をそめている。手紙で完全な沈黙を強いられた少年が、五線譜を介しておのれを語っているのだ。それらの作品成立の事情をフランス側からとらえようとする場合、ディドロの未発表小説『ラモーの甥』にまさる資料はない。モーツァルトのパリ到着より少し前に書き起こされ、一七七〇年代にいたるまで何度も手の入ったこの謎にみちた作品は、大作曲家ラモーの実在の甥と哲学者とが対話する形式で書かれており、甥が音楽家のはしくれであるところから、パリの音楽状況および音楽論にかなりの頁が割かれている。

モーツァルト親子も必ずや出入りしたはずのパリにおける音楽会場について、ラモーの長広舌はかなり明解なイメージをあたえてくれる。まずはオペラ座。一七五二年に始まり、フランス派とイタリア派とが争ったブフォン論争の舞台である。レーオポルトは二月一日付けの手紙でこの論争がまだ終わっていないとのべているが[39]、甥も対話の現場であるカフェ・ド・ラ・レジャンスで、雑多な引用からなるパッチワーク・オペラを独りパントマイムで演じ、対話者の眼前に幻のオペラ座を現出せしめて、ブフォン論争に想像上の結着をつけようとしている。ところでラモーのいうパレ＝ロワイヤルのオペラ座は一七六三年四月六日に焼失し、スフロの設計になる新しいオペラ座がチュイルリー宮に完成した。一月二四日のこけら落としの演目として選ばれたのは、大ラモーの《カストールとポリュックス》（一七三七年初演）で、五〇年代、ブフォン論争の余波のなか、鳴物入りで再演された、いわばフランス音楽派の代表的傑作オペラである。スフロの設計は評判が悪かったが、とにかく六四年初頭を飾るこのイヴェントにモーツァルト一家が食指を動かさなかったはずはない。ただ残念ながらレーオポルトの手紙は新オペラ座についても、ラモーのオペラについても、何ものべてはいない。

なお「伏線」ということで注目されるのは、一七七八年にコンセール・スピリチュエルの支配人として青年モーツァルトと物議をかもすことになるル・グロが、三月一日にオペラ座でテノール歌手としてデビューし、高い評価をえていること、(40) それからこれはオペラ座ではないが、コメディ・フランセーズでル・ミエールの新作戯曲『イドメネ』が二月一五日に初演されていることがあげられる。グリムは早速『文芸通信』誌で取り上げ、イドメネウスの主題はエフタのそれとともに、悲劇よりもオペラに向いているとして、ル・ミエールの脚本を批判している。「どちらもが、きわめて興味深い舞台になりうるし、力強く悲愴で音楽向きの多くの状況をつくりだすことができる」(41)。このグリムの予言と、わがモーツァルトの傑作オペラ・セーリア《クレータの王イドメネーオ》（一七八一年）とのあいだにいかなる因果の橋を架けるか……。この点についてもレーオポルト書翰をはじめとして諸資料は寡黙である。

ラモーの甥はどちらかといえばイタリア音楽派であるから、フランスの伝統オペラの牙城であるオペラ座の支配を脅かすオペラ・コミック座の隆盛ぶりについても語らずにはおかない。オペラ・コミック座は一七六二年にイタリア座と縁日のヴォードヴィル劇団とが合併してできたもので、その人気は国立劇場をしのぐとされていた。

二つのオペラ劇場につづいては、「演奏会《コンセール》」がくる。ヴァイオリン奏者のパントマイムを演じるラモーについて、対話者の「私」はこう語っている。「諸君は、ときどき『宗教音楽会《コンセール・スピリチュエル》』でフェッラーリやキアブランやその他の名手が、おなじような痙攣状態に陥っておなじような苦悶のイメージをあたえ、ほとんどおなじような苦痛を起こさせるのを見たことがあるだろう(42)」。

一七二五年に創設されたコンセール・スピリチュエルは、はじめは宗教音楽専門の音楽会だったが、徐々に器楽をレパートリーとするようになり、オーケストラやソリストの卓越した技術に定評があった。外国人に広く門戸を開いたことでも知られ、モーツァルトが単なる神童ではなくもう一〇歳年かさであれば、間違いなく出演の機会はあったはずである。事実、彼がパリで出会ったドイツ人音楽家の多くがここを舞台に活躍し、フランスにおける器楽を中心とした前古典派とでも呼べる流派を形成していた。

ラモーの甥が演じる音楽パントマイムが、クライマックスのオペラのほかに、ヴァイオリンとクラヴサンのそれを含むのは意義深い。モーツァルト一家はザルツブルクからパリへの途次、プファルツ選帝侯カール・テオドールの離宮があるシュヴェッツィンゲンに立ち寄り、フルートの名手ヴェンドリングや「ドイツ最良の(43)」オーケストラの演奏を堪能して「マンハイム楽派」の実力のほどを知るのだが、ディドロの対話においてもオペラと拮抗するに足る器楽の隆盛ぶりは十分に強調されている。

コンセール・スピリチュエルと並んで、そうした器楽演奏の場として欠かせないのが貴族の私邸などで催される小規模なコンサートである。モーツァルト一家は三月一〇日と四月九日に、サン＝トノレのフェリックス邸で演奏しているが、ラモーの甥も家庭教師に出かけた先で自分を売れっ子と思わせるために、「プチ・シャン新通りのバック男爵」邸で音楽会に出ると嘘をついている。(44)

以上に見てきた『ラモーの甥』に語られる音楽会のうちで、当時の定期刊行物が批評の対象としていたのはオペラ座とオペラ・コミック座のみであり、開催回数の極度に少ないコンセール・スピリチュエルについては『ヨーロッパ通信』誌が定期的に取り上げるだけであった。したがってモーツァルト少年の場合、ヴェルサイユでの御前演奏もフェリックス邸でのコンサートも、今日的意味でのジャーナリズムで大きな評判を呼んだ形跡はまったくないと断定できるだろう。神童ヴォルフガングの妙技や天才は、活字文化以前の談話や風聞による流通経路を介して人口に膾炙したのであり、その実態は今となってはほとんど追跡不能なのである。

モーツァルトと『ラモーの甥』との重ね合わせをもう少しつづけよう。レーオポルトは二月一日付けでパリにいるドイツ人の器楽奏者たちのことに触れ、彼らが「作品の刊行の点では主役を演じて」いること、ショーベルトやエッカルトらが子供たちにソナタの楽譜を贈呈してくれたことなどを報告している。(45)

ヴォルフガングのK六からK九までのヴァイオリンとクラヴィーアのための四曲のソナタは、こうして器楽を重視する時代の新しい流れのなかで版刻され、刊行された。この流れは新しい楽器（クラヴィーアに押され気味のクラヴサンに何とか工夫を凝らそうとする試みなど）や教則本に関する情報を毎号載せている『通知・掲示・雑報』紙の記事で確認することができるが、とりわけ簡便な器楽曲が楽譜というメディアによって広く普及していく一九世紀市民社会の文化の型が、すでに一七六〇年代に先取りされている。

この時期、伝統的な口誦文化が徐々に活字文化に席を譲り、読書も音読から黙読へと移行していったのと軌を一にして、(46)音楽の世界でも記譜というものが重要視されるようになり、(47)『通知・掲示・雑報』紙の広告記事が示すように、楽譜の出版が音楽家の重要な仕事になってきた。

ディドロの『ラモーの甥』において、この間の事情はどんな風にテクストのなかで表現されているだろうか。甥の演じるクラヴサン奏者のパントマイムがある。対話者の「私」による描写に注目してみよう。

……両脚を曲げ、頭は天井のほうに向けて、そこに音譜を見ているような恰好をしながら、アルベルティかガルッピか、どっちだか知らないが、そのうちの一人の曲を歌い、前奏し、演奏した。……時には高音部を離れて低音部に移るかと思えば、また伴奏部をやめて高音部に帰ることもあった。……わたしなどよりもっと熟練した人なら、その動きや表情や彼の顔つきや、時折口からもれたいくつかの歌のさわりから、それが何の曲だかをきっと聞き分けたことだろうと思う。(48)

そして演奏後、甥は汗を拭いながらいう。「これでわしでも三全音や増五度も弾けるし、属和音の連結だってわけはないということがおわかりでしょうな。伯父貴があんなに大騒ぎをした

あの異名同音《アンナルモニック》の楽句、あれだってそう難物じゃありません。わしにだって結構こなせますよ。(49)

ここには、まぎれもない「音楽」が小説の世界を侵蝕するさまが見てとれる。ヴォルフガングのソナタの楽譜がパリの音楽愛好家の家庭に迎え入れられ、おそらくは水入らずの団欒での奏楽に役立ったであろうように、ディドロの対話でもアルベルティやガルッピの器楽曲が「私」にとってたんに公開演奏会で耳にする以上の、親密な意味合いをもっていることが暗示されている。さらに「私」自身の言葉や、それにつづく「彼」の表白をよく読むと、ここのくだりは対話者同士はもちろんのこと、この作品の読み手にさえも、ある程度の音楽上の教養、あえていえば譜面についての知識を前提として書かれていることがわかる。「三全音」「増五度」「異名同音」といった和声学の用語が小説言語として臆面もなく使われるという事態は、前代未聞であり、『ラモーの甥』が作者の生前ついに日の目を見ることがなかったのもむべなるかなと思わせる。

しかしながら、この対話小説をわがモーツァルト少年の面影に重ねて読もうとすれば、どうしてもラモーの甥その人、「高邁と低劣との、良識と不条理との化合物」(50)であるこの怪物的奇人を最後に問題にしないわけにはいかない。いったいラモーはモーツァルトのような怪物的神童をどう思っているのか。

天才人なんて奴は呪うべき存在だ、もし子供がその額に、自然のこの危険な贈物の特徴をつけて生まれてきたら圧し殺してしまうか、それとも川っぷちの乞食小屋へでも投げ棄てるかしなけりゃなるまいとね。[51]

映画『アマデウス』（一九八四年。ミロス・フォアマン監督）でサリエーリがモーツァルトにたいして抱く嫉妬と絶望の原型が、すでにこの屈折した呪詛の表現に見てとれないだろうか。対話のはじめから、ラモーは大作曲家の伯父にたいする羨望の念を隠さない。彼は近代文学に登場するほとんどはじめての落伍芸術家なのである。「やっぱりここになにかがあるような気がする。だが、叩いてもゆすぶっても駄目だ。なんにも出てきやしない[52]」。才能の欠如、内部の空白を素材に砂上の楼閣のごとく築かれたラモーという人格は、ミシェル・フーコーの言葉を借りるならば、「物象として、幻の物象として自己を実現する[53]」存在、すなわちその場に不在の対象を物真似で再現するマイムとして現れる。グリム描くところのヴォルフガングは、実在の鍵盤を布で隠し、いわば現実を突き抜けた彼方に演奏の「奇跡」を生みだしてみせるが、ラモーは非在のクラヴサンやヴァイオリンをパリのカフェに呼びだし、現実の手前に音楽の「外観」を描きだす。

芸術家としての大成を約束された神童と、天才への嫉妬に身を焦がしながら空しい立身出世の夢を語る三流音楽士——両者の対照はあまりにも明らかである。父レーオポルトは息子の楽譜出版に触れた手紙で、ヴォルフガングの輝かしい未来について語っている。

表紙にこれが七歳の童児の作品だと書いてあったとき、これらのソナタが世界でひきおこすだろう大騒ぎをご想像ください。それにそうした場合、すでにそうしたことがあったように、懐疑家どもがためしてみることを要求したとき、この子が誰かにメヌエットを一つとか、あるいはなにかそうしたものを書いてもらって、即座に、クラヴィーアに触りもしないで、低音を、またお望みとあればもう一つヴァイオリンのパートをつけたら、どんなに大騒ぎになるかもご想像ください。[54]

年端のいかぬ沈黙する息子にかわって、父親が描きだすこの未来像は、私たちのあずかり知らぬ超俗と驚異の異界にわがヴォルフガングを向かわせる。これは一八世紀が育くみ、一九世紀が完成させる「天才」の神話以外のなにものでもない。ところでラモーの甥にも一つの未来像がある。それは私たち俗人の心にいつでも棲みついている他愛のない夢、才能や世評というものへの虚栄にみちた憧れを代弁していて、私たちの心をとらえ、感動すらさせる。ラモーは伯父の曲を声にだして歌いながら、自分自身に呼びかけるのだ。

ラモー、お前はあの二つの曲を自分が作ったのだったらさぞよかったと思うだろう。もしお前があの二つの曲を作ったのだったら、お前はもう二つ別の曲も作るだろう。そしてお前が幾つかの曲を作ったとすれば、お前の曲は方々で演奏され、歌われるだろう。歩く時には、お前は顔をしゃんとあげているだろう。お前の良心は、お前自身にむかってお前の「手柄」をあかしだしてくれるだろう。ほかの連中は、お前を指さしてこういうだろう。美しいガヴォットを作ったのはあの人だと。[55]

第三章　喪失と自由
――一七七八年、パリ――

はじめに

長いこと、モーツァルトの音楽を聴くたびに私が感じる身震いのような衝動をあえて言葉にしてみると、それは両性具有性があたえる快楽と戦慄というふうに要約できるかもしれない。ここでケルビーノを引きあいに出すのは野暮である。私たちはケルビーノの歌うアリアを耳で聴く以上に、目でズボン姿のメゾ・ソプラノ歌手を追ってしまう。ケルビーノはあまりにも過剰な、擬人化された両性具有性である。

今、私が念頭に置いているのは、どれでもよい、モーツァルトのピアノ協奏曲の出だしである。型通りの長いトゥッティのあと、独奏ピアノが主題と無関係なアインガングで無心に戯れながら登場してくる瞬間、誰しもが何とも微妙な精神と生理の疼きのようなものに襲われないだろうか。いや、主題と無関係なアインガングは必ずしも必要ではないかもしれない。K四八八《イ長調》、K

五三七《ニ長調》、K五九五《変ロ長調》といった、ピアノの出が第一主題の機械的反復にすぎないような曲の場合でも、印象はまったく変わらないからである。遠い昔、少年のころに路上ですれちがった見知らぬ男の子にたいしてふと覚えたような胸のときめきを、独奏ピアノの響きは私のうちに生みだすのだ。

これをいたずらに同性愛の感情と呼ぶのはためらわれる。ケルビーノはむろんのこと、ピアノ協奏曲の場合でも、聴き手の「愛」の対象はソリストに特定され、聴体験はさながら美しい若者を主人公とする小説を読む体験とどことなく似てくるが(1)、対象の的を絞りにくい弦楽四重奏曲や交響曲などについても、感動の質はいっこうに変わらないからである。どうやら私を動かすのは、擬人化されドラマ化される以前の、モーツァルトの音そのものに潜む独自の魅力であるらしい。

精神分析医のジュリア・クリステヴァがあるインタビューに答えて、治療過程における被分析者の「性的差異化」に触れ、分析の目的は被分析者がどちらか一つの性を選択することにあるが、現実には私たちには性的両価性《アンビヴァレンツ》というものがあり、差異化とは男性的基調と女性的基調とのあいだの恒常的な往復運動によって、一方に自分を固定させることなく徐々に差異を獲得してゆくことだとのべている(2)。

モーツァルトの音楽に聴く者を励まし、勇気づける力があるとすれば、言い換えるならば、モーツァルトのオペラや器楽曲に「倫理」と呼べるものがあるとするなら、それはベートーヴェンにおけるような音楽を外側から力強く規制するユマニスムの倫理、方向性や意味性をもったプログラムとしての倫理ではなく、まさに音楽そのもののなかにあって聴き手の奥深い両価性に働きかけ、聴き手が自分にあたえている性的基調を揺さぶり崩して、よりのびやかな自由の海に泳がせてくれるからであろう。モーツァルトの音楽が、広い意味での寛容さを具え、ジャンルの多様性や獲得する聴衆の幅広さにおいて群を抜いているというのも、このことと無関係ではあるまい。

モーツァルトの作品にそうした「治療効果」が現れるのは、いわゆる《ジュノム協奏曲》K二七一ホ長調あたりからではないだろうか。そして一七七八年、滞在地のパリで書かれた曲にも「倫理」の隈取り濃いものがある。とりわけK三〇四の《クラヴィーアとヴァイオリンのためのソナタホ短調》、およびK三一〇の《クラヴィーア・ソナタイ短調》といった短調作品には、聴く者のアイデンティティを危うくしかねないような妖しい魅力が秘められている。

ところで、その短い生涯にモーツァルトは都合三回パリを訪れている。最初の二回は両親および姉との、いわゆる「西方大旅行」の途次のことで、一七六三年から六六年にかけて、すなわちヴォルフガングが七歳から一〇歳までの「神童」時代にあたる。三回目は一七七八年の春から夏、二二歳の若者となっての再訪で母との二人連れ。旅先で母と死別するエピソードはあまりにも有名である。

本章はほかならぬこの一七七八年におけるモーツァルトのパリ旅行を対象としているが、どちらかといえば本人に関する資料の乏しい第一回目の滞在と比べると、今回は二二歳に成長したモーツァルトがきわめて「雄弁」になっているという特徴がある。ザルツブルクの父親に宛てた手紙はかなりの分量になるし、作曲のほうも短調のソナタを含めて収穫は大きい。

困るのは、モーツァルトの「雄弁」が後世の人間を時に惑わせることだ。一七七八年パリとは、モーツァルト研究者にとって重要な試金石であるように思われる。就職運動の失敗、フランス人の無関心、アロイージアへの恋心、父との相克、母の死……こう並べてみただけでも、これはモーツァルトにとって生涯ではじめての苛酷な試練であることは間違いなく、研究者の側にモーツァルトという「近代的人間」にたいする強い関心を呼びさまさずにはおかない。そして研究者は、往々にして不遇な天才のイメージを媒介にして、結局は自分の人間観を語り始めるのだ。

ところで、この一七七八年のパリおよびフランス、そしてモーツァルト失意の六カ月については、いくつかの論文や研究書がある。パリおよびフランスに関する資料は、文化と社会を概括する総合的なもの[3]と、この年に死去したルソー、ヴォルテールを中心としたもの[4]とがあり、モーツァルト研究の側からは、モーツァルト滞在中のパリにおけるすべての催物とその批評を網羅的に採録したアンガーミュラーの書物[5]、青年モーツァルトの「人間」に容赦ない反ユマニスムの光をあてたヒルデスハイマーの研究[6]、モーツァルトとグリムの美学上の類似点に注目したフォンティウスの論文[7]、グリムや百科全書派を批判し、モーツァルトを全面的に擁護・顕揚する立場で書かれたヴィラの著書[8]などが重要である。一七六三—六四年についての資料が極端に乏しい状態と比べて、この関心と熱中にはどこか人を惑わせるような混乱がつきまとい、ヴォルフガングの旅行をとらえにくい、跡づけにくいものにしているのである。

本章はそうした諸説の喰違いや意見の対立に一つの解決をあたえようとするものではない。まずは、ともあれこの滞在について、モーツァルト側とフランス社会側の状況を整理してまとめ、その上でモーツァルトを「近代的人間」にしたもの、すなわちその音楽家としての自負と絶望、「居場所」

を探ろうとするのが、本章のささやかな目的である。

1 失意の滞在

悪名高きベーズレ書翰と相前後して、母とマンハイムに滞在中のモーツァルトは当地の名演奏家たちとの交遊を語り、フルート奏者ヴェンドリングの次のような言葉をザルツブルクの父親に伝えている。

パリはやはりお金と真の名声を得ることのできる唯一の場所です。あなたはそれになんでもできるかただ。私が正しい道をちゃんと教えてあげます。あなたはオペラ・セーリア、オペラ・コミック、オラトリオ、その他なんでも書かなくてはいけません。パリでワン・ペアのオペラでも書けば、なにがしかの年収は確実に入る。そのうえ、コンセール・スピリチュエルやアカデミー・デ・ザマトゥールがあって、シンフォニー一曲につき五ルイ・ドールもらえる。もし出稽古を取れば、一二回のレッスンでふつう三ルイ・ドールですよ。それに、ソナタや三重奏曲、四重奏曲を予約で出版させるのです。カンナビヒやトエースキは、作品をたくさんパリへ送っています。(9)

一読、まことに見事なアドヴァイスである。この短いパリ生活心得のなかに、一七七〇年代末期のフランス音楽事情が鮮やかに縮約されている。モーツァルトがパリでなすべきことは四つ、すなわちオペラ、器楽曲、家庭教師、そして楽譜出版なのである。

モーツァルト母子の最後のパリ訪問は、一七七八年三月二三日から九月二六日までの半年間におよぶ。最初の二回の滞在とちがい、ヴォルフガングもすでに二二歳、故郷に残してきた父や姉に宛てた本人の手紙がこの間の消息を知る貴重な資料になる。

ザルツブルク大司教コロレードへの請願が叶えられ、宮廷音楽家の職を辞したヴォルフガングにとって、この旅行は就職口をもとめるという切迫した動機に促されてのものであった。ミュンヘン、マンハイムでの努力は実を結ばず、アロイージア・ヴェーバーへの恋心だけを手土産にヴォルフガングは一二年ぶりのパリに到着する。結果は挫折であった、というのが大方の結論である。ヴェンドリングが挙げている成功の秘訣のうち、オペラは二幕物の台本の話がもちあがったにもかかわらずついに日の目を見ず、ノヴェールのバレエ《レ・プティ・リアン》のための音楽がオペラ座で初演されたにとどまった。管弦楽曲はといえば、コンセール・スピリチュエルで演奏された《パリ交響曲》が一曲あるのみ。出稽古ではド・ギーヌ公爵令嬢への気の進まぬ作曲のレッスンがある。楽譜の出版としてはK三〇一―三〇六のヴァイオリン・ソナタが版刻された。

これら公けの収穫を元手とした就職運動は失敗に終わる。到着早々のシャボ公爵夫人邸での屈辱的体験が象徴しているように、成人となったかつての神童にパリは冷淡そのものであったし、一方ヴェルサイユの宮廷オルガニストの口はヴォルフガングのほうから断っている。「王に仕える者なんて、パリでは忘れ去られてしまいますからね[10]」とヴォルフガングが父に書くように、ヴェルサイユはかつての栄光を失い、文化の主導権をパリに譲り渡していた。「神童」時代の恩人グリムのことのほか冷たいあしらい、ジャーナリズムのほぼ全面的沈黙、そして母の急死と、この滞在がモーツァルトにとって、きわめて不如意なものであったらしいことは確かである。

2　フランスの概況——政治と文化

モーツァルトと相前後してこの年パリに到着した人物に、医師メスマーがいる。モーツァルト一家とは旧知の間柄で、動物磁気による治療がヴィーンで評判となったが、失敗も多く、新境地をもとめてフランスの首都に居を移したのである。(11)モーツァルトとダ・ポンテはオペラ《コシ・ファン・トゥッテ》でメスマーの理論に言及することになる。ところでそのメスマーのことを『文芸通信』誌五月号はいち早く記事にし、動物磁気に前評判ほどの効力がないことを揶揄しながらこうのべている。

司祭が奇跡を行わなくなってからというものは、哲学者がそれにかまけている。(12)

一五年前、同誌は神童ヴォルフガングの妙技を「奇跡」と称える記事を掲載した。二二歳の青年に成長したヴォルフガングにもはや往時の神通力はない。いや、それ以上に、奇跡という言葉自体がすでに効力を失っている。そして奇跡や神秘の批判に破壊力をふるったかつての哲学者も、今やヴィーンからきたいかさまの医師と同類だ——とでも『文芸通信』誌はいいた気である。

事実、フランス啓蒙主義は、いつしか人口に膾炙することで少しも進歩思想ではなくなっていた。一七七二年に全巻を刊行した『百科全書』は、七五年から七七年にかけて「補遺・索引」を出したが、編集を牽引したのは老いたディドロではなく、出版業者のパンクックであった。ダランベールはアカデミーの終身書記として隠然たる勢力を固持し、百科全書派はアカデミーの内外で「新しい教会」へと世俗化していく。

出版検閲は緩和され、かつてないほどに「ジャーナリズム」の言語が出版界、思想界を席捲する。「ここしばらくわが国の出版界はあらゆる類いの定期刊行誌や評論誌にふりまわされています。誰かが他人の著作について論評すると、今度はその人々が自作が批評されたことについて論評するのです[13]」。文盲率の低下、時事問題にたいする大衆的関心、簡易図書館の設置、製紙・印刷・運搬諸技術の進歩、出版許可制度の改善など、さまざまな要因が挙げられるだろう。だが、確かなことは、六〇年代の啓蒙思想家が夢見たこのような改革・改善は、文学の全体的不振を招くという皮肉な結果を生みだしたのである。ルイ＝スタニスラス・フレロンは権威ある書評誌『文学年報』で嘆いている。

> 文学は現在、不毛という災厄に見舞われている。わざわざ分析するだけの値打ちのある著作が一冊でも出ればよいほうだ。無気力で生彩を欠いたつまらぬ小説や、生まれる前から死んでいるくだらないパンフレット類、おびただしい数の内容見本などが日陰で花咲くのが目につくだけ

で、ましな書物など一冊もない。[14]

演劇界でも伝統的フランス悲劇の衰微を露呈するような事件が起きていた。ラ・アルプ『バルメシッド一族』上演の失敗と、ヴォルテール最晩年の凡作『イレーヌ』の世俗的成功である。死を数カ月後に控えたヴォルテールがこの上演に注いだ情熱はすさまじかったが、老作家の健闘ぶりにたいするオマージュと作品それ自体への評価とは、おのずから別のものであった。古色蒼然たる悲劇の舞台に、「恋」とか「義務」とか「罪」などといった抽象的情念を韻文のリズムにのせて朗々と歌わせる時代は、とうに過ぎ去っていた。そのことを後世のわれわれ以上によく知っていたのがほかならぬ同時代人である。二月、『文芸通信』誌はこういい切っている。

わが国の演劇作法のあの手この手はそのことごとくが使い古されてしまったようだ。二、三〇〇もの芝居をいわばおなじ鋳型にはめこんでおいて、どうして使い古されないですまされようか。おなじ方法、おなじ技法に飽きもせずにこだわりつづけていて、現在どこに新しい主題や状況や動作や効果をもとめるというのだろう。[15]

政治の次元でもフランスは大きな曲がり角にさしかかっていた。テュルゴーたち体制内改革派の試みがことごとく失敗したあとをうけて、一七七六年から財政長官に就任したネッケルは大規模な借入政策によって国家財政を管理していたが、莫大な負債はいかんともしがたく、財政危機はただ先に延ばされていたにすぎなかった。

モーツァルト母子の到着とほぼ同時に、フランスはアメリカ独立戦争に介入し、英国に宣戦布告する。啓蒙思想は内側からの風化と引き換えに、海の向こうに自分たちの最初のユートピアを見出して、アメリカ・ブームによる体制批判的なリベラリスムの嵐が吹き始めた。独立革命に加担するというフランス政府の決断は、莫大な軍事費以上に高いツケを支払わなければならなかったのである。

かてて加えて、この年にはフランス思想を代表する二人の巨人が相次いで死んだ。五月三〇日のヴォルテール（八三歳）と七月二日のルソー（六六歳）である。両者の死は何にも増して一つの時代の終わりを告げる大きな事件であった。モーツァルトにとって運の悪いことに、この二人の死はいずれの場合も文字通り鳴物入りで、パリにようやく定着し始めた情報メディアに格好の材料を提供し、折りからの戦争熱もあって、誰もザルツブルクから上京した若者などにかまってはいられなかった。まず、二月一〇日、伝説の長老ヴォルテールがフェルネーからやっと腰を上げて、二五年ぶりにパリに現れて以来、ジャーナリズムは他の報道を控え目にしてもこの巨人の動静を毎日のように報告しつづけた。ヴォルテール・フィーバーが本人の死でようやくおさまると、今度は大奇人ルソーの最期やその遺稿（『告白』）をめぐる臆測やゴシップが人気を呼び、結局母を亡くしたヴォルフガングが独り悄然と帰国の途につくまで、フランスの定期刊行物はこの天才を何とも冷たく突き放したのである。

3　パリのオペラとコンサート

以上に点描した文化や政治の「曲がり角」現象は、一七七八年の音楽界にもそっくりそのままの形で確認できる。この年、パリでは音楽の上でも小さな「戦争」がもち上がっていたからである。アンガーミュラーの著作[16]とミリオの論文[17]にそくして、この間の事情を検討してみることにしよう。

音楽史の常識では、一七五〇年代のブフォン論争のあと、フランス伝統の悲劇オペラは凋落の一途を辿るが、グルックの改革オペラ（七四年の《アウリスのイフィジェニー》と《オルフェ》、七六年の《アルセスト》、七七年の《アルミード》）によって一つの解決がもたらされる[18]。一方、イタリア人のピッチンニが王妃マリー＝アントワネットの庇護をえて七六年末からパリに住みつくと、グルック派とピッチンニ派とのあいだにかつてのブフォン論争を彷彿とさせる競争意識が芽生え、両者の対立は七九年に同一台本で《タウリスのイフィジェニー》を競作するという事態にまでエスカレートした。

一七七八年のパリ・オペラ座で特筆すべきは、一月一七日にピッチンニによる最初のフランス語オペラ《ローラン》が初演されたことである。モーツァルトはその二カ月後の三月二三日に到着するが、オペラ座はほどなく復活祭の長い休みに入り、三三歳の新支配人ヴィームの新機軸で四月二七日に再び幕を開ける。ヴィームの狙いは六四歳の功成り名を遂げた老グルックにいま一度イタリア・オペラをぶつけて、両派の対抗意識をいやが上にも煽りたてることにあったらしい。ヴィームは若いグレトリーに依頼して《オペラ三代のプロローグ》という珍曲を書かせ、リュリ、ラモー、グルックを称える引用だらけのオペラに仕立てて四月二七日に上演した。そして序文で、ピッチンニの功績に深甚なる敬意を表することも忘れなかった。その後、六月初旬まで、オペラ座はこのグレトリーの新作を中心に、ピッチンニの《ローラン》とグルックの《アルミード》とを巧みに交替させて話題づくりにつとめる。

しかし、何といってもヴィームの手柄は、この年イタリア・オペラのブフォンたちを、何と二五年ぶりにパリへ招聘したことであろう。ブフォン一座は六月一一日、ピッチンニの新作《偽の双生児娘》を作曲者本人の指揮で初演する。ちなみにノヴェール＝モーツァルトの《レ・プティ・リアン》はこのとき一緒に上演されている。その後も、ペルゴレージ《奥様女中》（七月五日）、パイジエルロ《二人の伯爵夫人》（七月九日）と《ラ・フラスカターナ》（九月一〇日）、アンフォッシ《図々しい物好き》（八月一三日）と演目が増え、ヴィームはこのイタリア・オペラのレパートリーを、グルックの《イフィジェニー》および《オルフェ》とやはり交叉させることで両派の対照を強調した。そして、その交替のリズムをあえて破るかのように、フランス派の旗手フィリドールの伝統オペラ《エルヌランド》（一七六七年）を割りこませたのである。期せずして、モーツァルト滞在中のオペラ座は、独仏伊の三様の美学が覇を競いあう賑やかなオペラ合戦の様相を呈した。

オペラ・コミック座のほうはいたって収穫が乏しい。イタリア歌劇団が大オペラ座に陣取り、コミック座のレパートリーに酷似した様式のオペラを上演するので、客を奪われた形になったのである。この期間、フィリドール、モンシニー、ファヴァール、グレトリー、ゴセックらの旧作（一七五〇年代以降の定評のあるレパートリー）が目白押しに並ぶなかで、唯一の新作と呼べるものは三六歳のグレトリー作《ミダスの審判》（六月二七日）であった。オペラ・コミック座にとってイタリア人の来演は営業妨害であったろうが、長い目で見ればイタリア人のもたらした陽気で溌剌とした幕間劇の魅力一つとってみても、グレトリーをはじめとする若い世代への恩恵ははかり知れないものだったろうと推測できる。

状況の総括はきわめてむずかしいが、グルックとピッチンニのオペラ合戦を核に、イタリア派からパイジェルロ（三八歳）、オペラ・コミック座からグレトリー（三六歳）と、若い才能が台頭してくる――このあたりが一七七八年のパリ・オペラ界の概況といえないだろうか。

モーツァルト滞在中のコンセール・スピリチュエルは、復活祭、キリスト昇天祭、聖霊降臨祭、聖体祝日、聖母被昇天祭と祝日がつづいて、声楽と器楽のプログラムが彩り豊かであるが、後世の私たちが六月一八日に初演されたモーツァルトの《パリ交響曲》を特別視するのを除けば、同時代人たちはむしろラム、プント、リッターといったモーツァルトの友人である器楽奏者たちの妙技に心を奪われているように見える(19)。

以上に見てきたパリの音楽事情から、モーツァルトはひどく孤立している印象がある。一つには、《パリ交響曲》の成功を報じる『ヨーロッパ通信』誌の記事を唯一の例外として、ジャーナリズムが全面的にモーツァルトを黙殺しているからだろう。ただ、当時の音楽報道はオペラを主体としているから、滞在中に交響曲や器楽曲しか書かず、コンセール・スピリチュエルや私邸でのコンサートでしか演奏の機会がなかったモーツァルトについて、新聞・雑誌が沈黙していることだけを取り上げて批判するわけにはいかない。孤立した印象のいま一つの理由は、パリで観ているはずのオペラを、モーツァルトの手紙がそれこそ完全に黙殺していることである。従来、一七七八年の滞在をめぐっては、パリ側の冷たい対応ばかりが強調されて、「被害者」側のこれも意外な拒絶や沈黙が忘れられがちであったが、二二歳の若者の心に何が起きていたかを知るのは不可能に近い。私たちの時代は評伝がことのほか不評で、芸術家の片言隻語からその内面生活をやたらと忖度しない鉄則があるし、ましてや短調作品を心理のリトマス試験紙のように利用する因果づけの論法にもおのずと限界がある。

実はここにこそ、モーツァルトという近代的人間をめぐる記述と評価の困難な問題がある。「母性愛」なるものが時代と場所を超えて普遍的な本能ではないのとおなじように、「近代的人間」という考えそれ自体も、私たちが一介の平凡な生活者であるモーツァルトの人間像に飽き足らず、いわば後から作りだしてモーツァルトに着せかける異様に美しい衣装である場合が多いからだ。

4　モーツァルトの居場所

とりあえず、手紙を読んでみよう。はじめから何をもとめるかが決まっていて、いわば証拠や手がかりを見つけようとするのではなく、手紙の文章から聞こえてくる書き手の声を、その響きや抑揚も含めてそのまま受けとめてみよう。

パリでヴォルフガングが書く文章には、それまでの手紙と比べて、どこか微妙にちがった趣がある。かつて旅先のイタリアから故郷の姉にしたためた、あの各国語をとり混ぜてめまぐるしく躍動する幕間劇のような文体が影をひそめてしまったのは、むしろ人間的成熟のしるしであろうが、私たちを驚かすのは今回の旅行で、少なくともマンハイムまでの書翰に生き生きとした活力をあたえていた、あの青年ヴォルフガングならではの語り口、つまり一つのエピソードを伝えるのに現実の会話の直接引用に訴えるという、あの演劇的にしてシニカルこの上ない手法[20]があまり使われなくなっているということなのである。ヴォルフガングがこの手法に訴えるのは、おしなべて記述の対象が滑稽な情景か、軽蔑すべき人物である場合なのだが、談話の直接引用が面白いと感じられるのは、私たちがヴォルフガングの現実にたいする把握の確かさ、その批判精神の動かぬ優位をほとんど生理的に納得させられるからにほかならない。パリにきてからというもの、若者はこの巧まざる遊戯を忘れ、より淡々とした、ある意味では内省的な文体に身をゆだねるようになる。とりわけこの時期の文章には、読み手が父ということもあるのだろう、故意の言い落としや思わせぶりなほのめかしが多い。この変化にレーオポルトが気づかぬはずはない。

> 人はたしかにいつでも変わらずに上機嫌ではいられません。——でも、もう作曲の女弟子についての報告はないし、——ノヴェールのバレエについてもなんにもないし、——オペラについてももうなにもない。[21]……

父と子の相克というのは、たしかにこの時期の重要な課題である。肝心なことを何一つ報告しない息子に、父は苛立ち、気をもむ。とりわけ就職運動に必要な人間関係について、ヴォルフガングは寡黙である。さらに、マンハイムで別れてきたアロイージアへの思慕、さらには彼女との結婚話を、ヴォルフガングは「あること」とか、「ぼくにしか関係ないこと」といってはぐらかす。一七六三―六四年のころとちがい、青年モーツァルトは父を相手にまったく対等な表現者として振る舞っている。しかも彼はもはや父が望むような息子ではない。レーオポルトの関心はその手紙で読む限り、生き馬の目を抜くような大都市パリで息子がどこまでも賢く考え、かつ行動してほしいという、いかにも父親らしい実務的なものである。だが、ヴォルフガングの側の文面に窺われる変化は、たんに就職運動の不振や満たされぬ恋といった個々の現実要因から生まれてくるのではなく、そうしたおぞましい社会的・心理的現実とのかかわりを手紙のなかで遮断しようとする態度そのものに深く根ざしている。この時期のテクスト全体を覆う欠如感、喪失感は隠しようもなく、個々の沈黙や省略はその表面的な兆候であるにすぎない。ヴォルフガングはこの喪失感にどこまでもこだわりつづけた。父はある意味では無気味なこの息子の孤影を憂い、徐々に根負けの形でそれを受けいれる。息子のザルツブルクへの復職に希望が見えてくると、自分のほうから「ヴェーバー嬢」の名を出して、彼女にザルツブルクで仕事の口を斡旋できる可能性までほのめかす。そして、「父親のほかには本当の友人はいない[22]」という表白から、「私を死から救ってくれることができるのは、おまえだけなのだ[23]」という弱音が出るまでにエスカレートするのである。

　七月三日、母の死に際してヴォルフガングのとった態度もきわめて印象的である。故郷の父親への手紙には母が極度に衰弱しているとだけ書いていわば心の支度をさせ、ヨーゼフ・ブリンガーに真実を打ち明けて父と姉の支えとなるように頼むという処置、さらに父を前に「重態」の母の話を突然切り上げて他の話題に転じる語り口――こうしたやり方は多感な青年にあるまじき冷徹な対応と指摘されても仕方のないようなところがある。[24] あるいはまた、そうした仕種の端々にむしろ深い悲哀や身内への思いやりを読みとりたい向きもあるだろう。[25]

いずれにしても、このころからモーツァルトの手紙には、外からの容喙や推量を容易に許さない固い核、外部や他者を拒む秘密のようなものが住みついて、一元的な読みを許さない。彼はいつもどこかよそを見ていて、父親相手でも嘘ぐらいはつきかねないという感じである。レーオポルトの次のような一節が、手の届かぬ息子の「秘密」をいみじくもいい当てている。

　おまえはいつだって、いちばん遠い奥の奥の所に、はるかに離れている事柄を念頭に置いていて、そのために目下差し迫っている、しかもそのためにまた必要不可欠な方策を、おまえの頭にあるそこのところで見つけるのをなおざりにしているのだ。[26]

ヴォルフガングの居場所とはこのようなものである。「いちばん遠い奥の奥の所」に視座を据えててこでも動かぬ彼は、その特権的な位置からパリの音楽状況を眺め渡す。フランス音楽にたいして彼とグリムとがおなじような否定的見解をいだいていたことは、四月五日付けの手紙にあるコンセール・スピリチュエルの感想で明らかである。[27] 当日のプログラムにはゴセックの交響曲、フランス人歌手によるイタリアのアリア、モーツァルトの友人の名手ラム（オーボエ）とプント（ホルン）

による自作の協奏曲などがあり[28]、フランス人と外国人の作品・演奏をおのずと品定めするような形になっているが、モーツァルトはどう見ても後者に軍配を上げている。そしてシャボ公爵夫人邸での一件の直後は、「ぼくは（こと音楽に関する限り）けだものや畜生同然の連中のなかにいます[29]」と調子が高くなるが、その後は口を閉ざし、本心を明かさない。つまり「奥の奥」に引っこむのである。ただ一回の例外は七月九日の手紙で、ここではフランス音楽が撫で斬りにされるばかりか、余勢をかってピッチンニとの慇懃無礼なやりとりや、他の作曲家との交際が一切ないことなどまでもちだされる。

こうしたわずかな発言から見ても、このころの書翰文に現れたモーツァルトの喪失感や絶望感は、けっして社会的敗北の感情などではなく、自分の音楽にたいする周囲の無理解を悟った彼が、ついに殻に閉じ籠もり、おのれの「奥」だけを見つめる決意をしたことの結果なのである。「ここで、ぼくはそれほど楽しくないこと、―その主な理由はつねに音楽にあること[30]」を、モーツァルトはファゴット奏者のリッターに訴えている。逆にいえば、モーツァルトが見つめていた「遠い奥の奥」には音楽しか鳴っていなかった。その音楽がどんな響きをたてていたかは知る由もない。おそらくは前年の《ジュノム協奏曲》の緩徐楽章ですでに聴きとれた響き、そしてこの年、たとえばK三一〇の《クラヴィーア・ソナタイ短調》の第一楽章で、ひたすら前進する切迫した想念となって蘇った、パリ市民の耳にはおそらく「自然の変異」としか聴こえないような、そんな音楽だったのだろう。

このソナタの第一楽章展開部はわずかに二七小節しかないが、フォルティシモとピアニシモ、長調と短調とをとりまぜ、めまぐるしい転調を重ねて奈落へと突き進むような、一瞬こちらを棒立ちに立ちすくませかねない異様な緊張をはらんでいる。かつてディヌ・リパッティはこの箇所をほとんど強弱の対照をつけず、ひたすら透明な美音で切々と弾き通したが、昨今のピアノ・フォルテによる演奏（たとえば、メルヴィン・タン）はよりリアリスティックであり、聴き手のアイデンティティに揺さぶりをかけて性的基調まで崩してしまいそうな、そんな「差異化」のプロセスを古典的ソナタ形式の枠組みのなかで追体験させてくれるのだ。

5　究極のテクスト二つ

「奥の奥」を凝視するモーツァルトと、グルック対ピッチンニのオペラ合戦に明け暮れるパリ音楽界――どうやら両者を重ね合わせてもたいしたものは見えてきそうにない。むろん様式研究からモーツァルトの作曲に「パリ趣味」を指摘することはできるだろうし、後年の《イドメネーオ》にはグルック風の合唱が効果的に使われていると認める者もいよう。

だが、私はあえて音楽を離れ、むしろモーツァルトが書いた一通の手紙を同時期のフランス文学のテクストと比較してみたい。比較の相手はジャン゠ジャック・ルソー『孤独な散歩者の夢想』である。親子ほどにも歳のちがうこの二人は、そもそもが奇妙な因縁で結ばれている。音楽家ルソーの名を一躍高からしめたオペラ《村の占い師》が、フォンテーヌブローの離宮で初演されたのは一七五二年のことである。一二年後、ファヴァールによるこのオペラのパロディを、たまたまパリに居合わせた少年モーツァルトは観る機会があった。ファヴァールのパロディはのちに独訳され、そのテクストにミュラーが手を入れたものを台本にして、モーツァルトはジングシュピール《バスティアンとバスティエンヌ》を作曲したのである。因縁をいうなら、このジングシュピールの初演はヴィーンの医師メスマー邸で行われ、一七七八年のパリでメスマーとモーツァルトは、もしその気になれば、オペラ座にグルックとイタリア・オペラのあいだを縫うようにして時折、思いだしたようにかかる、ご本尊ルソーの《村の占い師》を観ることもできたはずだ。

さらに面白いのは、この年ルソーとモーツァルトを見舞った「死」の時間的符合である。ルソーは五月二〇日、ジラルダン侯爵の招きをいれてパリからエルムノンヴィルに移り住み、ヴォルテールの臨終、死（五月三〇日）、そして埋葬に狂奔する首都の騒ぎをよそに、散策と夢想の日々を過してのち、七月二日午前一一時、永眠する。そして翌三日午前一〇時二一分、パリの宿でモーツァルトの母が他界する。ルソーの死からわずか二三時間後のことである。

だが、このような愚にもつかぬ照応や一致はじつはどうでもよいのである。私が比較したいのは両者の伝記的事実ではない。二人がおなじ年におなじパリで書いたテクストを交叉させて読み比べることにより、二二歳のドイツ人と六六歳のジュネーヴ人が現実にたいして取りえた距離の感覚、その距離を保証するいかにも近代人らしい虚構の工夫を確認したいのである。二つのテクストとは、ルソー『孤独な散歩者の夢想』から「第一〇の散歩」と、モーツァルトがマンハイムのアロイージア・ヴェーバーに宛ててイタリア語で書いた七月三〇日付け手紙である。「第一〇の散歩」はルソーの未完の絶筆で四月一二日に書かれているから、二つの文章のあいだには三カ月半の隔たりしかない。

両者の文章は「愛」のテクストである。しかもその愛には、対象となる女性が不在であるという共通性がある。ルソーの「第一〇の散歩」は「枝の主日」に書かれ、ちょうど五〇年前に出会った年上の女性ヴァラン夫人の追憶に捧げられている。ルソーは生涯で最後のものとなる作品に、「記憶」の魔術を使って最愛の女性の面影を刻みつけ、固定しようとするのだ。言い換えれば、それは不幸な現在を過去に向かって無化しようとする企てであり、そのために過去はそれ自体で完結した美しい虚構の姿を付与される。そこでルソーは、ヴァラン夫人との初対面をこんな言葉で意味づけなければならない。

この最初の一瞬で私というものが生涯にわたって決まってしまい、それに伴って次々に起こる避けることのできない事態のために、その後の私の運命が決まってしまったということだ。(31)

動かしがたい宿命で結ばれた二人の愛は、さらに青年ルソーが夫人の愛人となってから数年間の「このまたとない短かった時」に限定され、その期間にルソーは夫人の愛に育まれて、理想的な自己形成をとげる。

私たち二人は谷の斜面の一軒屋でひっそりと暮らした。そこで、四年か五年のあいだに、私は一〇〇年も生きて、純粋な充実した幸福の楽しみを味わった。そのときの幸福の魅力が、現在

の私の運命のありとあらゆる恐ろしいものの償いになっている。(32)

八年来、パリのプラトリエール街に居を構えはしたものの、「陰謀」の強迫観念に悩まされ、かたときも心の平安がえられることのないルソーにとって、現在とは空隙と虚無に満たされた不如意な空間である。老いたルソーは、過去の幸福体験とその体験に発する自己形成の神話をつくり、その神話をおのれの絶筆に絶対の歴史的事実として書きとめる行為のなかで、現在の自己を救済する。

わがヴォルフガングはどうか。一七七八年のパリで彼を見舞った欠如や喪失の体験は、自己の才能への自負や新しい表現への意欲が大きければ大きいだけ、この青年を苦しめたはずである。その苦しみの心理的実体を云々しようとすると、私たちはたちまち忖度と臆測の過誤を犯す危険にさらされる。残された方法は、ここでもまた、手紙を読むことである。

七月三〇日付けアロイージア宛て書翰は恋文である。書き手の満たされぬ思い、つまり心の空白をさまざまな間接的媒介物で埋めようとする虚構の仕掛けが、逆にモーツァルトの居場所を浮き彫りにする。ルソーと反対に、その虚構は未来を指して築かれている。全体は三つの部分に分かれるが、第一部では自信作の二つの劇唱《シェーナ》、K三一六とK二七二をアロイージアに歌わせたいという。とりわけ後者の歌唱についてモーツァルトは恋人に細かな指示を約束し（「アンドロメーダの境遇と立場に真剣にわが身を置いてみてください」、「ぼくの手紙をなんども読みなおして、ぼくの忠告通りに従ってくれませんか」(33)）、相手がその指示通りに自分の曲を歌ってくれることが、いわば歌を媒介にした二人の愛の成就であるとでもいうかのように、不定の未来に書き手の願望は託されるのだ。

真ん中の第二部で、この虚構は破られる。モーツァルトはここでは直接の表白（「でも、ぼくにとっていちばん仕合わせな心理状態、境遇は、あなたに再会して、心からあなたを抱擁する最高のよろこびが得られる日にあります」[34]）に訴え、その素朴な心情吐露によって両端部分の虚構がほかならぬ愛のメッセージであることを強調している。

第三部の工夫はさらに微笑ましい。ここで不在の恋人と自分とを結びつける介在物は「歌」ではなく、「友人」なのである。この友人、「選帝侯の宮廷画家」キュムリには、ちょうど第一部でK二七二のアリアにあたえられていたような縁結びの神の役柄が振り当てられているのだ。

彼はぼくが当地で尊敬し愛する唯一の親友ですが、それは彼があなたの一家と親交があり、あなたがまだほんの幼いころ、あなたを腕に抱きしめてたくさんの口づけをした幸運児だからです。……この友情をあたえてくれたのはラーフ氏のおかげで、ラーフ氏はいまぼくの親友ですが、同時に彼の親友でもあります。――そして、ヴェーバー一家の親友でも[35]。

距離に隔てられた二人を「コネ」の連鎖で結ぶ他愛のないレトリックではあるが、ここには友情や信用の足し算がいつしか愛と等価になるという、理想の共同体への見果てぬ夢が点滅している。ヴォルフガングはすでにレーオポルト宛ての手紙でもキュムリについて語り、キュムリと自分とを結びつけようとするラーフの愛に触れ、「誠実な人々は―宗教をもち―品行方正で―いつも互いに愛し合っています。―キュムリが言うには、ぼくは良き人の手のなかにあって、保証されるべきだというのです」[36]とのべて、そのような共同体の愛に庇護されながら自分の就職口が見つかることをほのめかしているが、父相手の功利主義がアロイージア宛てではラブレターの修辞に転用されたわけである。

この手紙がイタリア語で書かれている点にも注目したい。媒介の工夫は手紙の内容のみならず、その形にまで及んでいる。話題になっている二つのアリアの歌詞がイタリア語ということも関係しているのだろうが、アロイージアへの求愛の言葉として、二人の音楽を結びあわせる幻の絆として、モーツァルトは大司教コロレードや父レーオポルトの喋るドイツ語をどうしても使う気にはなれなかったにちがいない。

過去を絶対化するルソーの愛のテクスト、そして未来に思いを託すモーツァルトの恋文――一七七八年のパリという現実は、この二人の外国人による対照的な究極の虚構に挟まれる形でとらえられるかのようである。

第四章　国王さまざま
――一七九一年の周辺――

はじめに

《皇帝ティートの慈悲》K六二一がモーツァルト最後のオペラとして脚光を浴びるようになったのは、ジャン＝ピエール・ポネル演出の映画や、ドロットニングホルム宮廷劇場における上演のレーザーディスクが出まわり始めた、ごく最近のことではないだろうか。

それにしても、リュリやラモーの復権につづいてパイジェルロあたりが注目されるようになれば、《ティート》を私たちから隔てているかに見えるセーリア様式の障壁が崩れるのは時間の問題かもしれない。

《ティート》の制作過程は時間に追われっ放しの、何ともめまぐるしいものである。ロビンズ・ランドンの研究によると、(1)一七九一年九月六日に行われる新ボヘミア王レーオポルト二世の戴冠式に祝典オペラをということで、興行師グワルダゾーニがヴィーンの宮廷詩人マッツォーラと会い、メタスタージオの台本（一七三四年）の縮小改訂版をつくる話をとりつける。作曲については、宮廷楽長サリエーリが職務多忙のため、グワルダゾーニの再三にわたる懇請を断り、結局モーツァルトにお鉢がまわってきた。モーツァルトはマッツォーラの仕事に満足し、驚くべきスピードで作曲の筆を進めた。ランドンはアラン・タイソンの用紙研究を援用しながらオペラの制作過程を跡づけているが、それによるとグワルダゾーニがイタリアから出演歌手の声域その他に関する情報をもち帰った八月一八日ごろから、プラハにおける初演日の九月六日までの約一八日間で、少なくともアリアを中心とする主要部分が仕上げられたことになる。プラハへの旅路でも車中で仕事は進められたろうし、またレチタティーヴォ・セッコは弟子のジュースマイヤーに任せられ、あとでモーツァルトが手を入れたものらしい。

なぜ戴冠式に《ティート》か。ランドンが挙げている理由は三つある。まず、メタスタージオの原作が名作の誉れ高く、多くの作曲家によってオペラ化されている実績があること。次に皇帝、とりわけ皇妃がオペラ・セーリアを好んでいたこと。それから、自分を暗殺しようとした反逆者を赦すローマ皇帝の仁徳という主題が、トスカーナで死刑や拷問を廃止したレーオポルト二世にいかにもふさわしく、(2)折りしもフランスで起きている忌まわしい騒擾とは対照的な、「啓蒙」の理想を体現していること。

台本の選定から作曲の経過まで、徹頭徹尾外在的事情に促されたオペラ制作という図柄は、セーリア様式やカストラートの起用と相俟って今日のモーツァルト愛好家の神経を逆撫でするのに十分な条件を備えていると思われるが、一方、ランドンがその第三の理由でほのめかしているフランスとの対比で考えてみると、むしろ《ティート》成立の状況は大革命下で当局と観客の厳しい「検閲」の目にさらされた演劇の宿命を思い起こさせずにはおかない。一七九一年、モーツァルト最後の年を、《クラリネット協奏曲》、《アヴェ・ヴェルム・コルプス》、《レクイエム》に窺える「解脱」や「死」の相の下にとらえようとする一般の傾向にあえて逆らって、本章ではあまり人気のないオペラ《皇帝ティートの慈悲》を、ほぼ同時期のパリ、それも政治と演劇を中心とする革命下のパリの状況と重ね合わせて、両者の交錯と差異を探りたい。

1　フランス革命と九一年憲法

バスチーユ奪取（七月一四日）とヴェルサイユ行進（一〇月五日、六日）の二大事件に象徴される一七八九年の革命は、その後パンの値下がりなどで相対的安定期に入り、国民議会で憲法制定作業が進められる。フランスに立憲君主制をもたらすこの最初の憲法は、九一年九月一三日にルイ一六世が批准し、ここに八九年以来の憲法制定議会は任務を完了して解散、一〇月一日から議員を入れ替えての立法議会が始まる。

この一七九一年を象徴する、議会外部での二つの事件がある。一つは国王の逃亡事件である。国王一家は六月二〇日夜、チュイルリー宮から脱出し、翌日ヴァレンヌで逮捕された。この事件でルイ一六世にたいする国民の信頼は一挙に揺らいだのみならず、国王を中心に据えた立憲君主制の憲法制定作業を推進してきた愛国派は、議会で苦境に立たされることになる。モーツァルトのいるオーストリア帝国が、前年一〇月九日にフランクフルトで新皇帝レーオポルト二世の戴冠式を挙行し、さらに九一年九月六日にはおなじレーオポルトがプラハでボヘミア王に即位している事情と比べあわせると、彼我の政情の差は歴然たるものがある。

レーオポルトの二つの戴冠式の対応物を同時期のパリにもとめるならば、それはもはやヴェルサイユ宮の庭園に繰り広げられたあの旧政体期における王権発揚のためのページェントではなく、一七九〇年七月一四日にパリのシャン゠ド゠マルスで催された第一回連盟祭や、九一年七月一〇日に全市民を熱狂させたヴォルテールの遺灰のパンテオン入り儀式など、数々の革命祭典をむしろあげるべきだろう。(3)《皇帝ティートの慈悲》が公式行事の儀礼的性格をもち、古代の衣装をまとったオペラ・セーリアの制約下にあるように、革命祭典もまたみずからの独自な形式をもちえず、国王の入市式やカトリックの聖体祝日の典礼を模す形が多かった。(4)祭は自律した表象の空間となり、表象の外にいて表象を支配しているはずの超越者（神と国王）が不在に等しいような革命下においてすら、堂々と独り歩きを始めるのである。

いま一つの出来事はシャン゠ド゠マルスの虐殺である。ヴァレンヌ事件後の国王にたいする処遇をめぐる請願大会に押しかけた数万の群衆に、国民衛兵が発砲して数十人の死者を出した。パリの治安維持につとめるはずの軍隊がパリの民衆に発砲したこの事件は、国王逃亡についで大きな衝撃をあたえた。

国王は信頼を失い、民衆には銃が向けられる――この九一年の象徴的構図は、九一年憲法がもつ「上からの改革」という本質にもよく合致するものである。(5)この憲法は国民主権を謳い（第三篇一条）、国王の地位を「フランスの王」から「フランス人の王」にまで後退させているが（第三篇第二章第一節二条）、一方で代表者に媒介された抽象概念としての「国民《ナシヨン》」を「人民《プープル》」と対立させることにより、個々の市民に主権の行使を禁じてしまった。しかも立法府を選べるのは全人口の五分の一に満たない「能動市民」（二五歳以上の男子で、納税と住居に関する所定の要件を満たす者）であり、民衆《プープル》は革命政府の手で事実上政治過程から排除されたに等しいのである。

この一七九一年憲法の特質および憲法制定前後の政治状況は、パリの演劇界がいち早く予見し、数々の劇作品にいくつかのテーマを介して刻みこんでいる。

2 《タラール》の二つの版

一七八九年に先立つ一七八〇年代から、フランスのオペラは大きな変貌をとげ始めていた。グルックの出発後（一七七九年）、オペラ座はありとあらゆる主題や様式の実験場となり、なかんずく王や王権を俎上にのぼせるような作品が姿を見せるようになる。従来のオペラ座では到底考えられない事態である。(6) サリエーリ作曲、ボーマルシェ台本のオペラ《タラール》（一七八七年）はそうした「進歩的」傑作の一つであった。

オペラを含めた広い意味の演劇ジャンルで「王」の主題が最終的結着をみるのは、ヨーロッパ諸君主の流刑と死を描いた恐怖政治下の革命劇、ピエール＝シルヴァン・マレシャル作『王たちの最後の審判』（一七九三年一〇月一八日初演）においてであるが、少なくともヴァレンヌ事件まで、フランス人のルイ一六世にたいする信頼と愛着は依然として強いものがあった。したがって、革命初期にはたとえ虚構の形でも、国王や王権を正面きって批判することには大きな抵抗があった。聖バルテルミー大虐殺の責任を無力な国王にありとするマリ＝ジョゼフ・シェニエの『シャルル九世』（一七八九年一一月四日初演）は、初演をめぐる悶着やその後の一連のトラブル(7)を通じて、愛国派と王党派との対立を意味づける一種の「シンボル(8)」としての役割を果たした芝居であるといえよう。その意味で、サリエーリ＝ボーマルシェの《タラール》が、ルイ一六世と名士会との対立という緊迫した情勢を背景に、早くも一七八七年六月八日にオペラ座で初演されたことは注目に値する。

オペラ座上演版の粗筋は簡単である。暴君アタールは配下の軍将タラールの恋人アスタジーに横恋慕し、ついには誘拐までするが、タラールを支持する民衆や兵士の圧力に負けて自殺し、タラールが王位に就く。専制君主の破滅譚として見ればそれだけのことだが、終幕で奴隷や民衆が逆上してアタール王に反抗しかかるのを、タラールが押し留めて法の遵守を説く場面があり、さらにアタールの自殺後、王座への嫌悪を表明しつつも懇望されて受諾するなど、いかにも啓蒙思想臭の強いヒーローが造型されている(9)。

「序文」によると、ボーマルシェのオペラ観は「主題の創案」、「台詞の美」、「音楽の魅力」の順に重きを置くグルック的なもので、それに加えてブルジョワ劇の実践者らしく諸ジャンルの混淆を訴え、「驚異ものと歴史ものとの中間」で東方の習俗、たとえばハーレムなどもオペラにはふさわしいという(10)。この主張はすべて台本のなかで実行に移されているが、音楽についてはサリエーリの協力を謝し、「この偉大な作曲家」は多くの音楽上の聞かせどころを犠牲にしてくれたが、「作品の雄々しく力強い色彩、迅速で誇り高い調子」がそれを償ってあまりあるとのべている。[11] 台本と音楽の両方で、ボーマルシェが台本作者主導型の改革オペラを狙っていたことは確かである。

《タラール》は三年後の一七九〇年八月三日に、革命下のパリで再演されることになった。革命がオペラや芝居をプロパガンダの手段として積極的に活用したのは知られている。かつて啓蒙思想家たちが理想とした民衆の教育装置としての美徳の劇という主張が、国家権力による直接・間接の嚮導の下に実現したのである。その結果、革命前に制作された劇作品は、再演に際してしばしば大幅な手直しをこうむることも稀ではなかった。

ボーマルシェもその例に洩れず、ヴィーンのサリエーリと連絡をとって末尾に「補遺」として「タラール戴冠の場」を新しく付け加えた。折りしもパリは七月一四日の連盟祭直後で祝典気分に浮き立ち、このエピローグはそうした雰囲気を当てこんで、作品全体に政治オペラとしての色合いを強めようという狙いで書かれている。

革命下で戴冠式の場というのはほとんどブラック・ユーモアに類するが、エピローグに関してボーマルシェと観客とはどこまでも真面目であり、再演後に寄せられた批判にたいして作者は反論の手紙を書いている。[12] 批判のなかでもっとも興味深いものが二つあるが、それは新王タラールがカルピジとスピネットという奴隷の夫婦の離婚を承認することと、黒人奴隷を解放したことにかかわっている。フランス革命で離婚法が成立するのは一七九二年九月であるし、フランス経済の基盤を揺るがしかねない奴隷解放に関して立憲議会はつねに及び腰だった。《タラール》の「補遺」に盛りこまれたエピソードは、九〇年フランス社会の平均的イデオロギーを超えてしまうほどに進歩的であり、同時代人は連盟祭に酔いながらもこの過剰さにとまどいをおぼえたのである。

だが、オペラのプロットを王の善行や美徳ではなく、秩序の回復と維持という観点から見直してみると、この補遺の真の主題が浮かび上がってくる。三場よりなる戴冠の場の冒頭でタラールとアスタジーが玉座についた直後、軍人ユルソンと宦官の長カルピジの二人が「人民の名において」次の二重唱を歌う。

王よ、私たちは自由を捧げます
あなたの至高の徳の足元に。
あなたを愛する民を統べてください
法律と正義によって。
民はみずからあなたの手に委ねます
その恐ろしい権威を。[13]

人民が主権を、代表者たる王に委任する契機がわかりやすくのべられている。これはルソーが『社会契約論』で定式化し、革命初期の議会を席捲した理念である。九一年憲法の思想もこれと大してちがうわけではない。

ところで、憲法の場合と同様、戴冠の場においても、「人民権力の理論とその当の人民の具体的存在」とのあいだの「深刻な不一致」が生じているのである。[14] というのも、「補遺」第三場では戴冠式が行われる広場に激昂した民衆が乱入し、「すべては変わった。何を命令されても、誰にも従わないぞ」と合唱するからである。この暴動は軍隊によって鎮圧され、「平和的市民」や「男女の若い農夫」ら模範的民衆の行列に圧倒される。ト書きはこう記している。

この堂々たる行進で、民衆は徐々に後退する。そして一行の末尾について、再び姿を現した時はおとなしくなっている。[15]

ここでは民衆のすべてが排除されているわけではない。広場に乱入する暴徒と、暴徒を退け、教育する兵士、市民、農民との対照に注目しよう。とりわけ王タラールがみずから先頭に立つ「平和的市民」の能動的役割と、理性を失って暴力に訴える「民衆」の受動的役割とは、そのまま九一年憲法の能動的市民と受動的市民との対立を反映し、先取りしてはいないだろうか。

こうして改訂版《タラール》の結末は、烏合の衆を権力者が制圧・啓蒙する形で、革命に内在する政治の矛盾を道徳的に解決する道を選んだ。このオペラが「進歩的」外観にもかかわらず、九〇年に憲法制定議会で準備中の九一年憲法の理念、すなわち「上からの」改革理念と口裏を合わせているかに見えるのはそのためである。

3 内省、告白、赦し

モーツァルトの《皇帝ティートの慈悲》はひどく評判の悪いオペラである。《フィガロの結婚》や《ドン・ジョヴァンニ》のような音楽を書いてしまった天才でも、今まさに息絶えんとするオペラ・セーリアの様式に生命を吹きこむことはできなかった、とするのが大方の意見のようだ。この場合、悪いのはモーツァルトではなく、セーリアなるジャンルだということになる。ヒルデスハイマーなどは、「この形式はもともと死んで生まれたものであった」[16]などとひどいことをいっている。もう一つの偏見は、このオペラが委嘱作品であり、古代ローマを隠れ蓑にした絶対王政賛美だから怪しからぬ、というものである[17]。

廃れたジャンルへの食わず嫌い、注文制作を蔑視する「自由」観――こうした近代芸術思想の色眼鏡からわが《ティート》を救出するのは容易なことではない。差しあたりここではパリの演劇、とりわけ《タラール》との比較を試みながら、このオペラの特質について考えてみたい。

革命劇の粉飾を凝らして上演された《タラール》改訂版と、君主制を正当化するかのごとき《ティート》との共通点は、いずれも「異国趣味」を売り物にしていることである。ボーマルシェがハーレム生活を含む東方習俗にオペラの活路を見出しているとすれば、メタスタージオの台本は古典悲劇におなじみの古代ローマが舞台であり、この設定は期せずしてフランス革命期の新古典主義美学に合致したものとなっている。

いや、新古典主義をもちださずとも、古代ローマは啓蒙主義がその政治理念のなかでつねに参照を怠らなかった規範の一つであった。哲学者セネカにたいするディドロの共感と憧憬はよく知られているが、歴代のローマ皇帝にも、たとえば背教者ユリアヌスのように、その折衷主義でディドロの関心を惹く哲人君主がいた。ディドロは早くからこの皇帝に着目し、初期の『哲学断想』でキリスト教徒の狂信を戒めるユリアヌスの手紙を引用し[18]、また『百科全書』の項目「折衷主義」では、ユリアヌス帝が異端信仰にもかかわらずキリスト教徒の血を一滴も流さなかったその寛容を称えている[19]。

ようするに、古代ローマの虚構を介して《皇帝ティートの慈悲》は啓蒙思想と手を結んでいるのだ。ローマはけっして現実化しえないユートピアであるから、その限りでは絶対君主レーオポルト二世の権力を正当化する紙芝居の舞台として機能すると同時に、モンテスキューやディドロが、いやルソーでさえもが夢見た理想の主権者を形象化することもできるのである。民衆の徹底排除で終わる革命劇《タラール》と、最高権力者の驚くべき仁慈の証しで幕となる《ティート》――オペラの思想史的読解という立場からすれば、前者は九一年憲法が体現する理念の内実と限界を示し、後者は革命が否定する絶対王政の（そして、旧政体の音楽版ともいうべきオペラ・セーリアの）最後の輝きを伝えるものと説明されるだろう。

残念ながら上演の機会もレコードすらもない《タラール》についてはともかく、ここでは《ティート》の復権に向けていま少しオペラそれ自体にそくした分析を進めてみたい。むろん、台本の本格的検討のためには、メタスタージオの原作およびそれにつづく数多の改訂・変更の逐一を、マッツォーラ版にいたるまで厳密に辿る作業が不可欠であるが、これは到底筆者の手には負えない課題である。

まず、このオペラの真の主人公は皇帝ティートでも、そのティートの殺害をはかるセストでもなく、見事な合唱によって象徴される「ローマ」の神聖さであり、登場人物たちを動かしている目に見えない何かである。[20]ティートは「支配者の運命は不幸だ」と嘆くが、これはアンリ・グイエがいう「天のなかに書きこまれたものを前にした人間の無力[21]」を示す古典主義の悲劇の特徴なのである。

曲のどこにも増してそうした「運命」の力を感じさせるのは、モーツァルト゠マッツォーラのオリジナルである第一幕のフィナーレだろう。五重唱を歌う五名の人物、合唱隊のローマ市民、そして観客――これらの誰一人として状況全体を正しく把握している者はいない。時ならぬ火の手をいぶかり、不安がる人々はむろんのこと、陰謀の張本人セストとヴィテッリアですら、皇帝暗殺を確信しながらも気持ちは割り切れない。ティートにたいするセストの友情とヴィテッリアの愛情が、ティートという対象を失って宙吊り状態に置かれ、二人は依然としておのれを超えた目に見えぬ掟の支配下にある。皇帝暗殺という計画は成就したのに何一つ解決をみない。これは二人の陰謀の共犯者であり、しかもティートがまだ生きているという真相を知らない私たち観客の心理でもある。モーツァルトはこのあたりの機微をよくわきまえ、フィナーレの後半を何とアンダンテに落として、さながら《レクイエム》を聴くような出口のない重苦しい響きで締めくくっている。

「運命」の桎梏を、それでは個々人はどう生きているのか。人物たちははじめからある厄介な状況に巻きこまれているため、ドラマは彼らがおたがいに絡みあい、かかわりあう行為のレヴェルには設定されえない。ジョルジュ・ド・サン＝フォアの指摘に俟つまでもなく、プブリオやアンニオのような副次的人物はオペラ・セーリアに欠かせない類型であり、状況に受身の反応を示すばかりか、他の人物にたいしても慎しみ深く控えめな態度しかとらない。[22] これはセーリアというよりも、古典悲劇全体の本質的特徴である。

ドラマは、ティート、セスト、ヴィテッリアの三名の男女を襲う心の葛藤にもとめられる。この革命期の新古典主義的オペラ一編を通じてえんえんと繰りのべられる主役三名の悩みや苦しみに、現代の私たちが共感するには、レチタティーヴォ・セッコを含めて彼らの長い表白のすべてが、ミシェル・フーコーがいうところの「自己のテクノロジー」にもとづいてなされていることを理解する必要がある。[23] フーコーは近代ヨーロッパ人における自己検討の方法が、初期ローマ帝国におけるストア主義的伝統と後期ローマ帝国のキリスト教求道生活とに淵源をもつとのべているが、《ティート》というオペラの真の「ローマ性」は主要な人物がこの二つのテクノロジーを駆使して生きている点にもとめられるように思われる。

ティート帝は自己に関するストア派の技術を実践する。彼がローマ人民のために異教徒の女ベレニーチェへの愛を断念し、さらにアンニオのためにセルヴィーリアを皇妃として選ぶのを思いとどまるだけでも、私たち観客はティートの天晴れな禁欲、その恐るべき自己統御の力を確信する。フーコーによると、「ストア派の伝統では、自己検討と審判と規律・訓練は、記憶をとおして自己に関する真理を重ね合わせることになる、つまり〔行為の〕規則を思い起こすことによる、自己認識への道を示す[24]」ということになり、統治者としてけっして自己や現実を放棄することなしに実現される、ストア主義らしい真理の獲得を意味しているが、ティート本人も私たち観客を審判に、アリアやレチタティーヴォを介して「規則の思い起こし」、すなわち心の鍛錬と苦痛の現場を開示して見せてくれる。

もっとも典型的な例は、第二幕でセストとの対面後に語られる自問自答形のレチタティーヴォだろう。ティートは親友の死刑判決書にともすれば署名したくなる自分の心理と戦い、「寛容」という行動原理を思い起こして、この原理に照らした自己検討を行う。

一方、セストとヴィテッリアが用いる自己のテクノロジーは初期キリスト教のものである。「おのおの人は、自分が誰であるかを知る義務、すなわち、自分のなかで何が起こっているかを知ろうと努力し、過失を自認し、誘惑を認め、欲望をつきとめる、そうした義務をもつのであり、そして誰もがこれらの事柄を神にたいして、もしくは集団のなかで他の人々にたいして、明らかにしなければならない。したがって、自分にとって不利な公的もしくは私的な証言をしなければならないのである[25]」。

セストは罪深い自分を十分すぎるほどに自覚している。彼は悔悛者として振る舞わなければならない。だが、セストの悩みは悔悛の果ての告白行為がヴィテッリアを巻き添えにすることである。そこでセストは罪を一人で背負って死のうとする。すなわちティートに告白を拒み、陰謀の罪を加えて自己のテクノロジーへの違反の罪を着る。ただ、この違反（すなわち、告白の拒否）の代償は死であるから、死や殉教を最高モデルと仰ぐ悔悛の理論と実践は、逆説的にセストにおいて完璧に成就されているといえるかもしれない。

ヴィテッリアの独白（第二二番のレチタティーヴォ・アコンパニャートと第二三番のロンド）は、その点、模範的な悔悛の例である。あれほどの悪女の突然の改心は不自然だとする非難は正しくない。「悔悛とは、変化の、つまり自己や過去や世界との断絶の、装いである」。ティートの物静かな自己検討とは対照的に、ヴィテッリアの目覚めは演劇的な自己開示、終幕の駆けこみ訴えへとエスカレートせざるをえない。「これ見よがしのこれらの身振りは、罪深き者の存在のありようの真実を明らかにするという機能をもつ。自己明示は同時に自己破壊である」(26)。

つまるところ、《皇帝ティートの慈悲》はきわめて様式化された自己分析の心理オペラなのである。二〇世紀の私たちがサルトルの戯曲『出口なし』やシドニー・ルメットの映画『一二人の怒れる男』に感動し、フロイトの症例研究やカール・ロジャースのエンカウンター・グループに関心を寄せるのであるならば、このオペラが一八世紀人にたいしてもちえたはずの「治療効果」を、ある程度信じてもよいはずだ。むろん、その効果はモーツァルトのピアノ協奏曲があたえてくれる治療効果、すなわち前章「喪失と自由」でのべた両性具有的な治療効果とは明らかにちがう、もっと時代色の濃い、倫理的なものである。だから、それを追体験するには概念の転換を伴う一連の手続きが要る。モーツァルトの同時代に身を置いてみるという、想像力のトレーニングである。ローマ皇帝ユリアヌスの捧じた異教の是非について、ディドロはこう記している。

人がユリアヌスの異教や神秘術の儀式にたいする並みはずれた好みを、寛大に判断するか、あるいは厳しく判断するかのべつはともかく、こういうことを見るにはわれわれの世紀の人間の目でもって見てはならないのである。そうではなく、この皇帝の時代に身を移して、こういう迷信的な教義に誰もかもすっかり夢中になっている偉大な人間たちのあいだで、果たして彼よりも賢明でありえたかどうか、よく考えてみなくてはならない[27]。

第五章　奇人と天才の話
――ヨーロッパ世紀末のモーツァルト――

1　光まばゆいピアノの陰画

モーツァルトではピアノ協奏曲をよく聴く。どの曲でもかまわない。狂信派には怒られそうだが、じつは演奏だってどうでもよく、ほとんど籤《くじ》を抽くように抜きだしてはかけている。

とりわけ好きなのが第一楽章のはじめのところで、トゥッティのあとピアノが入ってしばらくすると、また冒頭から聴き直したりする。K四九一のハ短調の曲などは、もうそれでいいようなもので、極論すれば展開部以後の部分とそれまでとでは、音楽の質の高さまでちがうような気がしてくるから怖い。

とにかく、オーケストラの序奏につづいて登場するピアノ・ソロのパートは、モーツァルトの場合、飛び抜けた魅力を発散するように書かれてはいないだろうか。その魅力は文字通り言語に絶するもので、下手な比喩や形容をもちだしたら必ずぶちこわしになる。あえてその愚をおかすなら、途方もなく美しい、よく光るものが突如現れ出でるということにでもなるのだが、さりとてヴァーグナーの聖杯のごときものを思い浮かべてもらっても困るのである。

いま一つの方向として、あのピアノによるアインガング（それはほとんどそのまま、私の心のなかにモーツァルトその人が光に包まれて登場するというに等しい）と似たような魅力を、私たちにあたえてくれる芸術がほかにあったかと問うてみることはできるだろう。またしても狂信派を激怒させる危険を承知でいえば、モーツァルトが生まれる前にすでに産声をあげ、一九世紀に入って飛躍的な発展をとげた近代小説のジャンルに、協奏曲のソロ・ピアノに匹敵するような美しい主人公が時々いるような気がする。私が今、思い浮かべているのは、スタンダールの『パルムの僧院』なのだが、たしかに冒頭のプロローグとそれにつづく淡白なスケッチのあと、いよいよ青年ファブリス・デル・ドンゴが単身ワーテルローの戦場に赴くくだりは、たとえばK四六七のアインガングにも似て、読み手の魂を一瞬にして奪ってしまうような、敏捷で軽やかな動きに満ちてはいないだろうか。そういえば、ファブリスが年上の酒保女とかわす微笑《ほほえ》ましくもそこはかとなくセクシーな会話は、モーツァルトの協奏曲の最良の部分で聴かれる、ピアノと木管楽器との掛けあいを彷彿させないこともない。

むろん私には、ここで『パルムの僧院』をはじめとする、あの壮麗きわまりない近代小説群をモーツァルトの音楽と比較して論じるだけの余裕も力量も欠けている。ルソーの『新エロイーズ』、ゲーテの『若きヴェルテルの悩み』、セナンクールの『オーベルマン』、バルザックの若干の小説、そしてわがスタンダールの『パルム』や『赤と黒』――いずれの主人公を思いだしてみても、モーツァルトのピアノ協奏曲のどれか一節がよく似合いそうな、つまりは至福に満ちた若者たちである。たとえ彼らをどれほどの悲劇や不幸が見舞おうとも、この至福の印象は変わらない。それは短調で書かれた音楽（たとえば、K二七一の第二楽章）についてもおなじことなのである。ただ、今の私には、たとえようもなく美しいもの同士をいくら並べて比較してみても、溜息が出るばかりで、ろくな文章が書けそうにないということなのだ。いっそ正反対の方向で、モーツァルトの音楽を浮き彫りにする方法はないものだろうか。協奏曲の主役、ピアノの、あの光まばゆい、華麗な登場ぶりのちょうど陰画となるような、思い切って醜く、滑稽で、どこか悲しい人間が、モーツァルトと同時代の小説に描かれたためしはないのだろうか。

2　ディドロ作『ラモーの甥』の登場

ある日の午後、わたしは見ることとは大いに見ながら、ほとんど口を利かず、なるだけ人の声に耳をふさいで、そこに腰をすえていた。そのとき、わたしは、神様が風変わりな人間にこと欠かないようにしてくださっているこの国でも、とりわけて風変わりな人物に話しかけられたのだ。この男ときたら、高邁と低劣との、良識と不条理との化合物だ。まじめなものとふまじめなものとの想念が彼の頭のなかでは奇妙にこんがらがっているにちがいない。というのは、彼は自然から与えられた長所の部分をなんの衒《てら》いもなく示すばかりでなく、また自然からさずかった短所の部分をもなんの恥じらいもなくさらけだしているからである(1)。

おそらくは一七六二年ごろとおぼしきある日のこと、ディドロはこの不思議な小説を書き始めた。舞台に選んだのはパリ中央部のパレ・ロワイヤルにあるレジャンスというコーヒー店。その一隅に座ってぼんやりしている哲学者の「私」に、あの大音楽家ジャン＝フィリップ・ラモーの甥である「彼」が話しかけてくる。このあたりまでは「私」のモノローグで話が進むが、引用箇所からもう二頁ほど甥の人となりを説明すると、あとは二人の対話となり、芝居の台本のような台詞のやりとりに時折、「私」の独り言が挿入される格好になる。

形の上からも、これは尋常ならざる小説というほかないが、それにも増して「私」が紹介する「彼」すなわちラモーの甥はなんとまた奇怪な人物だろうか。無心に美しい音を紡ぎ転がしつつ登場するモーツァルトの独奏ピアノや、危険きわまりない戦場に何の屈託もなく走り出るファブリスとちがって、「高邁と低劣との化合物」と形容されるこの不気味な男の出現には、どこか常人の理解を絶する不透明なところがある。「まじめ」と「ふまじめ」、「長所」と「短所」を平気で同居させることのできる混乱し矛盾した人間、これほどモーツァルト的世界の対極にいる人間が考えられるだろうか。

甥の人物論はひとまずおくとして、まず『ラモーの甥』という作品そのものが辿った数奇な運命を思い返してみよう。ピアノ協奏曲をはじめとして、モーツァルトの（そして、一八世紀のほとんどの芸術家や文学者の）作品の多くが、教会や宮廷や都市といった文化創出の場や、そこに生きる享受者たちが作りだしている趣味、様式、気分などのシステムと密接なかかわりをもっているのとちょうど正反対に、ディドロは少なくともこの『ラモーの甥』の制作においては、そうしたシステムと一切無縁な場所に身を置くことで、この作品にある種隔絶した風貌をあたえたのである。すなわち、ディドロは『ラモーの甥』を生前にはついに刊行しなかったのだ。そればかりではない。執筆の動機や制作の過程について、彼は書翰を含むどんなテクストにもほとんど手がかりを残していない。またディドロの周辺にいた知人・友人がこの作品にわずかでも言及している形跡が見当たらないのだ。

つまるところ、『ラモーの甥』は同時代人にとっては存在しないに等しい作品だった。ルソーですらあの波乱含みの『告白』草稿をサロンで朗読していた時代であることを考えあわせると、これは驚くべきことだといえるだろう。『ラモーの甥』を読んだのは一九世紀の人間である。ゲーテが読み、そのゲーテによるドイツ語訳をヘーゲルが読む。ロマン主義者たちによる礼賛の嵐がそれにつづく、といった具合だ。ホフマンやボードレールにとって、甥はまぎれもない同時代の近代人と見えていたにちがいない。それは折りしも、「神童モーツァルト」の美化、神格化がヨーロッパ各地で徐々に始まるころである。ディドロが恐らく後世に託した大奇人の幻影と、モーツァルト本人が知る由もない大天才の神話とが、それぞれにすぐれた語り部や崇拝者をえて増殖と肥大の道を歩み始めるのだ。

一八世紀に戻ろう。作者の生前にはついに日の目を見ることのなかった『ラモーの甥』だが、作品のなかに含まれているさまざまな情報から、この対話小説は一七六〇年代の初頭、すなわち少年モーツァルトが両親や姉とパリをはじめて訪れた時より少し前に書き起こされていることがわかっている。一七六三年から六四年にかけて、モーツァルト一家が滞在したパリの文化や風俗について、私たちは『ラモーの甥』から、驚くほど豊富な情報を手に入れることができるのである。

モーツァルトは、この少年時代の西方大旅行の途次でも、また一七七八年の最後のパリ旅行においても、ディドロと出会ったという形跡はない。だが、文学作品は同時代の社会を映しだすだけの鏡ではないし、その作者とべつの人物との出会いが証明されたところで、作品への評価がそう大幅に変わるものでもあるまい。ここではむしろ、『ラモーの甥』を自立した一個のテクスト、すなわち近代芸術家、あるいは近代的人間というものの存在と意味について問いかけるテクストとして考え、その限りでモーツァルトと比較してみたい。

3　「個性」と「中庸の美」と

ここで改めてモーツァルトのピアノ協奏曲について考えてみよう。K四九一やK四六七の響きを耳にするたびに、私が否応なくおぼえるのはずばり自由の感情である。私は誰かべつの人間になる。あるいは逆に、誰かであることをやめるといったほうが正確かもしれない。誰かであることをやめるとは、誰でもなくなること、私自身に戻ること。モーツァルトの音楽は人間のもっとも奥深いところに眠っている部分に働きかけ、その人の真のアイデンティティ、本物の個性を目覚めさせるようなところがある。

おなじように、ラモーの甥も周囲の人間に本来の個性を回復させるという、得がたい魅力を発揮する。「それは醱酵させる一粒の酵母のようなもので、各人にその生まれつきの個性をいくらか取り戻させる」と、ナレーターは「甥」についてのべている。[2] この「個性」(individualité) という名詞に注目していただきたい。これは当時にあっては新造語で、文学史では『ラモーの甥』のこの箇所が最初の用例になる。ディドロ以前では生物学や心理学の論文に二、三の例が見られるが、いずれの場合も、同種に属する個体同士がおたがいに異なった存在であることを指す意味で使われている。原生動物のポリプの頭を切って、べつのポリプに移植すると双頭のポリプができる。果たしてこのポリプの個体性《アンディヴィデュアリテ》は一つか、二つかという議論が、生物学者のあいだでまじめに交わされていたのである。

ディドロは『ラモーの甥』でこの「個性」ないし「個体性」の概念に新しい次元を付け加えた。人間は誰しも、「教育や社会の慣習や礼儀作法の導き入れた、あの退屈な単調さ」のなかにおのれを埋没させて生きている。社会生活とはそういうものである。そこへ甥という強烈な個性が現れて、その単調さをぶちこわし、人々がつけている似たりよったりの仮面をはいで、素顔をむきだしにさせる。個性が個性を呼び覚ますのだ。

ただ、ラモーによる個性の表出は、モーツァルトの音楽とちがい、いささか強引で意表をつく。哲学者「私」との対話でも、「彼」の物言いはつねに過激な露悪趣味に満ち、時に壮絶な気配をおびる。

　あんたの眼から見れば、わしはとてもいやしい、ひどく軽蔑すべき奴でさ。時には、わしの眼

から見てもそうなんだ。(3)

このような台詞から聴きとれる音調は、とうていモーツァルトのピアノ協奏曲のそれではない。あえて音楽上の類似をもとめるなら、ベートーヴェンのスケルツォからロマン主義へと流れていく、あの荒々しい諧謔をいっぱいに孕んだ否定と哄笑の個性、いわゆるロマンティック・アイロニーの精神であろう。ホフマンやボードレールといった一級のアイロニストたちが、こぞって『ラモーの甥』の熱狂的読者となったのもゆえなしとしない。

そして、それゆえにこそ、『甥』はモーツァルトの音楽の対極に立つ作品、ネガであり反措定なのだ。言い換えれば、『甥』のこうした側面と比較したとき、はじめて、モーツァルトの音楽のもつ非ロマン派的性格が明らかになるのである。モーツァルト自身、一七八二年一二月二八日付けの父親宛て手紙で、自作のピアノ協奏曲にことよせてそのことをきわめて明快にのべている。

これらの協奏曲はむずかしすぎず、易しすぎず、ちょうどその中間です。—とても輝いていて—耳に快く—自然で、空虚なところがありません。—あちこちに—音楽通だけが満足を得られるようなパッサージュがありますが—それでも—音楽に通じていない人でも、なぜかしらうれしくならずにはいられないように書かれています。(4)

そして、その少し先のところで、当今は「中庸のもの、真実のもの」がまったく尊重されないという批評が表明されるのだ。私には作曲者自身によるこの短い自注だけで、ピアノ協奏曲の本質解明には十分すぎるくらいである。

逆にいえば、あの皮肉屋のラモーの甥が自堕落な生活、奇異を衒《てら》う思想、難渋する創作を通してもとめてもついにえられない「何か」、すなわち「中庸の美」という「真実」が、モーツァルトによって、ここでは何ともあきれるほどあっけらかんと語られてしまっているのである。

4　ラモーの甥とモーツァルト

大作曲家ラモーの実在の甥ジャン゠フランソワは、多少の面識があったらしいディドロの筆でかなりデフォルメされているが、ようするに伯父ほどの才能には恵まれず、三流音楽家の汚名に甘んじて、金持ちの家で道化を演じる卑しい生活を送ってきたが、つまらぬプライドが禍いしてパトロンから出入りを差し止められ、絶望と悲憤に身もだえしている状態で哲学者の「私」と出会う。明日から食うに事欠く身のラモーに、中庸を説くほどの余裕がないのは当然である。「私」という最良の聞き手を前に、ラモーが問わず語りに口にする表白や断想の数々は、面白いほどモーツァルトの人や音楽と対立し、矛盾する。しばらくはその対比の妙を味わうことにしよう。

「私」と「彼」との対話は、天才をめぐる是非論から始まる。折りしも、少年モーツァルトがおそらくはヴィーンに旅行していたころの話である。ラモーは、とある大臣の天才無用論を借用する形で、伯父をはじめとする大芸術家への怨念を表明する。

天才人なんて奴は呪うべき存在だ、もし子供がその額に、自然のこの危険な贈物の特徴をつけて生まれてきたら圧し殺してしまうか、それとも川っぷちの乞食小屋へでも投げ棄てるかしなけりゃなるまいとね。(5)

ラモーの甥は天才を否定するにも他人の権威に縋《すが》るしかない。ここではルイ一五世の腹心ショワズルが、甥の思想上のパトロンになっている。ただ、ショワズルが標的にしているのは天才一般であり、その限りで甥も物騒な意見にくみしているにすぎない。だが、ひとたび天才が、たとえば伯父の大ラモーの名を名乗ると、甥の態度は嫉妬と羨望のそれに変わる。伯父の名作『恋のインド』の序曲を聴くたびに、彼は自分の無力を痛感し、伯父の遺作に美しいクラヴサン曲でもあれば迷わずわが物にするだろう、と告白している。

このくだりに対置できるモーツァルト側のエピソードがあるだろうか。自分以外の天才にたいするモーツァルトの態度を示す好例として、ヨーゼフ二世の御前演奏でクレメンティと対決した後の手紙を思い起こそう。

……この人は、律儀なチェンバロ奏者です。—でも、それだけのことです。—右手が非常に巧みに動きます。—彼の見せどころは、三度のパッサージュです。—その他の点では、趣味も感情もまったくありませんし、たんに機械的に弾くだけです。(6)

抜く手も見せぬ一刀両断だが、私たちが驚かされるのは、競演を終えた後のモーツァルトが示す、不思議なほどの冷静な判断である。ここには好敵手にたいする憎悪も憐憫もない。相手の力量を的確に測定し、その音楽の本質を一挙に把握してしまう、残酷なまでに鋭い耳の働きがあるだけである。この冷徹な批評は、むろん芸術家としてのおのれの力量にたいする過不足ない判断でもある。ヴィーンのモーツァルトが父に宛て、自分はヨーゼフ二世に仕えたいとは思うが、へつらってまで召し抱えてもらおうとは思わない、外国にだって口はある、ただそれこそドイツにとって不名誉なことだと言い放つとき、モーツァルトは君主の強大な権力に自分の才能のみを対置させるという、当時にあってはきわめて危険にして孤立した立場を確立しているといえるだろう。

ラモーの甥はどうか。ここでも独立独歩のモーツァルトと対照的な、どこまでも他人を媒介にせざるをえない不幸な奇人の姿が浮き彫りにされる。締めだしをくったパトロンのところへ謝りにいけと「私」に忠告された甥は、さすがにプライドを傷つけられ、「このわしが、ラモーともあろうものが」とつい声が大きくなる。だが、その「わし」は、モーツァルトの自我のように現世の権力者を見据えて屹立するにはいたらず、結局は「誰の前でも一度も膝をまげたことのない」薬剤師の父ラモーや、大ラモーと呼ばれる「偉人」を後ろ盾にした、負け犬のような遠吠えに甘んじるしかないのだ。それというのも、ラモーの甥には恃《たの》みとするに足る創造力の充実がなく、たえず不毛の意識にさいなまれているからなのである。

やっぱりここになにかがあるような気がする。だが、叩いてもゆすぶっても駄目だ。なんにも出てきやしない。(7)

ここで誰もが思いだすのは、モーツァルトが演奏会の前日に、たった一時間でヴァイオリン・パートを書き、自分の受け持つクラヴィーアのパートは「頭のなか」に入れて初演したヴァイオリン・ソナタ（従来のK三七九説が疑問視され、K三八〇が有力であるという）の逸話である。いくら叩いても応えるもののないラモーの頭と、さながらワープロのメモリーのごとく五線譜の情報を自在に出し入れできるモーツァルトの頭。両者の対比は鮮やかにして見事というしかあるまい。

5　近代人のさきがけとして

しかしながら、両者にたいして私たちが一様に抱く共通の親近感があることもまた否めない。それは、モーツァルトとラモーとがともに近代人である、というところから生まれる親近感だろう。近代人とは、ひと言でいうなら、意識をもった存在のことである。そして意識とは、自分自身と外部の世界とのズレを自覚する精神にほかならない。モーツァルトの場合、その精神にはとんでもない「音楽」が住みついて鳴り止まない。モーツァルトにドラマというものがあるとすれば、おのれの内部で鳴り響く音楽、あるいはその音楽をどうしても表現しようとする自分と、他人や世間とが必ずしも同調しえないことからくる苛立ちだろう。

―ちょっとの暇を見つけては、またちょっぴり書き足す。―でも、それだって長くはつづけられない。―ぼくがあまりにも多くの他人のものになっていて―ぼく自身のものなんて―ほとんどないんだ。―これがぼくの好きな生き方でないことは、いまさら君に言うまでもないだろう(8)―。

ザルツブルクの大司教との長きにわたるいざこざも、近代芸術家の自立の歴史を画す意味あるひとコマであると考えられるだろう。近代芸術家の歴史とは、アトリエの職人がいつの間にかおのれの天職と才能に自覚と自負をもち、パトロンと対立し、ひいては社会全体と緊張関係に入る歴史だからである。ただ、モーツァルトで特筆されるべきは、そうした桎梏や焦燥が深刻な自己分裂を生んだり、ひいては音楽の形式や表現に異常な肥大や偏向が見られるといった、近代芸術にはおなじみの徴候が認められないことである。モーツァルトの手紙に錯乱と呼べるようなものは読みとれないし、またその音楽は本人がのべるごとくつねに「非常に華やかで、耳に快く」、「空虚なものに堕しては」いない。その限りでは、モーツァルトをあっさり近代人と呼ぶことにはためらいがある。一九世紀が犯した大きな過ち、すなわちモーツァルトを、まともに悩むことを知らぬ永遠の神童として聖化した事情も、おらそくこのことと無関係ではあるまい。

一方、ラモーの甥の抱えこむドラマは、むしろ私たち現代人にとってすら親しいものである。甥は自分が音楽家として三流であるばかりか、そもそも心ががらんどうで、なにもないことをよく知っている。満ち足りた心などというものは幻想でしかない。思想や倫理を信じる心（哲学者）も、物欲の充足に飽食した心（金満家）も、すべてこの世の嘘に欺かれているにすぎない。自分のみならず、人類全体が虚無を宿し、それでいてなにものかを演じつづける道化の集団なのだ。

賢明な人だったら、道化なんかもたないでしょうよ。だから、道化をもっている者は賢者じゃない。もしその男が賢者でないなら、道化です。たとえ王様だったとしても、その男は多分自分の道化の道化というわけでしょう。(9)

6　近代人とラモーの甥の悲劇

ところで、『ラモーの甥』は音楽小説でもある。落ちぶれたとはいえ甥も音楽家の端くれであり、哲学者のほうもかなりの音楽通らしい。二人の話題のかなりの部分が音楽談義で占められているのは当然である。話が音楽のことに及ぶと、ラモーは声つきのパントマイムで演奏の真似事をやる。そのクライマックスは数頁にわたるオペラのパントマイムで、彼はそこで指揮者とオーケストラの各パートと歌手と踊り手とを、たった一人で演じ分け、この騒ぎでカフェ・ド・ラ・レジャンスは黒山の人だかりとなるのだ。

このくだりにおいて、ラモーは近代文学で最初の、音楽に魂を奪われた人間、音楽のなかにおのれを消し去り、それによって本物の「個性」を発現する人間に変容している。オペラのパントマイムを介してのみ、ラモーは心を音楽でつねに満たしているあのモーツァルトに、ある意味ではきわめて近い場所にいるということができるだろう。

しかしながら、ここで重要なのは、ラモーの甥によるパントマイムがあくまで模倣であり、幻のなかにしか存在しない代物だということである。伯父への嫉妬にさいなまれ、自分の凡庸さを知りつくしているラモーは、音楽（それ自体がフランスやイタリアのオペラからの引用集成である）を演奏する自分をさらに模倣することによってしか、自由を見出すことができない。これはモーツァルトがよくやる自己引用（たとえば、K四四七の《ホルン協奏曲》で、第二楽章の主題がテンポを変えて終楽章に用いられるなど）の技法などとは、まったく次元を異にする事柄である。ここにラモーの甥の悲劇がある。心に無を抱えこみ、模倣を介してしか真実を垣間見ることができないという、この近代人の悲劇を、一八世紀文学はついに共有できなかった。小説『ラモーの甥』がディドロの生前に出版されなかったことはまことに象徴的である。というのも、ラモーの悲劇は、一八世紀以後の人間をいずれとらえることになる心の病であり、そしてそのような病を癒すものとして、「華やか」であっても「空虚」に落ちこむ心配のない、モーツァルトのピアノ協奏曲の世界があるからなのである。

終 章 「いたみ」と「かなしみ」のトポス

私たちは他人の「いたみ」や「かなしみ」をどこまで共有できるものなのだろうか。

東日本大震災の被災者たちを映しだすテレビ報道を見ているうちに、ふと思いだしたイタリア映画がある。マルコ＝トゥリオ・ジョルダーナ監督の超大作『輝ける青春』（二〇〇三年）である。たしかフィレンツェで起きた大洪水の災害が、エピソードとしてどこかに挿入されていた。一九六六年一一月四日、街を流れるアルノ河の氾濫で、美術館などの建物の一階と地階に収蔵されていた美術品や貴重書が壊滅的な被害を受けた惨事である。

映画では、各地から駆けつけたヴォランティアの若者たちが、泥にまみれて働き、配られた昼の弁当を食べていると、建物から運びだして泥濘に直接置かれたままのグランド・ピアノに向かって、とある女子学生が突然演奏し始める。あれはモーツァルトの《イ短調ピアノ・ソナタ》ではなかったか。

DVDを取りだしてそのシーンを探してみた。私の記憶は正しかった。トリノ大学で数学を勉強しているという女子学生は、モーツァルトが一七七八年にパリで作曲したソナタを弾き始め、居合わせた主人公の青年ニコラの心を奪う。これが機縁で二人は結ばれ、結婚するが、妻はピアノよりも政治活動に専念し、テロリスト・グループ「赤い旅団」のメンバーとして暗躍し始める。家庭はまもなく崩壊する。

『輝ける青春』にはほかにも忘れがたい場面がたくさんあり、観客が登場人物たちの「いたみ」や「かなしみ」をどこまで共有できるかについての、まるで試金石のようなすばらしい映画なのだが、ここでは映画を離れ、モーツァルトに少しこだわってみたい。災害現場になぜ《イ短調ソナタ》が鳴り響かなければならないのか。

モーツァルトは生涯にパリを二回訪問している。最初は一七六三年から六四年にかけて、七歳から八歳の少年期に、両親と姉に同行した「西方大旅行」の途次である。ヴェルサイユ宮殿に赴いてフランス国王の前でも演奏し、神童の名をほしいままにした。第二回目は一七七八年、今度は母一人に伴われての就職運動旅行で、アマデウスも二二歳。かつての奇跡の神童もいまやただの若者であり、周囲の反応は意外に冷たい。アマデウスにとっては失意の滞在がつづく。追い打ちをかけるように、六月、母アンナ＝マリーアが腹痛に苦しみ始める。不潔なパリの水やパンに毒された、と息子は呪う。病人は衰弱し、たちまち医者に見放される。七月三日朝、母は息子にみとられて、異境の地で息を引き取る。死因はチフスということらしい。K三一〇の《イ短調ソナタ》はそのような状況で生みだされた。ただし、作曲はどうやら母の死よりは前のことで、楽曲の内容を現実の不幸に還元するのは、いささか短絡のそしりを免れないようだ。

それにしても、モーツァルトの十数曲におよぶピアノ・ソナタで短調作品というと、ほかにはだいぶ後で書いたK四五七のハ短調しかない。短調の響きがあたりまえのように愛好家の耳になじみ、

モーツァルト▶
ピアノ・ソナタ楽譜扉

W. A. MOZART

KLAVIERSONATEN

BAND I

NACH EIGENSCHRIFTEN, ABSCHRIFTEN
DEN ERSTAUSGABEN UND ALTEN DRUCKEN
HERAUSGEGEBEN VON
ERNST HERTTRICH

FINGERSATZ VON
HANS-MARTIN THEOPOLD

G. HENLE VERLAG MÜNCHEN

◀モーツァルト
《イ短調ピアノ・ソナタ》楽譜

特別な意味合いをもたなくなる一九世紀のロマン主義以降とはちがい、大部分が長調で作曲されている古典期の音楽のなかで、短調の調べは聴き手にたいしてどこか異様な刺激をあたえたものにちがいない。モーツァルトの傑作《ロンドイ短調》やオペラ《フィガロの結婚》第四幕冒頭でバルバリーナが歌うヘ短調のカヴァティーナが、聴き手をいうにいわれぬ悲哀や憂愁の世界に誘いこんだであろうことは容易に想像できる。

そもそも一八世紀の人間にとって、「いたみ」や「かなしみ」を直接表現する方法はきわめて限定されていた。ワトーの絵やルソーの文学にしても、「そこはかとない、正体不明の不安、悲しみ」というあたりが精一杯で、たとえば次のような小説中の若者像が一つの典型といえるだろう。

しかしながら、少し前から、ヴィルジニーは覚えのない悩みに苛まれていた。居住地の人気のない場所をあちこちさまよい、いたるところに休息をもとめても、どこにも見つからないのだった。

（ベルナルダン・ド・サン＝ピエール『ポールとヴィルジニー』）

このように儚くて、とらえどころのない情緒や気分の表出にこそ、一八世紀ヨーロッパの芸術や文化の真骨頂があるのだが、それにしても、悩めるヒロインのヴィルジニーや、重病の母親を抱えた青年アマデウスの心が、すぐそこに、作品のなかに、手が届くような具合に、都合よく透けて見えると考えるのは、たぶんわれわれ現代人の錯覚であり、拙速なのだろう。いったい、二五〇年も前の、それも遠い異国の人間の「いたみ」や「かなしみ」を、私たちはどこまでわかちもつことができるのだろうか。いや、果たしてわれわれは、つい先日起きた東日本大震災の被災者たちの「いたみ」や「かなしみ」ですら、どうやって追体験し、同情や憐れみといったこちら側の感情の周波に同期させることができるのだろうか。

モーツァルトに戻ろう。小説の架空のヒロインは論外としても、モーツァルトの場合は、本人の生活や感情がどうのという前に、なによりも残された楽譜というものがある。それもただの楽譜ではない。この《イ短調ソナタ》というのは、譜面からして格別に不思議な作品なのだ。せきこむようにひた走る悲愴感。フォルテとピアノの異様なまでの対照。そして左手にあたえられた暗く不気味な表情。とりわけ第一楽章の五七小節から始まる短いけれど背筋の寒くなるような展開部で、執拗に唸りつづける左手の一六分音符。第二楽章の途中で突然ハ短調に転じるときの左手の三連音符。その少し先のトリルの効果。第三楽章で二回ほど低音のオクターヴがなぞるテーマの威嚇するようなたたずまい。これらのすべてを、まだロマン主義の絶望や咆吼を知らない啓蒙期の知性との平衡を手放さずに演奏してのけるのは至難の業である。これまで多くのピアニストが、激情に駆られるか、逆に抑制のききすぎた冷たい無表情に堕して、凡庸でつまらない演奏を繰り返してきた。

たった一つ、これまでに私を満足させた演奏があるとすれば、それはルーマニアからジュネーヴに移り住んだピアニスト、ディヌ・リパッティによる一九五〇年の録音である。厳密にいうと、リパッティによるこの曲の演奏は二種類あって、一九五〇年のジュネーヴでのスタジオ録音と、同年九月一六日にフランスのブザンソンで開かれた「最後のリサイタル」におけるライヴ録音である。後者は会場の雑音や演奏前の「プレリュード」（古い演奏習慣ともいえる試し弾き）までもが収録されているが、ソナタの演奏自体は完璧な出来映えで、啞然とするほどすばらしい。ちなみに、リパッティはこの演奏会を終えてから三カ月後に死去している。

学生のころから愛聴してきたリパッティの演奏には、ただの名演とか妙技とかで片づけられない、いわく言いがたいなにかがあり、ずっとそれが気になっていた。むろん、モーツァルトのイ短調の響きも、そこではひと役買っているだろう。リパッティが一九一七年、ルーマニア生まれで、リンパ肉芽腫症という不治の病に蝕まれ、三三歳で亡くなったこと、ルーマニアから西ヨーロッパへの移住と、折りからのナチス・ドイツの跳梁跋扈、永世中立国スイスに定住後の活動と発病、闘病といったさまざまな要素が、この「いわく言いがたいなにか」を構成していることは確かである。さらに付け加えれば、そうしたリパッティの悲劇的相貌には、どこか夭折の天才モーツァルトを思わせるものがある。リパッティはバッハと並んで、モーツァルトの音楽を愛していた。たった二曲しか残していないモーツァルトの演奏記録は、絶品としていまだに語りぐさになっている。いうまでもなくくだんの《イ短調ソナタ》、それからルツェルン音楽祭でカラヤンと共演したK四六七の《ハ長調ピアノ協奏曲》のライヴ録音である。私がリパッティにたいして抱く「いわく言いがたいなにか」の感情を、もう少し突き詰めてみたい。おそらく、この感情の奥底には、いまの私にとって、遠い他人の「いたみ」、「かなしみ」になんとか心を届かせたいという、昔からの願望のようなものが、ひっそりとわだかまっているにちがいないからである。

まず、モーツァルトの時代とちがい、現在の私たちにとって、「いたみ」、「かなしみ」と呼ばれるものは、多くの場合、他者に生じた「身体」の変調や破壊を介して現れることが多い。癌、交通事故、戦争など、少なくとも一九世紀までの人類がほとんどあずかり知らなかったドラマを、現代人は体験するようになってきている。これに先日の原発事故を加えてもいいだろう。

リパッティの場合、生きた時代がちょうど第二次世界大戦の前後だったという事情が無視できない。リパッティは最初、母や弟とパリに出て、音楽院に入り、早くもその天才ぶりで周囲の度肝を抜くのだが、折りからのナチス・ドイツの侵略に追われるようにして、ジュネーヴに定住する。そのころのジュネーヴは、周辺各国からの亡命者、避難者であふれかえり、ちょっとしたヨーロッパ文化の坩堝のような活況を呈していたらしい。

リパッティよりも三歳若いだけの批評家ジャン・スタロバンスキーもまた、亡命してきたポーランド系ユダヤ人の両親のもとで生まれ、青春期をそうした坩堝で過ごした生き証人である。スタロバンスキーがスイス・ロマンドのテレビに出演してインタビューを受けた、合計六時間半という長大な映像記録を見ると、若いころの思い出話として、パリから招かれた詩人ヴァレリーが「文明の寿命」について力説した危機意識あふれる講演とか、ジュネーヴに移住したカトリック系の詩人ピエール゠ジャン・ジューヴが語り伝え、当時の若者の心をとらえた「死か、それとも自己完成か」といった精神主義的な信念などが生々しく紹介されて、スリリングですらある。スタロバンスキーは、ジュネーヴほど奥が深く、濃密な都市はほかにないとすら述懐している。

そうしたジュネーヴが発散する、浮き世の塵芥にまみれていない清潔で高貴なイメージは、そのまま批評家スタロバンスキーの仕事にも当てはまる。パリに巣喰う世俗的でハイカラな知識人たちがつねに先端を切りたがり、攻撃的で、スタイリッシュな前衛を気取る優男ばかりなのにたいし、スタロバンスキーの書く文章には、どこかモーツァルトを（そしてリパッティを）思わせるような詩心と自制と明澄があふれており、読む者の心を落ち着かせてくれる。（いうまでもなく、わが日本の仏文系研究者の多くは、そうしたパリジャンの流行にあこがれ、嬉々として追随し、心のどこかで「辺境」のジュネーヴや、パリの狂騒にたいして距離をとりつづけるスタロバンスキーを小馬鹿にしている節がある。それから念のため、スタロバンスキーの文体をモーツァルトの音楽と比較したのは、私ではない。すでにある批評家が書いていることだ）。いつしか、そうしたスタロバンスキーの印象は、私のなかで何のためらいもなく、ピアニストのディヌ・リパッティの面影に、さらにはモーツァルトの音楽につながっていくのである。

私はここ数十年間で都合三回、スタロバンスキーの講演やゼミに出席しているが、リパッティはすでに過去の人であり、わずかな写真で面影を偲ぶことができるだけである。両者は西洋人としては異常なほどに小柄であり（そういえば、アマデウス・モーツァルトも小男だった）、しかしながら、いずれも炯々《けいけい》たる眼光の持ち主である。スタロバンスキーは若くしてジュネーヴ大学の文学部で文学博士号を、ローザンヌ大学医学部で医学博士号を取得した。文学のほうはルソー論、精神医学のほうはメランコリー研究で、医者としては臨床経験もあるらしい。ディヌ・リパッティがパリ音楽院で天才の名をほしいままにし、アルフレッド・コルトーからはピアノを、ポール・デュカスとナディア・ブーランジェからは作曲を、シャルル・ミュンシュからは指揮を学んで、いずれの先生をも驚倒させたというエピソードとそっくりである。二人のちがいは、リパッティが不治の病にかかって夭折したのにたいし、スタロバンスキーは長寿をまっとうし、現在九一歳でまだ元気に仕事をしていることである。だが、七〇歳を過ぎたあたりから、スタロバンスキーの関心は人間の「身体」に向けられ始める。精神科医と文学研究者の眼で、現代の「いたみ」と「かなしみ」を問い始めたのである。スタロバンスキーが若いころに、ジュネーヴの町で実際に聴いたにちがいないリパッティの演奏をどう思っているか、ぜひとも話を聞いてみたいところである。

現代の「いたみ」と「かなしみ」を一身に体現したかのようなリパッティに加えて、もう一人、「薄幸」ないしは「悲愁」といった言葉をもってしか語りようのない天才ピアニストがいる。なんと、リパッティと同郷のルーマニア人、クララ・ハスキルである。一八九五年のブカレスト生まれ。没年は年下のリパッティより一〇年遅い一九六〇年である。ハスキルもブカレストからパリに出て、二二歳年下のリパッティ同様にアルフレッド・コルトーに師事するが、一五歳あたりから脊柱側彎症という奇病にかかり、生涯ギプスを装着していたらしい。ハスキルをライヴで聴いている数少ない日本人の証言によると、晩年の演奏姿勢は、背を曲げて、鍵盤に顔がくっつきそうな不自然な格好で弾いていたそうである。しかし現在、この演奏家ほど、不世出のモーツァルト弾きとして揺ぎない評価を受けている音楽家もいないだろう。

孤独癖が強く、人嫌いのハスキルは、派手なパリの社交生活になじめず、パトロンのポリニャック公爵夫人邸のサロンで、ほとんどお抱えピアニストのようにして演奏していたが、ピアノに向かう以外は本当に口もきけないほどの、寡黙で臆病で気むずかしい女性だった。サロンでの評価は悪くなかったが、演奏スタイルが当時のフランスに支配的な古い様式と合わないので、パリの楽壇からは完全に黙殺されていたようである。彼女がユダヤ系であることがこの処遇に関係あるかどうかについては、私にはわからない。

ドイツでヒトラーが総統になってしばらくの一九三五年、クララはポリニャック公爵夫人のサロンで、祖国ルーマニアから出てきたばかりの目元の涼しい若者に、突然ルーマニア語で話しかけられる。相手はわずか一八歳のディヌ・リパッティ、クララはもう四一歳だった。はや中年にさしかかった、人見知りの激しい、臆病で陰気な音楽家のクララと、まだ学生気分が抜けない、モーツァルトの生まれ変わりのような天衣無縫のディヌとの出会いであった。母語で話せる相手を見つけた喜びは想像にあまりある。二人は急速に近づき、毎日のように会い、手紙を交換し、電話を何時間もかけあって、さながら恋人同士のように幸福だった。一人だけ、二人の親密さを心よく思わない人物がいた。ディヌの母アンナである。故国に夫を置き、息子二人を連れてパリにのりこんできたアンナにとって、とりわけ長男の目映いばかりの才能と人柄はかけがえのない宝であった。年齢からすれば息子よりも自分に近い、陰気な老嬢ハスキルが、アンナにとって疎ましく、煩わしい存在であったことは容易に想像できる。

資料を通覧すると、天使のように無邪気なリパッティの人柄と卓抜な才能に魅せられて、クララ・ハスキルはこの天才ピアニストにたいし、どうやら友情以上の気持ちを抱き始めていたようである。そうこうするうちに、ポリニャック邸での二人の名手の評判は否応なく高まり、第二次世界大戦が勃発する一九三九年あたりがある種の絶頂期だったらしい。二人してモーツァルトの《二台のピアノのための協奏曲》を、シャルル・ミュンシュの指揮で共演した記録もあるし、この名曲のほかに、リパッティ自身の作品を二人で弾いたりもしていた形跡がある。しかし、この年は、アンナ・リパッティが息子たちを引き連れ、故国ルーマニアにしばらく引き揚げてしまうという、クララにとっては失意と絶望の時期でもあった。教育ママによる精一杯の嫌がらせと解する向きもある。一人パリに残されたハスキルがリパッティに宛てた手紙は、読むほどに胸に迫る痛切な叫びを秘めている。

誰も話しかけてくれませんし、かまってもくれません。ついに話し相手を見つけました。猫です。ひとりぼっちの。むこうが同情してくれたんです。

才能があまりあるあなたが羨ましい。どうして私にほとんどなくて、あなたにはそんなにあるのかしら。これがこの世の公正というものなのですね。気力は最低、もう演奏なんかできません。これ以上、下手には弾けないんです。どこに行ったらいいのか、なにをすればいいのか。体調は悪いし、頭は空っぽ、財布もです。私という貴重な人格も形無しですね。

なにか弾こうとするたびに、あなたがこう弾いた、弾くにちがいないということを思いだして、もう諦めるんです。

現在、モーツァルトやシューマン、シューベルト、そしてベートーヴェンの演奏にかけては、並ぶ者がいないといわれるほどの高い評価を受けているピアニストが書いたとは到底思えないような文章である。一九三九年以降、孤愁に包まれたクララに追い打ちをかけるような出来事がつづく。演奏会の機会に恵まれず、経済的にも不如意であったこと、フランスがナチス・ドイツに降伏したため、ユダヤ人という素性をひた隠しにして暮らさなければならなくなったこと、さらにパリを出て、故国や外国で華々しい演奏活動を展開しているリパッティに、どうやら九歳年上の恋人ができたらしいことである。この女性はマドレーヌといって、ルーマニアの貴族カンタキュゼーヌ公爵の妻であり、しかもピアニストであるため、これまでクララが相方をつとめてきたディヌの連弾パートナーが、いつの間にかマドレーヌに替わっていたのである。ハスキルの嘆き節を読もう。


親愛なるディヌ、もう書けません、私も。どうなってしまったのかしら。頭は空っぽでカサカサ、それだけでも大変です。お手紙はすごく嬉しかったです。近況も。お元気そうで、それにたくさんのすてきな計画、ブラヴォです。

とても遺憾だったこと。
一、私の代わりにマドレーヌ・カンタキュゼーヌをもう立てていること。あらゆる分野でおそるべきライヴァルです。
二、私たち二人のパリでのプログラムを〔マドレーヌと〕再現したこと。
これがあなたのなさり方なのね。いいでしょう、ディヌさん、手帳に書きつけましょう。

そういうことでしたら、私はJ・Dと弾きます。ただし、ここだけの話ですが、このピアニストは二流ですから、私とはずっと相性がいいでしょうし、うまが合うでしょうよ。残念です、同業者さん、これは知っておいてほしいのです。

いまは亡きあなたのパートナーのクラリネット

（一九四〇年三月一五日付け）

「クラリネット」というのは、リパッティがクララという名前にちなんでつけた仇名である。両者のあいだに交わされたおびただしい手紙のうちで、現存するのは若干の例外を除いてハスキルのものだけである。リパッティからの書状は、なんらかの理由でハスキルがほとんどを破棄してしまったとみえる。

ここまでは、もっぱらハスキルのリパッティにたいする一方的な愛情や劣等感ばかりを話題にしてきたが、二人の交友で特筆すべきは、リパッティの側もまた、とりわけモーツァルトの演奏に関して、ハスキルのピアノに畏怖に近い感情を抱いていたという事実である。公正を期するために、両者がおたがいを褒め、かつ畏れている文章を引用しておこう。

ハスキル側から……

ニヨンで私が弾くことをリパッティにはいわないでおいてくださいな。もう知っているなら、コンサートはキャンセルされたと伝えてください。

（知人への手紙）

リパッティが一一日にＯＳＲとローザンヌで弾きます。九日の私のリサイタルは、あの恐るべ

きピアニストに比べられたら危ないわね。キャンセルしたほうがいいかしら。（知人への手紙）

夕べ、いとしのリパッティはまたしてもモーツァルトを弾いて、すべてのピアニストを抹殺しました。あの人は神様に選ばれた方です。ですが、私にも少し恵んでくださったことで、神には感謝していますが。（知人への手紙）

リパッティ側から……

ある日、パウル・ザッヒャーとモーツァルトの《ジュノム協奏曲》を弾くために舞台に出ようとした直前、クララがきていると知ったリパッティは、居合わせたアルチュール・オネゲルに気後れを打ち明けてこういった。「あの人の、この曲の演奏は格別ですからね」。

昨日のモーツァルト〔《ジュノム協奏曲》〕でどれほどぼくたちが熱狂し、驚倒したか、言葉につくせません。貴女がサン＝ディディエ街のお宅でおなじアンダンテを弾いて聴かせてくださったとき以上の強い感動を味わいました。自信に満ち、王侯のような高貴さで、貴女の語り口はつねに感動的、けっして無関心にならずに展開するのです、まるで音の一つ一つに言葉をつけたかのように。ご存じでしょう、ぼくはとりわけ友達にたいしてはお世辞をいう習慣がありません（いっても意味がありませんから）。だから、貴女は偉大な芸術家なのです。貴女が夕べ、ぼくたちにあたえてくださったものについてお礼をいいます。

（一九四五年一〇月付け、リパッティからハスキルへの手紙）

こういうレヴェルの話になると、私ごときにはまったく判断がおぼつかないのだが、ただ一つだけいえることとは、クララとディヌという並ぶ者のない天才同士が、おたがいに心底相手を愛し、高く評価していた事実である。その評価が厳正で的確であればあるほど、賛辞や畏れもエスカレートするという具合で、凡人がとうていついていける話ではない。

きわめつけは、リパッティ最後の年の九月、伝説となった「最後のリサイタル」の八日前、リパッティが、おそらく病床で聴いたハスキルによるモーツァルトの《イ長調協奏曲》の演奏のラジオ放送について、ハスキルに書いた手紙である。

親しいクラリネット、普段にもまして見事に弾かれましたね。どこからみても堂々たる演奏でした。傾聴しましたが、批判できることなど一つもありません。貴女は本当に偉大な芸術家であり音楽家です。そしてすばらしいピアニストです。いつか、べつの協奏曲をさらわなければならなくなったら、弟子入りしますよ。冗談ぬきにです。ここ四日間、夜は三九度の熱です。頭がひどく重くて、寝たっきりです。バックハウス先生がみえました。いつもながらに陽気で、魅力的でいい人です。貴女に会うのを楽しみにしていますよ。いらしたら、カデンツァを進呈しましょう。リサイタルのプログラム企画を相談しましょうよ。（一九五〇年九月八日付け手紙）

ジュネーヴ時代の二人の交流は、夫の公爵との離婚についに成功したマドレーヌとようやく結ばれ、ついで病に倒れたリパッティを、時折ハスキルが見舞う形で展開した。二人がピアノを前に語らうとき、マドレーヌは遠慮して姿を隠すようにしていたらしい。リパッティにとって最後の年となった一九五〇年夏は、アメリカで開発されたコーチゾンという高価な治療薬が効いて、リパッティは完治を確信したほどの健康を取り戻したが、主治医はそれが一過性の効果でしかないと知っていた。七月、束の間の回復期にジュネーヴでスタジオ録音が行われ、またブザンソンでリサイタルも企画された。期日は九月一六日である。

当日は、早くも昼ごろから聴衆が詰めかけ始めた。誰もが、リパッティにとって最後のリサイタルになると知っていたのである。昼ごろ、高熱がぶりかえし、リパッティ自身が一時はキャンセルを決意したが、すでに超満員の会場を見て、医者から注射を何本か打ってもらい、演奏会は強行された。スイス・ロマンド放送局は実況放送の準備をしていたが、万が一の事態を考えて、録音だけに留めた。曲目は、バッハの《パルティータ第一番》、モーツァルトの《ソナタイ短調》、シューベルトの二曲の即興曲、休憩を挟んで、後半はショパンのワルツ全曲、ほとんどが七月にジュネーヴで録音済みの曲である。ピアニストの体調を慮り、演奏に際しては、休憩時間以外はピアノの前に座りっぱなしで、けっして途中で楽屋に戻らないという異例の決めごとまでなされたらしい。

このただごとではない演奏会については若干の写真が残されているが、舞台の上にまで聴衆がいて、会場にたちこめる感動と熱気が想像できる。主治医をはじめ、幾多の証言があり、また貴重な演奏の記録は何度もＬＰ、ついではＣＤのディスクで再発売を重ねている。ちなみに二〇一〇年、台湾における再発売レコードだけを対象としたコンテストで、この演奏会のCDは見事第一位に輝いたそうだ。また、おなじ年、フランス人のフィリップ・ロジェという人物が、この六〇年前のリサイタルを取材してドキュメンタリー映画を制作し、ブザンソン音楽祭やジュネーヴの音楽コンクールで披露された。日本で公開される見込みはなさそうだが、年老いた主治医が涙ながらに当日の模様を語るシーンなどが挿入されているらしい。

リパッティの演奏は、少なくともレコードで聴く限り、まったく衰弱の跡を留めない完全無比な解釈と音楽を展開している。とりわけモーツァルトの《イ短調ソナタ》は、少し前の七月に行われたスタジオ録音が、第一楽章の提示部を繰り返さないで展開部に入っていくのにたいし、この命がけのリサイタルでは提示部を律儀に反復していて、ピアニストの並々ならぬ決意と執念を伝えてくれる。休憩後のショパンは、さすがにすべての反復指示を無視して弾いているが、それでも力尽き、最後のワルツ、作品三四の一を弾くことができず、途中で退場し、代わりにアンコールとしてバッハの「主よ、人の望みの喜びよ」を演奏した。このバッハは、リパッティが生涯最初のリサイタルで最初に弾いた思い出の曲だったらしい。途中放棄したショパンのワルツとアンコールのバッハは、残念ながら録音が残されていない。

このコンサートに、ハスキルはいない。皮肉なことに、リパッティの余命がもはや尽きかけているこの一九五〇年、五五歳のハスキルにようやく幸運の女神が微笑《ほほえ》みかけてきたのである。まず、悲願のスイス国籍が取得でき、パブロ・カザルスに招かれてプラド音楽祭に出演。そこで音楽上の終生のパートナーとなるベルギーのヴァイオリニスト、アルチュール・グリュミオーと出会う。世界的な大家たちがこぞってこの埋もれた才能を発見し始めたのだ。また、オランダでの演奏会が成功を収め、ようやく名演奏家の名声を獲得するにいたる。一二月二日にリパッティが死去したとき、クララは演奏旅行の途上で、オランダのホテルにおり、演奏会のキャンセルということをついぞ知らない彼女は、冥福を祈るだけで、なにもできなかった。リパッティの母親アンナや未亡人のマドレーヌを中心に編まれたらしい、ディヌ没後一周年記念文集にも、ハスキルの名前はない。

一九五二年、パリで本格的なリサイタルを開催。ポリニャック公爵夫人邸以外の場所では、一切ハスキルに才能を認めようとしなかったパリの音楽界が、ようやく驚きの声をあげたのである。一九五四年、はじめてブザンソン音楽祭に招かれ、リサイタルを開く。四年前のリパッティゆかりの土地である。ハスキルは躊躇なく、このコンサートをディヌ・リパッティの思い出に捧げた。こうして盟友の死後、約一〇年間のあいだ、ハスキルは世界最高のピアニストとして、とりわけ不世出のモーツァルト弾きとして称えられる幸福を享受できたのである。だが、栄光は長続きしなかった。どこまでこの人は不幸にできているのだろう。

一九六〇年、パートナーのグリュミオーとデュオのコンサートを開くために、ブリュッセル駅に到着したクララは、グリュミオー夫人の出迎えを受けたが、駅の階段で昏倒して頭部を強打し、そのまま意識を失った。途中、一度だけ目を覚ました彼女が口にしたのは、「グリュミオーさんにすまない」という言葉だったという。数日後、リパッティの死からちょうど一〇年後に、クララもまた帰らぬ人となった。

「いたみ」と「かなしみ」のテーマは、この二人の稀有なピアニストを介して、いかにも二〇世紀らしい現れ方をしている。ルーマニアからの亡命芸術家という、それ自体からしてすでに悲劇の隈取りが濃い共通の身の上をべつにすれば、ディヌ・リパッティの場合は、不治の病で夭折した事実がすべてである。本人やその周辺にとっても、二〇世紀の音楽界にとっても、これ以上の損失は考えられない。最後のリサイタルに選ばれたモーツァルトの《イ短調ソナタ》は、直前に弾かれたバッハと並んで、二〇世紀という不幸な時代の「いたみ」や「かなしみ」を、涙や慟哭なしで伝えてくれる、最良の証言といえまいか。ルーマニアが言語的にはスラブ系ではなく、フランス語やイタリア語とおなじラテン語系のロマンス語の国である事実を思い起こそう。リパッティの音楽がときに水晶のように透明で、純粋な光沢を湛えた知性を感じさせるのは、あながち偶然ではない。

一方、クララ・ハスキルになると、ことはさらに複雑になる。リパッティに比べると、はるかに叙情的で奥深い感性をその演奏にしのばせるクララは、ルーマニア人であると同時にユダヤ人でもあり、その出自が一九三〇年代の西ヨーロッパでなにを意味したかは説明を要しないだろう。占領下のパリで、間一髪ゲシュタポの魔手を逃れたクララは、自由地帯の南仏マルセイユに脱出し、そこにしばし身を潜めてから、ジュネーヴに辿り着く。そのあいだ、もともとの持病である脊柱側彎症に加えて、脳に腫瘍ができ、危険きわまりない手術で命拾いをしている。

クララはリパッティ夫妻よりも一足先にジュネーヴに落ち着いて、多少の足場を築くことができた。リパッティのほうは戦時中、ルーマニア公使館の庇護を受けて各地で演奏会を開催し、政治音痴ゆえにドイツでの演奏すら辞さなかったが、スイスに入国してからは、妻とともに故国に帰らず、ジュネーヴに永住をきめた。これが災いして、ルーマニア政府から一切の演奏活動の機会を奪われてしまう。そのとき、あちこち奔走して、ディヌをサポートしたのが、ほかならぬハスキルだった。自分の仕事をキャンセルしようとまでして、指揮者の顰蹙を買ったという。

ある意味ではリパッティ以上に、「いたみ」と「かなしみ」の星のもとに生まれたようにみえるハスキルだが、彼女の演奏に、そうした宿命に耐えて生き抜いた女性の健気さとか心意気、あるいは心の鬱屈や沈潜が感じられるかといえば、じつはまったく感じられないのである。どうやら、上質の音楽というのは、演奏者の情緒や気分、作曲者の家庭の事情などを超越して、どこか雲のたなびく普遍の空間に翼をえて、恬淡《てんたん》と滑翔《かっしょう》していくものらしい。ハスキルが《イ短調ソナタ》を弾いたらという仮定は、いまとなっては意味がない。私たちには、彼女がモーツァルトのほかのソナタや協奏曲を奏でるときの、あのくぐもってコツコツと手応えのある名状しがたい音色が、録音という不完全なメディアを介していまなお残されているのを慈しむだけである。

映画『輝ける青春』のフィレンツェにおける災害現場をもう一度思い起こそう。泥濘のなかで突然鳴り響いたモーツァルトの《イ短調ソナタ》は、私たちになにを伝えているのか。この電撃的なシーンの直前、ニコラたち大学生が昼食をとっているところへ、某侯爵からの差し入れとかで、執事とおぼしき老人が赤いマントを着た可愛いお孫さんの幼女二人を先に立てて、台車に積んだパンやハムやワインを配って歩く場面がある。老人の恩着せがましい立ち居振舞いが滑稽なので、若者たちは笑い転げるが、結局は、丘の上に館をかまえ、洪水などわれ関せずの貴族から下賜される贈り物を、皆でありがたく頂戴する。ジャン・スタロバンスキーが人類における贈与の歴史を素描した名著『気前のよさ』（一九九四年）でまっさきに紹介している、「上から下」への贈り物、「豪奢な贈与」を地でいくような、権力者の優越を印象づけるしぐさである。

その直後、居合わせた人々の耳朶を打つ楽音が、のちにニコラと結婚することになる、女子学生のジュリアによって奏でられるモーツァルトの《イ短調ソナタ》第一楽章なのであった。見事な演出ではないか。丘の上からの支配と優越を誇示するような貴族の施しにたいして、ここで鳴り響く音楽は、まさに泥と汚物にまみれたフィレンツェの大地から湧きだして、若いヴォランティアたちの心を揺さぶるのだ。

「上から」にたいして「下から」、「貴族」にたいして「学生」。そしてなににもまして、「物資の贈与」にたいして「音楽の恵み」。モーツァルトの楽曲は、「いたみ」や「かなしみ」がある限度を超えたときに、どこからともなく人間を訪れる天啓か曙光のようなものとして現れる。一七七八年パリのモーツァルトにとっても、不治の病で死の淵にたたずむリパッティにとっても、あるいは脊柱側彎症や脳腫瘍や強制収容所の脅迫に怯えるハスキルにとっても、音楽はいわば生と死のぎりぎりの境界線に精神を歩ませる者だけが遺すことのできる、言葉にならない「証言」なのである。

注

本書の注では、参考文献の記述に際し、以下の略号を使用する。また出版地がパリの場合はこれを省略する。

DPV　Denis Diderot, *Œuvres complètes*, éditées par Herbert Dieckmann, Jacques Proust, Jean Varloot, & al., Hermann, 1975 et suiv., 34 vols., prévus.

CORR.　Denis Diderot, *Correspondance*, publiée par Georges Roth, puis par Jean Varloot, Les Éditions de Minuit, 1955-1970, 16 vols.

ENC.　*Encyclopédie, ou Dictionnaire raisonné des sciences, des arts et des métiers, par une société de gens de lettres* 1751-1765, 17 vols.

SVEC　*Studies on Voltaire and the Eighteenth Century*, Oxford, The Voltaire Foundation, 1955-.

RDE　*Recherches sur Diderot et sur l'Encyclopédie*, 1986-.

モ書簡　モーツアルト書簡全集全六巻、海老澤敏・高橋英郎編訳、白水社、一九七六―二〇〇一年

序章　「むすぶ」ことと「ほどく」こと

（1）赤坂憲雄『異人論序説』ちくま学芸文庫、一九九二年（一九八五年、砂小屋書房初版）、一七―二二頁。

（2）「こひは魂乞ひの義であり、而もその乞ひ自體が、相手の合意を強ひて、その所有する魂を迎へようとするにあるらしい」（折口信夫全集第七巻、折口博士記念会編纂、中央公論社、一九五五年、七〇頁）。

(3) 兵藤裕己「語ることと読むこと」、和田敦彦編『読書論・読者論の地平』若草書房、一九九九年、六一頁。
(4) トマス・ア・ケンピス『イミタチオ・クリスティ――キリストにならいて』呉茂一・永野藤夫訳、講談社、一九七五年、一一二頁。
(5) G・ヴィガレロ編『身体の歴史Ⅰ 一六―一八世紀 ルネサンスから啓蒙時代まで』鷲見洋一監訳、藤原書店、二〇一〇年、第Ⅰ部と第Ⅱ部。
(6) 岡崎勝世『世界史とヨーロッパ――ヘロドトスからウォーラーステインまで』講談社現代新書、二〇〇三年、二〇―二三頁。
(7) 同書、三四―四一頁。
(8) 「ペリクレスの指導のもとで民会を中心とする徹底した民主政が実現された。ほとんどの公職が籤で選ばれ、成年男性市民のすべてが集まって議決した。このようなポリス運営は直接民主政とよばれる」(尾形勇ほか一二名『世界史B』東京書籍、二〇〇六年、四〇頁)。
(9) 「集団として政治に参加する自由市民の住むギリシアの『ポリス』というお決まりのイメージは幻影にすぎず、その陰には、奴隷の負担、農民の周縁化(『文化的に洗練された』都市と『遅れた』農村という偽りの対比によってごまかされていた)、女性の隷属(アリストテレスですら男性より女性の方が歯の数が少ないと確信していて、女性は男性に劣ると見なし、男性の生殖能力の『孵卵器』にすぎないといった、まったく受動的な役割をあてがっていた)といったものが、豊かな市民と貧しい市民の現実の格差同様、隠されていたのである」(ジョゼップ・フォンターナ『鏡のなかのヨーロッパ』立石博高・花方寿行訳、平凡社、二〇〇〇年、一九―二〇頁)。
(10) 「『蛮族の国々』自体、多分にローマ人によって作り上げられたものなのであり、元々はありもしない人種的同一性と地理的定着性という特徴が彼らに付与された。カエサルのガリアやタキトゥスのゲルマニアは、作者の想像上の産物だったのである(『ゲルマン人』が自らを共通の集合名詞で呼ぶようになるのは、これより一〇〇〇年以上後のことである）」（同書、三一頁）。

（11）井上浩一『ビザンツ――文明の継承と変容』京都大学学術出版会、二〇〇九年、二九六―三六〇頁。この書物を読むと、当時の世界でビザンティンの人々だけが、現在のわれわれに近い存在であったことを教えられる。

（12）ベルナール・フリューザン『ビザンツ文明――キリスト教ローマ帝国の伝統と変容』大月康弘訳、文庫クセジュ、白水社、二〇〇九年、一八―二〇頁。

（13）ジョゼップ・フォンターナ、前掲書、第九章「大衆という鏡」一八九―二〇六頁。

（14）坂部恵『ヨーロッパ精神史入門――カロリング・ルネサンスの残光』岩波書店、一九九七年、三―二三頁。

（15）ちなみにディドロとダランベールを共同編集長とする『百科全書』への弾圧は、ソルボンヌ神学部や高等法院を中心とした大学・宗教界を中心に行われ、ヴェルサイユの王権を背景にしたフランス政府はむしろ好意的であったことが知られている。

（16）ここまでの記述はもっぱら以下を踏まえている。イマニュエル・ウォーラーステイン『入門・世界システム分析』山下範久訳、藤原書店、二〇〇六年、一九―四五頁。

（17）熊野純彦、項目「説明」、永井均ほか編『事典　哲学の木』講談社、二〇〇二年、六五五頁。

（18）マルセル・モース『贈与論』有地亨訳、勁草書房、二〇〇八年。

（19）コンラート・ローレンツ『ソロモンの指環――動物行動学入門』日高敏隆訳、早川書房、一九七四年九刷、第一一章「モラルと武器」二〇六―二二八頁。この章の末尾に、ローレンツが若いころ、ということはすなわち「核」の脅威などが世界的に問題化するはるか以前に書いた、恐ろしいまでの予言性に満ちた文章を読むことができる。人間はオオカミなどとちがって、自分でも十分に使いこなすことができない「道具」ないし「武器」を手に入れてしまった唯一の動物であるというのである。

（20）二〇〇九年七月九日、愛知県中部大学人文学部で行われた講演。

(21) 廣野喜幸、項目「共生」、前掲『事典　哲学の木』二五〇―二五一頁。

(22) 「自己組織化とは、『生成プロセスが次の生成プロセスの開始条件となるように接続した生成プロセスの連鎖』である」(河本英夫『オートポイエーシス2001　日々新たに目覚めるために』新曜社、二〇〇〇年、四三頁)。

(23) 「われわれが機知の技法の解明において発見したことは、無意識にあっては普通であり意識においては『思考の過ち』としてのみ判断されうる思考方法を自由に働かすことがきわめて多くの機知の技法的手段であるということであった」(フロイト「機知――その無意識との関係」生松敬三訳、フロイト著作集第四巻、人文書院、一九七〇年、三九三―三九四頁)。

(24) 河盛好蔵が取り上げるベルクソンによる「諷刺」と「ユーモア」と「アイロニー」の区別を紹介する。「ユーモア(彼はhumourと書いている)はアイロニー(反語)の逆である。ユーモアもアイロニーも、ともに諷刺の一つの形ではあるが、アイロニーは弁舌的性質のものであり、これに反してユーモアはなにかもっと科学的なものを持っている。人は、あるべき善の観念によってしだいに高く引き上げるにまかせながら、アイロニーを強調することになる。したがって、アイロニーはわれわれの内部で熱せられ、いわば圧縮された雄弁となるまでにいたる。これに反してわれわれは、存在する悪の内部にしだいに深くおりていき、ますます冷静な無関心さでその特徴を記しだすことによってユーモアを強調する」(河盛好蔵『エスプリとユーモア』岩波新書、一九六九年、五五頁)。

第I部

第二章　ソフィー・ヴォラン書翰を読む

（1）わずかな例外として、ジャック・プルーストの次の二論文がある。Jacques Proust, 《La Fête chez Rousseau et Diderot》, *Annales Jean-Jacques Rousseau*, XXXVII, 1970, p. 175-196. ——, 《De l'exemple au conte : la correspondance de Diderot》, *Cahiers de l'Association internationale des études françaises*, mai 1975, n°27, p. 171-187. いずれも論文集『オブジェとテクスト』*L'Objet et le texte : pour une poétique de la prose française du XVIII*^{e} *siècle*, Genève, Droz, 1980に収録されている。どちらもソフィー書翰を対象とした論考で、前者は一七六〇年九月一五日付けの一節をルソーの類似テクストと重ね読みしたもの。後者はソフィー書翰の全体を取り上げ、手紙に挿入された喩え話やコントの機能を論じたもの。

（2）Denis Diderot, *Lettres à Sophie Volland*, éd. André Babelon, Gallimard, 3 vols., 1930. この版は一九三八年に二巻本でおなじガリマール社から再刊され、さらに初版のリプリント版が出ている。Les Éditions d'aujourd'hui, collection 《Les Introuvables》, 3 vols., 1978.

（3）CORR. ただしこれはディドロの書翰全集であって、ソフィーに宛てた手紙はそれ以外の手紙にまじって年代順に配列される形になっている。

（4）*Les Lettres de Diderot à Sophie Volland*, éd. Yves Florenne, Le Club Français du Livre, 1965.

（5）Denis Diderot, *Lettres à Sophie Volland*, éd. Jean Varloot, Gallimard, Collection 《Folio》, 1984.

（6）この三つの仇名の由来については、前注のジャン・ヴァルロ版書翰選集の序文を参照のこと。

（7）CORR., t. 2, 1956, p. 125.

（8）ジョルジュ・メイはこの時期の特徴を「メランコリーの発作」と規定している。Georges May, 《Diderot pessimiste : la crise de mélancolie des années 1760-1762》, dans *Quatre Visages de Denis Diderot*, Boivin, 1951, p. 34-99.

（9）CORR., t. 4, 1958, p. 39. 以下、本章で多用するこの書翰全集第四巻に限り、本文中の丸括弧内にアラビア数字で頁を示す。

（10）たとえば、当時の貴族社会の夫婦、愛人、友人間の「貞操」、「仁義」、「誠実」といった倫理規範を探る好材料になる。

（11）この前後のディドロには「小さなお城《プティ・シャトー》」の夢想があった。そこの住人はいろいろだが、基本の核としてディドロ、ソフィー、グリムの「三人世帯」を考えていたことは確実である。CORR., t. 2, p. 178およびt. 5, p. 59-60を参照のこと。

（12）この年の一月、ジャン＝ジャック・ルソーがマルゼルブに宛てて例の有名な四通の自伝書翰をしたためているのは、あながち偶然の符合とも思われない。またルソーが後年、『孤独な散歩者の夢想』中の「第二の散歩」で、「魂に晴雨計をあてがう」式の自伝記述について説明しているくだりは、ディドロのこの一節と問題の立てかたがちがうとはいえ、やはり酷似している。

（13）一七六一年九月二〇日、ポルトガルのリスボンで宗教裁判所の判決により火刑に処せられた。

（14）ディドロは一七六一年一二月号の『外国日報』誌に『オシアン』の一部を訳出している。

（15）ディドロはダミラヴィルと協力して、火事を口実に一部免税措置のとりつけに奔走する。

（16）前出のソフィー書翰選集の序文で、ジャン・ヴァルロがやっていることである。

（17）ジョルジュ・ロトやジャン・ヴァルロは少なくともそう解している。

（18）Denis Diderot, *Œuvres philosophiques*, éd. Paul Vernière, Garnier, 1961, p. 177.

（19） Diderot et Falconet, *Le Pour et le contre*, éd. Yves Benot, les Éditeurs Français Réunis, 1958, p. 137.

（20） 一八世紀修辞学の教科書ともいえる前世紀ポール・ロワイヤルの『論理学』における「付随観念」の定義づけに関して、佐藤信夫の卓抜な論考がある。「《意味の弾性》――レトリックの意味論へ 6表現と意味の《ずれ》」『思想』一九八四年第一号、一〇九―一二四頁。またディドロの作品を彩る「付随観念」の働きについては、以下の拙稿を参照のこと。Yoichi Sumi, Le Neveu de Rameau : *caprices et logiques du jeu*, Librairie-Éditions, France Tosho, Tokyo, 1975, p. 275-282 et p. 479-496.

（21） その「問題」の正体は一一月に入らないとソフィーには明かされない。数学上の難問といわれる「円積問題」にディドロは悩まされていた。

（22） 現在のメゾン＝ラフィットにある城で、一六四二年から五一年にかけてパリ高等法院裁判長ルネ・ド・ロングイユのために、建築家フランソワ・マンサールが建てた。ルイ一四世、一五世、一六世と歴代の王が宿泊したことでも知られる。

第三章　ディドロの『ラ・カルリエール夫人』を読む

（1） たとえば、エルマン社版全集第一二巻では、「三つのコント」という見出しの下にまとめられている。DPV, t. XII, p. 497-647. この部分の編者はジャック・プルーストだが、おそらく本人の意向で名前を出さず、編者名は「モンペリエ一八世紀研究所」となっている。これは諸般の事情でプルーストが編集委員を辞めたことと関連しているものと思われる。

（2） Jacques Proust, *Diderot et l'Encyclopédie*, Armand Colin, 1962, p. 295-340.

（3） Article《PROBABILITÉ》, ENC., t. XIII, p. 393-400. Article《AUTORITÉ DANS LES DISCOURS》, *ibid.*, t. I, p. 900-901.

（4） Jacques Proust, *L'Objet et le texte : pour une poétique de la prose française du XVIIIe siècle*, Genève, Droz, 1980, p. 207.

（5） ENC., t. XII, 510-a et b.

（6） Denis Diderot, *Madame de La Carlière*, notes par Y. Sumi, Hakusuisha, 1986, 4-1.（ディドロ『ラ・カルリエール夫人事件』鷲見洋一編、白水社、一九八六年）。以後のこの作品に限り、行数表記のある上記の教科書（M. C. と略記）を使用する。数字は4-1とある場合、当該箇所の冒頭が4頁第一行目であることを示す。なおこの教科書の底本として使用したのは次の版本であることをお断りしておく。Diderot, *Le Neveu de Rameau et autres textes*, post-face de Jacques Proust, Librairie Générale Française, 1972《Collection Livre de Poche》.

（7） ロバート・ダーントンはルソーが『新エロイーズ』の序文のなかで読者にたいして似たような指示を発し、読者を遠隔操作しているという事実を指摘している。Robert Darnton, *The Great Cat Massacre*, Basic Books, 1984, p. 227-235. ロバート・ダーントン「読者がルソーに応える――ロマンティックな多感性の形成」『猫の大虐殺』（海保真夫・鷲見洋一訳、岩波現代文庫、二〇〇七年、二六七頁）。

（8） M. C., 4-17.

（9） ENC., t. I, XXXIII.

（10） この部分はすべて化学者ル・ロワの執筆になる『百科全書』の項目《蒸発》（ÉVAPORATION）を下敷にしている。*Ibid.*, t. VI, p. 123-130.

（11） M. C., 4-15.

（12） *Ibid.*, 6-11, 6-17.

（13） ジャック・プルーストは『ラ・カルリエール夫人』を含むコント群と『一七六七年のサロン』について比較研究を行い、「散歩」の場所と意味に関する興味深い指摘をしている。Jacques Proust, 《*Le Salon de 1767 et les*

Contes : fragments d'une poétique pratique de Diderot》, *Stanford French Review*, VIII, 2-3, Fall 1984, p. 257-271.

(14) 周知のように『ラモーの甥』のプロローグでは、パリのパレ・ロワイヤル公園が語り手の内部（夢想）と外部（娼婦）とに相渉る特権的な場になっている。

(15) M. C., 6-22.

(16) 鼎談「ディドロ——この未知なる人物」のなかのジャック・プルーストの発言。『思想』七二四号、一九八四年一〇月号、一八頁。

(17) M. C., 8-10.

(18) *Ibid.*, 66-9.

(19) *Ibid.*, 8-22.

(20) *Ibid.*, 16-23.

(21) *Ibid.*, 20-7.

(22) *Ibid.*, 32-20.

(23) CORR., t. III, p. 330-331.

(24) 「つまり、皆から笑い者にされるのが習慣になっているため、どんなことが起きても同情してもらえないような人がいるってことだよ」（M. C. 16-9）。

(25) *Ibid.*, 12-18.

(26) *Ibid.*, 44-2.

(27) *Ibid.*, 18-2.

(28) 「ラ・カルリエール夫人はデロッシュを見詰めて言うことに耳を傾け、その話や仕草のなかに彼の心を読みとろうとし、すべてを自分に都合よく解釈した」（*ibid.*, 28-23）。

（29）*Ibid.*, 52-10.

（30）*Ibid.*, 54-23.

（31）戦場で弾丸が当たって死んだ弟は別にしても、子供と母親の死にはラ・カルリエール夫人にも多少のかかわりがある。子供の直接の死因は乳が変わったためであるし（*ibid.*, 68-3）、母親の場合も「娘の苦しみをしょっちゅう見せつけられた」（*ibid.*, 70-19）ことが死期を早めている。

（32）*Ibid.*, 58-21, 66-3.

（33）*Ibid.*, 76-21.

（34）*Ibid.*, 34-11.

（35）*Ibid.*, 76-8.

（36）*Ibid.*, 36-2.

（37）*Ibid.*, 8-10.

（38）*Ibid.*, 20-4.

（39）*Ibid.*, 18-22.

（40）*Ibid.*, 36-12.

（41）*Ibid.*, 10-5.

（42）ENC., t. XIII, p. 444-445. なおジョクール執筆の項目《確約》（ENGAGEMENT）にもおなじような記述がある。*Ibid.*, t. V, p. 675-676.

（43）M. C., 30-5.

（44）ラ・カルリエール夫人は当時の貴族社会の習わしに反して母乳哺乳を実行した進歩的な女性だが、同時に授乳期間中の性行為をいましめる俗見を信じて、夫と床を別にしたのである。
(45) ディドロが愛人ソフィーに宛てた手紙のなかで提起した良心の問題については、本書一〇二―一〇六頁を参照のこと。
(46) ENC., t. XI, p. 506.
(47) この風評伝播のメカニズムを悪用しようと考えたのが、ボーマルシェ『セヴィリアの理髪師』第二幕第八場におけるバジルである。
(48) M. C., 30-5.
(49) *Ibid.*, 8-22.
(50) *Ibid.*, 62-3.
(51) *Ibid.*, 76-12.
(52) *Ibid.*, 48-17.
(53) *Ibid.*, 60-1.
(54) *Ibid.*, 62-19.
(55) *Ibid.*, 64-15.
(56) *Ibid.*, 72-3.
(57) 三部作のうち、『これは作り話ではない』の場合は冒頭と末尾に語り手のモノローグがあるし、『ブーガンヴィル航海記補遺』はさらに複雑な多声構造を有している。
(58) *Ibid.*, 18-6.
(59) *Ibid.*, 42-8.
(60) *Ibid.*, 58-2.

(61) *Ibid.*, 50-18.
(62) ENC., t. XIII, p. 399.
(63) Denis Diderot, *De la poésie dramatique*, dans *Œuvres esthétiques*, éd. Paul Vernière, Éditions Garnier Frères, 1959, p. 219 (Collection Classiques Garnier).
(64) M. C., 12-7.
(65) *Ibid.*, 22-7.
(66) *Ibid.*, 44-19.
(67) *Ibid.*, 46-3.
(68) *Ibid.*, 50-18.
(69) *Ibid.*, 10-10.
(70) *Ibid.*, 20-15.
(71) たとえば *ibid.*, 64-19.
(72) *Ibid.*, 72-7.
(73) *Ibid.*, 78-13.
(74) *Ibid.*, 80-6.
(75) *Ibid.*, 14-11, 14-13, 32-2.
(76) *Ibid.*, 84-13.
(77) *Ibid.*, 8-20.
(78) *Ibid.*, 84-17.
(79) *Ibid.*, 82-7.

(80) *Ibid.*, 85-19.

第四章 二つの国内旅行

(1) Denis Diderot, *Voyage à Bourbonne, à Langres et autres récits*, Ouvrage collectif présenté par Anne-Marie Chouillet, Aux Amateurs de livres, 1989, p. 36. 以下本書はVBと略記する。

(2) André Garnier,《Diderot et l'épigraphe》in VB, p. 132. 以下が、ガルニエによる碑文のフランス語訳である。A Borvo et Damona. Caius Latinius Romanus, Lingon, pour la guérison de sa fille Cocilla, conformément à un vœu.

(3) Jacques-Louis Ménérta, *Journal de ma vie : Jacques-Louis Ménétra compagnon vitrier au* 18e *siècle*, présenté par Daniel Roche, Montalba, 1982, p. 96. 以下本書はJMVと略記する。

(4)『新エロイーズ』は、メネトラが読んだと思われる六点の書物に入っている（JMV, p. 300）。

(5) Arthur M. Wilson, *Diderot : sa vie et son œuvre*, traduit de l'anglais par Gilles Chahine, Annette Lorenceau, Anne Villelaur, Laffont/Ramsay, 1985, p. 478-479.

(6) VB, p. 35.

(7) ただしこの友情行為は、プロピアック未亡人がべつの人間を夫の後釜に考えているとわかるに及んで、危うくディドロの評判に傷をつけかねなかった。

(8) 人間の存在を相対化する「自然」の巨大な視点設定は、ディドロの常套手段である。以下を参照。「たまたま、われわれは完全無欠な存在と不完全このうえない存在との中間点にいて、自然によって大階梯の下層に置かれている存在を蔑視していますが、だとすれば、われわれは自然によって最上の階梯に置かれ、蔑視の対象が下にあるのとおなじぐらい上に位置する存在にたいしても、そうする権利を認めざるを得ないのではないでしょうか。一切が結びついている機械のなかでは、ジレ夫人の太鼓腹、大食、ひっきりなしの尿意まで含めて、何一つ無駄なものはないのですから、無関係なもの、低劣なものがあれば、それはわれわれの無知の結果なのです」(CORR., t. III, 1957, p. 119).

（9）哲学の〈放蕩〉と生活の〈放蕩〉とを鮮やかに重ね合わせて描きだしたのが、いうまでもなく『ラモーの甥』の冒頭である。

（10）その体験の最たるものは、メネトラが一七六三年春に一度パリに帰った折り、それとは知らずに父の女と寝てしまうエピソードであろう。〈父〉と〈エネルギー〉という両テーマ系の見事な融合がここには見られる（JMV, p. 111-112）。

（11）*Ibid.*, p. 50-51.

（12）*Ibid.*, p. 88 sqq.

（13）Daniel Roche の論文を参照のこと（*ibid.*, p. 333-354）。

（14）たとえば、モンペリエの旅籠での出来事。刃物職人が連れてきた娘の男装をメネトラは目ざとく見破って、刃物職人の留守中に闇を利用してまんまと娘をものにする。

第五章　『ラモーの甥』の昔と今

（1）Jacques Proust, *Diderot et l'Encyclopédie*, Armand Colin, 1962.

（2）ジャック・プルースト『16－18世紀ヨーロッパ像——日本というプリズムを通して見る』山本淳一訳、岩波書店、一九九九年。

（3）Jacques Proust, *La Supercherie dévoilée : une réfutation du catholicisme au Japon au XVII*ᵉ *siècle*, Chandeigne, 1998.

（4） *Le Puissant Royaume du Japon : la description de François Caron (1636).* Traduction, introduction et notes de Jacques et Marianne Proust, Chandeigne, 2003.
（5） Émile Benveniste, *Problèmes de linguistique générale*, Gallimard, 1966.（E・バンヴェニスト『一般言語学の諸問題』岸本通夫監訳、みすず書房、一九八三年）。
（6） Yoichi Sumi, Le Neveu de Rameau : *caprices et logiques du jeu*, Librairie-Éditions France Tosho, Tokyo, 1975.

第六章　『ラモーの甥』の末裔たち

（1） R・D・レイン『引き裂かれた自己――狂気の現象学』天野衛訳、ちくま学芸文庫、二〇一七年、三八頁。
（2） 小池清治「漱石の日本語」、柄谷行人ほか『漱石をよむ』岩波書店、一九九四年、七七頁。
（3） 「しかし、三人称については、なるほど述辞は言い表されるが、ただそれは《わたし－あなた》のそとで行われる。すなわち、この形は《わたし》と《あなた》の相互の特性を規定させる関係からは除外されているわけである。そこで、この形の《人称》としての正当性が問題になってくる」（E・バンヴェニスト『一般言語学の諸問題』岸本通夫監訳、みすず書房、一九八三年、二〇六頁）。
（4） プラトン以来、ヨーロッパにおける伝統的対話作品は、その場にかかわりない「主題」や「話題」をつねに対象としており、目の前にいる対話相手の存在そのものを問題にするような「メタ言語」の現出はほとんどありえなかった。
（5） カール・ロジャーズ『カウンセリング』ロジャーズ全集第二巻、佐治守夫編、友田不二男訳、岩崎学術出版社、一九六六年、一四三頁。
（6） Denis Diderot, *Le Neveu de Rameau*, DPV, t. XII, 1989, p. 87.

（7） *Ibid.*, p. 95.

（8） *Ibid.*, p. 113-114.

（9） *Ibid.*, p. 117.

（10） *Ibid.*, p. 156-157.

（11） 高行健『霊山』飯塚容訳、集英社、二〇〇三年。Gao Xingjian, *La Montagne de l'Âme*, Éditions de l'Aube, 1995.

（12） 高行健、前掲書、第一章、九頁。

（13） 同書、第二章、一九頁。

（14） 同書、第五二章、三三五頁。

（15） Diderot, *op.cit.*, p. 69-70.

第七章　モーツァルトからディドロまで

（1） 本論は以下の書物で訳出したディドロの「リチャードソン頌」に寄せた「解説」を底本としている。ディドロ著作集第四巻『美学・美術』鷲見洋一・井田尚監修、法政大学出版局、二〇一三年、五六七―五八六頁。また、「リチャードソン頌」からの引用については、上記拙訳の頁数をその都度示すことにする。

（2） ここの記述は、以下の文献に負っている。海老澤敏『モーツァルトの生涯』白水社、一九八四年、四〇〇―四〇一頁。

（3） 以下を参照のこと。鷲見洋一「談話文化の一八世紀」、小林道夫ほか編集『フランス哲学・思想事典』弘文堂、一九九九年、一七五―一七七頁。

（4） Jean-Jacques Nattiez, *Musicologie générale et sémiologie*, Christian Bourgois éditeur, 1987, p. 25-121.

（5）ここの記述は以下の論文に負うところが多い。Stéphane Lojkine, 〈Introduction à Samuel Richardson〉, *Lettres angloises, ou histoire de miss Clarisse Harlowe*, traduction d'Antoine-François Prévost d'Exiles, textes choisis et établis par Benoît Tane, Québec, Les Presses de l'Université Laval, 2007.

（6）リチャードソンのフランスにおける翻訳や受容の状況については、以下の二つの論文に依拠している。Roger Lewinter, 〈Introduction〉 à l'*Éloge de Richardson*, dans Diderot, *Œuvres complètes*, édition chronologique, Introductions de Roger Lewinter, t.V, Le Club Français du Livre, 1970, p. 118-125 ; Jean Sgard, 〈Introduction〉 à l'*Éloge de Richardson*, in DPV, t. XIII, 1980, p. 181-190.

（7）とりわけても、長編『クレヴラン』における母親の埋葬場面などに、リチャードソン趣味の刻印は強く認められる。

（8）Shelly Charles, 《Les mystères d'une lecture : quand et comment Diderot a-t-il lu Richardson?》, RDE, n° 45, 2010, p. 25-39.

（9）手書き写稿の形で十数部作成され、フランス以外の予約購読者（各地の宮廷など）に送られていた。

（10）「この手紙を受け取ったら、『クラリッサ』の断片を封に入れて、私に送り返してください。デピネー夫人が返してくれと言っていますので」（CORR., t. III, 1957, p. 342）。

（11）いうまでもなく書翰体で書かれた『クラリッサ』を指している。

（12）『クラリッサ』のなかで、モーデン大佐からベルフォードに宛てた数通の手紙で、クラリッサの埋葬が記述されている。

（13）Shelly Charles, article cité, p. 29, note15.

（14）DPV, t. X, p. 394.

（15）《She had felt the lancet ; but did not bleed more than two or three drops》（*The Novels of Samuel*

Richardson, volume 15, *Sir Charles Grandison*, Part III, AMS Press, 1970, p. 282).

（16）ディドロと音楽という問題については、以下を参照のこと。海老澤敏「ディドロと一八世紀の音楽世界」『思想』「特集ディドロ――近代のディレンマ　歿後二〇〇年」七二四号、一九八四年一〇月、一九八―二〇六頁。

（17）前出注（6）、Jean Sgard 序文からの引用。

（18）筆者による日本語への翻訳で約一万五〇〇〇字弱になる。

（19）「リチャードソン頌」の拙訳は、以下の版本にもとづいている。*Éloge de Richardson*, DPV, t. XIII, 1980, p. 192-208.

（20）この言葉は以下の論文の標題からの借用である。Jean Starobinski,《Diderot et la parole des autres》, dans Diderot, *Œuvres complètes*, édition chronologique, introductions de Roger Lewinter, t. XIII, Le Club Français du Livre, 1972, p. III-XXI.

（21）Jacques Proust, *Diderot et l'Encyclopédie*, Albin Michel, 1995 (1962), p. 328-339.

補論　ディドロはいかに読まれてきたか

（1）本章は、かなりの部分を以下の書物に負っていることをお断りする。Jacques Proust, *Lectures de Diderot*, Armand Colin, 1974. この書物は、少なくともディドロの生前から二〇世紀後半期までのディドロ解釈やディドロ研究の歴史を考察する上で、不可欠の基本的文献である。

（2）このくだりについては、以下の論文に多くを負っていることをお断りする。中川久定「ディドロの三原稿群の歴史」『紀要』第六輯、名古屋大学教養部、一九六二年、一三五―一五四頁。半世紀前の論考ではあるが、少なくとも一九六〇年代までの歴史については、現在なおその価値を失わない貴重な労作である。

（3）Herbert Dieckmann, Jacques Proust, Jean Varloot の三名のイニシアルであるが、うちプルーストは一九八四

年以降、編集スタッフから身を引いている。

（4）Herbert Dieckmann, *Inventaire du fonds Vandeul et inédits de Diderot*, Genève, Droz, et Lille, Giard, 1951.

（5）鷲見洋一「ディドロとドイツ――ゲーテのディドロ読解を中心に」『モルフォロギア　ゲーテと自然科学』第二五号、特集「ゲーテとフランス啓蒙思想」、ゲーテ自然科学の集い、二〇〇三年、二八―四九頁。

（6）Bernard Groethuysen, 《La Pensée de Diderot》, *La Grande Revue*, novembre 1913, p. 322-341.

（7）Dieckmann, *op., cit.*.

（8）Herbert Dieckmann, *Cinq leçons sur Diderot*, Genève, Droz, et Paris, Minard, 1959. うち二編が以下に訳出されている。ハーバート・ディークマン「ディドロの思想における体系と解釈」、「思想とその表現様式」（田口卓臣訳、ディドロ著作集第四巻『美学・美術』鷲見洋一・井田尚監修、法政大学出版局、二〇一三年、三三三―四二六頁）。

（9）Denis Diderot, *Le Neveu de Rameau*, édition critique de Jean Fabre, Genève, Droz, et Lille, Giard, 1950.

（10）Jean Thomas, *L'Humanisme de Diderot*, Belles-Lettres, 1932.

（11）Jean-Jacques Mailloux, 《Diderot and the techniques of the modern literature》, *The Modern Language Review*, XXXI, 1936, p. 518-531.

（12）Leo Spitzer, 《The Style of Diderot》, dans *Linguistics and Literary History : Essay in Stylistics*, Princeton, University Press, 1948.（井田尚訳、前掲、ディドロ著作集第四巻、二五七―三三二頁）。

（13）Jean Starobinski, 《La parole des autres》, dans *Diderot, un diable de ramage*, Gallimard, 2012, p. 58-82.（小関武史訳、前掲、ディドロ著作集第四巻、四六三―四八九頁）。

（14）Robert Mauzi, *L'Idée du bonheur au XVIIIe siècle*, Armand Colin, 1965.

（15）Jacques Roger, *Les sciences de la vie dans la pensée française du XVIIIe siècle, la génération des animaux de*

Descartes à l'Encyclopédie, Armand Colin, 1963.

(16) Jacques Proust, *Diderot et l'Encyclopédie*, Albin Michel, 1996 (1962, première éd.).

(17) Jean Ehrard, *L'idée de nature en France dans la première moitié du XVIII*[e] *siècle*, E.V.P.E.N.,1963.

(18) Michel Foucault, *Les mots et les choses : une archéologie des sciences humaines*, Gallimard, 1966.

(19) Jean Sgard, Michel Gillot, Françoise Weil, *Dictionnaire des journalistes, 1600-1789*, Presses Universitaires de Grenoble, 1976.

(20) Jacques Proust, *Diderot et l'Encyclopédie*....

(21) John Lough, *Essays on the Encyclopédie of Diderot and D'Alembert*, London, New York, Toronto, Oxford University Press, 1968.

(22) Richard N. Schwab, with the Collaboration of Walter E. Rex, *Inventory of Diderot's Encyclopédie*, VI, SVEC (80, 83, 85, 91-93) ; ———, *Inventory of Diderot's Encyclopédie*, VII. *Inventory of the Plates, with a study of the contributors to the Encyclopédie by John Lough*, SVEC (223), 1984.

(23) Frank-A. Kafker (in Collaboration with Serena L. Kafker), *The encyclopedists as individuals : a biographical dictionary of the authors of the Encyclopédie*, SVEC (257), 1988 ; ———, *The encyclopedists as a group : a collective biography of the authors of the Encyclopédie*, SVEC (345), 1996 ; ———, ed., *Notable Encyclopedias of the Seventeenth and Eighteenth Centuries: Nine Predecessors of the Encyclopédie*, SVEC (194), 1981 ; ———, ed., *Notable Encyclopedias of the late Eighteenth Century : Eleven Successors of the Encyclopédie*, SVEC (315), 1994.

(24) Robert Darnton, *L'Aventure de l'Encyclopédie, 1775-1800. Un best-seller au siècle des Lumières*, Librairie Académique Perrin, 1982 (original version, 1979).

（25） Marie Leca-Tsiomis, *Écrire l'Encyclopédie. Diderot : de l'usage des dictionnaires à la grammaire philosophique*, SVEC (375), 1999.

（26） Jacques Proust,《De l'*Encyclopédie* au *Neveu de Rameau* : l'objet et le texte》, dans *L'Objet et le texte : pour une poétique de la prose française au XVIIIe siècle*, Genève, Droz, 1980, p. 157-203.（ジャック・プルースト「『百科全書』から『ラモーの甥』へ」鷲見洋一訳、前掲、ディドロ著作集第四巻、四九一―五五九頁）。

第Ⅱ部

第二章　怪物的神童とパリ

（1） ケッヘル番号六、七、八あたりの作品がそれにあたる。

（2） モ書簡I、一〇一―一四八頁。

（3） 佐々木健一『美学辞典』（東京大学出版会、一九九五年）の項目「天才」が現在、天才概念についてもっともまとまった歴史と理解をあたえてくれる。同書、八九―九八頁。

（4） *Gazette de France*, n° 3, du lundi 9 janvier 1764, p. 12.

（5）《Système figuré des connaissances humaines》, ENC., t. I.

（6）《Explication détaillée du système des connaissances humaines》, *ibid.*, p. xlvii b.

（7） *Ibid.* p. xlvii a-b.

（8） バショーモンによると（Bachaumont, *Mémoires secrets*, t. 2, p. 39）、日蝕はせいぜい雨雲ていどのものだったが、ローソクをもとめた人がいて笑われたという。

（9）*Affiches, annonces et avis divers*, n° 9, 29 février 1764, p. 35. 同紙に報道された「変異」現象としては、「尻尾がすべて結ばれている一二匹のネズミ」（一七六三年一二月一四日付け第五〇号、二〇〇頁。一二月二一日付け第五一号、二〇四頁）、「舌がなくても喋る一九歳の女性」（一二月二一日付け第五一号、二〇三—二〇四頁）、「聾唖者を喋らせる医者」（一七六四年二月八日付け第六号、二四頁）、「皮膚が白くなってしまった黒人」（二月二九日付け第九号、三五頁）などがある。

（10）*Correspondance littéraire, philosophique et critique*, par Grimm, Diderot, Raynal, Meister, etc., éd. M. Tourneux, Garnier, t. V, 1er décembre 1763, p. 410-412. なお、同誌は手書き写稿でわずか十数部が外国の予約購読者に送られていただけであるから、モーツァルト姉弟のフランスにおける宣伝にはまったく寄与しえなかった。

（11）モ書簡I、一〇九—一一〇頁に引用。

（12）Jean-Jacques Rousseau, *Émile*, dans *Œuvres complètes*, t. IV, 《Bibliothèque de la Pléiade》, Gallimard, 1969, p. 402.

（13）*Ibid.*, p. 1392. なおモーツァルトは一七六四年一月二七日の誕生日まで八歳だったが、父親が七歳とふれて歩いたのである。

（14）*Correspondance littéraire*, t. V, 15 avril 1763, p. 259-267.

（15）*Ibid.*, t. VII, 15 juillet 1766, p. 82.

（16）Marc Bloch, *Les Rois thaumaturges*, Armand Colin, 1961.

（17）モ書簡I、一一五—一一六頁。

（18）*Gazette de France*, n° 2, du vendredi 6 janvier 1764, p. 8.

（19）ノルベルト・エリアス『宮廷社会』波田節夫・中埜芳之・吉田正勝訳、法政大学出版局、一九八一年。

(20) ベアトリス・ディディエ「フランスにおけるモーツァルト作品の受容について」鷲見洋一訳、海老澤敏ほか監修『モーツァルト』II、「歴史の中のモーツァルト」所収、岩波書店、一九九一年、一九頁。

(21) Pierre Rétat (sous la direction de), *L'Attentat de Damiens : discours sur l'évènement* au XVIIIe siècle, Éditions du CNRS, 1979.

(22) ヴォルテール『カラス事件』中川信訳、冨山房百科文庫、一九七八年。Voltaire, *Mélanges*, texte établi et annoté par Jacques van Heuvel, 《Bibliothèque de la Pléiade》, Gallimard, 1961.

(23) ピーター・ゲイ『自由の科学II』中川久定・鷲見洋一・中川洋子・永見文雄・玉井通和訳、ミネルヴァ書房、一九八六年、第八章。Peter Gay, *The Enlightenment : an Interpretation. The Science of Freedom*, London, Wildwood House, 1973 (1970).

(24) 前掲『自由の科学II』三六二頁。

(25) レーオポルトの一七六三年一二月八日付け（モ書簡I、一〇三頁）、および翌年二月一日付け（同書、一一七頁）手紙を参照。

(26) Bachaumont, *op. cit.*, t. 5, 10 décembre 1763, p. 309 et 15 décembre 1763, p. 311.

(27) *Correspondance littéraire*, t. 5, 1er janvier 1764, p. 431.

(28) Bachaumont, *op. cit.*, t. 2, 3 avril 1764, p. 40–41.

(29) 一八世紀フランスにおける死の問題をめぐっての研究上の集大成は、ジョン・マクマナーズ『死と啓蒙』小西嘉幸・中原章雄・鈴木田研二訳、平凡社、一九八九年。John McManners, *Death and the Enlightenment: changing Attitudes to Death among Christians and Unbelievers in Eighteenth-Century France*, Oxford, Oxford University Press, 1981.

(30) モ書簡I、一三一—一三二頁。

（31）同書、一〇四―一〇五頁。

（32）*Affiches...*, n° 46, 16 novembre 1763, p. 183–184.

（33）モ書簡Ⅰ、一二六頁。

（34）たとえば、「デムラン嬢の調合になるタチアオイの練り薬」について。*Affiches...*, n° 48, 30 novembre 1763, p. 192 et n° 2, 11 janvier 1764. また「マージュ氏による治療薬」について。*Ibid.*, n° 4, 25 janvier 1764, p. 16 et n° 5, 1er février 1764, p. 20.

（35）モ書簡Ⅰ、一二七―一二八頁。なおヨーロッパにおける種痘普及の歴史については、イヴ＝マリ・ベルセ『鍋とランセット』松平誠・小井高志監訳、新評論、一九八八年。Yves-Marie Bercé, *Le Chaudron et la lancette : croyances populaires et médecine préventive (1798–1830)*, Presses de la Renaissance, 1984.

（36）モ書簡Ⅰ、一二〇―一二一、一二五頁。

（37）同書、一三一―一三二頁。

（38）同書、一二〇頁。

（39）同書、一一九頁。

（40）Bachaumont, *op. cit.*, t. 2, 6 mars 1764, p. 31 et 26 mars 1764, p. 37–38 ; Affiches..., n° 14, 4 avril 1764, p. 56.

（41）*Correspondance littéraire*, t. 5, 1er mars 1764, p. 462.

（42）ドニ・ディドロ『ラモーの甥』本田喜代治・平岡昇訳、岩波文庫、一九六四年、三八―三九頁。Denis Diderot, *Le Neveu de Rameau*, édition critique avec notes et lexique par Jean Fabre, Genève, Droz, 1977 (1950).

（43）モ書簡Ⅰ、六八頁。

（44）ディドロ、前掲書、五一頁。このバック（バッゲ）男爵邸にはモーツァルトも出入りしたようである。モ書簡IV、一九九〇年、一四七頁。

(45) モ書簡I、一一九頁。

(46) Henri-Jean Martin, *Le Livre français sous l'Ancien Régime*, Promodis, 1987, p. 236-238.

(47) Béatrice Didier, 《Paris, espace de la musique dans *Le Neveu de Rameau*》, dans *La Musique des Lumières*, Presses Universitaires de France, 1985, p. 373.

(48) ディドロ、前掲書、四〇頁。

(49) 同書、四一頁。

(50) 同書、六頁。

(51) 同書、一四頁。

(52) 同書、一四一頁。

(53) ミシェル・フーコー『狂気の歴史』田村俶訳、新潮社、一九七五年、三七一頁。Michel Foucault, *Histoire de la folie à l'âge classique*, Gallimard, 1972.

(54) モ書簡I、一一九頁。

(55) ディドロ、前掲書、二三頁。

第三章　喪失と自由

(1) モーツァルトと近代小説との関係については、以下を参照のこと。古屋健三「近代小説におけるモーツァルト的なもの」、海老澤敏ほか監修『モーツァルト』III「モーツァルトの音と言葉」所収、岩波書店、一九九一年、二三三―二五七頁。

(2) ジュリア・クリステヴァ「過ぎ去った時と来たるべき時のあいだで2」西川直子・富田今日子訳『Iichiko』

一九号、一九九一年、一一七―一一八頁。

（3）*L'Année 1778 à travers la presse traitée par l'ordinateur*, travaux du Centre d'Étude du XVIIe et du XVIIIe siècle de l'Université Paris-Sorbonne, Presses Universitaires de France, 1982 ; *Dix-Huitième Siècle*, n° 11, numéro spécial : l'Année 1778, Éditions Garnier Frères, 1979.

（4）*Revue internationale de philosophie*, n°s 124-125 : Rousseau et Voltaire 1778-1978, Fasc. 2-3, 1978 ; *Revue d'histoire littéraire de la France*, 79e année, n°s 2-3 : Voltaire, Rousseau 1778-1978, mars-juin, 1979.

（5）Rudolf Angermüller, *W. A. Mozarts musikalische Umwelt in Paris (1778) : eine Dokumentation*, München-Salzburg, Musikverlag Emil Katzbichler, 1982.

（6）ヴォルフガング・ヒルデスハイマー『モーツァルト』渡辺健訳、白水社、一九七九年、九四―一一二頁。Wolfgang Hildesheimer, *Mozart*, Frankfurt am Main, Suhrkamp, 1977.

（7）Martin Fontius, 《Mozart chez Grimm et Madame d'Epinay》 (traduction française de Sabine Cornille), RDE, n° 9, octobre 1990, p. 95-108.

（8）Marie Christine Vila, *Sotto Voce : Mozart à Paris*, Actes Sud, 1991.

（9）モ書簡Ⅲ、三二五頁。

（10）モ書簡Ⅳ、一三五頁。

（11）メスマーのパリ滞在については、ロバート・ダーントン『パリのメスマー』稲生永訳、平凡社、一九八七年を参照のこと。Robert Darnton, *Mesmerism and the End of the Enlightenment in France*, Cambridge, Massachusetts, Harvard University Press, 1968.

（12）*Correspondance littéraire*, t. 12, mai 1778, p. 97.

（13）Métra, *Correspondance secrète*, 28 février 1778, t. 6, p. 53.

(14) *L'Année littéraire*, 1778, t. 7, p. 306.

(15) *Correspondance littéraire*, t. 12, février 1778, p. 49.

(16) Angermüller, *op. cit.*.

(17) Sylvette Milliot,《La Vie musicale à Paris pendant le printemps et l'été 1778》, in *L'Année 1778...*, p. 193–221.

(18) Maurice Barthélemy, *Métamorphoses de l'opéra français au siècle des Lumières*, Actes Sud, 1990, p. 109–113.

(19) Sylvette Milliot, article cité, p. 197–198.

(20) 同時期のフランス文学では、ディドロが愛人ソフィー・ヴォランに宛てて書いたドルバック邸の談話を伝える手紙が、まったくおなじ手法に訴えている。

(21) モ書簡Ⅳ、一二〇頁。

(22) 同書、二二三頁。

(23) 同書、二六三頁。

(24) ヒルデスハイマー、前掲書、九八—一〇六頁。

(25) 「ここにあるのは、首尾一貫して一つの基調音の上に流れる、モーツァルトの献身の歌である。繰り返していえば、故郷にあって、突然に妻の死を聞く父の気持を思いやり、父の苦しみを軽減するために、忠実な息子は父の喜びそうな話題をすべて並べてみせたのであった」（石井宏『素顔のモーツァルト』中公文庫、一九八八年、二〇六頁）。

(26) モ書簡Ⅳ、二二六頁。

(27) 同書、二一四—二一五頁。

(28) Angermüller, *op. cit.*, p. 41.

(29) モ書簡Ⅳ、五〇頁。

(30) 同書、一六三頁。

(31) ジャン＝ジャック・ルソー『孤独な散歩者の夢想』小池健男訳、潮文庫、一九七四年、一九一頁。Jean-Jacques Rousseau, *Les Rêveries du promeneur solitaire*, dans *Œuvres complètes*, t. I,《Bibliothèque de la Pléiade》, Gallimard, 1959.

(32) 同書、一九三頁。

(33) モ書簡Ⅳ、一八六頁。

(34) 同書、一八七頁。

(35) 同書、一八七頁。

(36) 同書、一六五頁。

第四章　国王さまざま

(1) H. C. Robbins Landon, *1791 : la dernière année de Mozart* (traduction française de Dennis Collins), J. -C. Lattès, 1988, p. 85–122.

(2) ヨーゼフ二世の弟レーオポルト二世（一七四七―九二年）は、トスカーナ公国の大公として一七六五年から二五年間も君臨した。兄の後を継いで神聖ローマ帝国の皇帝だったのはわずか二年間にすぎない。

(3) Mona Ozouf, *La Fête révolutionnaire 1789–1799*, Gallimard, 1976, p. 44–74 ; Marvin Carlson, *Le Théâtre de la révolution française* (traduction française de J. et L. Bréant), Gallimard, 1970, p. 118–121.

(4) Ozouf, *op. cit.*, p. 66.

(5) 樋口陽一『比較憲法』改訂版、青林書院、一九七七年、五八―七九頁。

(6) Michel Noiray,《L'Opéra de la Révolution (1790–1794) : un 'tapage de chien' ?》, in Jean-Claude Bonnet (sous

la direction de), *La Carmagnole des Muses : l'homme de lettres et l'artiste dans la Révolution*, Armand Colin, 1988, p. 359–65 ; Jean Mongrédien, *La Musique en France des Lumières au Romantisme*, Flammarion, 1986 ; Adélaïde de Place, *La Vie musicale en France au temps de la Révolution*, Fayard, 1989.

（7） Carlson, *op. cit.*, p. 35–49.

（8） Roland Barthes, 《L'Ecriture de l'événement》, dans *Le Bruissement de la langue*, Éditions du Seuil, 1984.

（9） P. A. Caron de Beaumarchais, *Théâtre complet*, texte établi et annoté par Maurice Allem et Paul-Courant, 《Bibliothèque de la Pléiade》, Gallimard, 1957.

（10） *Ibid.*, p. 370–374.

（11） *Ibid.*, p. 376.

（12） Lettre au comité de l'opéra, *ibid.*, p. 691–695.

（13） *Ibid.*, p. 452.

（14） Béatrice Didier, 《La Représentation de la Révolution à l'Opéra : le Couronnement de Tarare de Beaumarchais》, dans *Écrire la Révolution, 1789–1799*, Presses Universitaires de France, 1989, p. 164–169.

（15） Beaumarchais, *op. cit.*, p. 455.

（16） ヴォルフガング・ヒルデスハイマー『モーツァルト』渡辺健訳、白水社、一九七九年、三八一頁。Wolfgang Hildesheimer, *Mozart*, Frankfurt am Main, Suhrkamp, 1977.

（17） その急先鋒がブリジッド・ブローフィである。ブローフィ『劇作家モーツァルト』高橋英郎・石井宏訳、東京創元社、一九七〇年。Brigid Brophy, *Mozart the Dramatist : a new view of Mozart, his operas and his age*, London, Faber & Faber, 1964.

（18） Denis Diderot, *Pensées philosophiques*, dans *Œuvres complètes*, le Club Français du Livre, t. 1, 1969, p. 292–

294.

(19) L'article《ÉCLECTISME》, ENC., t. V, p. 280-a.

(20) ジャン＝ヴィクトル・オカール『モーツァルト』西永良成訳、白水社、一九八五年、一七五頁。Jean-Victor Hocquard, *Mozart*, Éditions du Seuil, 1970.

(21) アンリ・グイエ『演劇と存在』佐々木健一訳、未来社、一九九〇年、六二頁。Henri Gouhier, *Le Théâtre et l'existence*, Vrin, 1973 (1952).

(22) T. de Wyzewa et G. de Saint-Foix, *Wolfgang Amadeus Mozart : sa vie musicale et son œuvre*, t. 2, Robert Laffont, 1986 (1936), p. 763.

(23) ミシェル・フーコーほか『自己のテクノロジー——フーコー・セミナーの記録』田村俶・雲和子訳、岩波書店、一九九〇年、一七—六四頁。Luther H. Martin, Huck Gutman and Patric H. Hutton (eds.), *Technologies of the Self : a Seminar with Michel Foucault*, Amherst, The University of Massachusetts Press, 1988.

(24) 同書、五六頁。

(25) 同書、五一—五二頁。

(26) 同書、五六頁。

(27) ドニ・ディドロ「折衷主義」野沢協訳、ディドロ著作集第二巻『哲学二』小場瀬卓三・平岡昇監修、法政大学出版局、一九八〇年、四〇頁。Diderot, l'article《ÉCLECTISME》, *op. cit.*

第五章　奇人と天才の話

(1) ディドロ『ラモーの甥』本田喜代治・平岡昇訳、岩波文庫、一九六四年、六頁。以下の引用はすべてこの翻訳による。『甥』で示す。

(2)『甥』八頁。
(3)『甥』一〇四頁。
(4)モ書簡V、一九九五年、三一三頁。
(5)『甥』一四頁。
(6)モ書簡V、二〇二頁。
(7)『甥』一四一頁。
(8)モ書簡VI、二〇〇一年、一七八七年一〇月一五日付け、四二三頁。ゴットフリート・フォン・ジャカン宛て。
(9)『甥』八九頁。

あとがき

本書は二部構成になっている。あわせて一四章が収められているが、いずれも私がこれまで発表してきた文章をまとめたものである。

「はじめに」では本書の成り立ちについて、なぜディドロとモーツァルトかという問題も含めて、やや個人的な事情もおりまぜながら記している。前半の「私にとってのヨーロッパ」は、『神奈川大学評論』(二〇一二年一一月)に巻頭エッセイとして掲載されたものである。

序章「『むすぶ』ことと『ほどく』こと――我流の勉強論」は、二〇一二年に愛知県の大学を退職するに際して行った最終講義「〈むすぶ〉ことと〈ほどく〉こと――映像で辿る勉強論」である。これをまずお読みいただきたい。ディドロもモーツァルトもほとんど出てこない話ではあるが、「勉強する」とはなにか、人文学をどうとらえるかについて、日頃思うこと、感じることを、なるべくわかりやすく語ったつもりである。また、本書の、というよりは私の後半生における最大のテーマというべき「世界図絵」、「共時性」が早くも論じられている。

第Ⅰ部「ディドロ読み歩き」は、学生のころからかれこれ半世紀以上かかわってきたドニ・ディドロについて論じた文章を集めてある。

第一章「不在についての考察――脅迫状、恋愛小説、そして恋文へ」は、文芸誌『三田文学』（一九九八年夏季号）が「手紙」特集を組んだときに、ディドロのラブレターについて書いてくれという依頼に応じたもので、日本で文芸誌にディドロが取り上げられたのは、もしかしたらこれがはじめてかもしれない。

第二章「ソフィー・ヴォラン書翰を読む――一七六二年の場合」は、比較的早い時期（一九八四年）にディドロ没後二〇〇年があり、岩波書店の『思想』が特集号を出したときの寄稿論文である。すでにこのころから一七六二年という年になぜか強い関心を覚え、ちょうど大学から研究休暇をもらってパリに滞在していた時期でもあり、この年について精力的に資料を集めていたが、とりわけ七月一四日付けでディドロが愛人に書いた書翰が気になり、その解読を共時記述の出発点にしようとする試みである。この作業は現在なお終わっておらず、私のライフワークの一つになりそうである。

なお、この論文に限らず、ディドロや一八世紀を論じた過去の文章における典拠表示であるが、執筆時期に現在出回っているような版本がまだ存在していなかったなどの事情で、古いエディションを使っているような場合が少なくない。本来であれば、すべて現在通用している新しい版本に改めるべきであろうが、書誌自体の時代性というものもある程度意味があるのではないかと考えて一切直さないことにした。また、『ラモーの甥』などの引用については、ある時期以後は私が自分で訳しているが、岩波文庫の既訳に依拠したものについても、やはりそのまま残してある。

なお、ソフィー・ヴォラン宛て書翰集は最近になって以下の版本が日の目を見たので、追記しておく。Denis Diderot, *Lettres à Sophie Volland 1759-1774*, édition présentée et annotée par Marc Buffat et Odile Richard-Pauchet, Non Lieu, 2010.

第三章「ディドロの『ラ・カルリエール夫人』を読む」は、私が忌避してついぞ「語学教科書」なるものを作らなかったキャリアで唯一の「汚点」ともいうべき業績の副産物である。一度だけ、この短編作品を中級フランス語の教科書として編集・刊行したことがあるのだった（Denis Diderot, *Madame de La Carlière*, notes par Y. Sumi, Hakusuisha, 1986. ディドロ『ラ・カルリエール夫人事件』鷲見洋一編、白水社、一九八六年）。ディドロのテクストにおびただしい語注をつける作業の副産物として、大学の紀要に発表した論文である（『藝文研究』一九八六年三月号）。

第四章「二つの国内旅行――ディドロとメネトラの紀行文」は哲学者ディドロと職人メネトラの対照的な紀行文を並べて比較したもの。とある歴史学者の知人が定期的に開催していた「旅」をめぐる研究会で報告した原稿が元になっている。メネトラという、珍しく読み書きのできるガラス職人が、徒弟時代にフランス全国を周遊して回った旅日記のような記録と、ディドロが故郷ラングルに里帰りしたついでに立ち寄ったブルボンヌ温泉の旅行記を比較したものである。前章と同じく慶應義塾大学文学部の紀要『藝文研究』（一九八六年三月号）に発表された。

以上の四編は、「書翰」「短編小説」「旅行記」といった、ディドロの膨大な著作のなかでも比較的マイナーな作品ばかりを集中して取り上げており、このころの私がディドロについて、代表的な傑作を真っ正面から論じかね、あれこれ工夫を凝らしていた有様がよくうかがわれる。

第五章「『ラモーの甥』の昔と今――博論異聞」は、大昔に刊行した博士論文が六八年五月革命後のフランス社会でいかなる待遇を受けたかの顚末記。

第六章「『ラモーの甥』の末裔たち」は、どこまでも日本人読者の立場から、ディドロの生前未刊の傑作が、一九世紀から二〇世紀にかけてのフランス以外の文化圏で、どのような共鳴現象を引き起こしたかの消息を、ドイツ、日本、中国に探っている。二〇一七年冬と秋にパリのソルボンヌ大学とマリ・キューリー大学で喋った講演草稿を元にしている。以上の二編は雑誌『流域』(二〇一七年八〇号と八一号)に分載されたものである。

第七章「モーツァルトからディドロまで」は第Ⅱ部への橋渡しで、同時代人のディドロとモーツァルトという類稀な存在を、「即興」という共通項でとらえようとした試みである。このテクストは、ほぼ同時期に書かれた二つの文章を合体して手を入れたものである。(「モーツァルトからディドロまで――即興論の視覚から」『新モツァルティアーナ　海老澤敏先生傘寿記念論文集』海老澤敏先生傘寿記念実行委員会編、音楽之友社、二〇一一年)。「解説(リチャードソン頌)」、(ディドロ著作集第四巻、法政大学出版局、二〇一三年)。前者と後者との間に、ディドロのリチャードソン体験に関する大きな発見が報じられ、後者ではそれを新しく踏まえているため、珍しい異同が生じている。

補論「ディドロはいかに読まれてきたか」は、私自身が共同監修者をつとめる法政大学出版局から刊行中の叢書、ディドロ著作集第四巻に寄せた文章で、恩師ジャック・プルーストの『ディドロ読解』(Jacques Proust, *Lectures de Diderot*, Almand Colin, 1974)を参考にしながら、私なりのディドロ解釈史を綴ってみた。この著作集にはディドロ作品の翻訳のほかに、ディドロに関する二〇世紀以降の優れた論文を訳出しており、それらを含む全体への手引きとして書いた案内である。

第Ⅱ部「モーツァルトのいる風景」には、全部で六編のモーツァルトを論じた文章が集められているが、最初の五編は一九九一年のモーツァルト没後二〇〇年記念を期して執筆された。第一章「文学に見る一八世紀」は、海老澤敏氏が国立音楽大学で開催された国際シンポジウムの席で、居並ぶ超一流のモーツァルト研究者たちを前に喋った発表原稿である。フランス文学研究の立場から、パリにきたモーツァルトを中心に語っているが、はからずも当時私が抱えていた課題や問題を正直に曝けだす結果となった懐かしい文章だ。

第二章「怪物的神童とパリ」、第三章「喪失と自由」、第四章「国王さまざま」は、この年、岩波書店から同時刊行された講座『モーツァルト』全四巻に収録された論文で、いずれも一八世紀末の特定の一年ないしその周辺に焦点を絞って書かれており、早くもある種の「共時性研究」を目指している。「怪物的神童とパリ」は一七六〇年代初頭のモーツァルトの最初のパリ訪問をめぐって書かれており、「喪失と自由」は一七七八年の二回目の滞在で母親を亡くしたエピソードを中心に置いている。「国王さまざま」はモーツァルトの最晩年のオペラ「皇帝ティトゥスの慈悲」とその周辺を探ったもの。当然、フランス大革命を視野に入れている。

第五章「奇人と天才の話――ヨーロッパ世紀末のモーツァルト」は、当時小学館から刊行中だったCDによる巨大なモーツァルト全集中のブックレットに寄せた小文で、ここではじめてモーツァルトという天才をディドロの『ラモーの甥』の主人公と比較するという、いささか意表を突いた試みをやっている。誰も思いつかない、今様プルタルコス『英雄比較列伝』みたいな趣の話で、ブリュッセル自由大学とフランスのトゥール大学で、講演してそれなりに反響があった。とりわけブリュッセル自由大学におられた啓蒙研究の泰斗である故ロラン・モルティエ教授に招かれて、教授主催の市民講座のようなところで喋ったときは、常連のうるさ型老人が、「私はあのジャポネのいうことにはほとんど賛成できないが、あんな面白い講演ならまた聞きたい」と感想をのべたと聞いて、ひどく嬉しかったのを覚えている。

第六章「「いたみ」と「かなしみ」のトポス」は、たまたま東日本大震災の直後に、文芸誌『三田文学』誌上に掲載された、犠牲者にむけた私なりの追悼文で、文字通り「いたみ」と「かなしみ」をモーツァルトの音楽とそれを演奏する二人のピアニストへのオマージュという形に託して綴っている。全編に短調の響きが鳴っている文章だが、その調性はモーツァルトの《ピアノ・ソナタイ短調》である。私が書いたおそらく最初の「音楽評論」である。

どれをとっても、モーツァルトに関する音楽学からの専門研究などというものではない。どこまでも私なりのある種のエッセイ（「試し」）であって、いまにして思えば、私はモーツァルトについて書きながら、フランス一八世紀を、ディドロをどう料理したらいいのかをしきりに思い悩んでいたのである。

そうこうするうちに二〇世紀が終わり、私が数十年間勤務した東京の大学で定年がきた。二〇〇七年のことである。次の五年間は愛知県の私立大学につとめ、「歴史地理学科」というところに籍を置いて、文学や語学を離れた歴史の授業に精を出した。この期間、いろいろなことがあったが、アナル派の歴史学をかなり勉強したことと、世界史、とりわけヨーロッパ史を集中的に学んだことがいまの私を作り上げた。それは、いうなれば、モーツァルトというトリックスターを媒介にして垣間見ることができた、通俗的「通時性」信仰の産物ではないディドロ研究の可能性に、アナル派やそれ以外の歴史学や社会学から教わった「共時性研究」という肉づけをあたえる作業でもあった。現在の私は、そうした近過去の蓄積を活かした新しい研究、『一七六二年の共時的記述』という書物の準備にかかっているところだが、完成まではもう少しの時間と調査が必要であるように思う。

本書の準備と刊行に際しては、前著『『百科全書』と世界図絵』（岩波書店、二〇〇九年）の生みの親である中川和夫氏にまたしてもお世話になった。中川氏はかなり前から、私の昔からの文章をまとめてみてはどうかと勧められたが、よくあるような寄せ集めの文集だけは出したくなかったので、頑固に固辞し続けてきた。ところがあるきっかけから、私がどうやら自分でもそれと知らずに追いかけていた隠れ主題があるらしいことに気がつくに及んで、その主題と変奏といった形で少なくとも二冊の書物を編み出せるという見通しが立った。

私の隠れ主題とは「共時性」である。過去・現在・未来と直進するヨーロッパの時間ではなく、SF映画『メッセージ』（二〇一六年。ドゥニ・ヴィルヌーヴ監督）のヒロインが発見する「エイリアンの時間」、「同時多発の時間」である。そして、その時間は前著で私が執拗にこだわった「世界図絵」への開けを約束してくれてもいるのだ。この時間性、歴史観については、ほどなく刊行される予定の続編『「いま・ここ」のポリフォニー』でさらに考察を深めたいと考えている。
思えば前著『百科全書』と世界図絵』は、中川氏が岩波書店を退職されて、新しくぷねうま舎を創設されたちょうどその端境期に日の目を見ている。今回、その新しい息吹《ぷねうま》に促されるようにして、旧稿に独自なデザインを施した新著を世に問えることになったのを、心から嬉しく思う。

二〇一八年五月

著者識

鷲見洋一

1941年生まれ. 専攻, 18世紀フランス文学・思想・歴史. 慶應義塾大学大学院博士課程修了. モンペリエ市ポール・ヴァレリー大学で文学博士号取得. 慶應義塾大学文学部教授. 同大学アート・センター所長, 中部大学人文学部教授を経て, 現在, 慶應義塾大学名誉教授.
著書に『翻訳仏文法』上下（日本翻訳家養成センター, 1985, 87. 後ちくま学芸文庫),『『百科全書』と世界図絵』(岩波書店, 2009), 編著に『モーツァルト』全4巻（共編, 岩波書店, 1991), 訳書にロバート・ダーントン『猫の大虐殺』(共訳, 岩波書店, 1986, 後岩波現代文庫), アラン・コルバン, J.-J. クルティーヌ, ジョルジュ・ヴィガレロ『身体の歴史 I』(監訳, 藤原書店, 2010), アラン・コルバン, J.-J. クルティーヌ, ジョルジュ・ヴィガレロ『男らしさの歴史 I』(監訳, 藤原書店, 2016)、ディドロ著作集第4巻『美学・美術』(監修, 法政大学出版局, 2013) ほかがある. また,「繁殖する自然——博物図鑑の世界」展 (2003),「『百科全書』情報の玉手箱をひもとく」展 (2013) などの企画・構成・解説を担当.

一八世紀 近代の臨界 ディドロとモーツァルト

2018年7月25日 第1刷発行

著 者 鷲見洋一《すみよういち》

発行者 中川和夫

発行所 株式会社 ぷねうま舎
〒162-0805 東京都新宿区矢来町122 第二矢来ビル3F
電話 03-5228-5842 ファックス 03-5228-5843
http://www.pneumasha.com

印刷・製本 株式会社ディグ

ISBN 978-4-906791-94-1 Printed in Japan

哲学

人でつむぐ思想史Ⅰ
ヘラクレイトスの仲間たち　坂口ふみ
四六判・二五〇頁　本体二五〇〇円

人でつむぐ思想史Ⅱ
ゴルギアスからキケロへ　坂口ふみ
四六判・二四四頁　本体二五〇〇円

時間と死
――不在と無のあいだで　中島義道
四六判・二一〇頁　本体二三〇〇円

哲学の密かな闘い　永井　均
B6変型判・三八〇頁　本体二四〇〇円

哲学の賑やかな呟き　永井　均
B6変型判・三八〇頁　本体二四〇〇円

香山リカと哲学者たち
明るい哲学の練習
最後に支えてくれるものへ
中島義道・永井　均・入不二基義・香山リカ
四六判・二四四頁　本体二五〇〇円

九鬼周造と輪廻のメタフィジックス　伊藤邦武
四六判・二七〇頁　本体三二〇〇円

湯殿山の哲学
――修験と花と存在と　山内志朗
四六判・二四〇頁　本体二五〇〇円

養生訓問答
――ほんとうの「すこやかさ」とは　中岡成文
四六判・二一〇頁　本体一八〇〇円

となりの認知症　西川　勝
四六判・二〇〇頁　本体一五〇〇円

アフター・フクシマ・クロニクル　西谷　修
四六判・二一〇頁　本体二〇〇〇円

破局のプリズム
——再生のヴィジョンのために
西谷 修
四六判・二六〇頁 本体二五〇〇円

超越のエチカ
——ハイデガー・世界戦争・レヴィナス
横地徳広
A5判・三五〇頁 本体六四〇〇円

文学

ラピス・ラズリ版 **ギルガメシュ王の物語**
司 修画／月本昭男訳
B6判・二八四頁 本体二八〇〇円

ト書集
富岡多惠子
四六判・二二〇頁 本体一八〇〇円

声 千年先に届くほどに
姜 信子
四六判・二二〇頁 本体一八〇〇円

妄犬日記
姜 信子著／山福朱実絵
四六判・一八〇頁 本体二〇〇〇円

現代説経集
姜 信子
四六判・二二四頁 本体二三〇〇円

サクラと小さな丘の生きものがたり
鶴田 静著／松田 萌絵
四六判・一八四頁 本体一八〇〇円

評論

グロテスクな民主主義／文学の力
——ユゴー、サルトル、トクヴィル
西永良成
四六判・二四二頁 本体二六〇〇円

回想の1960年代
上村忠男
四六判・二六〇頁 本体二六〇〇円

《魔笛》の神話学
——われらの隣人、モーツァルト
坂口昌明
四六判・二四〇頁 本体二七〇〇円

煉獄と地獄
——ヨーロッパ中世文学と一般信徒の死生観
松田隆美
四六判・二九六頁 本体三二〇〇円

秘教的伝統とドイツ近代
——ヘルメル、オルフェウス、ピュタゴラスの文化史的変奏
坂本貴志
A5判・三四〇頁　本体四六〇〇円

〝ふつう〟のサルが語るヒトの起源と進化
中川尚史
四六判・二一六頁　本体二三〇〇円

人類はどこへいくのか
——ほんとうの転換のための三つのS〈土・魂・社会〉
サティシュ・クマール著　田中万里訳
四六判・二八〇頁　本体二三〇〇円

『甲陽軍鑑』の悲劇
——闇に葬られた信玄の兵書
浅野裕一／浅野史拡
四六判・二五六頁　本体二四〇〇円

宗教

回心　イエスが見つけた泉へ
八木誠一
四六判・二四六頁　本体二七〇〇円

最後のイエス
佐藤　研
四六判・二二八頁　本体二六〇〇円

この世界の成り立ちについて
——太古の文書を読む
月本昭男
四六判・二一〇頁　本体二三〇〇円

パレスチナ問題とキリスト教
村山盛忠
四六判・一九三頁　本体一九〇〇円

イスラームを知る四つの扉
竹下政孝
四六判・三一〇頁　本体二八〇〇円

3・11以後とキリスト教
荒井　献／本田哲郎／高橋哲哉
四六判・二三〇頁　本体一八〇〇円

3・11以後　この絶望の国で
——死者の語りの地平から
山形孝夫／西谷　修
四六判・二四〇頁　本体二五〇〇円

カール・バルト 破局のなかの希望
福嶋 揚
A5判・三七〇頁 本体六四〇〇円

死後の世界
——東アジア宗教の回廊をゆく
立川武蔵
四六判・二四六頁 本体二五〇〇円

たどたどしく声に出して読む歎異抄
伊藤比呂美
四六判・一六〇頁 本体一六〇〇円

『歎異抄』にきく 死・愛・信
武田定光
四六判・二六二頁 本体二四〇〇円

親鸞抄
武田定光
四六判・二三〇頁 本体二三〇〇円

禅仏教の哲学に向けて
井筒俊彦／野平宗弘訳
四六判・三八〇頁 本体三六〇〇円

坐禅入門 禅の出帆
佐藤 研
四六判・二四六頁 本体二三〇〇円

さとりと日本人
——食・武・和・徳・行
頼住光子
四六判・二五六頁 本体二五〇〇円

跳訳 道元
——仏説微塵経で読む正法眼蔵
齋藤嘉文
四六判・二四八頁 本体二五〇〇円

ぽくぽくぽく・ち～ん 仏の知恵の薬箱
露の団姫
四六変型判・一七五頁 本体一四〇〇円

老子と上天
——神観念のダイナミズム
浅野裕一
四六判・二七二頁 本体三四〇〇円

ダライ・ラマ 共苦《ニンジェ》の思想
辻村優英
四六判・二六六頁 本体二八〇〇円

神の後に 全二冊
マーク・C・テイラー／須藤孝也訳
Ⅰ〈現代〉の宗教的起源 Ⅱ 第三の道
Ａ５判・Ⅰ＝二二六頁 Ⅱ＝二三六頁
本体Ⅰ＝二六〇〇円 Ⅱ＝二八〇〇円

グノーシスと古代末期の精神 全二巻
ハンス・ヨナス／大貫 隆訳
第一部 神話論的グノーシス
第二部 神話論から神秘主義哲学へ
Ａ５判・第一部＝五六六頁 第二部＝四九〇頁
本体第一部＝六八〇〇円 第二部＝六四〇〇円

民衆の神 キリスト
――実存論的神学完全版
野呂芳男
Ａ５判・四〇〇頁 本体五六〇〇円

聖書物語

ヨレハ記 旧約聖書物語
小川国夫
四六判・六二四頁 本体五六〇〇円

イシュア記 新約聖書物語
小川国夫
四六判・五五四頁 本体五六〇〇円

ナツェラットの男
山浦玄嗣
四六判・三二二頁 本体二三〇〇円

評伝

折口信夫の青春
富岡多恵子／安藤礼二
四六判・二八〇頁 本体二七〇〇円

この女《ひと》を見よ
――本荘幽蘭と隠された近代日本
江刺昭子／安藤礼二
四六判・二三二頁 本体二三〇〇円

民俗

安寿 お岩木様一代記奇譚
坂口昌明
四六判・三二〇頁 本体二九〇〇円

津軽 いのちの唄
坂口昌明
四六判・二八〇頁 本体三二〇〇円

ぷねうま舎
表示の本体価格に消費税が加算されます
二〇一八年七月現在